자신을
행성이라
생각한
여자

THE WOMAN WHO THOUGHT SHE WAS A PLANET
AND OTHER STORIES

Korean translation rights arranged with Zubaan through Danny Hong Agency, Seoul.
Korean translation copyright © 2018 by Design Comma/Arzak Livres

자신을 행성이라 생각한 여자

반다나 싱 지음
김세경 옮김

THE WOMAN WHO THOUGHT
SHE WAS A PLANET
and Other Stories

아작

"Hunger" from *Interfiction* (Delia Sherman and Theodora Goss eds), Small Beer Press (USA), 2007

"Delhi" from *So Long Been Dreaming* (Nalo Hopkinson and Uppinder Mehan eds), Arsenal Pulp Press, 2004

"The Woman Who Thought She Was a Planet" from *Trampoline* (Kelly Link ed.), Small Beer Press (USA), 2003

"Thirst" from *The Third Alternative Magazine* (UK), 2004

"Three Tales from Sky River" from *Strange Horizons Magazine*, 2004

"The Tetrahedron" from *Internova Magazine* (Germany), 2005

"The Wife" from *Polyphony*, Volume 3 (Deborah Layne and Jay Lake eds), Wheatland Press, 2003

"The Room on the Roof" from *Polyphony*, Volume 1 (Deborah Layne and Jay Lake eds), Wheatland Press, 2002.

일러두기

1. 모든 주석은 옮긴이의 것입니다.
2. 수록작 중 〈자신을 행성이라 생각한 여자〉(신해경 옮김)는 《혁명하는 여자들》에 수록되었던 것을 다듬어 다시 실었습니다.

차례

허기

Hunger

디브야는 평소처럼 일찍 잠에서 깼다. 잠자는 바다코끼리처럼 통통한 소파들, 묘하게 살짝 기운 채로 벽에 걸린 그림들, 어제 깜빡하고 커피 테이블 위에 놓아둔 유리잔, 창을 통해 들어와 유리잔에 반짝이는 희미한 햇빛. 아파트는 밤새 외계 우주를 여행하다 돌아와 이제 막 이 우주에 착륙한 것처럼, 조심스럽게 낯선 공기를 들여보내고 있었다. 바깥은 새들로 소란스러웠다. 멀구슬나무에는 잉꼬들이 앉았고, 길가에는 구관조들이 으스대며 걷고 있었다. 새들이 지저귀는 소리에 뒤섞여서, 아파트 아래쪽 주차장에서 차가 후진하는 소리가 삑삑 하고 들렸다.

정말이지 모든 게 너무도 이상했다. 어젯밤 꿈속에서는 나무와 춤을 추는 게, 살랑거리는 나뭇가지에 달린 붉은 열매를 갉아 먹는 게 세상에서 가장 자연스러운 일이었다. 꿈에서 그녀는 비카스와 함께 있지 않았고, 다른 누군가와 춤을 춘다는 사실에 꿈에서도 살짝 죄책감을 느꼈다. 그 누군가가 나무였는데도 그랬다. 하지만 어찌나 자연스럽고 익숙했는지 그 순간 그녀는 확신했다. '드디어 고향 행성을 발견했구나!' 집에 온 듯 편안함을 느낀 순간 눈이 떠졌고, 그녀는 낯선 침대 위 낯선 짐승 옆에 누워 있었다. 서서히 그녀는 그 낯선 짐승이 바로 자신의 사랑스러운 남편, 비카스라는 사실을 알았다.

"당신은 도대체 어디 있었어?" 하고 묻고 싶었지만, 남편은 아직 잠들어 있었다. 만약 그에게 꿈 이야기를 한다면, 남편은 큰 소리로 웃으며 정신과 의사를 찾겠다며 협박할 것이다. 남편은 말하겠지. "당신을 위해서가 아니라 날 위해서야, 디브야." 그는 그녀더러 구제불능이라는 소리를 입에 달고 살았다. "저런 쓰레기 같은 공상 과학 소설이나 읽다니!" 하지만 아침마다 느끼는 이런 감정을 어떻게 설명해야 할지, 가끔은 그에게 진지하게 이야기하고 싶었다. 가장 친숙했던 것마저도 낯설게 느껴진다는 걸, 아침마다 세상을 거의 처음부터 새로 배워야 한다는 걸. "어디 한번 설명해 보시죠!" 대신에 그녀는 비카스의 상상 속 정신과 의사에게 물었다.

디브야와 비카스의 딸 샤루는 침대에 태아처럼 몸을 웅크리고 자기 방에서 잠들어 있었다. 오늘은 샤루가 열두 살 되는 날이고, 성대한 생일 파티가 열릴 예정이었다. 그런데도 디브야는 아이 방문 앞에서 외계 우주 생각이나 하고 있었다! '도대체 이게 무슨 짓이람. 이 아이는 얼마나 더 아이로 머무를까?' 12년 전

팔에 안았던, 그 울부짖고 쭈글쭈글했던 작은 생명체와는 너무도 낯설고 완전히 달랐다. 딸의 얼굴은 아직 어리고 천진난만했지만, 내면에는 여러 개의 층이 존재했고, 복잡하게 뒤엉킨 나선들이 자라고 있었다. 딸은 디브야가 아직 알지 못하는 다른 사람이 되어가는 중이었다. 디브야는 한숨을 쉬고 방에서 나와, 아파트 여기저기를 돌아다니며 물건들을 매만지고 똑바로 정돈했다. 마치 그것들이 거기 있는 걸 확인하듯, 아무 이상이 없는 걸 확인하듯. 그녀는 커피 테이블에서 유리잔들을 집어 들고 부엌으로 갔다. 아파트의 북서쪽에 있는 부엌은 여전히 어둠에 싸여 있었다. 그녀는 늘 그러듯 불안에 떨며 불을 켰다.

부엌이 불빛으로 가득 차자 생쥐들이 어두운 구석들로 달아났다. 디브야는 조심스럽게 부엌에 발을 디뎠다. 밤의 부엌은 한 번도 그녀의 것인 적이 없었고, 그 시간만큼은 다른 세상의 주민들이 그곳을 차지했다. 바퀴벌레들의 칵테일 파티와 생쥐들의 친목회가 열렸고, 우기에는 길 잃은 개구리들이 학회를 열었다. 부엌 싱크대에서는 '날리카키다'라고 불리는 정체불명의 하수구 벌레들이 촉수를 흔들며 기대에 찬 모습으로 어둠을 기다렸다. 다른 그 어떤 생명체도, 심지어 생쥐와 사향쥐와 개구리나 바퀴벌레도 날리카키다만큼 디브야의 신경을 건드리지는 못했다. 하지만 어쨌든 자신도 모르게 밤의 부엌의 소유권을 그들에게 넘겨주었다는 사실이 그녀를 불안하게 했다.

디브야가 시끄러운 소리를 내며 유리컵들을 싱크대 안에 넣었다. 밖에 있는 멀구슬나무에 앉아 있던 까마귀 '칼루'가 창턱으로 날아 내려와 그녀를 향해 까옥거렸다. 칼루의 존재가 그녀에게 안도감을 주었다. 그녀는 나중에 먹으려고 어젯밤부터 아껴 두었던 파라타 한 조각을 칼루에게 주었다. 향신료가 첨가된 감자와 완두콩으로 채워진 두툼한 빵이었는데, 요리사 다미안 티가 이제껏 만든 파라타 중 최고였다. 순간 디브야는 파라타와 《말구디의 외계인들》 혹은 《우주여행》 같은 책을 들고 침대에 몸을 웅크리고 싶은 마음이 간절했다. 불가능해 보이는 일들로 가득 찬 하루가 그녀 앞에 길게 펼쳐져 있었다. 그 많은 음식을 요리해야 하고, 집 전체를 청소해야 하고, 그다음에는 남편의 동료들과 그 가족들까지 예의 바른 태도로 즐겁게 해 줘야 한다…. 도저히 불가능한 일이었다. 그런 건 디브야와 어울리지 않았다. 디브야는 사람들이 나무들과 춤을 추고, 파라타를 먹고, "쓰레기 같은" SF 소설을 읽는 행성에서 왔으니까.

그래도 하기는 해야 할 일들이었다. "날 좀 데려가 줘, 칼루." 디브야가 까마귀에게 말했지만, 까마귀는 냉소적으로 까옥대다가 힘차게 퍼덕이며 날아가 버렸다. 그녀는 한숨을 내쉰 뒤 유리잔들을 씻기 시작했다. '비카스가 그렇게 파격적인 승진만 하지 않았더라면….' 그녀는 무심결에 생각하다가, 그런 생각을 했다는 사실에 죄책감을 느꼈다. 남편은 회사에서 이제 막 상무가 되었는데, 그건 사람들이 생각하는 만큼 신나는 일이 전혀 아니었다. 게다가 이제 부사장이나 사장 같은 회사 최고 경영진들과 어울려야 했는데, 그 사람들이 사는 집은 냉방 시설이 완비되고 창문은 꼭꼭 닫혀 있어, 생쥐와 바퀴벌레와 개구리까지도 정문으로 들어가자면 다른 이들처럼 줄을 서서 경비원의 허락을 받아야 할 판이었다. 아이들의 생일 파티같이 가장 단순한 행사마저도, 공들여 화장하고 값비싼 보석을 짤랑거리고 서로를 '자기'라고 부르면서도 부드럽게 꼬집어 말하는 여자들과, 끊임없이 주식과 지분에 대해 로봇처럼 지껄여대는 남자들의 작은 정치 행사가 되어 버렸다.

디브야는 뒷문으로 갔다가 층계참에서 신문을 발견했다. 몸을 똑바로 하자마자 다시 그 냄새가 풍겨 왔다. 계단 맨 꼭대기에서 내려오는 악취. 그 자극적이고 지독하고 퀴퀴한 오줌 냄새.

냄새의 원인은 맨 위쪽 층계참에 사는 노인이었다. 옥상 테라스로 연결된 층계참이었기 때문에 사용하는 사람이 거의 없어서, 노인은 그곳에서 살았다. 디브야는 하인들이 사는 층의 문을 바라보았다. 문이 굳게 닫혀 있었다. 디브야가 사는 아파트의 맞은편 아파트 문도 마찬가지였다. 늘 시무룩하고 조용한 카파디아 씨가 사는 곳이다. 그녀는 숨을 크게 들이마신 뒤 하인들이 사는 숙소의 문을 요란하게 두드렸다. 그곳에는 카파디아 씨의 요리사인 라누가 자신의 남편과 함께 살았다.

라누가 직접 문을 열었다. 라누는 냄새나는 쪽으로 코를 향했다.

"알았어요, 알았다고요." 디브야가 말을 꺼내기도 전에 라누가 먼저 말을 내뱉었다. 라누가 몸을 돌려 남편을 향해 소리쳤다. "계단 청소해. 이 게으른 망나니야! 저 아무짝에도 쓸모없는 인간이 침대에 또 오줌을 쌌잖아!" 그러고선 허리에 손을 얹고

콧구멍을 벌렁대며 디브야를 쳐다보았다. "이제 됐어요?"

"그냥 저 노인네가 밤에 화장실을 쓸 수 있게 해 주는 게 어때요?" 디브야가 화난 목소리로 말했다. "저 불쌍한 사람은 당신 시아버지잖아요. 좀 공손히 대하라고요! 그리고 잘 들어요. 오늘은 온종일 계단이 깨끗해야 해요. 사람들이 방문한단 말이에요."

디브야의 말에 대한 대답으로 라누가 쾅하고 문을 닫았다. 디브야는 토할 것 같은 기분이 들어 집으로 돌아왔다. 그 노인이 다시 아픈 게 아닐까 하는 생각이 들었다. 디브야는 아침에 가게에서 우유를 사 오게 하는 작은 심부름을 노인에게 시키고, 대가로 약간의 돈이나 음식을 주곤 했었다. 노인은 작고 수척하고 새처럼 가냘픈 남자였는데, 중년에 앓은 어떤 질병 때문에 발음이 분명하지 않았다. 간혹 노인은 그녀에게 자신의 지난 시절 이야기를 들려주었다. 자전거나 강, 토마토 처트니 같은 단어가 여기저기서 하나씩 들리는 걸 빼고는 무슨 이야기인지 도무지 알아들을 수 없었지만, 디브야는 중간중간 고개를 끄덕여 주었다. 그 단어들을 합쳐 봐도 말이 안 되기는 마찬가지였다. 공상에 빠질 때면 그 노인이 외계인인데 자기에게 외계어나 암호로 이야기하고 있으니 그가 전달하려는 메시지를 해독해야 한다고 생각하기도 했다. 하지만 그는 층계 꼭대기의 넝마 둥지에 살며, 늘 며느리의 변덕과 지독한 성깔머리에 당해야 하는, 갈 곳 없는 불운한 늙은이에 지나지 않았다. 디브야는 노인이 병에 걸린 건지 아닌지 나중에 알아봐야겠다고 결심했다. 어제는 우유 심부름을 하러 오지도 않아서, 디브야는 대신 남편을 가게에 보내야 했다.

＊

디브야는 배가 고팠다.

아침 내내 청소를 했고 점심도 걸렀다. 오후가 되니 집 안 전체가 반짝거렸다. 디브야는 그동안 모아들인 물건들을 어떻게 처리해야 할지 몰랐다. 곳곳에 마루마다 책더미가 쌓였고, 벽이란 벽에는 죽은 물고기 떼처럼 느슨히 사진들이 붙었다. 화장실에는 잡지들이 산더미처럼 쌓이다 못해 흘러내리고 있었다. 하지만 그녀는 자신에게 의외의 노련함이 있음을 발견했다. 책더미는 침실 침대 뒤에 숨기고 잡지들은 묘지기에게 다 줘 버렸다. 따로 보관하고 싶은 잡지가 있는지 남편에게 묻지도 않았다. 사진들은 한데 모아 비닐 봉투에 담은 뒤 장롱 속에 처넣었다. 햇볕 아래 누운 길거리 개보다 게으른 청소부도 마루가 반짝반짝 빛나도록 열심히 일했다. 워낙 파티를 좋아하는 데다 나중에 좋은 음식을 좀 얻을 수 있다는 것도 알았기 때문이다.

늦은 오후에 디브야는 파니르 치즈가 들어간 완두콩 커리를 휘저으며 스토브 앞에 서 있었다. 앞머리 솜털이 난 이마 언저리 밑에 땀방울이 송골송골 맺혔다. 양파, 생강, 토마토, 쿠민, 고수를 섞고 완두콩을 넣은 소스가 보글보글 끓으면서, 크고 우묵한 냄비에서 증기가 뿜어 올라왔다. 커다란 파니르 치즈 덩어리가 소스에 떠 있는 흰 바지선처럼 보였다. 게다가 그 향이라니! 향때문에 머리가 어질어질할 정도였다. 디브야는 이토록 허기졌던 적이 없었고, 점심을 먹지 않은 걸 후회했다. 이제 그 대가를 치르는 셈이었다. 배에서 꼬르륵 소리가 나고 입에는 침이 고였다. 그녀는 허기에 쓰러질 것 같았다. 요리하면서 무엇이든 주워 먹을 수 있었다면 사정은 훨씬 더 나았을 것이다.

하지만 문제는 디브야가 요리사를 무서워한다는 것이었다. 요리사 다미얀티는 작은 키에 성격이 단호한 여자였고, 터무니없는 짓을 하는 고용주를 가만히 두고 보는 사람이 아니었다. 다미얀티는 자신의 창작물에 대단한 자부심을 지녔는데, 디브야가 보기에는 불합리한 행동수칙들이 있었다. 손님 앞에서 먹어서는 안 되고, 차려진 접시에서 음식을 집어 먹어서도 안 되고, 요리사를 모욕하려는 심사가 아니라면 굳이 간을 볼 필요가 없다는 것이다. 다미얀티는 전에도 한 번 디브야에게 잔소리를 한 적이 있었다. 당근 꽁다리를 버리려 했다는 이유에서였다.

"꽁다리가 너무 커서 집에 가져가 채소 요리에 넣어도 되겠군요. 이파리는 카란 씨네 암소에게 주고요. 음식을 낭비하는 자들이 어떻게 되는지 모르는 건가요?"

다미얀티가 자신의 고용주들을 괴롭히고도 무사할 수 있는 이유는 그녀의 요리 실력이 탁월하기 때문이었다. 다미얀티가 오후 내내 요리하러 이곳에 와 주었다는 사실은, 암묵적 동의하에 다미얀티가 디브야를 완전히 좌지우지한다는 것을 의미했다.

"어떻게 되는데요?" 디브야가 무심한 듯 들리려고 애를 쓰며 물었다.

"음식을 낭비하면 하수구 벌레로 환생해요." 뜨거운 양파 파코라를 접시 위에 받친 천에 올려놓으며 다미얀티가 말했다. 디브야는 전율했다. 그 끔찍하고 긴 촉수들을 가지고 어두운 하수구에 살면서 다른 이들이 남긴 찌꺼기를 먹기 위해 밤마다 나타나는 모습을 상상해 보라.

파니르 치즈가 들어간 완두콩 커리가 완성됐다. 다미얀티는 밥을 지으러 커다란 냄비를 올린 다음, 기버터와 카다멈, 계피 스틱, 그리고 정향을 넣었다. 냄새가 천국 같았다. 디브야가 한 손으로 벽을 꽉 붙들었다. 파티가 엉망진창이 되든 말든, 다미얀티를 내보내고 부엌 바닥에 주저앉아 향기로운 음식에 둘러싸인 채 미친 듯이 덤벼 들어 먹고 싶었다. 그녀는 생각을 가다듬었다. '그냥 냉장고에 남겨둔 파라타나 가져오는 게 좋겠지. 차가워도 천상의 맛일 거야.' 디브야는 지금처럼 허기졌던 적이 없었다.

하지만 다미얀티가 고수 씨앗을 가지러 왔다가 냉장고 옆에 있는 디브야를 발견했다. 파라타를 움켜쥔 디브야의 손이 입에까지 반은 가 있었다.

"쯧쯧!" 다미얀티가 혀를 차며 말했다. "요리 중에 음식을 먹는 여자가 어떻게 되는지 모르는 건가요? 음식을 온통 침 범벅으로 만들어 못 먹게 만들 셈이에요?"

디브야는 실수에 가까웠던 자신의 행동이 어떤 끔찍한 운명을 불러올지 전혀 몰랐다. 바로 그 순간 비카스가 생일 케이크를 들고 들어왔다. 그는 큰 소리로 웃으며 샤루를 막으려 애쓰고 있었다. 케이크가 어떻게 생겼는지 샤루가 보고 싶어 했기 때문이

1 인도식 튀김의 일종

다. 디브야는 파라타를 다시 냉장고에 집어넣고 그 거대한 케이크가 들어갈 자리를 만들어야 했다. 디브야가 돌아서는 순간 비카스가 디브야의 헝클어진 머리카락을 매만졌다. 그녀는 남편의 손을 물어 버리고 싶은 욕구를 간신히 억눌렀다.

"손님들을 이런 꼴로 맞을 셈이야, 디브야? 한 시간 후면 도착할 거라고! 가서 옷 좀 입어!"

"촐레²를 만들어야 해." 디브야는 짜증이 난 목소리로 말하며 다미얀티를 따라 부엌으로 들어갔다. 뒷문에서 문 두드리는 소리가 들렸다.

"누군지 제가 볼게요." 샤루가 말하고 서둘러 자리를 떴다. 푸른 새 원피스를 입은 샤루는 눈부시게 아름다웠다. 자기가 제일 좋아하는 3단 초콜릿 케이크라 기분도 좋았다. 디브야는 부엌으로 돌아가 스토브에 우묵한 냄비를 하나 더 올려놓고, 냄비에 기름과 향신료들과 양파를 넣었다. 그리고 다미얀티가 잠깐 몸을 튼 틈에 완두콩 커리 요리 접시에서 파니르 치즈 한 조각을 집어 입에 쏙 넣었다가 혀를 데었다. 샤루가 문에서 누군가와 말한 뒤 집 안으로 달려왔다가 문으로 돌아가는 소리가 났다. 층계 위에 사는 노인이 알아들을 수 없는 발음으로 주저하듯 조용조용히 말하는 소리가 들렸다. '몸이 좀 나아졌나 보군, 늙은 사기꾼 같으니! 침대에 오줌을 지려 층계를 지린내로 뒤덮고 아침에 눈 뜨자마자 두통을 안겨 주더니.' 디브야는 오늘 아침 일찍 직접 우유

2 병아리콩 커리

를 사러 가야 했다. 비카스는 술을 사러 가야 했기 때문이다. 눈에 눈물이 고였다. '뭘 먹을 수만 있다면! 내 집에서 맘 편히 먹지도 못하다니!' 정말이지 어이없는 일이었다.

혀가 데든 말든 파니르 치즈를 한 조각 더 먹으려던 찰나에 비카스가 들어왔다.

"디브야, 내가 우리 방에서 뭘 봤는지 알아? 생쥐라고! 도대체 이 동네 사는 온갖 생물에게 먹이 주는 짓을 언제 그만둘 건데? 그것들이 우리 집을 호텔로 생각해! 게다가 사람들이 오고 있는 마당에…. 쥐약 어디 뒀어?"

비카스가 지난주에 쥐약을 사 왔다. 디브야로서는 도저히 쓸 마음이 들지 않는, 작고 파란 죽음의 유리병이었다. 그것은 화장실 맨 위 선반에 놓여 있었다.

쥐약이 화장실 선반에 있다고 디브야가 말하자, 비카스가 다시 와서 말했다. "거기 없어. 디브야, 제발!"

디브야가 쥐약 쓰기를 싫어한다는 건 비카스도 알고 있었지만, 쥐덫은 아무 소용이 없었다. 매일 아침 비카스가 쥐덫들을 가지고 공원으로 가 쥐들을 내보내도, 쥐들은 이내 돌아왔다. 더욱 엄격한 대책이 강구되어야 했다.

디브야는 오래된 기억을 떠올렸다. 그때 그녀는 열 살이었고 여름에 고모 집을 방문 중이었다. 고모 집은 오래된 방갈로여서 생쥐 떼를 비롯한 온갖 생물이 득실거렸다. 고모부는 쥐약이 섞인 음식을 집 안 곳곳에 놓아 생쥐 떼를 죽였다. 디브야는 그 자그마한 시체들이, 최후의 고통으로 뒤틀린 그 몸뚱이들이 온 집 안에 널린 광경을 생생히 기억했다. 그리고 하루 이틀이 지나자 디브야의 방에서 이상한 냄새가 났는데, 냄새를 추적해 보니 큰 목제 찬장 뒤에 둥지가 있었고, 아직 털도 나지 않은 분홍빛의 새끼 생쥐 열두 마리가 부모를 잃은 뒤 굶어 죽어 있었다. 디브야가 추리소설을 읽고 레모네이드를 홀짝이는 동안, 그 새끼 생쥐들은 서서히 죽어가고 있었던 것이다. 디브야는 며칠을 눈물로 보냈다.

"여보, 지금은 쥐약이나 놓고 있을 때가 아니야." 디브야가 말했지만, 비카스는 벌써 파코라에 정신이 팔린 상태였다.

"냄새 좋은데." 비카스는 유리 덮개가 씌워진 접시를 굽어보며 탐내듯 말했다.

디브야가 뭐라 말을 하기도 전에, 다미얀티가 파코라 두 개와 타마린드[3] 처트니를 조금 접시에 담아 비카스에게 건넸다. 비카스는 그것들을 먹는 내내 만족스러운 미소를 지었다. 디브야는 분한 마음에 할 말을 잃고 남편과 요리사를 번갈아 노려보았다.

"그래도…." 디브야가 막 말을 시작하려 했을 때 냉장고 문이 열렸다가 닫히는 소리가 들렸다. 푸른 원피스를 입은 샤루가 디브야의 소중한 파라타를 손에 들고 부엌문을 지나 걸어가고 있었다.

디브야는 곧장 딸 앞으로 가 딸에게서 파라타를 빼앗았다. 그녀는 화가 나서 숨도 안 쉬고 샤루를 노려보았다. "내 파라타로

---

3 우스터 소스, 처트니, 커리 등에 들어가는 콩과 식물의 열매

뭐 하는 거야?"

샤루가 당황해서 두 눈을 동그랗게 뜨고 마주 노려보았다. "그할아버지한테 주려는 것뿐이에요. 배가 고프다길래, 엄마…."

디브야의 양쪽 귀에서 우르릉거리는 소리가 났다. 그녀는 잠시 현기증을 느꼈다.

"가서 나눠 줄 게 없다고 해." 디브야는 의도했던 것보다 매몰차게 말했다. "할 일이 그렇게 없니? 친구들에게 주려고 포장하던 선물들은 어디 있어? 다른 아이들에게 줄 것도 충분해?"

아이의 얼굴에 알 수 없는 표정이 스쳤다. 디브야는 샤루가 파티에 오는 낯선 아이들을 탐탁지 않아 한다는 걸 알고 있었다. 샤루의 세 친구를 빼고도, 비카스의 새 상사인 람바 씨의 조카인 열네 살짜리 남자아이와 파사니아 씨의 딸인 열한 살짜리 여자아이가 파티에 오기로 했다. 그러나 샤루는 이제 더 이상 그것에 대해 부루퉁하지 않았고 항의하지도 않았다. 적어도 디브야는 그렇게 생각했다. 샤루의 눈에 눈물이 차올랐다.

"오늘은 제 생일이에요." 아이가 사나운 목소리로 말했다. "생일에 야단치는 건 너무하잖아요!"

그 순간 디브야는 인생이라는 부드러운 태피스트리에 어떤 매듭이, 딱히 어떻게 풀어야 할지 모를 매듭이 생겼음을 깨달았다. 비카스가 샤투르베디 씨네 가족이 벌써 도착했다고 소리를 질렀다. 샤루는 어느새 문가로 가서 노인과 이야기 중이었다. 다미얀티가 디브야의 축 처진 손가락에서 파라타를 뺏더니, 그녀를 침실 쪽으로 거칠게 떠밀었다.

"가서 손님 맞을 준비나 해요. 촐레는 내가 만들게요." 다미얀티가 말했다. 디브야는 사리를 갈아입고 세수를 한 뒤 립스틱을 바르러 침실로 갔다. 어리둥절한 기분이었고, 무슨 중요한 일이 일어났거나 아니면 곧 일어날 것만 같은 느낌이었다. 그녀가 읽고 있던 《말구디의 외계인들》이 화장대 위에 놓여 있었다. 디브야는 우주선과 풍만한 가슴의 우주 무법자 '비라'가 그려진 선정적인 표지를 동경의 눈길로 빤히 쳐다보았다. 인간으로 변장한 채 말구디 마을에 사는 외계인들을 비라가 발견한다는 줄거리였다. 외계인들은 수 광년 떨어진 어느 행성에서 왔다. 디브야는 비라가 어떻게 살아남을지 궁금했다.

샤투르베디 씨 가족들로 말하자면, 디브야는 그들이 최소한 30분은 일찍 도착한다는 소문을 염두에 두었어야 했다. 아마도 상습적인 험담꾼에 대화의 주도자인 샤투르베디 부인이 다른 사람들이 오기 전에 먹잇감을 독차지하고 싶어 하기 때문일 것이다.

✳

파티가 한창 무르익고 있었다. 디브야는 비단 사리와, 열렸다 닫히기를 반복하는 립스틱 바른 입술들과, 유리잔들의 쨍그랑 소리로 세상이 흐릿해지기까지, 부엌에서 응접실로, 이 손님에게서 저 손님에게로 날아다녔다. 무수한 대화의 흐름 중 어느 것도 그녀는 이해할 수 없었다. 디브야가 부엌에서 이마의 땀을 닦으며 잠시 숨을 돌릴 때였다. 휘황찬란한 녹색 사리를 입은 람바 부인이 부엌 입구에 불쑥 나타났다.

"어머, 자기. 이게 다 웬 고생이야! 자기 땀 흘리는 거 좀 봐! 음식을 전부 출장 요리 서비스로 준비했어야지. 우리 집 출장 요리사 전화번호를 줄게. 아주 근사한 유럽 스타일 오르되브르[4]를 만들어 주는데…."

"아, 그래요? 그런데 람바 부인, 이 파코라 한번 드셔 보셔야 해요." 라만 부인이 람바 부인 뒤에서 파코라를 우적우적 먹으며 밝은 목소리로 말했다. 람바 부인이 몸을 굽혀 파코라를 한입 먹어 보았다.

"나쁘지 않군요." 람바 부인이 놀란 목소리로 말했다. 촐레 담을 접시를 닦던 다미얀티가 람바 부인을 쏘아보았다.

비카스가 유리잔을 더 가지러 부엌에 들어왔다. 바에 있는 유리잔으로는 충분하지 않았다. 세이키아 씨네와 보슬 씨네도 도착했다. '그나저나 아이들이 마실 과일 주스는 어디에 있는 거지?'

그 후로 1시간 남짓한 동안 디브야는 딸의 모습을 몇 번 힐끗 보았지만, 샤루는 엄마를 쳐다보지도 않았다. 아이의 웃음소리는 평소보다 높았다. 샤루는 몇 명 되지 않는 단짝 친구들 틈에 있었다. 파사니아 씨네 열한 살짜리 딸과 람바 씨네 열네 살짜리 조카는 그 동심원의 바깥 언저리에 있었다. 디브야는 그 아이들이 소외감을 느끼지는 않는지 확인하러 가까이 갔다. 전혀 아니었다. 샤루는 마음이 매우 따뜻한 아이였다. 모두에게 생일 케이

---

4 서양 요리에서 식사 전에 나오는 전채요리

크를 고루 나눠 주었고, 자기 방으로 가서 컴퓨터 게임을 하자고 단짝 친구들은 물론 그 두 아이도 초대했다. 아이들이 함께 우르르 몰려갔다. 람바 씨네 조카는 지루한 기색이 역력했다. 라만 씨네 딸은 응접실을 떠나며 자기 부모에게 절망 어린 눈길을 던졌다.

'다들 너무 불행해.' 불현듯 그런 생각이 들었다. 배 속에 파코라가 들어가니 기분은 나아졌지만, 이제 괴로움의 물결이 그녀를 휩쓸었다. 디브야는 한데 무리 지어 있는 여자들을 바라보았다. 분칠한 얼굴이 불빛 아래 요란히 두드러져 보였다. 마치 배우들이 자신이 맡은 배역에서 벗어나 잠시 쉬듯, 동시에 모든 이가 화젯거리를 잃은 순간이었다. 람바 부인의 살진 얼굴이 초췌해지고, 라만 부인은 초조한 표정을 지었다. 그 순간 갑자기 디브야는 자신조차 설명할 수 없는 동료 의식을 느꼈다. 그때 샤투르베디 부인이 음모를 꾸미는 듯한 표정을 지으며 람바 부인을 향해 몸을 기울였고, 대화의 웅성거림이 다시 이어졌다. 지금 무슨 음모를 꾸미는 걸까? 누구의 명성이 높아지고, 누구의 명성이 파괴되고 있을까? 반면에 남자들은 덜 악의적으로 보였다. 그들은 큰 목소리로 최근 경제 뉴스에 관해 이야기를 주고받았는데, 마치 명령에 따라 움직이고 움찔거리는 작은 인형들 같았다. 람바 부인을 중심으로 인형의 줄을 조종하는 여자들과는 달랐다. 디브야는 왜 그 순간 그 여자들에게 동료 의식을 느꼈을까? 아니, '동료 의식'은 너무 강한 단어일지 몰랐다. 하지만 디브야도 자신이 왜 그런 느낌을 느꼈는지 이해할 수 없었다.

문득 비카스가 아직 과장이었던 시절이 그리웠다. 그때는 생일 파티는 물론 삶 자체도 훨씬 단순했고, 모두의 행복을 확신할 수 있었다. 한 번 안아 주는 것만으로도 샤루의 마음을 달랠 수 있었다. 하지만 지금 친구들에게 줄 소다를 쟁반에 받쳐 들고 방으로 향하는 샤루의 눈에는 베일이 드리워져 있었다. '저 애는 내가 쏘아붙인 게 싫었던 거야. 그것도 생일에! 샤루는 몹시 예민해지고 또 당당해지고 있어. 한 해 한 해 지날수록 한 발짝, 또 한 발짝 내게서 멀어지겠지. 게다가 비카스 좀 봐.' 음료수를 따르고 람바 씨의 농담에 웃음을 터뜨리고 있는 비카스는 온화한 집주인다워 보였지만, 얼굴에는 긴장감이 배었다. 불쌍한 비카스. 그는 어른이 되었고, 늙고 있었다. 직급에 걸맞은 인상을 심어 주려고 전전긍긍하는 모습이라니. 예전의 비카스는 상사들을 비꼬길 즐겼고, 사무실 내의 정치적 문제들이 얼마나 바보 같은지 디브야와 농담을 주고받았다. 디브야는 람바 씨의 저런 농담에 웃어 줘야 하는 비카스가 측은했다.

'저게 다 무슨 소용이람?'

저녁 시간이 더디게 흘러갔고, 그제야 디브야는 자신이 어느 정도 성공했다고 생각했다. 다미얀티는 해 질 녘에 떠났고, 디브야는 저녁 식사 대접 대부분을 혼자 힘으로 해냈다. 보슬 부인과 라만 부인이 약간 도와줬는데, 그들은 람바 부인 무리의 변두리에 있는 이들이었다. 그것이 다미얀티의 요리 덕분이든, 람바 부인이 너그럽게 봐 준 덕이든, 디브야는 일종의 시험을 통과한 기분이었고, 보이지 않는 장벽을 넘어 이제 그 무리의 일원이 된 느낌이었다. 하지만 디브야는 그런 상황이 마음에 들지 않았고, 기쁜 척해야 하는 것도 싫었다. 그녀는 다른 여자들처럼 연기에 능하지 않았다. '하지만 비카스를 위해 그래야 한다면⋯.' 디브야가 응접실을 가로질러 비카스를 슬쩍 보는데 비카스가 고개를 들었고 두 사람의 시선이 마주쳤다. 그는 안도감과 웃음기를 띤 얼굴이었고 이 저녁이 곧 끝날 거라는 확신에 차 있었다. 그래. 디브야는 그를 위해 그렇게 할 참이었다. 30분만 더. 아니, 사람들이 마지막 유리잔을 내려놓고 마지막 인사를 건넬 때까지, 그게 얼마나 오래 걸리더라도⋯.

바로 그때, 어느 아이의 비명이 들렸다.

옴짝달싹 못 하고 앉아 저녁 식사를 마친 아이들은 이상한 게임을 하느라 사방을 뛰어다니는 중이었다. 디브야 생각에는 람바 씨네 조카 아지트가 샤루는 싫다는 데도 아이들을 부추겨 하는 게 분명했다. 하지만 아지트는 열네 살이고, 부모님을 따라 전 세계를 여행했다는 권력을 휘둘렀다. 그 애는 말할 때마다 런던과 뉴욕과 시드니를 들먹였다. 게다가 벌써 세상 물정을 다 아는 사람마냥 냉소적인 태도를 풍기기 시작했다. 디브야는 아지트가 샤루를 미당기는 걸 느꼈고 딸 생각에 마음이 아팠다. 샤루는 여전히 엄마를 쳐다보지도 않았다. 디브야는 딸에게 말해주고 싶었다. 세상은 네가 받는 상처에 신경 쓰지 않는다고, 살아남기 위해서는 더 강해져야 한다고, 그래서 일상의 상처들에 덜 힘들어해야 한다고. 아지트 같은 애들이 자라면, 가짜로 꾸며 낸 매력을 내세우며 우쭐대기나 하고 일부러 무관심인 척하는 골칫덩이 남자가 될 것이다. '쟤 좀 봐, 자기가 지루하고 이 상황을 이용해 할 수 있는 오락거리는 다 하고 싶다는 이유만으로 자기보다 어린 애들을 제멋대로 주무르다니….'

비명을 듣자마자 디브야는 그게 자신의 딸 샤루는 아니라는 걸 알았다. 비명은 아파트 바깥쪽에서 들렸고 뒷문 근처였다. 그녀는 벌써 그쪽을 향해 가고 있었고, 비카스와 파사니아 부부도 마찬가지였다. 비명을 지른 건 파사니아 씨의 딸이었다. 뒷문에서 보니 테라스로 이어지는 층계 맨 꼭대기에 아이들이 몰려 있었다. 공기 중에 희미한 냄새가 풍겼는데 오줌 냄새는 아니었다. 층계참이 조용했다. 계단 위 전등이 하나만 켜져 있었고, 계단을 뛰어 올라가며 보니 하인들 숙소의 문은 잠겨 있었다.

디브야가 볼 수 있게 아이들이 옆으로 비켜섰다. 파사니아 씨네 딸은 이미 계단을 구르다시피 내려가 엄마 팔에 안겼다. 디브야의 눈에 비친 건 양손으로 목을 움켜쥔 채 넝마로 된 둥지 안에 조용히 웅크려 죽어 있는 노인이었다. 지나치게 앙상한 얼굴에 솟은 매부리코로 인해 노인은 마치 한 마리의 괴상한 새처럼 보였다. 그는 쌍꺼풀이 두껍게 진 두 눈을 뜬 채로 그녀가 상상할 수 없는 어느 외계의 풍경을 응시하고 있었다. 동시에 그녀는, 비카스가 조용히 아이들을 층계 아래쪽으로 데리고 가고, 람바 씨 부부가 무슨 상황인지 보러 계단을 올라오고 있음을 알아차렸다.

"아픈 사람이야. 불쌍한 노인네. 의사를 불러야…." 디브야가 아이들을 생각해서 말하기 시작하는데, 그 남자아이 아지트가 말을 잘랐다.

"죽었어요." 그 아이는 비웃는 투로 말했다. 그러고는 반항하듯 그녀를 향해 삐딱한 미소를 지었다. "발을 걷어차 봤거든요. 그래서 알아요."

람바 씨 부부가 층계참에 다다르기 바로 직전에 디브야는 두 가지를 보았다. 죽은 남자의 손에 있는 신문과 너덜너덜한 베개에서 꽤 가까이 세워져 있는 쥐약이 든 파란 유리병. 그녀는 곧장 몸을 움직여 그 두 물건을 챙겨 든 뒤 어깨에 걸친 사리로 감쌌다. 그런 뒤 몸을 돌려 람바 씨 부부를 마주 보았다. 람바 부인이 날카로운 비명을 지르고는 남편 품으로 쓰러졌고, 그 무게를 견딜 만큼 건장하지 못한 람바 씨가 휘청거리며 벽에 몸을 기대었다. 보슬 부인이 람바 부인을 받아, 뭐라 안심시키는 말을 중얼거리고는 브랜디를 가져오라고 소리쳤다. 그러더니 느닷없이 안됐다는 표정으로 디브야를 바라보았다. 람바 씨가 몸을 일으켰다. 디브야는 그의 코끝이 무척 창백하다는 걸 눈치챘다.

"이게 다 무슨 일이에요! 이 사람은 누굽니까?"

"제 이웃 하인의 시아버지예요." 디브야가 말했다. "그 사람들이 먹을 걸 안 줘서…."

"저 사람이 누구인지는 관심 없어요." 람바 씨가 말했다. "저렇게 천한 자가 당신 건물에 살게 내버려두다니요? 위험한 사람일 수도 있다고요! 병에 걸려 있다거나…, 에이즈 같은 거 말입니다!"

람바 부인이 몸을 흔들며 보슬 부인의 손에서 벗어났다. 람바 부인은 디브야에게 삿대질을 했다.

"내 언니가 런던에서 돌아오면 무슨 말을 해야 하죠? 언니 아들이 이런 일을 당했다고요? 이렇게 끔찍한 광경을 봤다고요? 우리 불쌍한 아지트! 이러고도 당신 자신을 안주인이라고 부를 수 있나요? 상무의 아내 되는 사람이!"

람바 부인은 충격에 싸여 조용히 계단에 서 있는 다른 손님들에게 몸을 돌렸다. "이 끔찍한 곳을…, 이 사람들을…, 어서 떠납시다. 수준이라곤 없는 사람들이에요." 람바 부인이 디브야에게로 몸을 돌리더니 얼굴 앞에 손가락을 흔들어댔다. "내 생전 이런 모욕은 처음이에요!"

디브야가 죽은 남자의 시체에서 눈을 들어 위만 쳐다보는 얼굴들을 바라보았다. 보슬 부인이 고개를 가로저었지만, 아무도 람바 부인에게 반박하지 못했다.

"네, 가 주세요." 디브야가 단호한 목소리로 말했다. 샤루가 아빠 가슴에 안겨 흐느끼기 시작했다. 불쌍한 비카스. 그는 완전히 충격에 빠진 표정이었다. 보슬 부인과 라만 부인은 사람들이 지갑과 숄 찾는 걸 도와주었고, 그들 모두를 밖으로 안내했다. 디브야는 보슬 부인과 라만 부인에게 도와줘서 고맙다고 한 걸 빼고는 아무에게도 잘 가라고 인사하지 않았다. 파티에 온 사람들이 계단을 내려갈 때부터 샤투르베디 부인은 이미 높고 짜증 섞인 목소리로 이 사건에 대해 열심히 떠들었다. 저 부인들이 앞으로 있을 파티며 저녁 식사에서 이 일에 대해 말 잔치를 벌일 거라는 건 안 봐도 뻔했다.

경찰이 도착하기를 기다리는 동안, 샤루는 엄마 어깨에 기대어 온몸을 들썩이며 흐느꼈다. 디브야는 아이를 꼭 안아 주는 것 말고는 할 수 있는 게 없었다. 죄책감이 파도처럼 밀려들었다. 그 순간으로, 그 노인이 문을 두드려 샤루가 그에게 파라타를 건네주던 바로 그 순간으로 돌아갈 수만 있다면! 그 파라타가 노인을 구해 주지는 못했겠지만(그 망할 음식은 아직도 냉장고 안에 있다), 그래도 누가 알겠나? 불쌍한 남자 같으니, 그렇게 죽어버리다니! 누군가가 애써 키운 자식이 나이 들어 굶어 죽게 되다니, 공평하지 않았다…. 한순간의 무심함 때문에, 딱 한 번 깜빡하고 옳은 일을 하지 않았다는 이유로 디브야가 벌을 받는 것 또한 공평하지 않았다. 예전에 노인에게 베풀었던 모든 친절보다 더 큰 무게를 지녀야 할 만큼 그 한 번의 실수가 중하다는 것도 공평하지 않았다. 음식을 주고, 돈과 책임감을 얻을 기회를 주었던 그 모든 친절이 아무 소용없었다는 말인가? 이제는 행여 무슨 실수를 저지를까, 뭘 잊은 건 아닐까 벌벌 떨며, 발끝을 들고 세상을 걸어야 한다는 말인가? 그 벌이 그녀 혼자만의 것이라면 감당할 수 있었다. 그런데 어린아이를 대신 벌하다니, 세상은 참으로 잔인했다. 푸른 원피스의 샤루는, 열두 살이 되던 생일에, 세상에 죽음이 존재한다는 걸, 언젠가는 죽음이 자신이 사랑하는 모든 이를 집어삼키리라는 걸 배워버렸다. 홀로 쓸쓸히 사랑받지 못한 채 죽을 수 있다는 사실도. 그것을 알게 된 열두 살짜리 아이가 어떻게 예전으로 돌아갈 수 있을까?

그 순간으로…, 디브야의 마음은 계속 그 순간으로 돌아갔다. 그때 그렇게 배고프지만 않았다면! 다미얀티가 비카스에게 파코라를 주지만 않았다면, 아니 비카스가 쥐약에 관해 묻지만 않았다면….

쥐약. 서늘한 공포가 디브야를 덮쳤다. 어떻게 그 쥐약이 노인의 침대 옆에 있게 됐지?

비카스가 경찰을 기다리며 응접실을 서성이는 소리가 들렸다.

디브야가 그 파란 유리병을 둔 곳은 화장실 선반 샴푸 뒤쪽이었다. 더구나 죽은 노인의 손에 있던 작고 네모난 빳빳한 종이는 장신구 보관용 작은 서랍장 안에 두었던 것이었다. 그건 흑백 사진이었는데 어떤 사진인지 제대로 볼 틈도 없었다. 일단은 샤루가 물을 좀 마시도록 했다.

"그 노인은 나이가 많았어, 샤루." 디브야가 말했다. "게다가 아팠고. 우리가 뭘 어떻게 해도 그를 구하지는 못했을 거야."

'이렇게 우리는 아이들에게 거짓을 말하지.' 디브야는 씁쓸히 생각했다.

샤루가 물을 마시다 사레들려 기침을 했다.

"쥐들이 밤에 자기 위에서 뛰어다닌다고 했어요…."

디브야는 숨을 골랐다. "네가 쥐약을 줬니?"

샤루가 고개를 끄덕였다. "쥐들이 정말 크고 물릴까 봐 무섭다고 해서…."

디브야는 자세를 바로 한 다음 아이의 머리를 어루만졌다.

"잘 들어, 샤루. 네가 한 일은 좋은 행동이지만 다른 사람에게는 말하지 않는 게 좋겠다. 알겠니? 그 노인이 한 말이나 네가 한 일에 대해 아무 말도 하지 마. 경찰에겐 아빠랑 내가 이야기할게."

샤루의 두 눈을 동그랗게 떴다.

"아, 엄마, 설마…, 그렇게…, 그렇게 생각하시는 거예요?"

"아니다, 아니야, 아가. 지금은 조용히 하자꾸나. 다 괜찮을 거야."

경찰관 두 명이 와서 메모하고, 하인들 숙소와 카파디아 씨의 아파트 문을 두드렸지만 아무 대답이 없었다. 일요일이었고, 라누와 라누의 남편은 외출하고 없었다. 설령 카파디아 씨가 집에 있었다 해도 그는 상관하지 않았을 것이다. 경찰관들도 신경쓰지 않는 듯했다. 디브야가 경찰관들에게 라누와 그 가족이 노인을 어떻게 방치했는지 설명하자, 경찰관들은 고개를 끄덕였다. 하지만 그들을 질책할 건지 물었을 때는 어깨를 으쓱할 뿐이었다.

"늙은이들이 굶어 죽을 때마다 수사에 착수해야 한다면, 우린일을 주체하지 못할 겁니다." 그중 한 명이 말했다. 경찰관들은자리에서 일어나, 디브야의 가족을 침묵과 휘황찬란한 생일 파티의 폐허 속에 남겨둔 채 떠났다.

디브야는 화장실로 가는 길에 노인이 죽을 때 쥐고 있던 사진을 볼 수 있었다. 오래돼서 꼬깃꼬깃해진 흑백 사진이었고, 누구사진인지 알아보기란 거의 불가능했다. 앞으로 몇 달 동안 몇 번이고 그걸 들여다보며 사진 속 인물이 여자인지, 아니면 동물이나 완전히 다른 것인지 궁금해하겠지.

그날 밤 몇 년 만에 처음으로 디브야는 샤루 옆에서 잤다. 두 사람 모두 잠을 설쳤다. 디브야는 옆방 큰 침대에 혼자 있을 비카스가 안쓰러웠다. 남편의 일자리에 무슨 일이 생길지 걱정해야 할 때가 곧 오겠지. 그들의 운명이 아무도 몰랐던 노인과 묶여 있어야 한다니 너무나 이상했다. 노인의 말을 알아듣는 이도 샤루가 유일했다. 디브야는 마지막 부탁을 들어 달라는 그의 말을 샤루가 알아들었을 거라는 걸 깨닫고 충격에 휩싸였다. 그저 그렇게 죽어버림으로써, 그 노인은 세상을 보는 딸의 시각을 바꾸어 놓았고, 비카스의 경력은 물론 복잡한 네트워크를 이루는 사회관계와 유대에 영향을 미쳤을뿐더러, 디브야까지도 자신이 아직은 모르는 방식으로 변화시켰다. 디브야는 그 노인이 지난 몇 년간 더듬거리면서 자기에게 하려고 했던 말이 무엇이었을지 궁금했다. 더 유심히 귀 기울여야 했었다. 더 유심히. 그래야 했다.

　소용돌이치는 생각 한복판에 그 노인이 수수께끼와도 같이 놓여 있었다. 그날 밤 그녀가 흘린 눈물 중 얼마쯤은 노인을 위한 눈물이었지만, 서서히 잠이 몰려올 무렵 디브야는 깨달았다. 자신이 그 노인의 이름조차 모르고 있었다는 사실을.

＊

　그 후로 몇 주 그리고 몇 달이 지나는 사이, 비카스는 다니던 직장을 포기하고 이 회사 저 회사를 전전해야 했고, 도시의 다른 지역에 있는 아파트로 이사할 계획을 세우기 시작했다. 남편의 새 직장은 이전 직장만큼 권위 있는 곳이 아니었고 보수도 썩 좋지 않았다. 디브야는 남편이 행복하지 않다는 걸 알 수 있었다. 비카스는 전에 취미로 즐기던 사진 찍기를 다시 시작했고, 몇 시간 혹은 주말 내내 사라졌다가 돌아와서는, 곧장 아파트 안 창고에 차린 암실로 뛰어들어갔다. 남편은 그 끔찍했던 사건에 관해 이야기하기를 거부했다. 예전에는 남편과 모든 것에 관해 이야기했기에 디브야는 그런 남편이 불편하기만 했다. 샤루는 어린아이 특유의 회복력을 보였다. 사건이 일어난 뒤 몇 달은 학교생활을 힘들어했지만, 꽤 빨리 회복하는 모습을 보였다. 하지만 디브야는 아이의 내면에 어떤 변화가 일어났음을 알 수 있었다. 심지어 친구들과 웃고 있을 때도 샤루의 눈에는 슬픔이 어려 있었다. 언제나 마음씨 고운 소녀였던 샤루는 그 사건 이후로는 어떤 종류의 잔인함도 견뎌내지 못했고, 눈물 없이는 뉴스조차 볼 수 없었다. 디브야는 샤루가 이 세상을 어떻게 살아나갈지, 그런 공포들에 적응해 살아남는 법을 배울 수나 있을지 걱정되었다. 또한 샤루가 이 모든 것을 엄마 탓으로 돌릴까 봐 겁이 났지만, 성장 과정에서 오는 어쩔 수 없는 거리 두기를 빼고는, 그러는 기미는 보이지 않았다. 간혹 전혀 아무런 이유 없이 엄마에게로 와 강렬히 꼭 끌어안기도 했다. 그럴 때면 디브야는 샤루가 다른 종류의 언어로 무언가를 이야기하려 애쓴다는 느낌을 받았고, 그녀 또한 그 다른 언어로 샤루의 이야기를 이해할 수 있었다.

하지만 가장 특이한 변화는 다름 아닌 디브야 자신에게 일어난 변화였다. 대부분의 엄마가 그러하듯, 그녀도 사랑하는 이들이 필요로 하는 것들에 늘 민감했는데, 이제는 무슨 기미가 있기도 전에 예측할 수 있었다. 예를 들자면 샤루의 생리가 다음 날 시작한다는 걸 미리 알았고, 생리통이 심할 거라는 것도 알 수 있었다. 그래서 그런 날에는 샤루를 학교에 보내지 않았다. 비카스가 직장에서 힘든 하루를 보내리라는 걸 아침에 미리 알았고, 까마귀 칼루가 부엌 창문에 내려앉기도 전에 날개를 다친 걸 알았다.

그러나 외출을 하면, 그 노인의 죽음이 남긴 능력인지 저주인지가 이상한 형태로 나타났다. 낯선 이들을 보면 그들의 얼굴이 궁핍을 호소하는 외계인처럼, 새의 열린 부리처럼 보였다. 하지만 디브야가 가장 분명히 감지할 수 있는 이는 허기진 사람들이었다. 그들이 점심 먹는 걸 잊은 학생이든 다리 밑 거지든, 아니면 길모퉁이의 불량소년이든 시청 앞 먼지 쌓인 거리를 쓸고 있는 수척한 소녀든 대상을 가리지 않았다. 보도를 가득 메운 거대한 인간 파도 속에서도, 분주한 회사원들과 휴대폰을 들고 있는 대학생들 틈에서도, 고층 빌딩과 호화 아파트 단지들의 그늘 속에서도, 그녀는 허기지고 잊힌 자들의 거대한 무리를, 그 새롭고도 오래된 도시의 틈과 간극에서 바퀴벌레처럼 사는 그들의 존재를 감지할 수 있었다. 허기로 쩍 벌어진 끔찍한 입들이 처음에는 무서웠다. 그러나 곧 파라타를 몇 조각씩 가지고 다니며 배고픈 이들에게 아무 말 없이 나눠 주었다. 자신 외에는 아무도 못 듣는 절망의 애가(哀歌)가 조금이라도 줄어들기를 바라면서.

비록 그렇게 되지는 않았지만, 디브야는 배고픈 이들에게 파라타를 주는 걸 그만둘 수 없었다. 그러는 중에도 SF 소설은 계속 읽었다. 이 세상이 매우 기이하다는 그녀의 깨달음을 SF는 그 어느 때보다 잘 반영하는 듯했기 때문이다. SF 소설은 무척 난해한 방법으로 위대한 진실을 말하고자 한다는 걸, 문학에 심취한 속물들을 속이고 무심한 독자들을 불러 세우기 위해 설계된 일종의 암호라는 걸, 그녀는 서서히 이해하게 되었다. 외계인을 만나기 위해, 혹은 몇 광년 떨어진 사람들 간의 거리를 재기 위해, 구태여 우주로 나가야 할 필요는 없었다. 그것이 그녀가 일생을 바쳐 풀어야 할, SF가 말하고자 하는 위대한 진실이었다.

델리

Delhi

오늘 밤 유난히 도시가 그에게 강렬하게 와 닿았다. 오래된 돌, 평평한 지붕의 벽돌집, 우승기처럼 펴덕이는 화려한 빛깔의 젖은 빨랫줄, 멀구슬나무가 늘어섰고 교통체증으로 꽉 막힌 도로까지. 잠을 자려고 골라 둔 다리 위로 버스 한 대가 지나갔다. 밤에 피는 재스민의 향기와 퀴퀴한 오줌 냄새가 한꺼번에 풍겨왔고, 도로 건너편의 크리켓 경기장에 먼지가 일었다. 가까이에서 한 남자가 '비디'라고 부르는 싸구려 담배에 불을 붙였다. 반은 그늘로 가려진 야윈 얼굴. 그는 자기 자신을 보고 있다고 생각했고, 부랑자처럼 보이는 그 남자에게로 다가가서 말했다. "내 이름은 아심입니다."

남자는 담배 냄새를 지독히 풍기며 그를 노려보더니 기침을 하고 침을 뱉고서 물었다. "필요한 게 뭐여?"

아심은 황급히 뒤로 물러섰다. 그 남자는 늙은 자신이 아니었다. 어쨌건 자기가 비디 같은 싸구려 담배에 손을 대는 날이 올 거라고는 생각되지 않았다. 아심은 아무래도 불안한 다리 밑과 그곳을 지나는 조용한 거리를 떠나, 쓰레기와 무기력해 보이는 가로등들을 지나서 네온 불빛이 번쩍이는 고속도로로 향했다.

"신도시[5]는 덜 어지럽군." 아심은 생각했다. 원색이 더 많고 불빛이 눈부신 덕에, 유령들이 예전처럼 선명하지 않았기 때문이다. 하지만 언젠가 샤자한 거리에서 우유 장수 한 명이 등에 혹이 있는 흰 암소와 쨍그랑 소리를 내는 방울까지 갖추고 자기 옆을 지나는 걸 본 적 있었다. 우유 장수는 가로등을 살짝 가리는 위풍당당한 고목 아래에서 걸음을 멈추더니, 암소에게 무슨 말을 하고 나서 어스름한 황혼 속으로 사라졌다.

지금보다 젊었을 때는 자기 눈에 보이는 유령들이 죽은 자의 영혼이라고 생각했지만, 그게 아니라는 걸 이제 안다. 아심은 그 환상이 시간의 장난이라고, 시간 흐름의 한쪽이 다른 쪽을 스치며 잠시 엇갈리는 바람에 양쪽의 시간이 뒤엉킨 거라고 생각하게 되었다. 그는 수년에 걸친 몸부림 끝에, 자신이 결코 미친 게 아니라고 믿기로 했다. 자기 뇌가 다른 사람들 뇌와 다르게 생겨먹은 바람에, 시간적 동시성을 알아차릴 뿐이었다. 아심은 이런 능력을 가진 사람이 자신만이 아니라는 것도 알고 있었다. 자기

---

5 인도 북부의 대도시권이자 인도의 상공업, 그리고 정치의 중심지인 델리는 예전부터 있던 마을인 '올드델리'와 영국 식민지 시절에 새로 수도로 건설된 신도시 지역인 '뉴델리'로 이루어져 있다.

가 본 몇몇도 그를 보고는 공포에 뒷걸음질 쳤기 때문이다. 오래 전에 죽은 이나 아직 이 세상에 오지 않은 이에게, 자기가 유령 처럼 보일 거라는 생각은 재미있기도 하고 두렵기도 했다.

유령은 도시에서도 오래된 지역에서 더 많이 보였는데, 왜 그 런지는 알 수 없었다. 물론 델리가 유서 깊은 도시이긴 했다. 델리 의 역사는 신화로까지 거슬러 올라간다. 〈마하바라타〉[6] 서사시 에 따르면, 판다바 형제들[7]이 3천 년 전에 처음으로 전설 속의 도읍지인 '인드라프라스타'[8]를 발견했다. 아심이 손때 묻은 역사 교과서에서 읽은 바로는, 중세 시대에만 일곱 개의 델리가 존재 했다. 여덟 번째 델리는 '영국의 지배' 시절에 영국인들에 의해 세워졌다. 오늘날의 델리는 아홉 번째 델리이며, 지금까지 존재 한 델리 중 규모가 가장 컸다. 그런데도 아심에게 델리의 고도 (古都)들은, 배를 타고 지나가다 흘낏 보이는 신비로운 섬들처럼 여전히 살아 있고 실제로 존재했다. 아심은 자신이 보는 시간의 환영에 대해 누군가에게 털어놓고 도움을 받고 싶었다. 그의 이 야기를 진지하게 들어주고, 이 기묘한 문제의 본질과 한계를 이 해하게 도와줄 사람이 필요했다. 모순적이게도, 그가 만난 이들 중 같은 상태를 공유하고 마음이 통했던 유일한 사람은 1100년 경에 살았던 사람이었다. 그 시절은 델리의 마지막 위대한 힌두

---

6 인도 리그베다 시대의 가장 핵심적인 부족인 바라타족의 전쟁을 읊은 인도 고대의 산스크리트 대서사시
7 마하바라타에 나오는 판두왕이 두 왕비 야다브와 마드리 사이에서 낳은 다섯 아들
8 델리의 옛 지명

지배자 프리트비라즈 초한왕이 다스리던 시대였다.[9]

그 노부인을 봤을 때 아심은 '코노트 플레이스'[10]에 있는 어느 건물의 퇴색한 회랑을 지나고 있었다. 긴 치마를 입고 숄을 걸친 채 차분히 주차장을 가로지르는 노부인의 몸이, 눈에 보이지 않는 어떤 지형과 수평을 이루면서 솟았다 내려갔다 하기를 반복했다. 노부인이 아심과 얼굴을 마주했다. 두 사람 모두 걸음을 멈추었다. 노부인의 주변 풍경이 노부인의 몸에 회색 리본처럼 매달린 게 힐끗힐끗 보였다. 뒤쪽으로 안개와 어두운 나무들이 보였고, 난데없이 한여름의 신선한 비 내음이 풍겨 왔다. 노부인은 깜짝 놀란 얼굴로 아심을 향해 팔을 뻗었지만, 그를 만지지는 않았다. 노부인이 낯선 힌디 방언으로 물었다. "당신은 어느 시대 사람이죠?"

아심은 그 질문에 뭐라 대답해야 할지, 그 날카롭고 충격적인 기쁨을 어떻게 감춰야 할지 몰랐다. 그 노부인 또한 시간의 장벽을 넘어 다른 시대와 그곳에 사는 사람들을 보아 온 것이었다. 노부인이 자신의 왕은 프리트비라즈 초한이라고 하자, 아심이 자기는 초한왕으로부터 9백 년 지난 시대에 산다고 말해주었다. 그들은 각자가 본 다른 환상들에 관해 이야기를 주고받았다. 노

9 아프간·터키계 무슬림들은 이슬람 왕국을 건립하기 위해 지속적으로 인도를 공격했고 1191년에는 델리 북부까지 진격했으나 프리트비라즈가 이끄는 군대에 패했다. 그러나 이듬해 벌어진 전투에서 이슬람군이 승리를 거두면서 그 후 300여 년간 4대 이슬람 왕조가 세워졌다.
10 영국이 건설한 뉴델리의 비즈니스 센터로, 공원을 겸한 원형 광장 주위에 많은 현대식 건물들이 있다.

부인은 군대와 번쩍이는 창과 노란 수염을 기른 창백한 얼굴의 남자들을 보았다고 했다. 어떤 여자가 금속으로 된 마차를 타고 울고 있는 모습을 보았다고도 했다. 노부인이 본 환상을 아심이 다 해석해 주기도 전에, 노부인이 사라지기 시작했다. 아심이 노부인의 세계로 들어가려는 듯 노부인 쪽으로 몸을 움직였지만, 곧장 회랑 기둥에 부딪혀 넘어지고 말았다. 바닥에서 몸을 일으키는데 조롱하듯 비웃는 소리가 들려왔다. 구두닦이 소년과 구장나무 이파리를 씹던 남자가 아치 아래에 서서 아심을 빤히 쳐다보며 그 광경을 즐기고 있었다.

한번은 미치광이 황제 '모하마드 샤'[11]를 만났다. 어느 늦은 오후 아심이 '붉은 요새'[12]에서 카메라 셔터를 연신 눌러대는 관광객 무리를 피해 걷고 있을 때였다. 그날따라 유난히 고단했다. 정원사가 마른 이파리들을 태우는 냄새로 공기가 매캐했다. 해가 지자 붉은 사암 성벽이 광채를 띠었고 날이 곧 어두워졌다.

밤이 찾아와 높은 성벽과 아심이 거닐던 잔디밭을, 그리고 희미하게 빛나는 '진주 모스크'[13]의 아름다움과 한때는 이 대리석

11 무굴 제국의 황제(1719~1748). 예술을 무척 사랑했고 '사다 랑길라'라는 필명을 가졌다.
12 유네스코 문화유산에 등재된 인도 델리에 있는 성으로 1648년 무굴 제국 제5대 황제 샤 자한이 건설했다. 매년 수백만이 찾는 델리 최대의 관광지로 페르시아, 인도, 유럽 미술을 고루 배치했으며, 인도 초대 총리가 영국으로부터 독립을 선포한 곳이기도 하다.
13 무굴 제국 제3대 황제 악바르가 1565년 건설한 아그라 요새 안에 있는 모스크 중 하나로 완벽한 조형미를 자랑한다. 테라스에서 강 건너편으로 타지마할을 볼 수 있다.

테라스 아래를 흘렀지만 이제 멀리 떨어져 있는 야무나강의 나른한 굽이들을 뒤덮었다. 한 남자가 난간 너머로 몸을 숙인 채 테라스에 서 있었다. 붉은 비단 셰르와니[14]를 입고 목에는 장신구를 둘렀으며 터번에는 보석이 박혀 있었다. 남자에게서 포도주와 장미 향유 냄새가 났다. 남자는 사랑하는 사람과 이별하는 밤에 대한 노래를 술에 취해 꼬부라진 혀로 흥얼거렸다.

남작 형제의 밤 이야기…
마마드 샤여, 마셔라, 영원히 즐겁게…

1700년대 초에 살았던 모하마드 샤 랑길라가 떠올랐다. 음악과 시와 포도주를 무엇보다 사랑했던 이 황제는, 이란의 왕이 엄청난 규모의 군대를 이끌고 델리를 향해 행군한다는 경고를 무시했다. "왕이시여, 들으십시오." 아심이 절박하게 속삭였다. 자신이 과연 역사의 행로를 바꿀 수 있을지 궁금했다. "전투 준비를 하셔야 합니다. 그러지 않으면 '나디르 샤'[15]가 델리를 점령할 겁니다. 그의 군대가 수천 명을 살육하고…."

황제가 포도주로 흐릿해진 두 눈을 들어 말했다. "썩 꺼져라, 이 유령아!"

간혹 아심은 현대적 델리의 심장부에 있는 '인디아 게이트'[16]

---

14 인도의 상류 계급 남자들이 착용하는 여민 칼라형의 긴 상의
15 이란 아프샤르 왕조의 창시자. 인도 무굴 제국을 공격하여 델리를 약탈했다.

잔디밭에서 걸음을 멈추고 장사꾼에게서 아이스크림을 샀다. 그러고는 루티엔스[17]가 만든 분수 중 하나에 앉아 아이스크림을 먹었다. 아심은 일렁이는 물에 비친 불빛의 반짝임을 물끄러미 바라보며, 세상에서 가장 부유하고 오래된 문명을 불과 2백 년 만에 비참할 정도의 빈곤으로 떨어뜨린 영국 침략자들에 대해 생각했다. 영국인들은 이 거대한 건축물들을, 우아한 건물과 분수들을 지었지만 그들 또한 모든 걸 뒤로하고 떠나야만 했다. 왕들도 왔다가 떠나고, 백인들도 왔다가 떠나갔지만, 도시는 계속 존재했다. 가끔 창백한 얼굴의 백인 유령이 그의 곁을 걸어가거나 말을 타고 지나가면, 그때마다 아심은 소리를 질렀다. "너희는 끝장이야! 너희는 여길 떠나고 너희 제국도 몰락할 거라고!" 이따금 그들은 아심을 힐끗 보고 소스라치게 놀랐다. 그러고는 희미하게 사라져 버렸다.

아심은 역사 속 사건들의 발생에 자신이 어떤 식으로든 영향을 준 건 아닐까 하는 엉뚱한 상상을 하기도 했다. 어느 영국 장교의 마음속에 제국의 영구성에 대한 의심의 씨앗을 심지는 않았을까. 자신의 선의와 달리, 모하마드 샤로 하여금 다가올 침략이 진짜 위험이 아니라 악령이 부린 불리한 술책이라고 믿게 한건 아니었을까. 하지만 그 미치광이 황제를 제외하고 자신과 이야기를 나눈 누구도 역사의 흐름에서 실제로 중요한 인물은 아

---

16 인도 뉴델리의 중앙 교차로인 비자이 초크에 서 있는 전승 기념물로 제1차 세계대전 때 영국을 위해 싸우다가 죽은 인도 병사들의 넋을 기린다.
17 에드윈 루티엔스(1869~1944). 뉴델리의 설계를 주도한 영국인 건축가

니라는 걸, 자기가 자신의 중요성에 대해 착각하고 있을 뿐이라는 걸, 아심은 잘 알고 있었다.

그런데도 아심은 더욱 흥미로운 사람들을 만나게 되면 강박적으로 기록을 남겼다. 그는 두껍고 약간 허름한 공책을 늘 들고 다녔는데, 시간 모험들을 기록하는 데에 공책의 반을 바쳤다. 하지만 유령들의 모습은 너무나 선명해서 사람들 틈에서 언뜻 본 얼굴이나 추운 밤 숄을 꽁꽁 두르고 곁을 스쳐 지나가는 남자가 이 세상에 속한 자인지 다른 세상에 속한 자인지 확신이 잘 서지 않았다. 공간적이든 시간적이든 오로지 어떤 모순만이 유령과 사람을 구분 지었다.

흔한 일은 아니었지만, 풍경이 보이기도 했다. 도시의 스카이라인 사이로 점점이 궁전과 사원 첨탑들이, 분주한 대로 한가운데에 숲이 보였다. 그중에서도 가장 이상했던 풍경은, 보석으로 장식된 높은 탑들이 구름에 닿을 듯 줄줄이 뻗어 있는 모습이었다. 그러한 환영 하나하나가 모두 번개 번쩍이는 풍경처럼 특별한 에너지로 가득 차 있는 듯했다. 유령의 출몰은 무작위적이었고 반복적으로 나타나는 일이 거의 없었지만, 몇몇 장소에서는 똑같은 사람들을 계속해서 보는 느낌이었다. 예를 들어 지하철로 여행할 때면 거의 언제나, 열차를 통과해 둥둥 떠다니는 이들과 햇빛 한 번 못 본 사람처럼 창백하고 병약한 얼굴을 한 누더기 차림의 승객들을 지하철 터널에서 보았다. 처음 그들을 보았을 때는 공포에 몸이 떨렸다. '지하철이 생긴 건 바로 얼마 전이야.' 아심은 생각했다. '게다가 이건 델리에 생긴 첫 번째 지하철

이지. 그러니 내가 미래의 모습을 본 게 분명해….'

어느 날 아심은 다짐했다. 미래의 역사를 적겠노라고.

＊

그 거리의 이름은 '나이 사라크'였다. 아심은 늘 이상한 이름
이라고 생각했다. '새로운 길'이란 뜻인데 그 길은 아주 오래되어
전혀 새 길이 아니었다. 두 번만 뜀질하면 건널 수 있을 만큼 좁
았지만, 어깨가 서로 부딪힐 정도로 복작였다. 흐리멍덩한 눈 같
은 창문이 있는 집들이 구부정하게 다닥다닥 들어찼고, 그 사이
사이로 좁고 먼지 쌓인 계단과 또 그 계단보다 훨씬 좁은 골목들
이 있었다. 1층은 온통 작은 서점들 차지였는데, 그 작고 퀴퀴한
가게들에는 책더미들이 톡 쏘는 새 책 냄새를 풍기며 쌓여 있었
다. 잠이 달아나는 모닝커피 같은 냄새였다.

그날은 무덥고 그늘 한 점 없었다. 아심이 뒤따라가는 소녀는
그저 값싼 물건을 찾아 헤매는 또 한 명의 델리대학교 학생이었
다. 소녀는 지갑을 도둑맞지 않으려고 애쓰기보다는, 사람들에
게 떠밀리거나 추행당하지 않으려고 안간힘을 썼다. 맨발의 왜
소한 소년들이 철사를 엮어 만든 바구니를 들고 여기저기 뛰어
다녔는데, 바구니 안에는 레몬수를 채운 이 빠진 유리잔들이 담
겼다. 계산대 뒤에서는 선풍기가 돌아가는 소리 너머로 뚱뚱한
늙은 남자들이 무방비 상태의 핼쑥한 대학생들을 상대로 사납
게 흥정을 벌였다. 장사꾼들은 러닝셔츠만 입은 채 털이 수북한
배를 축축한 손으로 문지르며 차가운 음료를 홀짝홀짝 들이마

셨고, 흥정이 끝나면 비쩍 마른 부랑자에게 신호를 보냈다. 그러면 열에 들뜬 학생들의 손에 원하는 책이 놓였다. 늙은 남자들 중 몇몇은 "자, 젊은이, 열심히 공부해. 부모님을 기쁘게 해 드려야지." 하는 식의 설교를 덧붙이기 좋아했다.

아심은 대학 졸업 이후 오랫동안 이곳에 오지 않았다. 한낮의 밝음, 뒤쪽에 솟은 모스크의 흰색 돔, 그를 둘러싼 사람들과 땀, 사람들을 먼지 속에 가두는 구시가지의 돌담을 마주할 엄두가 나지 않았기 때문이다. 아심은 깔끔하게 다듬어진 수염을 하고 기도용 모자를 쓴 남자들의 흰 쿠르타[18]에 눈이 부셨다. 물론 이곳은 무슬림 지역인 올드델리였지만, 할머니가 해 준 이야기 속에서처럼 낭만적이지는 않았다. 할머니의 이야기에 귀를 기울이던 어린 시절이 떠오르는 건 드문 일이었다. 1947년 인도와 파키스탄 분리가 불러온 힌두교도와 무슬림 간의 광란의 폭동으로 수천 명이 목숨을 잃었고, 이후 많은 힌두교도들이 올드델리로 돌아가지 않았다. 아심의 할머니도 그중 한 명이었다. 아심은 할머니가 소녀적 살았던 곳에 대해 들려준 이야기들을 아직도 기억했다. 파라타 장수들의 거리인 '파라티-왈론-키-갈리'의 모든 가게는 갓 만들어진 온갖 종류의 납작한 빵을 팔았는데, 빵은 향신료를 친 감자나 다진 양고기, 호로파 이파리, 혹은 으깬 콜리플라워와 불같이 매운 홍고추로 속이 채워져 있었다고

---

[18] 주로 파키스탄에서 인도 북서부 일대에 걸쳐 펀자브 지방에서 입는 튜닉형의 헐렁한 셔츠

했다. 그리고 '다리바 칼란'에서는 수백 년째 세계 최상급 순은을 팔았고, 섬세한 목걸이와 발찌와 팔찌로 가득했다고 할머니는 말했다. 아심은 그곳들에 몰려든 군중 속에서 창녀와 젊은이들의 유령, 침략이 가져온 유혈 폭력, 그리고 영국 군인들에 의해 교수형 당한 왕자들의 시체를 보았다. 무너져 가는 높은 돌벽으로 둘러싸인 구시가지가 아심에게는 영원한 젊음을 꿈꾸는 노파의 심장처럼 여겨졌다.

아심의 시선을 사로잡은 그 소녀는 계속 걸어갔다. 아심은 소녀의 얼굴을 제대로 보지도 못했다. 그가 본 건 어두운 두 눈과 그 눈에 깃든 죽음뿐이었다. 오랜 시간 델리에서 살아온 끝에 아심은 이 도시에 함께 사는 시민들의 눈에서 어떤 집착 같은 걸 알아볼 수 있었다. 죽음이 가져다주는 궁극의 익명성에 대한 욕망 같은 것.

때로는 그들이 행동으로 옮기기 전에 알아챌 수 있었다. 이번처럼.

소녀가 어느 책 가게로 들어섰다. 서점 주인은 레슬링 선수처럼 건장한 체격의 젊은 남자였는데, 면 반바지 하나만 걸친 채였다. 안마사가 황금빛 근육으로 매끈한 가게 주인의 등을 찰흙을 이겨 조각하듯 안마하는 중이었다. "왓킨스의 《최신 생화학》? 한 권, 딱 한 권 남았어." 가게 주인이 소녀에게 말하고 어두운 동굴 같은 가게 안쪽을 향해 소리치자, 숙련된 작은 소년이 귀한 물건이라도 되는 양 책을 품고 나왔다. 소녀의 표정에 안도한 기색이 역력했다. 흥정이 시작되기도 전에 망한 셈이었다. 소녀는 체념

한 듯 돈을 낸 뒤 소란한 밝음 속으로 걸어 나와, 강물에 던져진 나뭇조각처럼 거리의 군중에 휩쓸렸다. 소녀는 밀치고 팔꿈치로 지르고 사람들을 뚫고 앞으로 나아가며 자신의 가슴과 등을 향해 내뻗는 이름 없는 손길들을 막았다.

아심이 잠깐 놓친 사이, 소녀는 모스크를 지나 큰길에 있는 버스 정류장을 향해 걸어가고 있었다. 버스 정류장에 다다른 소녀가 아심의 시선을 눈치채고 선수를 치듯 차가운 눈길을 보냈다. 그때 사람들로 꽉 찬 버스가 다가왔다. 버스 출입문에는 젊은이들이 요트 뱃머리라도 되는 듯 매달려 있었다. 소녀는 사람들을 헤치고 버스 쪽으로 가느라 기를 썼고, 마지막 순간에 버스의 진로 안으로 정확히 들어설 수 있었다. 버스는 감질나게 하는 델리의 버스답게 사람들과 공 주고받기 놀이라도 하듯 멈추기는커녕 속도를 거의 줄이지 않았다. 초록색과 노란색이 뒤섞인 그 거대한 금속 괴물이 소녀를 덮치기 일보 직전에도, 소녀는 책가방을 꼭 움켜쥔 채 그 자리에 얼어붙어 있었다. 아심이 행동할 순간이었다. 아심은 돌진해 버스 앞에서 소녀를 밀어낸 뒤, 땅으로 넘어지기 직전에 붙잡았다. 브레이크의 날카로운 굉음이 귓전에 울리고 버스 안내원이 소리를 질렀다. 소녀의 책들이 땅에 떨어져 흩어졌다. 아심은 소녀가 책을 줍는 걸 도왔다. 소녀는 충격에 몸을 떨고 있었다. 아심은 언뜻 소녀의 눈에서 자신의 모습을 보았다. 떠돌이, 면도하지 않은 얼굴, 헝클어진 머리.

아심이 소녀에게 말했다. "그러지 말아요. 절대로 그러지 말아요. 인생에 희망이 전혀 없는 건 아니에요. 당신이 이루어야 할 목적이 있어요." 그가 주문을 외우듯 같은 말을 되풀이하자, 소녀가 어리둥절한 표정을 지었다. 마치 자신이 자살하려 했다는 사실을 전혀 모른다는 표정이었다. 아심도 자기가 소녀를 혼란스럽게 한다는 걸 알고 있었다. 아심이 구사하는 문법적으로 정확한 힌디어와 상당한 수준의 영어는 자신이 소녀처럼 교육받은 중산층임을 보여 주었지만, 그의 외모는 전혀 아니었다. 아심은 그 소녀가 자신이 찾는 여자가 아님을 알면서도, 그래도 한번 확인해 보려고 프린트를 꺼내 보았다. 분명 소녀는 프린트 속의 여자가 아니었다. 볼은 너무 말랐고, 턱이 더 날카로워야 했다. 아심은 명함 한 장을 꺼내 소녀의 손에 쥐여 준 뒤 발길을 돌렸다. 멀리서 보니 소녀가 손에 들린 명함을 들여다보며 눈살을 찌푸리고 있었다. 소녀가 명함을 버릴까? 마지막 순간 소녀가 책과 함께 명함을 가방 속에 밀어 넣었다.

아심은 처음으로 누군가가 자신에게 명함을 내밀었던 그 순간을 너무나도 생생히 죄다 기억했다. "당신의 미래가 걱정되십니까? 비디야나트 사제와 상담하십시오. 컴퓨터가 완비되어 있고 에어컨이 있는 상담실. 그곳에서 인생의 진정한 목적을 발견하십시오." 명함에는 벌집 모양의 로고와 델리 남부에 있는 상담실의 주소가 적혀 있었다.

아심은 이 소녀와의 만남을 공책 뒷부분에 적어 넣게 될 것이다. 3년 만에 공책의 절반이 거의 다 채워졌다. 아심은 그동안 젊은 남자들이 야무나강을 가로지르는 다리에서 몸을 날리려는 걸 막았고, 여자들이 높은 빌딩에서 뛰어내리고 몸에 석유를 붓고 도심에서 교통사고로 목숨을 잃는 걸 막았다. 그 모든 게 '그녀'를 찾기 위해서였다. '그녀'의 이야기는 공책의 마지막에 적힐 이야기가 될 것이다.

그러나 공책의 나머지 반의 첫 이야기는 아심 자신의 것이었다.

✳

3년 전 아심은 야무나강 위를 지나는 다리 위에 서 있었다. 무겁고 냄새나는 안개가 공기 중에 자욱했다. 델리의 겨울 아침을 망치는 그런 안개였다. 그는 한기와 피곤에 지쳐 떨고 있었다. 늘 그를 괴롭히는 유령들에 지치고, 끝없이 반복되는 명상과 의사와 심리 상담사들과의 약속에 지쳤다. 아심은 방금 약혼자에게 편지를 썼다. 이미 위태해질 대로 위태해진 관계를 청산하자는 내용이었다. 대학 수업도 두 달 전부터 듣지 않았다. 어머니와 아버지는 각각 1년 전과 2년 전에 돌아가셔서, 그를 위해 울어줄 사람 하나 없었다. 그나마 다른 지방에 사는 친척 몇 명도 소문만 듣고 그를 골칫덩이로 여겼다.

어젯밤에 아심은 최후의 수단으로 델리를 떠나려고 했었다. 환영(幻影)이 멈췄으면 하는 바람에서였다. 그는 기차역으로 갔다. 매표소 앞에 줄을 서 있는데, 여행용 가방을 든 젊은 남자들이 거칠게 그를 떠밀었다. 남자들은 호전적인 인상에다 화려한 사리를 입은 부인들과 함께 있었다. "이름은?" 매표소 창문 너머에 있는 남자가 물었지만, 아심은 자신의 이름이 기억나지 않았다. 동굴 같은 기차역 안에서 붉은 옷의 짐꾼들이 아심의 곁을 바삐 지나쳤다. 짐꾼들은 머리에 터번을 두르고 그 위에 가방을 층층이 얹은 채로 아슬아슬하게 균형을 잡으며 고함을 질러댔다. 승객들은 거대한 물결을 이루며 플랫폼을 가로질러 지상으로 이어지는 계단을 떼 지어 올라갔다. 사람들이 팔꿈치로 찌르며 그를 재촉했지만, 아심의 머릿속은 온통 플랫폼 사이에서 가만히 자신을 기다리는 기차 생각뿐이었다. 기차가 차가운 공기 중에 연기를 내뿜으며, 따뜻한 뱀처럼 부드럽게 쉿 소리를 냈다. 델리를 떠난다고 생각하니 불현듯 두려웠다. 마침내 그는 몸을 돌려 기차역을 빠져나갔다. 기차역 밖은 춥고 별이 반짝이는 밤중이었다. 그는 마치 죽음에서 걸어 나온 사람처럼 거친 안도의 숨을 깊이 들이마셨다.

탈출을 시도했던 다음 날 아침, 아심은 바로 여기 안개 낀 다리 위에 서서 몸을 떨고 있었다. 그때 콘크리트 난간에 금이 나 있는 게 눈에 띄었다. 손가락으로 따라가 보니 금은 난간 바깥쪽에서 자라고 있는 보리수나무 새싹까지 이어졌다. 오래전 어머니가 갓 자란 보리수나무 새싹을 뽑아내고, 아심이 다치지 않게 마당에 벽돌을 깔아 준 기억이 떠올랐다. 연약한 보리수 묘목을 보며 거대하게 자란 나무를 상상하기란 정말 힘든 일이었다. 아심은 다리 너머로 몸을 숙인 채 보리수나무와 다리 중 어느 게 먼저 무너질까 생각하고 있었다. 바로 그때, 뒤쪽 길에서 기름칠 안 된 자전거 소리가 들리더니, 제멋대로 늘어진 수염을 한 남자 하나가 아심이 미처 알아차리기도 전에 안개 속에서 불뚝 나타나 아심을 난간에서 길 쪽으로 무례하게 잡아끌었다. "바보 같은 짓 하지 말아요. 그러지 말아요." 낯선 남자가 숨을 몰아쉬며 말했다. 남자의 자전거는 길 위에 내팽개쳐져 바퀴 한쪽이 아직도 돌아가고 있었다. "자, 이걸 받아요." 그 남자가 아심의 손에 작은 명함 한 장을 밀어 넣었다. 아심은 순순히 명함을 받아들었다. "그 사람들을 찾아가요. 그들이 당신에게 살아갈 이유를 찾아 주지 못한다면, 당신 엄마라도 못 찾아 줄 거요."

명함에 적힌 주소는 '사로지니 나가르' 근처의 작은 시장에 있었다. 메마르고 먼지 쌓인 네모난 잔디밭 주위에 어디를 가든 흔히 보이는 길거리 개들이 엷은 햇빛 아래 선잠을 자고 있었고, 가게들이 한 줄로 길게 늘어섰다. 아심이 찾는 곳은 커다란 자문나무 옆 길모퉁이에 있었다. 등에 혹이 달린 흰 암소 세 마리가 나무 밑에서 되새김질을 하면서 둔하고 무관심한 눈빛으로 그를 바라보았다. 아심은 자전거들의 따르릉거리는 소리와 전동 인력거와 사람들을 뚫고, 닫힌 문 앞에 섰다. 문에 걸린 작은 간판에는 '비디야나트 사제 상담소'라고만 적혀 있었다. 그는 안으로 들어갔다.

사제는 보이지 않았고 성실해 보이는 젊고 마른 남자 비서 한 명뿐이었다. 비서가 아심에게 손짓으로 의자에 앉으라고 권했다. 비서는 컴퓨터와 프린터, 그리고 이름이 새겨진 명판이 있는 책상에 앉아 있었다. '옴 프라카쉬, 델리대학교 물리학 학사 낙제.' 명함에서 약속했던 에어컨이 창문 아래쪽 절반을 차지했는데 사용하는 것 같지는 않았다. 창문 위쪽에는 거의 완성된 벌집이 있었다. 아심은 엉뚱한 곳에 온 듯한 느낌이었고 괜한 충동으로 온 건 아닌지 벌써 후회가 되었지만, 벌집이 그의 마음을 사로잡았다. 어쩌면 그렇게 정적이면서 동시에 동적일 수 있는지. 벌들은 복잡한 춤을 공연하듯 조화를 이루며 서로를 돕는 것처럼 보였다. 벌 두 마리가 컴퓨터 위를 기어 다녔고 비서 프라카쉬의 팔에도 한 마리가 있었지만, 전혀 개의치 않는 것 같았다. 프라카쉬는 사람을 해치는 벌이 아니라고 안심시키며, 자기 뒤쪽 선반에 줄줄이 놓인 꿀병들로 아심의 관심을 돌리려고 했다. 비디야나트 사제가 키우는 벌들인 모양이었다. 프라카쉬의 설명을 듣자 하니, 사제는 참으로 다양한 면이 있는 사람이었다. 비디야나트 사제는 언제나 바쁜데, 그건 사제가 도시 일도 하기 때문이라고 했다(아심은 그 대단한 사제가 실은 별 볼 일 없는 시청 직원에 불과한 게 아닌가 하는 의심을 하게 되었다). 꿀은 한 병에 10루피였다. 아심이 고개를 가로젓자, 프라카쉬는 요란스럽게 헛기침을 하고는 본론으로 들어가 이런저런 질문을 하고 대답을 컴퓨터에 입력했다. 아심은 자신이 바보처럼 여겨졌다.

"어떻게 컴퓨터가 미래를 알죠?" 아심이 물었다.

프라카쉬는 키가 크지는 않았지만 호리호리하고 기린처럼 우아한 사람이었는데, 어깨까지 들썩이며 길고 가느다란 손을 비난 조로 휘저었다.

"컴퓨터는 벌집과 같습니다. 많은 부품으로 이루어져 있는데 어느 부품도 개별적으로는 생각할 수 없어요. 하지만 부품들이 합쳐지면 생각을 할 수 있지요. 이 컴퓨터는 평범한 컴퓨터가 아닙니다. 비디야나트 사제께서 직접 만드신 컴퓨터죠."

프라카쉬가 이를 보이며 씩 웃는 순간 프린터가 윙하는 소리와 함께 작동하기 시작했다.

"이곳에 오는 사람들 모두 의미를 찾기 위해 옵니다. 각자 저마다의 진리와 고유한 목적이 있지요. 우리는 미래를 말해주지 않아요. 미래는 알 수 없기 때문입니다, 선생님. 우리는 그저 왜 살아가야 하는지 말해 줄 뿐입니다."

프라카쉬가 아심에게 출력된 종이를 건네주었다. 프린트를 처음 받아 봤을 때는 도무지 이해가 되지 않았다. 'x'자만 무작위로 나열되어 있었다. 종이를 멀리 들고서 보니 그제야 어렴풋이 여자 얼굴이 보였다.

"이게 누구죠?"

"이 그림이 무엇을 의미하는지는 선생님께서 해석하셔야 합니다." 프라카쉬가 말했다. "선생님이 살아야만 하는 이유는 이 여자를 만나기 위해서입니다. 선생님이 이 여자를 구해야 할 수도 있고, 이 여자가 선생님을 구할 수도 있습니다. 정확한 시간, 정확한 장소에서 그녀를 끔찍한 운명으로부터 구하게 된다는 의미일지도 모르죠. 이 여자는 선생님의 누이나 딸일 수도 있고, 혹은 선생님의 아내이거나, 아니면 전혀 모르는 사람일 수도 있습니다."

진하게 번져 눈처럼 보이는 곳들이 있고, 높은 광대뼈로 짐작되는 곳, 뺨을 가로질러 굽이치는 머리카락도 보였지만, 입은 거의 알아볼 수 없었다. 얼굴은 넓적한 하트 모양이었고 턱으로 갈수록 좁아졌다.

"하지만 그림이 선명하지 않아요. 이건 누구든 될 수 있잖아요. 어떻게 알아볼 수….."

"만나면 알아보실 수 있을 겁니다." 프라카쉬가 단호히 말했다. "돈은 안 내셔도 됩니다. 감사합니다, 선생님. 그리고 여기, 다른 불행한 영혼들에게 나눠 주실 명함이 있습니다."

아심은 명함 한 뭉치를 받아들고 상담소를 떠났다. 이 상담소라는 곳 자체가 믿음이 안 갔다. 게다가 무료라니. 아니 잠깐, 무료라고? 델리 같은 도시에서?

그런 의구심에도 불구하고 호기심이 강하게 일었다. 삶과 죽음에 대한 상투적인 말들, 이를테면 돌팔이 점술가가 흔히 말하는 운명론적 선고를 기대했었는데, 이 비디야나트 사제라는 사람은 진짜인 게 틀림없었다. 그저 살다 보면 정확한 시간, 정확한 장소에서 누군가를 도울 수 있다니, 그 얼마나 즐겁고 겸손한 생각인가! 시간이 지날수록 아심은 이 생각이 점점 마음에 들었고, 그 말을 믿게 되었다. 적어도 다른 걸 믿는 것보다야 나았다.

그때부터 아심은 먼지로 덮인 인도에서, 너무 많은 승객을 태운 버스에서, 그리고 지하철에서도 사람들의 얼굴을 유심히 살피며 종이 속 '그녀'를 찾아다녔다. 어느 날엔가 '그녀'가 지날 길을 가로지르기 위해 살아갔다. 지난 3년 동안 아심은 그녀가 실제로 존재한다고, 그리고 자기를 기다리고 있다고 굳게 믿었다. 아심 자신도 꽤 괜찮은 인생을 살았다. 델리 남부의 라즈파트 나가르에 있는 복사 가게에서 일했는데, 겨울밤에는 그곳에서 잠을 잤다. '디펜스 콜로니'[19]에 있는 가게 주인들을 위해 배달을 하기도 했는데, 그들은 음식과 옷을 살 수 있을 만큼 충분한 돈을 지급했다.

아심은 3년이 넘는 시간 동안 수백 장의 명함을 사람들에게 건네주었고, 델리 남부에 있는 그 상담소를 수십 번이나 찾아갔다. 아심은 이제 벌들과, 쓰지도 않는 에어컨과, 심지어는 프라카쉬에게도 익숙해졌다. 우정을 나누기에는 거리가 너무 멀었지만(순전히 성격 차이 때문이었다), 아심은 프라카쉬에게 자기가 본 유령들에 대해서도 털어놓았다. 이 같은 신뢰에 프라카쉬는 활짝 미소를 지었고, 아심의 이야기를 경이롭게 여기며 열심히 고개를 끄덕였다. 프라카쉬가 비디야나트 사제께 전해 주겠다고 했지만, 아심이 방문할 때마다 비디야나트 사제는 상담소에 없었다. 이제 아심은 비디야나트 사제라는 인물은 애초에 없었을지도 모른다고 의심하게 되었다. 어쩌면 이 모든 일 뒤에 예상 밖의 인물이 숨어 있을지도 몰랐다.

가끔은 '그녀'를 찾게 되는 게 두려웠다. 그녀를 죽음이나 죽음보다 더한 운명에서 구하고 마침내 자신의 목적을 깨닫는 걸 상상해 보았다. 그다음에는 무엇이 그를 기다릴까? 기름으로 뒤덮인 야무나강의 품일까?

그리고, 그다음에는 그녀가 아심을 구해 줄까?

---

19 델리에서 퇴역 군인들이 많이 모여 사는 지역

✳

아심이 델리를 좋아하는 이유 중 하나는 델리가 모든 규칙을 어기기 때문이었다. 델리는 정립과 반정립을 초월하는 모순의 장소였다. 이곳에서는 가축우리 같은 가난한 자들의 집부터 호화롭고 흉물스러운 부유한 자들의 저택까지 모두 볼 수 있었다. 큰길 사거리에서 부자들이 에어컨 달린 차 안에 앉아 신호등이 바뀌기를 조급하게 기다리는 동안, 뼈가 앙상하게 드러난 부랑아들이 이 차 저 차로 뛰어다니며 〈보그〉나 〈코스모폴리탄〉 같은 고급 잡지들을 팔았다. 화려한 새 고층 빌딩 사이로 암소와 길거리 개들이 어슬렁거렸고, 붉은털원숭이들이 국회의사당 주위 나무에서 제멋대로 교미를 했다.

아심은 어젯밤 제대로 잠을 잘 수 없었다. 간밤에 그가 자던 '오로빈도 마르그'[20]의 보도를 경찰이 덮쳤기 때문이다. 무슨 외국 귀빈이 아침에 방문하기로 되어 있다며, 곤봉으로 무장한 경찰관들이 길에서 하층민들을 몰아냈다. 전에도 수차례 있었던 일이지만, 아심은 오늘따라 분노와 모멸감에 화가 치밀었다. 경찰관이 내리친 곤봉에 멍든 그의 등은 수그러들 줄 모르는 더위에 후끈거렸다. 죽음은 늘 서민들의 만취한 눈 너머에 도사려 있었다. 하지만 이번만큼은 죽음이 이렇게 가까이 있다는 게 지

---

20 역사적인 사프다르 장묘 건물과 쿠트브 미나르 석탑을 연결하는 델리 남부의 간선도로

굿지굿했다.

그래서 아심은 도시 경계선을 벗어나지 않으면서도 도시를 뒤로할 수 있는 유일한 장소로 갔다. 집과 북적이는 거리들과 함께, 델리 경계선 안쪽에 숲 하나가 통째로 들어앉아 있었다. 델리의 녹색 허파라 불리는 '델리 리지', 그 시원한 숲이 그에게 손짓하고 있었다.

큰길을 조금만 벗어나도 숲은 고요했다. 들리는 건 부드러운 새소리뿐이었다. 이제 아심은 따스한 녹색 자궁 안에 있었다. 그는 아까시나무 아래에서 오래된 유적을 발견했다. 이름이 알려지지 않은 델리의 많은 중세 유적 중 하나였다. 아심은 뱀이나 전갈이 없는지 확인한 뒤, 무너져 가는 벽 아래로 기어들어가 몸을 웅크리고 잠에 빠져들었다.

잠시 후 해가 기울고 열기도 식었을 때, 누군가 '똑똑' 두드리는 소리가 들렸다. 양철 지붕에 천천히 떨어지는 빗소리처럼 부드럽고 규칙적이었다. 아심의 눈앞에 한 여자가, 아니 어린 소녀 하나가 지팡이를 들고 벽돌로 포장된 길에 서 있었다. 누가 봐도 길 잃은 눈먼 소녀였다. 그곳은 여자아이가 혼자 있을 곳이 아니었다. 아심이 헛기침을 하자 소녀가 움찔했다.

"거기 누구세요?"

소녀는 파란색 긴 치마를 같은 색 살와르[21] 위에 겹쳐 입었고 어깨에는 숄을 둘렀다. 머리에 쓴 얇은 두파타[22]가 얼굴을 반쯤

---

21 발목 부분이 조여지는 헐렁한 바지
22 인도 여성들이 쓰는 스카프

가린 탓에 윤곽이 흐릿했다. 소녀에게서 프린트 속의 여자 얼굴이 보였다. 아니 보인다고 생각했다.

"너, 길을 잃었구나." 아심은 흥분해서 목소리가 떨렸다. 그가 프린트를 꺼내려고 호주머니를 뒤졌다. 아직 잠을 자고 있는 게, 꿈을 꾸고 있는 게 틀림없었다. 벌써 얼마나 여러 번 꿈속에서 '그녀'를 보았던가. "어디 가는 길이니?"

소녀가 지팡이를 꼭 그러쥐며 어깨를 축 늘어뜨렸다.

"나야 디와스 거리로 가는 길이에요, 나리. 저는 자이푸르[23]에서 왔어요. 여기 사는 언니를 만나러 왔는데 서류를 잃었어요. 사람들이 그러는데 서류가 없으면 가난한 사람들이랑 죄인들이랑 같이 니치 딜리로 보내진대요. 저는 니치 딜리에 가기 싫어요! 언니한테 돈이 있어요. 부탁이에요, 나리. 나야 디와스로 어떻게 가는지 알려 주세요."

'나야 디와스 거리'도 '니치 딜리'도 처음 듣는 이름이었다. 뉴데이 거리인가? 델리 남부 쪽인가? 정말 이상한 이름이었다. 아심은 이마에 맺힌 땀을 쓸어 닦았다.

"그런 이름을 가진 곳은 없어. 누군가 잘못 알려 줬나 보구나. 큰길로 돌아가서 오른쪽으로 돌면 시장이 있어. 거기까지 같이 가 줄게. 아무도 해치지 않을 거야. 거기 가서 물어보자꾸나."

고맙다고 하는 소녀의 목소리에서 안도감이 묻어났다. 소녀는 이 전설적인 도시에 관해 이야기를 많이 들었다고 했다. 하늘

---

23 인도 서북부 라자스탄주의 주도

에 닿을 듯 높고 보석으로 장식된 탑들과 완벽한 정원들, 그리고 세상을 날아다니는 은빛 배 '우란 카톨라'까지. 소녀는 마침내 '정결한 도시'에 오게 되었다며 무척 신이 나 있었다.

아심이 눈을 동그랗게 떴다. 자리에서 벌떡 일어나 보니, 소녀는 이미 나무들 사이로 사라지고 없었다. 손에 프린트를 들고 있었지만 프린트를 한 번 더 보기도 전에 소녀가 사라졌다.

'내가 그 아이에게 뭐라고 한 거지? 내가 심어 준 희망에 들떠 미래의 어느 시대로 가고 있는 거지? 헛된 희망인지도 모르는데.' 아심은 두려워졌다.

얼룩다람쥐들과 졸고 있는 정글지빠귀 떼의 잠을 깨우며, 아심은 유적 주변을 휘청휘청 돌아다녔다. 하지만 우연한 기회가 아니고서는 그 소녀를 다시 만날 희망이 없음을 알고 있었다. 시간적 우연성은 예측 불가능한 저만의 규칙을 가지고 있다. 아심은 이 순간을 수도 없이 그려 보았고, 이 순간이 가져올 기쁨과 절망을 상상했었다. 그러나 이런 불안감은, 이런 불확실성은 상상도 못 했다. 그는 프린트를 다시 들여다보았다. '내가 본 유령이 프린트 속 이미지와 닮은 게 우연에 불과할까? 비디야나트 사제의 컴퓨터가 그냥 아무 이미지나 만들어 낸 거라면? 나의 탐색이, 지난 수년간의 삶이 무의미했다면 어쩌지? 그 프라카쉬란 비서와 실제로 존재하는지 아닌지도 알 수 없는 비디야나트 사제라는 작자가 나를 데리고 고약한 장난을 친 건 아닐까? 혹시 내가 스스로의 희망과 두려움에 속은 건 아닐까?'

아심은 이런저런 걸 다 떠나서 그 소녀가 걱정되었다. 할 수 있는 거라고는 한 가지밖에 없었다. 프라카쉬를 찾아가 진실을 밝혀내는 것이다. 어쨌든 '그녀'의 이미지를 만든 건 비디야나트 사제의 컴퓨터였으니까. 사제가 사기꾼이 아니라면, 그녀와 그녀의 시대에 대해 무언가를 알고 있을지도 모를 일이었다. 헛된 희망일 수도 있지만, 아심이 할 수 있는 건 그게 전부였다.

아심은 상담소로 가기 위해 지하철을 탔다. 열차는 아직 새것인 터널을 통해 도시 지하를 뱀처럼 구불구불 지나, 사람들이 몰려들어 왔다 몰려나가는 불이 환히 밝혀진 역들을 거쳤다. 어느 한 역에서 아심은 유령들을 보았다. 유령은 얼굴이 축축하고 창백했으며, 누더기를 걸치고 있었다. 햇볕을 안 쬔 지 너무 오래된 듯, 씻지 않은 몸에서 나는 악취가 풍겨 왔다. 유령은 플랫폼 시멘트 바닥에서도 솟아 나왔다. 마치 지구의 창자에서 빠져 나오는 것 같았다. 예전에도 여러 번 본 모습이었고, 아심은 그들이 상상하고 싶지도 않은 미래에서 왔다는 걸 이미 알고 있었다. 그러나 그들이 다른 미래가 아니라 그 눈먼 소녀가 사는 미래에서 왔을지도 모른다는 생각이 번쩍 들었다. 델리 남부…, 니치 딜리…, 틀림없이 바로 그곳이었다. 가난하고 버려진 자들과 범죄자들의 도시 니치 딜리는, 그가 아는 델리의 지하에 뚫리고 있는 터널 속 도시일 게 분명했다. 먼 미래에 지하철이 폐기되고, 재산을 몰수당한 사람들이 터널 속에서 사는 모습을 상상해 보았다. 땅 위의 도시에는 정원과 우아한 건물들이 더 없는 즐거움을 선사하고, 높은 탑들이 구름 너머로 하늘을 찌를 듯이 솟아 있다. 아심이 전에 한 번 본 적 있는 풍경이었다. 그 눈먼 소녀는 그곳을 '정결한 도시'라고 불렀다.

비디야나트 사제의 상담소에 도착했을 때는 해가 질 무렵이었고, 작은 잔디밭은 긴 그림자로 가득했다. 아심이 내린 정류장에 젊은 여자가 앉아서 무언가를 읽고 있었다. 어렴풋이 낯이 익었다. 여자가 아심을 힐끗 쳐다보았지만, 아심은 여자를 곁눈질로만 보았다.

아심이 상담소 문을 벌컥 열고 안으로 들어갔다. 프라카쉬가 잡지를 읽고 있다가 깜짝 놀라서 내려놓았다. 프라카쉬의 귓속에서 벌 한 마리가 기어 나오더니, 한 바퀴 크게 돌며 창문에 있는 벌집으로 날아올랐지만 아심은 미처 알아채지 못했다.

"그 비디야나트 사제라는 분은 도대체 어디 있습니까?"

프라카쉬는 살짝 당황한 표정이었다.

"사장님은 여기 안 계십니다, 선생님."

"이봐요, 프라카쉬 씨. 문제가 생겼어요. 심각한 문제예요. 프린트에 있는 그 여자를 만났는데 미래에서 온 소녀예요. 돌아가서 그 애를 찾아야 합니다. 비디야나트 사제를 불러주세요. 그 사람 컴퓨터가 그 이미지를 만들었으니 어떻게 찾을지도 알 거 아닙니까!"

프라카쉬가 안타깝다는 듯이 고개를 내저으며 말했다. "사제께선 컴퓨터를 통해서만 말씀하십니다." 그러고는 벌집을 한 번 쳐다본 뒤 아심을 보았다. "아시겠지만 사제님도 미래를 통제할 수는 없습니다. 선생님의 '목적'을 알려 주실 뿐이죠. 선생님의 존재가 왜 중요한지를요."

"하지만 내가 실수를 했어요! 소녀가 다른 시대에서 왔다는 걸 알아채지 못했다고요! 내가 무슨 말을 했는데, 뭘 어찌해 보기도 전에 그 소녀가 사라져 버렸어요. 위험에 처해 있을 수도 있어요! 정말 끔찍한 미래예요, 프라카쉬 씨. 도시 지하에 가난한 자들이 사는 또 다른 도시가 있는데, 지상에는 맑은 공기와 높은 탑들이 있고 '우란 카톨라'가 세상과 세상 사이를 날아다니는 미래죠. 거기엔 먼지도, 거지도, 가난한 사람도 없어요. 마치 외국 귀빈이 도시에 오면 경찰이 나 같은 사람들을 큰길에서 몰아낼 때처럼 말입니다. 하지만 니치 딜리는 감옥이나 마찬가지예요. 암요. 태양도 못 보니까요."

프라카쉬가 기다란 손을 휘저었다. "제가 무슨 말을 할 수 있겠습니까, 선생님."

아쉼이 책상을 돌아가 프라카쉬의 양어깨를 붙들었다. "말해 봐요, 프라카쉬 씨. 나는 한 가닥 거미줄 같은 존재입니까? 뭘 할 건지 선택도 못하고 그저 다른 사람이 쓴 대본에 따라 움직이는 건가요?"

"선생님께서는 마음만 먹으면 제 뼈를 부러뜨리실 수도 있습니다. 아무도 막지 못하죠. 야무나강에 뛰어들기로 마음먹으실 수도 있고요. 선생님이 하시는 행동은 어떤 식으로든 세상에 영향을 미칩니다. 그 효과가 미미할 때도 있지만, 보리수나무처럼 클 때도 있지요. 우리가 인과 관계라고 부르는 이것은 그저 일차적인 영향일 뿐입니다. 2차 인과 순환은 시대를 뛰어넘지요. 선생님의 환영에서처럼 말입니다. 사제께서는 '미래는 결정되지 않았지만, 미정이지도 않다'라고 말씀하셨습니다."

아심이 프라카쉬를 놓아주었다. 머리가 아프고 몹시 피곤했다. 게다가 프라카쉬는 늘 그랬듯이 말도 안 되는 소리만 늘어놓았다. 아심은 희망이 사라진 기분이었다. 상담소를 나서다가 한 가지 더 물어보려고 몸을 돌렸다.

"말해주십시오, 프라카쉬 씨. 비디야나트 사제라는 사람이 정말 존재한다면, 도대체 그가 말하려고 하는 게 뭡니까? 무엇을 이루려고 애쓰는 거죠? 그 사람은 누구를 위해 일하는 겁니까?"

"아시다시피 비디야나트 사제께서는 델리를 위해 일하십니다. 그게 아니라면 사제 자신을 위해 일하시는 거겠죠."

아심은 상담소를 나와 따스한 저녁 공기 속으로 들어갔다. 그리고 버스 정류장을 향해 걸어갔다. 사람들이 왁자지껄 떠드는 소리와 거리의 차들이 울리는 경적 소리, 길거리 개들이 짖는 소리 너머로 멀리서 벌들이 웡웡거리는 소리가 들렸다.

어렴풋이 낯익었던 그 젊은 여자가 아직 버스 정류장에 앉아 있었다. 여자는 침침한 가로등 불빛 아래에서 프린트된 종이를 열심히 들여다보고 있었다. 여자는 뭔가 할 말이 있는 것처럼 힐끗 그를 쳐다보았지만, 이내 마음을 고쳐먹은 듯했다. 아심은 시멘트로 된 벤치에 털썩 주저앉았다. 3년 동안의 기다림이 물거품이 되었다. 공책에 마지막 이야기를 적고 나면 공책을 버리는 게 나을지도 몰랐다.

아심이 기계적으로 공책을 꺼내 글을 쓰기 시작하자 여자가 헛기침했다. 보아하니 낯선 남자에게 말을 거는 데에 익숙지 않은 게 분명했다. 옷차림과 행동거지로 보아 점잖은 중산층 출신이었다. 바로 그 순간 아심은 나이 사라크 근처에서 달려드는 버스로부터 구해 주었던 소녀가 떠올랐다.

"알아볼 수 있겠어요?" 여자가 말하며 아심에게 종이를 내밀었다.

여자가 들고 있는 프린트는 아심의 그것보다도 희미했다. 아심은 종이를 뒤집어 본 뒤 눈살을 찌푸리고는 종이를 돌려주었다.

"미안하지만, 아무것도 안 보이는데요."

"이 이미지는 특이한 구조를 가진 수정으로 해석될 수도 있고, 높은 탑이 있는 도시의 스카이라인으로도 볼 수 있어요. 누가 알아요? 저는 생화학을 공부하는데, 아버지는 제가 건축가가 돼서 회사를 물려받기를 원하죠. 그걸 생각하면 제가 이 이미지에서 수정의 구조와 도시의 스카이라인을 모두 보는 게 놀랄 일은 아니에요. 사실 재미있는 일이지요."

여자가 큰 소리로 웃었고, 아심은 낮게 구시렁거렸다.

"글쎄요, 모르겠네요. 매력적이지만 바보 같은 그 옴 프라카쉬라는 사람, 사기꾼 같은 구석이 있어요. 그나저나 오해하셨어요. 그 날…, 그 날 저는 죽으려 했던 게 아니에요." 여자의 목소리는 약간 방어적으로 변했다.

하지만, 아심이 그 날 여자의 눈빛에서 본 건 '오해'가 아니었다. 그 날이 아니었다면 어느 다른 시간에 생길 일이었다. 그리고 분명 여자도 그걸 알고 있었다.

"그래도 그냥 무작정 여기로 왔어요." 여자가 황급히 덧붙였다. "그리고 이 이미지를 보며 제 인생에 대해 생각했죠. 벌써 몇 가지 결심도 한 걸요."

버스 한 대가 요동치며 멈춰 섰다. 여자가 버스를 보고 아심을 한 번 본 다음 머뭇거렸다. 아심은 여자가 자기와 이야기하고 싶어 한다는 걸 알았지만, 계속 공책에 끄적거리기만 했다. 버스가 떠나기 직전에서야, 여자는 어깨에 가방을 메고 아심에게 손을 흔든 뒤 버스에 올라탔다. 아심이 처음 여자의 눈에서 보았던 표정이 그 순간 사라졌다. 이제 여자는 전혀 다른 사람이었다.

아심은 공책에 글쓰기를 멈추고, 야무나강을 가로지르는 다리 중 하나로 자기를 데려다줄 버스에 올라탔다. 불가피하다는 느낌이 들었고 이상하게도 옳은 일 같았다.

*

아심은 다리의 콘크리트 벽에 기대어 어두운 강물 속을 들여다보았다. 자주 다녀서 익숙한 장소였다. '그동안 내가 이 다리에서 사람을 몇 명이나 구했을까?' 시멘트 틈새에서는 여전히 보리수나무 싹이 자라고 있었다. 시청에서 지속적으로 제거 작업을 했지만, 뿌리가 너무 깊어서 완전히 죽이기는 어려웠다. 그의 등 뒤로 자동차 불빛들이 번쩍였고 경적 소리와 자전거 따르릉거리는 소리가 들렸다. 아심은 공책을 난간 벽 위에 올려 두고, 진즉 누구에게든 줘 버리지 않은 걸 후회했다. 이를테면 버스 정류장에서 만났던 여자라든가. 제 손으로는 도저히 버릴 수가 없었다. 이상한 권태감과 상실감에 사로잡혀, 생각도 행동도 모든 게 늘어졌다.

아심이 다리 난간 벽에 올라갈 준비를 했다. 콘크리트 위의 손이 축축하고 미끄러웠다. 그때 뒤에서 누군가 "잠깐!" 하고 외치는 소리가 들려 아심은 뒤를 돌아보았다. 마치 왜곡된 거울을 들여다보는 것 같았다. 소리친 남자는 푹 꺼진 볼에, 며칠 동안 면도를 안 했는지 턱수염이 까칠하게 자라 있었다. 숱이 많은 머리는 엉클어졌고, 머리카락은 가늘고 희끗희끗했다. 남자는 손에 명함 한 뭉치를 들고 있었다. 한쪽 뺨에 맞아서 부은 자국이 있고, 뜯겨 나간 왼쪽 소매는 녹물 같은 것으로 얼룩이 졌다. 표범 같은 눈은 엄청난 절박감으로 불타고 있었다. "아심." 그 낯설지 않은 낯선 자가 뛰어온 사람처럼 숨을 몰아쉬며 살짝 갈라진 목소리로 말했다. "안 돼…." 남자는 벌써 희미하게 사라지고 있었다. 아심이 손을 뻗었지만 만져지는 건 공기뿐이었다. 수많은 질문이 떠올랐지만, 말을 꺼내 보기도 전에 그 남자의 모습은 사라지고 없었다.

아심은 오히려 반항적인 충동이 일었다. '만일 지금 강물로 뛰어든다면, 나의 행동이 미래에 어떤 결과를 초래할까?' 도시가 그를 상대로 벌이는 이 게임에서, 어쩌면 그것이 이기는 길일지도 몰랐다. "난 너의 장난질이 지긋지긋해." 그러나 그 충동은 곧장 누그러졌다. 아심은 대신 프라카쉬가 이야기해 준 2차 인과 순환에 대해 생각했다. 붉은 요새 너머로 지는 태양과, 올드델리의 구불구불한 골목길과, 시민들의 눈꺼풀 아래 잠자고 있는 죽음을 떠올렸다. 아심은 천천히 먼지 쌓인 보도에 앉아, 두 손에 얼굴을 파묻었다. 그의 어깨가 들썩였다.

아심은 한참이 지난 후에야 자리에서 일어섰다. 앞에 놓인 길은 그를 어디로도 데려갈 수 있었다. 코노트 플레이스의 빛바랜 회랑과 환한 복작거림 속으로도, 버려진 크리켓 공과 조용한 스윙이 있는 적막한 공원으로도, 꾸벅꾸벅 조는 암소들과 고목으로 둘러싸인 숙박용 방갈로들이 있는 오래된 공영 정착지로도. 먼지투성이 샛길과 넓은 도로와 델리의 허물어져 가는 유적들이 그의 눈앞에 있었다. 시끄럽고 요란한 시장과 유리로 된 하이테크 고층 빌딩과 부자들의 성채가 자리 잡은 현란한 소수 민족 거주지들, 그리고 길모퉁이의 불량배와 거지들. 한 발짝만 내디디면, 강이 죽은 자들을 맞아들이듯 도시가 그를 집어삼킬 것이다. 그는 도시의 혈관 속을 흐르는 혈구 하나에 불과했다. 축복을 받든 저주를 받든 그 안에서 살다가 죽을 것이다. 이따금 자신의 목적을 보겠지만, 완전히 이해하지는 못한 채로.

아심은 고속도로의 힘찬 소란을 우두커니 응시하다가 기발한 생각을 떠올렸다. 그동안 의식의 표면 아래에서 부글거리던 생각이었다. 어렸을 때 책에서 본 사진인데, 밤에 본 아시아의 위성사진이었다. 볼록 튀어나온 지구의 캄캄한 부분에 발광 균류처럼 생긴 빛의 매듭들이 있었다. 그때는 그것들이 어둠 속으로 촉수를 뻗는 것 같다고 생각했다. 이제 그는 복잡성과 광대함이야말로 서서히 깨닫기 위한, 정신을 차리기 위한 충분조건이 아닐까 생각했다. 프라카쉬를 생각했다. 그 바보 같은 웃음과 까닥

거리는 머리, 그리고 벌과의 수상쩍은 친밀감. 비디야나트 사제가 진짜 누구인지, '델리를 위해 일한다'는 게 무슨 의미인지, 과연 프라카쉬가 그에게 말해줄까? 도무지 그럴 것 같지 않았다. 아심은 마침내 깨달았다. 자신이 앞으로 해야 할 일은 다른 게 아니라 이제껏 해왔던 일이었다. 자기 같은 사람들을 찾아다니는 것 말이다. 가난한 자들과 절박한 자들, 두 눈에 죽음을 담고 걷는 사람들을 찾아내는 것. 델리의 욕구는 기이하고 이해할 수 없었다. 도시는 다른 아무것에도 의지하지 않는 독립체로, 매일매일 팽창해 인근 시골을 집어삼키고, 종국에는 빨아들일 위성 도시와 마을을 낳았다. 이제 도시는 땅속에 굴을 파는 중이었고, 나중에는 심지어 별을 향해서도 그 긴 손가락을 뻗을 것이다.

지금 그에게는 이 모든 이야기를 함께 나눌, 이 미친 생각들을 진지하게 받아들일 사람이 가장 필요했다. '그래, 상담소 근처 버스 정류장에 그 여자가 있지.' 전에 그가 나이 사라크에서 구했던 바로 그 소녀였다. 프라카쉬라면 주소를 알고 있을 것이다. 여자는 그와 이야기하고 싶어 했다. 어쩌면 그녀가 그의 이야기를 들어줄지도 모른다. 아심은 여자가 보여 줬던 프린트를 떠올렸고 그녀의 미래와 앞으로 올 델리, 그를 매료시키고 두렵게 하는 그 도시가 어떻게 관련되어 있을지가 궁금했다. "세상 사이를 날아다니는 배" 우란 카톨라가 존재하는 델리, 굶주리고 잊힌 자들이 지하 묘지에서 사는 델리. 미래에서 온 자기 자신에게 더 많은 질문을 할 수 없었던 게 안타까웠다. 어떤 폭력이 자신을 기다리고 있다는 걸 알기에(확실하지는 않았다. 그렇게 단순한 문제가 아니었다), 아심은 두려웠다. 그저 궁핍이 몰려들 걸 두려워하는 게 아니었다. 어렴풋하지만 앞으로 닥칠 고투는 아심의 볼에 상처를 내고, 팔을 상하게 하고, 그의 영혼에 말로 다 할 수 없을 짓을 저지를 것이다. 그러나 지금으로써는 할 수 있는 게 없었다. 자신만의 시간의 흐름에 갇혀 있는 것만 같았다. 아심은 공책을 집어 들었다. 손 안의 공책이 이상하리만치 무겁게 여겨졌다. 그는 끈적끈적한 눈물을 눈가에서 닦아 내며, 천천히 밤의 어둠 속으로 휘청휘청 걸어 들어갔다.

자신을 행성이라
생각한 여자

The Woman Who Thought She Was a Planet

람나스 미슈라의 삶은 어느 날 아침에 영영 바뀌어버렸다. 그날, 지난 40년간 고수해온 의식대로 베란다에서 신문을 열심히 읽고 있던 그 앞에 아내가 찻잔을 탁 내려놓으며 선언했다. "마침내 내가 무엇인지 알았어. 나는 행성이야."

람나스가 은퇴한 뒤로 두 사람 다 불편해졌다. 그는 멀찍이 서서 아내를 가정의 인자한 군주이자 이제 다 큰 아이들의 어머니로 아는 데에 만족했으며, 그 이상의 상세한 건 전혀 알고 싶어 하지 않았다. 카말라 입장에서는 남편이 옆에 있는 걸 언짢고 불편하게 여기는 듯했다. 아내의 본분을 다하는 전통적인 인도의 부인이라는 그녀의 겉치레는 첫 주가 지나자마자 떨어져 나갔다. 지금 람나스는 얼굴을 찌푸리며 자신만의 평화로운 시간을 방해한 아내에게 엄하게 한소리 해야겠다고 마음먹고 신문을 내려놨다가, 그러기는커녕 놀라서 찍소리도 못한 채 입을 떡 벌리고 말았다.

아내가 일어서서 입었던 사리를 풀고 있었다.

람나스는 의자에서 굴러떨어질 뻔했다.

"뭘 하는 거야, 정신 나갔어?" 그는 펄쩍 뛰듯이 아내에게 다가가 한 손으로 푸른 면직 사리 자락을 잡고 다른 손으로는 아내의 팔을 붙들고는 혹시라도 근처에 하인들이나 정원사가 있지나 않은지, 아니면 여름 햇빛으로부터 베란다를 가려주는 부겐빌레아 가지들 사이로 엿보는 이웃이라도 없는지 연신 두리번거리며 사방을 살펴보았다. 그의 손에 붙잡힌 아내가 불길한 시선으로 그를 뚫어지게 쳐다보았다.

"행성에게는 옷이 필요 없어." 그녀가 대단히 위엄 있게 말했다.

"당신은 행성이 아니야, 미친 거지." 람나스가 말했다. 그는 아내를 침실로 몰아넣었다. 고맙게도 세탁부는 나간 뒤였고, 요리사는 주방에서 라디오 소리에 맞춰 음이 맞지 않는 노래를 부르고 있었다. "세상에, 사리 좀 제대로 입어."

아내가 순순히 그의 말에 따랐다. 람나스는 아내의 눈에 눈물이 번지는 걸 보았다. 문득 짜증과 함께 걱정이 몰려왔다.

"어디 아픈 거 같아, 카말라? 쿠마르 선생한테 전화할까?"

"아프지 않아." 그녀가 말했다. "나는 밝힐 게 있을 뿐이야. 나는 행성이야. 나는 인간이었고, 여자였고, 아내이자 어머니였지. 나는 내게 그런 거 말고 뭔가 다른 건 없을까 늘 궁금했어. 이제 알았어. 행성인 게 나한테 이롭기도 해. 간장약도 끊었으니까."

"이봐, 당신이 행성이라면…." 람나스가 격분해서 말했다. "당신은 별 주위를 도는 죽은 물체일 거야. 아마 대기와 여기저기 기어 다니는 살아 있는 것들이 있겠지. 지구나 목성처럼 아주 커야 할걸? 당신은 행성이 아니라 살아 있는 사람, 여자야. 반듯한 가정에서 나고 자란, 우리 가족의 명예를 손에 쥐고 있는 숙녀라고."

아내가 고개를 끄덕이며 미소를 짓고는 머리 매무시를 가다듬었기 때문에 그는 자신이 설명을 너무 잘했다고 생각하며 만족했다. "가서 점심상 차려야겠어." 아내가 평소의 목소리로 말했다. 람나스는 남자로서 해야 하는 이 모든 일에 고개를 절레절레 흔들며 베란다로 나가 다시 신문을 집어 들었다. 하지만 최근에 총리가 벌인 기행에 통 집중할 수가 없었다. 갑자기 40년을 같이 살아온 사람을 잘 모른다는 사실이 다소 무서운 일이 될 수 있다는 생각이 떠올랐다. 저 여자는 대체 어디서 저런 이상한 발상을 얻게 됐을까? 그는 오래전에 종조모가 미쳐서는 조상 대대로 살던 집의 바깥 화장실에 들어가 문을 걸어 잠그고 짝짓기 철을 맞은 큰두루미처럼 새된 소리를 지르기 시작했던 때를 떠올렸다. 무슨 일인가 싶은 이웃들이 안마당에 떼로 몰려들어 입에 발린 동정을 건네며 격려의 말을 외치는 가운데 그들은 겨우겨우 그녀를 끌어냈다. 사람들의 부축을 받으며 부서진 문짝으로 나온 종조모는 얼마나 고요해 보였던가. 분명 순순한 굴종의 표시로 고개를 숙이고 있던 종조모가 어떻게 아무 사전 경고도 없이 갑자기 자기 남편의 팔을 물어뜯기 시작했는지 그는 똑똑히 기억하고 있다. 종조모는 란치에 있는 정신병자 보호시설에서 생을 마감했다. 가족들이 얼마나 끔찍한 망신을 겪었던가. 그 불명예, 점잖은 상류 중산층 가문에 미친 사람이라니. 그는 갑자기 몸을 떨면서 신문을 내려놓고 쿠마르 선생에게 전화를 걸러 갔다. 쿠마르는 함부로 입을 놀리지 않을 거야. 우리 집안을 잘 아는 친구니까….

누군가 커튼을 쳐서 아침 햇빛을 가린 바람에 응접실이 온통 캄캄했다. 요리사가 노래를 그만두자 부자연스럽게 조용한 집 안이 마음에 걸린 그는 더듬더듬 더듬으며 창문보다 가까운 전등 스위치로 향했다. "카말라!" 그는 아내를 소리쳐 불렀고, 자신의 목소리가 떨리는 걸 듣고는 신경질이 났다.

갑자기 방 반대쪽 커튼이 홱 젖혀지면서 햇빛이 폭발하듯 그의 눈을 찔렀다. 거기 자신의 아내가 발가벗은 채 두 팔을 활짝 벌리고 태양을 향해 서 있었다. 그녀가 천천히 돌아서기 시작했다. 얼굴에는 축복을 받은 듯한 표정이 어려 있었다. 햇빛이 그녀의 풍만한 몸을, 넉넉한 대지와 쭈글쭈글한 아랫배와 엉덩이로 겹겹이 흘러내리며 접힌 살을 씻어주었다.

람나스는 공포에 사로잡혔다. 그는 냅다 창문으로 달려가 커튼을 홱 닫고는 아내의 두툼한 어깨를 붙잡고 격하게 흔들었다.

"당신 미쳤어? 이웃들이 뭐라 생각하겠어! 대체 내가 뭘 잘못했기에 이런 일을 당해야 해?"

그는 아내를 침실로 끌고 들어가 두리번거리며 사리를 찾았다. 웃옷과 속치마, 그리고 사리가 침대에 아무렇게나 구겨진 채 내던져져 있었다. 이건 이것대로 불안한 징조였는데, 아내는 보통 강박적일 정도로 정리정돈에 집착했었기 때문이다. 사리를 어떻게 입히는지 전혀 아는 바가 없다는 사실이 떠올랐다. 모기장 틀에 깔끔하게 갠 나이트가운이 걸려 있는 걸 본 그는 그걸 잡아챘다. 아내가 그의 손아귀에서 벗어나려고 용을 썼다.

"당신, 부끄러운 줄도 모르는 거야? 이거 입어!"

잠시 후에 어렵사리 아내에게 나이트가운을 입히고 보니 앞뒤가 뒤집혔다. '그건 상관없어.' 그는 생각하며 아내를 침대에 앉혔다.

"여기 가만히 앉아서 움직이지 마. 난 의사한테 전화할 테니까. 요리사는 나갔지?"

아내가 그를 쳐다보지도 않고 고개만 끄덕였다. 응접실에 간 람나스는 잠시 머뭇거리다가 커튼을 젖히는 대신 불을 켰다. 그는 자기 몸의 일부분이 발가벗은 그녀와 실랑이를 벌이는 와중에 반응한 것을 알고 신경질이 났다. 그는 단호하게 모든 잡생각을 물리치고 전화기로 다가갔다.

쿠마르는 병원 응급 상황에 불려가서 집에 없었다. 람나스는 의사 친구에 대해서 잠시 나쁜 생각을 했다. "돌아오는 대로 전화 달라고 전해줘. 아주 급한 일이야." 그는 쿠마르의 하인에게 당부한 다음 수화기를 쾅 내려놓고 다시 침실로 돌아갔다. 아내는 누워 있었고, 확실히 잠들었다.

그날 온종일 람나스는 아내를 감시했다. 점심때쯤 되자 아내가 사리로 갈아입고 머리를 빗었다. 요리사가 양파와 쿠민, 생강, 고추 양념을 넣고 뭉근히 끓인 병아리콩 스튜를 내왔다. 특별한 일이 있을 때만 먹는 바스마티 쌀밥도 곁들여 나왔고, 가지를 작게 잘라서 튀긴 뒤에 토마토와 향신료를 끼얹은 요리도 나왔다. 아내가 제일 좋아하는 요리가 뭔지 짐작조차 가지 않았던 람나스가, 어쩌면 맛있는 음식을 먹으면 아내의 광증이 사라질지도 모른다는 희망을 품고 뭐든 아내가 좋아하는 요리를 해달라고 요리사에게 요청한 결과였다. 하지만 아내는 꿈꾸는 표정을 하고서는 무심하게 음식들을 뒤적거렸다. 아내의 생각이 어디 먼 콩밭에 가 있는 게 확실했다. 람나스는 분노와 자기연민의 물결이 밀려오는 걸 느꼈다. '대체 내가 뭘 잘못했기에 이런 일을 당하는 걸까?' 그는 40년, 아니 그 이상을 열심히 일했고, 중앙정부에서 선임 관료 단계까지 올랐다. 그는 두 아들의 아버지였다. 이런 일이 닥치고 보니 아들이 아니라 지금 같을 때 부탁을 할 수 있는 존재, 딸이었으면 더 나을 뻔했다는 생각이 잠시 머리를 스쳤다. 그는 마음속으로 연세 지긋한 여자 친척들을 재빨리 꼽아보았다. 하지만 그들은 다 죽었거나 아니면 다른 도시나 시골에 살았다. 왜 저 빌어먹을 의사는 전화를 안 하는 거지?

람나스의 좋은 시절은 완전히 망가졌다. 그는 저녁마다 시니어클럽에 나가 다른 은퇴자들과 체스를 두곤 했지만, 오늘은 감히 아내 곁을 떠날 엄두가 나지 않았다. 아내는 다른 사람한테는 안 그러면서 자기한테는 꼭 필요한 용무가 있을 때만 입을 열었다. 요리사에게 지시를 내리고 직접 응접실에 있는 사진과 골동품들의 먼지를 터는 아내는 겉으로 보기에는 침착했지만, 그는 그녀가 꿈꾸듯이 입술에 미소를 머금은 채 자신만의 세계를 들여다보고 있음을 알아챘다. 그는 의사에게 다시 전화를 걸었다. 그 빌어먹을 바보는 잠시 집에 들렀다가 파티 복장으로 갈아입고는 급한 전갈을 받지도 않은 채 집을 나서고 말았단다.

그날 밤은 람나스 인생에서 최악의 밤이라 할 만했다. 아내는 잠을 자면서도 부두에 묶어놓은 배가 줄을 풀고 도망가려는 것처럼 뭔가 보이지 않는 구속력에서 벗어나려는 듯 몸을 뒤척였다. 람나스 자신은 행성들과 뚱뚱한 나체 여성들이 나오는 악몽 때문에 괴로웠다. 그는 몇 번이나 잠에서 깨어, 쇠어가는 머리카락이 온통 베개를 뒤덮고, 벌린 입마저 반쯤 머리카락에 가린 채 잠을 자는 아내를 유심히 지켜보았다. 아내가 숨을 내쉴 때마다 머리카락 한 줌이 불려 나왔다. 그 머리카락에 뭔가 끔찍한 생물 같은 속성이 있는 것 같았다. 그는 손을 떨지 않으려고 애쓰면서 아내의 얼굴에 걸린 머리카락을 쓸어 넘겼다. 창에서 들어오는 달빛을 받은 아내의 얼굴은 달 표면 같았다. 나이 탓에 패고 푹 꺼지고 갈라졌다. 낯선 사람 같았다.

다음 날 아침 아내는 다소 가라앉은 듯했지만, 보통 한낮이면 차크라바티 부인이나 자인 부인을 만나러 가곤 했는데 그날은 그러지 않았다. 전화벨이 울리는데도 아내는 전화를 받지 않았다. 그 무신경함에 격노한 람나스가 수화기를 들자마자 냅다 소리를 질렀다가 자인 부인의 냉정한 목소리에 몸 둘 바를 모르고 쩔쩔매게 되었다. "아내가 몸이 좋질 않아서요." 그는 말을 뱉자마자 후회했다. 10분 뒤, 잔뜩 걱정스러운 표정의 자인 부인이 차크라바티 부인과 함께 과일과 차크라바티 부인의 시어머니가 만든 특별한 약초 액을 들고 모습을 드러냈다. 람나스는 제발 자기를 괴롭히지 말고 꺼지라고 말하고픈 충동을 잠시 느꼈지만, 사락거리는 풀 먹인 면직 사리를 입은 둘의 기혼 부인다운 모습에, 향수를 뿌리고 헤나로 물들여 그처럼 깔끔하게 쪽을 진 둘의 머리 모양에, 자매 같은 사이인데 응당 걱정되는 게 당연하지 않느냐는 둘의 분위기에 완전히 꼬리를 말고 말았다. 카말라가 누웠던 침실에서 나와서 기대하지도 않았는데 너무 반갑다는 듯이 그들을 맞아 방으로 데리고 들어갔다. 추방된 람나스는 집에서 만든 레몬수라도 내드릴까 하는 요리사의 제안을 거절했다가 다시 받아들이고서 뜨거운 베란다에 속을 끓이며 앉아 있었다. 침실 안에서는 여자들이 해변에 오른 고래들처럼 침대에 퍼져서 레몬수를 홀짝거리며 수다를 떨고 깔깔거렸다. 그는 여자들이 무슨 수다를 떠는지 알 수 없었다. 하지만 가면 갈수록 적어도 아내가 보통 때처럼 행동하고 있다는 사실에 마음이 놓였다. 아마도 친구들이 온 게 좋았던가 보다. 오늘 저녁에는 클럽에 갈 수 있을지도 몰랐다.

여자들이 떠나자마자 카말라는 다시 조용하게 무관심한 태도로 돌변했다. 그사이 쿠마르 선생이 전화했다. 그 바보는 고집스럽고 정확하게 아내의 어디가 문제인지 묻기만 했다. 아내가 자신을 쳐다보는 걸 느낀 람나스는 뭐라 해야 할지 할 말을 찾지 못했다. "거 여자들 문제 있잖아." 그는 마침내 궁색하게 말했다.

"전화로는 설명할 수가 없네. 여기 올 수 있어?"

그날 저녁 쿠마르가 와서 저녁을 먹고 갔다. 의사는 카말라의 혈압을 재고 심장 소리를 들었다. 과묵하고 젊은 조수가 추가 검사를 위해 피를 뽑았다. 그러는 동안 카말라는 상냥한 관심을 표하며 의사 가족의 근황을 묻는 등 침착하고 공손한 태도를 유지했다. 람나스는 문득 아내가 이미 광증을 자유자재로 숨길 수 있다는 그 악명 높은 '교활하게 미친 사람'의 단계에 이른 게 아닌가 생각했다.

"자네가 잘못 본 것 같은데, 람나스." 이틀 후에 의사가 전화를 걸어왔다. "다 정상이야. 자네 부인은 사실 전보다 훨씬 건강해졌어. 이상하게 행동했다면 뭔가 정신적인 문제일 거야. 그게 꼭 병의 신호인 건 아니지만 말이야. 여자들이란 이상해. 여자들은 뭔가 원하는 게 있을 때 이상한 행동을 하곤 하잖아. 자네 부인은 바깥 활동을 해야 해. 아들네를 방문하는 것도 좋고. 손주들이 도움이 될 거야."

하지만 카말라는 도시를 벗어나려 하지 않았다. 의사의 충고에 따라 바깥바람을 쐬는 게 도움이 되기를 바라며, 람나스는 마침내 저녁마다 자기와 같이 산책하자고 아내를 설득했다. 그는 철저하게 그녀를 감시했다. 아내가 어깨에 두른 사리 끝자락에 손이라도 댈라치면 그는 경고하듯이 으르렁거리며 그녀의 손을 찰싹 때렸다.

동네의 좁은 도로를 따라 쏟아질 듯한 황금색 꽃차례들이 폭포처럼 늘어진 황금소나기 나무들이 줄지어 서 있었다. 운동장에서는 큰 아이들이 저물어가는 빛 속에서 마지막 크리켓 게임을 끝내는 참이었고, 조무래기 아이들은 먼지 속에 쭈그리고 앉아 구슬치기를 했다. 아이들은 어슬렁거리는 암소들과 바람을 쐬는 차분하고 나이 든 시민들은 아랑곳하지도 않았다. 각자의 집 앞 베란다에 앉았던 이웃들이 소리쳐 인사를 건넸다. 희망과 공포 사이에서 갈피를 잡지 못한 채 람나스는 자주, 그리고 비밀스럽게 아내의 얼굴에서 뭔가 광증이 시작되는 신호를 찾았다. 석양을 바라보며 황홀한 한숨을 내쉴 때 말고는 걷는 내내 최면상태에 빠진 것처럼 보였지만, 어쨌든 아내는 줄곧 평온하고 사교적이었다.

그다음 주에 카말라는 두 번이나 옷을 벗으려 했다. 람나스가 용케 두 번 다 제지했다. 두 번째에는 자칫 놓칠 뻔했다. 그는 아내가 속치마와 웃옷만 걸친 채 길거리 노점상들과 크리켓 경기를 하는 아이들과 점잖은 노년 신사들에게 빤히 보이는 진입로로 막 뛰어들려는 찰나에 그녀를 붙잡았다. 그는 아내를 붙잡고 씨름을 하며 침실로 몰아넣고는 제정신을 불어넣어 보려고 애를 썼지만, 아내는 계속해서 몸부림을 치며 울기만 했다. 마침내 짜증이 난 그가 커다란 철제 받침에서 대여섯 장의 사리를 꺼내 침대에 던졌다.

그가 간절하게 말했다. "카말라, 행성에도 대기가 있어. 여길 봐, 이 회색 사리, 이거 소용돌이 구름 같잖아. 이건 어때?"

아내가 즉시 조용해졌다. 여름에 입기에는 적당치 않은 견직 옷감이었지만 그녀는 회색 사리를 두르기 시작했다.

"마침내 내 말을 믿어주네, 람나스." 아내가 말했다. 목소리가 변한 것 같았다. 더 깊고, 더 힘 있는 목소리였다. 그는 혼비백산해서 아내를 쳐다보았다. 남편을 이름으로 부르다니! 젊은 청년 세대라면 전혀 문제 될 것 없지만, 전통을 따르는 점잖은 여성이라면 절대 자기 남편을 이름으로 불러서는 안 되는 법이다. 그러나 그는 거기에 대해 당장은 아무 대응을 하지 않기로 했다. 적어도 아내가 옷을 입었으니까.

밤에 람나스는 자리에 누워 숱한 의심과 공포들과 씨름했다. 열린 창으로 불어온 산들바람이 모기장을 흔들었다. 별빛 속에서는 그의 아내가, 그 방이, 모든 것이 낯설어 보였다. 그는 한쪽 팔로 머리를 괸 채 옆에 누운 낯선 이를 지켜보았다. 소리소문없이 아내를 란치에 있는 보호시설에 가둘 수 있다면 그렇게 해야겠다는 생각이 머리를 스쳤다. 하지만 그녀에게는 저 넋이라도 홀린 것 같은 멍청이 쿠마르가 있었다. 아내가 쿠마르의 병든 어머니 안부를 얼마나 다정하게 물어봤는지, 그가 최근에 유력한 의사협회에 가입하게 된 걸 얼마나 축하해줬는지 보라지. 쿠마르는 오래전부터 그의 가족과 아는 사이였는데, 람나스는 갑자기 쿠마르가 늘 자기 아내에게 특별한 애착을 뒀다는 생각을 하기에 이르렀다. 아내에게 그처럼 교활한 면이 있으리라고 누가 생각이나 했을까? 이제 사방에 펼쳐진 머리카락과 끔찍한 동굴 같은 입을 벌리고 잠든 아내를 보고 있자니, 그냥 아내가 죽어버리면 자기 인생이 얼마나 편안해질까 하는 생각마저 일었다. 그런 생각이 들자마자 부끄러워졌지만, 그는 그 생각을 떨칠 수가 없었다. 그 망상이 그에게 소리치고 유혹하며 머릿속에서 울려 퍼지는 바람에 그는 마침내 그녀가 스스로 죽지 않는다면 자신이 직접 그녀를 죽일 수밖에 없을 거라고 확신하게 되었다. 사람이 이렇게 살 수는 없는 법이었다.

매일 밤 아내를 바라보면서 아내를 죽일 여러 방법을 상상하는 것이 그에게는 하나의 의식이 되었다. 처음에는 그런 자신에게, 선하고 훌륭한 전직 관료가 자기 아들들의 어미를 어떻게 살해할까 하는 끔찍한 생각에 골몰한다는 사실에 충격을 받았다. 하지만 그 생각이, 스스로에게는 판타지라고 말하는 그것이 즐거움을 준다는 사실은 부정할 수 없었다. 비밀스럽고 남부끄러운 종류의, 결혼 전의 섹스 같은 그 즐거움이라니, 그래도 뭐 즐거운 건 즐거운 거니까.

그는 각각의 방법들을 검토하기 시작했다. 아내가 자는 사이에 베개로 질식시키는 것이 가장 쉬운 방법이겠지만, 그로서는 범죄 수사대 사람들이 현장에서 무슨 일이 벌어졌다고 추론해낼지 알 수 없었다. 교살도 같은 문제가 있었다. 독약은…, 대체 어디서 그걸 구한담? 그리고 아내가 먹던 간장약을 근래에 끊어버렸으니 교묘한 바꿔치기 같은 걸 해볼 수도 없었다. 빌어먹을 여자 같으니!

어느 날 밤, 잠든 아내를 바라보다가 그는 아주 조심스럽게 아내의 목에 손을 올려놓았다. 아내가 잠깐 몸을 뒤척이는 바람에 깜짝 놀라긴 했지만, 그는 손을 그대로 두고서 아내의 목에 맥박이 뛰는 걸 느꼈다. 그는 엄지로 아내의 목을 쓰다듬기 시작했다. 갑자기 아내가 기침하는 바람에 그는 혼비백산해서 손을 홱 치웠다.

그때 아내가 입으로 뭔가 시커먼 것을 토했다. 그는 잠시 그게 피라고, 의사를 불러야 한다고 생각했다. 그러고는 곧바로 어쩌면 아내가 저절로 죽어가고 있는지도 모른다는 생각이 떠올랐다. 그의 바람이 너무 강했던 것이리라. 하지만 아내는 계속 기침을 하면서도 잠에서 깨지 않았다. 이제 그 시커먼 것이 아내의 입 주변과 턱에 젤리처럼 붙어 있었다. 그 검은 물질이 피가 아니라 작고 움직이는 것들로 이루어져 있다는 걸 알고 그는 공포에 사로잡혔다. 검은 젤리 하나가 잠시 뒷다리로 서서 그를 살펴보자, 그는 겁에 질려 몸을 뒤로 뺐다. 젤리는 검지만 한 크기의 낯선 곤충 인간이었다. 아내의 입에서 그런 것들이 떼로 나오고 있었다.

침대 사방엔 모기장이 드리웠고 모기장 자락은 매트리스 밑에 깔려 있었다. 손으로 모기장을 밀면서 찢고 나가려 해봤지만, 그가 침대에서 벗어나기도 전에 그것들이 덮쳤다. 소리를 질러봐도 기껏 나온 건 훌쩍거리는 소리뿐이었다. 그것들이 그의 몸을 덮고는 옷 안으로 기어들어 와 짧고 날카로운 기관들로 그를 때리고 물어뜯었다. 손으로 쓸어서 떨어내 보려 했지만, 너무 많았다. 그것들은 귀뚜라미가 우는 것 같은, 하지만 그보다는 좀 더 부드러운 소리를 냈다. 그는 절망스럽게 울부짖으며 카말라에게 살려달라고 빌었다. 하지만 아내는 옆에 평화롭게 누워 그것들을 토해내고 있을 뿐이었다. 잠시 후에 그는 기절했다.

한참 후에 그는 가까스로 눈을 떴다. 말라붙은 눈물로 눈이 끈적끈적했다. 파리한 아침 햇살이 창으로 들어왔다. 그 생물들은 흔적도 없었다. 모기장에는 큰 구멍이 뚫렸고, 귓가에서 모기 한 마리가 잉잉댔다. 아내는 옆에 잠들어 있었다. '내가 겪었던 건 악몽이었던 모양이야.' 그는 생각했다. 하도 불순한 생각들을 하다 보니 자기 양심이 벌을 준 거라고. 하지만 그는 온몸이 아프다는 걸, 물리고 멍든 자국들이 진짜라는 걸 알았다. 그는 두려워져서 아내 쪽을 돌아보았다. 갑자기 아내가 번쩍 눈을 떴다.

"아이고, 맙소사!" 그녀가 남편의 하얀 잠옷에 난 구멍과 점점이 찍힌 핏자국들을 보았다. 아내가 한 손을 뻗어 작은 상처들을 어루만지자 그는 몸을 움츠렸다. 그것들이 얼굴만큼은 건드리지 않았다. '정말 교활하군.' 그는 생각했다. "왜 날 깨우지 않았어? 내가 말해줬을 텐데, 당신을 해치지 말라고. 그들은 말을 알아들었을 거야."

"그것들은 뭐야?" 그가 속삭였다.

"거주민들이지." 아내가 말했다. "나는 행성이잖아, 기억해?"

그의 얼굴에 떠오른 표정을 보고 아내가 미소를 지었다.

"무서워하지 마, 람나스." 또, 남편의 이름을 제멋대로 부르다니! 이 여자는 귀신에라도 들린 건가? 점성술사한테 가봐야 해? 퇴마사한테? 이성적인 사람인 내가 어쩌다 이런 생각까지 하게 되다니!

"무서워하지 마." 그녀가 다시 말했다. "젊은것들이 이주할 곳을 찾으려는 걸 거야. 람나스, 만약 위성이 될 생각이 있으면 나한테 알려줘. 그 작은 동물들은 행성에 이로워. 그것들이 내 건강을 되찾아줬거든."

"당신, 어머니 뵙고 싶지 않아?" 그가 속삭였다. "고향에 간 지 한참 됐잖아. 내가 필요한 준비를 다…."

그는 지난 5년간 아내를 고향에 보내지 않았다. 늘 뭔가 그녀가 챙겨야 할 일들이 있었다. 두 아들의 결혼, 그의 은퇴, 그리고 누군가 집을 돌보고 하인들을 감독해야 한다는 사실 같은 것.

"아, 람나스." 그녀가 말했다. 눈매가 부드러워졌다. "당신, 전에는 절대 이렇게 너그럽지 않았어. 나는 당신이 상당히 변했다고 생각해. 아니, 나는 당신을 떠나고 싶지 않아, 아직은."

아내가 소독약과 따뜻한 물로 그의 상처들을 씻어주었다. 아침을 먹는 동안에도 세심하게 그를 지켜보았다. 나중에야, 아내가 기계적으로 세간의 먼지를 털고 정리하면서 집 안을 돌아다닐 때가 돼서야 정신이 딴 데 가 있는 그 표정이 돌아왔다. 람나스는 도망가야 할 필요를 느꼈다.

"나, 오늘 저녁에 클럽에 가도 될까?"

"그럼, 당연하지." 아내가 상냥하게 말했다. "가서 즐겁게 놀다 와."

클럽에 갔을 때 그는 큰아들에게 은밀하고도 매우 값비싼 전화를 걸었다.

"하지만 아빠, 방금 엄마한테 전화가 왔었어요. 엄마는 아주 정상이던데요. 아빠, 어디 아픈 게 아닌 거 확실해요? …아뇨, 전 지금 못 가요. 아주 중요한 재판이 걸려 있어요. 선임 변호사가 저한테 그 건을 맡겼…."

작은아들은 공학에 관련된 임무를 띠고 독일에 가 있었다.

람나스는 좌절한 채 체스 게임에 몰두했지만, 지인은 쉽게 그를 이겨버렸다.

"감을 잃어버린 겁니까, 선생님?" 그보다 어린 남자가 성가시게 말했다.

집으로 돌아오는 길이 꼭 감옥으로 돌아가는 것 같은 기분이었다. 주방에서 노래를 부르고 있는 요리사를 제외하면 집 안이 아주 조용했다. 그는 문득 요리사에게 닥치라고 말하고 싶은 충동이 일었다. 그나저나 아내는 어디 있지?

"마님은 공원에 가셨어요, 나리." 요리사가 말했다.

아내를 쫓아 나가야 할지 고민하고 있는데, 5분쯤 뒤 아내가 풍선 하나를 쥐고 저택의 진입로로 들어섰다. 그를 본 아내가 부끄러운 줄도 모르고 손을 흔들며 웃었다. 그는 아내가 옷을 제대로 입은 걸 보고 마음이 놓였다. 아내는 막대 아이스크림을 먹고 있었다.

"람나스, 엄청 재미있었어." 아내가 말했다. "작은 애들이랑 놀았어. 애들 모두에게 풍선을 사줬지. 풍선을 가져본 건 정말 오랜만이야."

나중에, 요리사가 물러간 뒤에야 그는 아내에게 말했다.

"카말라, 그… 그것들, 당신 내부에 있는 그 생물들… 말이야. 난 당신이 검사를 받아야 한다고 생각해. 이런 일들을 쿠마르 선생한테 숨기는 건 옳지 않아. 당신은 끔찍한 병을 앓…."

"하지만, 람나스, 나는 아프지 않아. 나는 좋아, 아주 좋아. 최근 몇 년을 통틀어 제일 좋아."

"하지만…."

"그리고 당신이 말하는 그것들은 물건이 아니라 내가 만들어 낸 피조물이야. 그들은 나한테서 나와, 람나스."

아내가 장난치듯이 그의 얼굴을 살짝 때렸다.

"당신, 지치고 심술 난 것처럼 보여." 아내가 그의 얄팍한 볼을 꼬집으며 말했다.

"내 작은 동물들이 당신에게도 아주 이로울 거야, 람나스. 당신이 편견을 없애기만 하면."

그는 화가 나면서도 겁에 질린 채 아내에게서 물러섰다.

"그럴 리가! 카말라, 난 소파에서 잘 거야. 난 절대…."

"편하실 대로." 그녀가 무심하게 말했다.

그날 밤 그는 상당히 오랫동안 깬 채로 누워 있었다. 창밖에서 귀뚜라미 우는 소리가 들렸지만 일어나서 창문을 닫아 소리를 차단하기도 힘들 만큼 그는 초조했다. 밤의 모든 사소한 소리들이, 산들바람에 흔들리는 커튼의 속삭임과 천식에 걸린 것 같은 천장 선풍기의 삐걱거리는 소리와 바깥 부겐빌레아 잎들이 부스럭거리는 소리가 그 곤충처럼 생긴 생물을 생각나게 했다. 한번은 잠에서 깨어 그 생물 몇이 좁은 소파 꼭대기에 서서 꼼짝없이 누운 자신을 내려다보며 인간과 아주 흡사한 방식으로 뭔가 몸짓을 하는 걸 봤다고 생각했다. 거칠게 쿵쾅거리는 심장을 안고 그는 소파 가장자리로 이동하기 시작했지만, 갑작스레 불

어온 바람이 커튼을 유령선의 돛처럼 부풀리며 달빛을 들여보
내자 소파 꼭대기에 아무것도 없다는 게 확인되었다. 마침내 그
는 기진맥진한 채 잠에 빠져들었다.

그로부터 며칠 동안 람나스는 제정신을 유지하기가 굉장히
어려웠다. 그는 세상을 등지고 히말라야로 들어가야 하나 고민
했다. 어쩌면 지난 몇 년간 아주 대수롭지 않게 무시해왔던 신
들이 이제 와서 그에게 복수하는지도 몰랐다. 지금 와서는 불가
능해 보이긴 했지만, 또한 적어도 가까운 시일 내에는 불가능할
것 같지만, 그는 여전히 살인이라는 방안을 만지작거렸다. 저녁
식사 자리에서 아내를 지켜보면서 그는 생전 처음 그녀가 궁금
해지기 시작했다. '이 여자가 정말로 좋아하는 건 뭐지?', '이 여
자가 원했던 것 중에 내가 주지 않은 게 뭐지?', '나는 어쩌다 이
지경이 된 걸까?'

"카말라." 어느 날 그가 말했다. 그는 이상한 분위기에 휩싸
여 있었다. 그날 아침 그는 가택신들 앞에 향을 피웠다. 백단 냄
새가 아직도 집 안에 떠돌았다. 그 향을 맡으니 마침내 자아를
버리고 신 앞에 굴복한 것처럼, 그는 자신이 겸손하고 고결하게
느껴졌다. "말해 봐, 어떤 기분인지… 저… 저 동물들을 속에 가
지고 있는 것이…."

아내가 미소를 지었다. 이가 아주 하얬다.

"대개는 아무것도 느껴지지 않아, 람나스." 아내가 말했다. "나
는 당신이 받아주었으면 좋겠어. 당신한테 이로울 거고 그들한
테도 도움이 될 거야. 젊은 애들이 새로운 세상을 찾아야 한다고

외쳐댔으니까. 가끔 그들이 귀뚜라미처럼 찌륵찌륵 노래하는 게 들려. 그건 그들이 쓰는 언어인데, 나도 이제 막 이해하기 시작했어."

그때 그도 희미하게 그 소리를 들었다고 생각했다.

"뭐라고 하는 거야?"

아내가 얼굴을 찌푸린 채 귀를 기울이더니 한숨을 쉬었다.

"행성은 태양이 필요해, 람나스." 아내가 얼버무리며 말했다. "내 여행은 이제 막 시작되고 있어."

이 대화 이후로 그는 아내가 갈수록 안절부절못하는 걸 눈치챘다. 그녀는 섭씨 40도 폭염에도 정원에 나가 시들어가는 구아바나무들 사이에서 햇볕을 쬐었다. 집 안에서는 작게 찌륵거리는 소리를 내고 혼자 음이 맞지 않는 콧노래를 부르며 방마다 돌아다녔다. 람나스는 경건한 결심이 흔들리는 걸 느꼈다. 신경질이 난 그는 그날 저녁을 클럽에서 보냈다.

다음 날 저녁, 자신의 의무를 생각해낸 람나스가 아내를 이끌고 산책에 나섰다. 그녀는 힘없이 잠시 마다하더니 남편이 이끄는 대로 거리로 끌려나갔다. 둘이 공원에 이를 때쯤 부드러운 저녁 빛이 떨어졌다. 별 몇 개와 창백한 달이 하늘에 걸렸다. 카말라가 공원 가장자리에서 어정거렸다.

"어서 와." 계속 걷고 싶었던 람나스가 조급해하며 말했다.

하지만 아내는 기쁨의 비명을 지르고는 공원 안으로 들어갔다. 어둑어둑한 공원 안에서 한 남자가 풍선을 팔고 있었다. 그녀는 흥분한 아이 같은 몸짓을 하며 풍선장수에게 달려가기 시작했다. 남부끄러운 데다 짜증이 난 그는 더욱 위엄 있는 걸음걸이로 그녀를 따라갔다.

"풍선 더 줘요." 아내가 말하는 소리가 들렸다. 동전이 짤랑거리는 소리. 갑자기 어디선가 부랑아 몇 명이 나타났다. 어둑어둑한 앞쪽에서 그네가 율동적으로 끽끽거리는 소리가 들렸다.

지금 아내는 사방에서 몰려들어 펄쩍펄쩍 뛰며 흥분한 채 떠들어대는 애새끼들 무리에게 풍선을 나눠주고 있었다.

"마님, 저도요!"

달빛 속에서 풍선이 희미한 작은 천체처럼 머리 위에 둥둥 떠 있었다. 람나스는 아이들을 옆으로 밀치고 아내의 어깨를 움켜잡았다.

"이제 됐어." 그가 조급하게 말했다. "당신이 이 쓰잘머리 없는 녀석들의 버릇을 망치고 있잖아!"

아내가 어깨를 뒤채 남편의 손을 떨쳐냈다. 그녀는 들었던 풍선 하나를 놓아주고는 별이 빛나는 하늘로 게으르게 떠올라가는 풍선을 지켜보았다. 갑자기 한 줄기 바람이 불어와 아내가 한쪽 어깨에 둘렀던 사리 자락을 휙 벗기는 바람에 몸에 딱 달라붙은 웃옷이 훤히 내보였다. 풍선장수가 아내의 풍성한 가슴골을 뚫어지게 쳐다보았다.

"세상에, 사리 좀 제대로 여며." 람나스가 필사적으로 속삭였다.

그는 혹시 다른 누군가가 이 구경거리를 눈여겨보고 있지나 않은지 주위를 둘러보았고, 법관 판디의 꼿꼿한 형상이 지팡이를 또각또각 짚으며 공원을 통과하는 길을 따라 자기들 쪽으로 걸어오는 것을 보고 기겁을 했다. 법관이 자신을 보고 이 미친 여자와 연관시키지 않을까 두려운 나머지 람나스는 빈약하기만 한 아소카나무 그늘로 물러섰다. 다행히 판디 법관은 그를 보지 못했다. 법관은 음란한 여자로 보이는 누군가를 보았고, 자신이 그 여자를 쳐다보고 있는 걸 누군가가 알아챌까 봐 재빨리 그 여자를 지나쳐 걸었다. 안도한 람나스가 진땀을 흘리며 나무그늘에서 나와 먼지투성이 땅바닥에 질질 끌리고 있는 아내의 사리 자락을 움켜잡았다. 아내는 풍선 세 개를 더 하늘에 놓아주고는 어린애같이 기뻐하며 풍선이 올라가는 것을 지켜보았다. 아이들이 새된 목소리로 소리를 질렀다.

"마님, 다른 것도 놔주세요!"

"집에 가자, 카말라." 람나스가 애원하듯이 말했다. "이건 미친 짓이야!"

하지만 대답 대신에 카말라는 일고여덟 개쯤 되는 나머지 풍선을 모두 놔주었다. 풍선들이 하늘로 둥둥 떠올랐다. 그녀는 풍선을 향해 팔을 펼쳤고, 그녀의 얼굴은 지극히 행복한 동경으로 가득 찼다. 그리고 천천히, 그리고 위엄 있게 그녀가 땅에서 떠오르기 시작했다. 5센티미터, 10센티미터….

"무슨 짓이야?" 람나스가 겁에 질려 속삭이는 소리로 아내에게 말했다.

15센티미터, 20센티미터…, 람나스의 입이 딱 벌어졌다. 그가 잡고 있던 아내의 사리 끝을 잡아당겼지만, 아내는 천천히 돌면서 2미터, 5미터… 사리를 끌면서 계속해서 떠올랐다. '너무 늦었어.' 람나스는 사리 자락을 놓았다. 아내는 밤하늘로 떠올랐고, 하얀 속치마가 배의 돛처럼 바람을 머금었다.

"와! 저 아줌마 봐!"

부랑아들 몇 명이 뒤로 물러났다. 풍선장수의 얼굴이 놀라서 동그래졌다.

"돌아와!" 람나스가 소리쳤다.

아이들이 기쁨에 못 이겨 소리를 지르고 손가락질을 하면서 펄쩍펄쩍 뛰었다. 아내는 이제 상당히 높이 떠올라 나무와 집들보다 높아졌다. 그녀 위쪽으로는 작은 호위용 배들로 구성된 함대처럼 풍선이 흩어져 있었다. 이제 사람들이 저마다 집에서 뛰쳐나와 손가락질하면서 그녀를 쳐다보았다. 뭔가 하얗고 유령 같은 것이 하늘에서 미끄러져 내렸다. 아내의 속치마였다! 그녀의 웃옷과 속옷들이 뒤를 이었다. 어둠 속에서 부랑아들이 옷가지들을 잡으려 이리저리 펄쩍거리는 동안 람나스는 공포에 사로잡힌 채 우두커니 서 있었다. 누군가(아마도 자인 부인인 것 같았다) 울부짖기 시작했다. "맙소사, 저건 카말라야, 카말라 미슈라!"

외침 소리가 사방에서 들려왔다. 아내의 이름을 외치는 소리가 들릴 때마다 람나스는 자기 가문의 이름과 명예가 땅속으로 가라앉는 걸 느꼈다. 그는 누구도 자신을 알아보지 못하기를 바라며 도둑놈처럼 살금살금 나무그늘로 빠져나가려 했다. 하지만 그때, 법관 판디가 빠져나가려는 그의 어깨를 툭툭 쳤다. 노련한 법관의 심각하고 무표정한 얼굴이야말로 그가 절대 보고 싶지 않았던 얼굴이었다.

"비난받아 마땅한 일이야, 람나스! 비난받아 마땅한 일!"

람나스는 신음하며 위엄 따위는 바람 속에 던져버리고 집으로 도망쳤다. 사방에서 사람들이 아내의 이름을 불렀다. 이웃들이, 길거리 부랑아들이, 하인들이, 막다른 길에서 구운 옥수수를 파는 남자가. 집 안은 어둡고 텅 비었다. 요리사도 그 쇼를 보러 나간 것이 틀림없었다. 람나스는 이런 일을 겪고 나서는 누구와도 얼굴을 마주할 수 없을 것 같은 느낌이 들었다. 그는 어두운 응접실 한가운데에 서서 '도망갈까 아니면 자살할까.' 두서없이 생각했다.

그는 창가로 가서 불안한 시선으로 밖을 내다보았다. 저기 아내가, 아주 작고 밝은 얼룩 하나가 여전히 하늘로 오르고 있었다. '감히 어떻게 이런 식으로 나를 떠날 수 있단 말인가!'

방법은 단 하나밖에 없다는 생각이 문득 머리를 스쳤다. 집에서 소지품을 충분히 챙긴 다음, 늦은 밤 기차를 잡아타고 사라지는 것. 이름까지 바꿔야 할지도 모른다고 그는 생각했다. '새로 시작하자. 집은 아들들에게 넘어갈 것이다. 내 불명예가 아이들에게 영향을 주도록 그냥 둘 수는 없어. 사람들이 내가 죽었다고 생각하게 하자!'

이제 아내는 보이지 않았다. 아주 잠깐 그는 저 별들 사이에 있는 그녀를 거의 부러워할 뻔했다. 자기 처지에도 불구하고 그는 작은 낯선 생물들이 그녀 몸의 길들지 않은 영역을 달리며 산맥과 협곡과 그 신비롭고 알려지지 않은 땅의 다양한 서식지들을 탐험하는 장면을 상상했다. '그녀는 어떤 태양을 발견하게 될까? 그녀는 어떤 풍경을 보게 될까?' 흐느낌이 목구멍에 걸렸다. '나를 챙겨줄 사람이 아무도 없는데, 이제 나는 어떻게 해야 하지?'

뭔가 작은 소리가 들렸다. 어쩌면 요리사가 돌아오는 소리이 거나, 아니면 이웃들이 얼마 남지도 않은 그의 체면을 뜯어먹으며 잔치를 벌이는 소리인지도 몰랐다. 시간이 없었다. 그는 침실로 달려가 불을 켰다. 숨을 헐떡이면서 그는 철제 반침에서 돈이나 아내의 보석들이나 옷가지 같은, 자신에게 필요할 물건들을 끄집어내기 시작했다. 그때였다. 그는 어깨 위에 뭔가가 있는 걸 느꼈다.

방법만 있었더라면, 그는 비명을 질렀을 것이다. 곤충 인간들이 그의 등을 타고 어깨를 넘어와 공포에 질린, 열린 그의 입속으로 벌써 행진하고 있었다.

무한

Infinities

신의 생각을 표현하지 않는 방정식은
나에게 아무런 의미가 없다.

— 스리니바사 라마누잔[24], 인도 수학자(1887~1920)

압둘 카림은 키가 작고 마른 남자였다. 가식적으로 보일 만큼 외모나 태도 면에서 정확했는데, 걸음걸이가 무척 꼿꼿했고 머리카락과 짧고 뾰족한 턱수염이 희끗희끗했다. 채소를 사러 집을 나서면 거리에서 만나는 사람마다 공손히 그에게 인사를 건넸다. 종교에 따라 "살롬, 선생님." 하는 사람도 있었고 "나마스테, 선생님." 하는 사람도 있었다. 그들에게 압둘은 시립 학교의 수학 선생이었다. 어찌나 오래 그곳에 살았는지 어디를 가든지 제자가 있었다. 전동 인력거를 모는 람다스는 한사코 요금을 거부

---

24 정수론, 분할 이론, 연분수 이론에서 위대한 공헌을 했으며, 그의 이론 중 많은 부분이 아직도 증명되지 않았다.

했다. 길모퉁이에서 빤[25]을 파는 임란은 빤을 외상으로 줬을 뿐만 아니라 외상값이 밀려도 재촉하는 법이 없었다. 임란은 압둘보다 더 꼬박꼬박 모스크에 다녔다.

모두가 압둘을 잘 알았고, 그들에게 압둘은 다정한 수학 선생님이었다. 하지만 압둘에게는 남모를 비밀이 있었다. 사람들은 그가 회반죽이 뭉텅이로 떨어져 나가 안쪽 벽돌이 다 드러난 낡은 노란색 집에 산다는 것을 알았다. 이따금 창문에 달린 빛바랜 커튼이 바람에 가볍게 흔들리면, 창밖을 지나는 사람들은 가난하지만 체통을 잃지 않은 그의 생활을 살짝 엿볼 수가 있었다. 나무로 된 소파는 집 안의 다른 가구들처럼 비쩍 마르고 휘어 쓸모를 다 해 금방이라도 먼지로 바스러질 것만 같았다. 압둘은 그위를 올이 다 풀린 덮개로 덮었다. 압둘의 집은 마당을 둘러싸는 형태의 구식 건물이었다. 마당은 커다란 여지나무가 자라난 자리만 둥그렇게 빼고 벽돌로 포장되었고, 높은 담으로 둘러싸였다. 마당을 둘러싼 담에는 문이 하나 나 있었고, 그 문을 나서면 황폐한 밭뙈기가 나왔다. 한때는 채소가 자라던 밭이었다. 그러나 그 텃밭을 가꿨던 어머니의 두 손은, 이제 한 입 거리밖에 안되는 밥을 손끝으로 쥐어, 달달 떨며 입으로 가져가는 것 외에는 할 수 있는 게 아무것도 없었다. 태양이 집 이쪽저쪽을 비추며 세심히 먼지를 털고 깨끗이 청소하는 동안, 어머니는 마당에

---

25 인도 사람들이 식후에 입가심으로 씹는 일종의 후식으로 구장나무 잎에 각종 향신료를 싸서 씹는다.

나와 햇볕 아래 앉아 꾸벅꾸벅 졸았다.

압둘에게는 아들이 둘 있었다. 첫째는 멀리 미국에 사는데, 비비 인형 같은 금발의 미국 여자와 결혼을 했다. 정말이지 상상도 못 할 일이었다! 아들은 고향에 오지는 않고 1년에 한두 차례 편지만 보냈다. 아들의 아내는 유쾌한 내용의 편지를 영어로 써 보냈는데, 손자들 이야기와 크리켓의 일종인 듯한 야구 이야기들이었다. 고향을 방문할 계획이라는 내용도 있었지만 구체화된 적은 한 번도 없었다. 압둘은 단어 하나하나를 손가락으로 짚어 가며 조심스럽게 읽어야 했다. 며느리의 편지는 화성에 외계인이 살지도 모른다는 이야기만큼이나 이해하기 힘들었다. 그래도 그는 그 낯선 외국 단어들에서 상냥한 마음씨와 가까이 다가오려 애쓰는 마음을 느낄 수가 있었다. 하지만 어머니는 '그 여자'와는 어떤 인연도 맺지 않겠다고 딱 잘라 말했다.

둘째 아들은 뭄바이에서 사업을 시작했다. 고향에는 거의 오지 않았지만, 어쩌다가 올 때는 텔레비전이나 에어컨처럼 값비싼 물건들을 가져왔다. 압둘은 수 놓인 흰 천으로 TV를 덮고 매일같이 먼지를 털어 주었지만, 차마 TV를 켜 보지는 못했다. 세상에는 골치 아픈 문제가 너무 많았다. 에어컨은 천식을 유발해서 그것 또한 한여름 폭염에도 사용하지 않았다. 압둘에게 둘째 아들은 수수께끼 같았다. 어머니는 자신의 둘째 손자를 애지중지했지만, 압둘은 이 젊은이가 이방인이 될 것만 같은 두려움을, 수상쩍은 사업에 손댈 것 같은 두려움을 떨칠 수가 없었다. 아들은 집에 와서도 휴대전화를 손에서 놓는 법이 없었고, 뭄바이에 사는 정체 모를 친구들에게 시도 때도 없이 전화했다. 친구들과 통화할 때면 아들은 유쾌한 웃음을 터뜨리다가 갑자기 목소리를 낮춰 속삭이기도 했으며, 눈물겨울 정도로 깨끗하게 청소된 응접실을 버젓거렸다. 알라신이 아닌 다른 이에게는 절대 인정치 않을 일이지만, 압둘은 둘째 아들이 자기 아버지가 죽기만 학수고대한다는 느낌을 뚜렷이 받았다. 그래서 늘 아들이 가고 나면 마음이 놓였다.

그래도 이런 건 모두 집안 문제에 불과했다. 자식 걱정 안 하는 아버지가 어디 있겠나? 이 조용하고 다정한 수학 선생에게도 자식 걱정이 있다는 게 딱히 놀랄 일은 아니었다. 사람들은 압둘이 그와 다른 모든 이들을 구별하는 남다른 비밀과 집념과 열정을 지니고 있음을 몰랐다. 그가 늘 사람들의 시야 너머에 있는 무언가를 보는 듯했던 것도, 그들이 사는 이 잔인하고 따분한 세상에서 방황하는 듯했던 것도 어쩌면 그 비밀과 집념과 열정 때문이었는지 몰랐다.

압둘은 '무한(無限)'을 보고 싶어 했다!

수학 선생이 수에 집착하는 게 이상할 것은 없었다. 하지만 압둘에게 있어서 수는 자신을 단조롭고 추한 이 세상에서 무한으로 데려다줄 사다리의 가로대이자 디딤돌이었다. 인샬라!²⁶

어릴 적 그는 눈가에 헛것이 보이곤 했다. 시야 가장자리에서 어떤 형체들이 움직였다. 왼쪽이나 오른쪽에 분명 무언가가

---

26 아랍어로 '신의 뜻대로 하옵소서!'라는 뜻, 관용구로 흔히 쓰인다.

있었는데 고개를 홱 돌리면 그게 쏜살같이 사라지는 듯한 느낌을 누구나 한 번쯤은 느껴 보았을 것이다. 압둘은 그것들이 자신의 수호천사, 즉 '파리쉬테'라고 믿었다. 압둘은 위대하고 자비로운 보이지 않는 존재로부터 보호받고 사랑받고 보살핌을 받는다고 느꼈다.

어느 날 어린 압둘이 어머니에게 물었다.

"왜 파리쉬테는 계속 여기 있으면서 나랑 이야기하지 않아요? 왜 고개만 돌리면 도망가요?"

당시의 그로서는 도무지 이해할 수 없는 일이었지만, 그 순진한 질문 때문에 압둘은 하킴[27]을 만나러 가야 했다. 하킴의 진료실은 언제나 무서웠다. 벽 위쪽부터 바닥까지 낡은 시계들이 줄줄이 걸렸고, 이 빠진 유리잔에 차가 담겨 나오기까지 째깍거리고 웅웅거리고 윙윙거리는 시계 소리를 듣고 있어야만 했다. 하킴은 압둘에게 유령에 대해 질문을 하고, 혹시 귀신에 사로잡힌 건 아닌지 캐묻고, 지니가 들어 있을 것 같이 생긴 골동품 병에 쓰디쓴 약초를 넣어 주었다. 목에 걸 부적도 주었는데, 부적에는 압둘이 매일 암송해야 할 코란 구절들이 적혀 있었다. 압둘은 낡은 벨벳 의자 귀퉁이에 앉아 덜덜 떨었다. 2주에 걸친 치료가 끝나자 어머니가 압둘에게 파리쉬테에 관해 물어보았다. 압둘은 대답했다. "사라졌어요."

그러나, 그건 거짓말이었다.

27 인도와 이슬람 국가의 전통 의사

＊

나의 이론은 바위처럼 견고하다. 그것을 겨냥한 화살은 모두 이내 궁수에게 돌아가기 마련이다. 그걸 어떻게 아느냐고? 수년에 걸쳐 무한수의 모든 면을 연구했고, 그에 반대하는 모든 다른 이론들을 검토했기 때문이다. 무엇보다도 나는 모든 창조물의 확실한 근거까지 그 뿌리를 좇았다.

— 게오르크 칸토어[28], 독일 수학자(1845~1918)

유한한 세계에서 압둘은 무한을 고찰했다. 그는 수학에서 다양한 종류의 무한을 만났다. 수학이 자연의 언어라면 당연히 우리를 둘러싼 물리적 세계에도 무한이 존재해야만 한다. 무한은 우리를 당황케 한다. 우리는 너무나 유한한 존재이기 때문이다. 우리의 삶도 과학도 종교도 모두 우주보다는 작다. 그럼 우주는 무한할까? 아마 그럴지도 모른다. 우리에게 우주는 무한한 것이나 다름없으니까.

수학에는 일련의 자연수가 존재한다. 자연수는 결의에 찬 작은 군인들처럼 무한대로 걸어간다. 그러나 압둘도 알다시피 수학에는 덜 명확한 무한도 존재한다. 직선을 긋고 한쪽 끝에는 0을 다른 쪽 끝에는 1을 적어보자. 0과 1 사이에 몇 개의 수가

---

28 집합론을 창시했다. 수의 집합이라는 문제에서 시작해서 무한의 문제를 다루었고, 대수적인 무한과 그보다 큰 초월수를 가리키는 초한수(超限數)를 도입했다.

있을까? 지금부터 헤아리기 시작한다 해도, 우주가 끝나도록 다 헤아리기는커녕 1 근처에도 못 갈 게 뻔하다. 0에서 1로 가는 길에 유리수와 무리수와 악명 높은 초월수를 마주칠 것이기 때문이다. 초월수는 무척이나 흥미로운 수이다. 정수를 서로 나누거나 간단한 방정식을 푸는 정도로는 만들 수 없는 수이지만, 뚫고 들어갈 수 없을 만큼 조밀한 초월수의 숲이 간단한 수직선 상에도 존재한다. 초월수는 모든 수 중 밀도가 가장 높고, 그 수가 다른 수보다도 훨씬 더 많다. 초월수는 원의 지름에 대한 원주의 비와 같은 특정한 비를 구할 때나, 무한히 많은 항을 연속적으로 더할 때, 또는 무수히 많은 단계의 무한연분수를 계산했을 때 모습이 드러난다. 당연하게도 가장 유명한 초월수는 파이, 즉 '3.14159…'인데 반복되지 않는 숫자들이 소수점 아래로 무한히 계속된다. 초월수라니! 초월수의 우주에는 우리의 상상보다 훨씬 많은 무한이 존재한다.

유한 안에, 그러니까 수직선 위의 그 작은 토막 안에 무한이 존재한다. '얼마나 심오하고 아름다운 개념인가!' 압둘은 생각했다. 어쩌면 우리 안에도 무한이, 무한의 우주들이 존재할지도 모른다.

그의 상상력을 사로잡은 또 다른 범주는 소수였다. 정수 연산의 원자. 모든 단어를 생성해 내는 알파벳처럼 모든 정수를 생성하는 선택된 극소수의 수. 신의 알파벳에 걸맞게 소수의 수는 무한하다….

정말이지 소수는 형언할 수 없이 신비하다! 소수는 일련의 숫자들 안에 무작위적으로 나타나는 듯 보인다. 2, 3, 5, 7, 11⋯. 수열에서 다음에 어떤 소수가 올지 예측할 방법도 없고, 어떤 수가 소수인지 알아보기 위해서는 계산해 보는 수밖에 없다. 소수를 만들어내는 공식도 없다. 그런데도 소수들 사이에는 수수께끼 같은 규칙성이 존재한다. 단지 세상의 위대한 수학자들도 그 규칙성을 이해하지 못했을 뿐이다. 리만[29]은 소수의 세계에 매우 깊고 오묘한 질서가 존재한다는 사실을 어렴풋이 알아차렸지만, 누구도 리만의 가설을 증명하지 못했고 소수의 규칙성은 여전히 우리의 이해 수준 너머에 남아 있다.

유한해 보이는 세계에서 무한을 찾는 일. 인간에게, 더구나 압둘 같은 이에게 이보다 고귀한 임무는 없었다.

어린 시절 압둘은 모스크의 어른들에게 이런 질문을 던졌다. "알라신이 유일하고도 무한하다는 게 무슨 뜻이에요?" 자라서는 알 킨디[30]와 알 가잘리[31], 이븐 시나[32]와 이크발[33]의 철학책을 읽었다. 압둘은 인생 대부분을 가장 심오한 수수께끼들을 풀 열쇠

---

29 베른하르트 리만(1826~1866). 독일의 수학자로, 복소함수의 기하학적 이론의 기초를 닦고 리만 적분을 정의하였으며 리만 공간의 개념을 도입하여 리만 공간의 곡률을 정의하였다.
30 Al-Kindi(801~873). 이슬람 철학의 아버지라고 불리는 최초의 이슬람 철학자. 이성주의적 방법을 가장 먼저 코란에 적용시켰다.
31 Al-Ghazali(1058~1111). 정통파 이슬람 교학에 신비주의를 도입한 이슬람 사상가
32 Ibn Sina(980~1037). 근대 의학의 아버지이자, '학문의 왕'으로 불린 중세 이슬람 철학자이자 의사
33 무하마드 이크발(1877~1938). 시인이자 사상가로 인도 무슬림의 열광적 지지를 얻으며 파키스탄 건국운동의 사상적 지주 역할을 했다.

가 철학자의 언쟁이 아닌 수학이라고 확신하며 살았다. 그리고 평생 자기 곁을 지켜온 파리쉬테가 자기가 찾는 답을 알고 있을지 궁금해했다. 때때로 파리쉬테가 시야에 들어오면 고개도 돌리지 않고 마음속으로 조용히 물었다.

"리만 가설이 참인가요?"

파리쉬테는 말이 없었다.

"소수가 무한을 이해하는 열쇠인가요?"

침묵만 흘렀다.

"초월수와 소수 사이에 관련성이 있나요?"

파리쉬테는 대답하는 법이 없었다.

때로는 낮게 속삭이는 목소리가 압둘의 마음속에 귀띔을 해주기도 했다. 하지만 그 목소리가 뭐라 하는지 알아들을 수가 없어서 그게 자신의 착각인지 아닌지 알 길이 없었다. 그러면 그는 한숨을 내쉬고 다시 연구에 몰두했다.

어느 날 압둘은 〈네이처〉에서 소수에 관한 논문 한 편을 읽었다. 들뜬 상태에 있는 우라늄 원자핵의 에너지 준위 간격 분포가 소수 간 간격 분포와 일치한다는 내용이었다. 그는 흥분해서 미친 듯이 페이지를 넘기며 그래프를 연구하고 내용을 이해하려고 애썼다. 알라신이 원자핵 깊숙이에 실마리를 남겨두었다니 이 얼마나 신기한 일인가! 그는 현대 물리학에 대해서는 아는 게 거의 없었다. 그래서 원자 구조에 대해 배우기 위해 도서관으로 쳐들어갔다.

압둘의 상상력은 물리학에 있어서도 그 폭이 넓었다. 책을 읽으면 읽을수록 혹시 물질이 한없이 불가시적인 게 아닐까 하는 의심이 커졌다. 소립자라는 게 아예 존재하지 않을 수도 있다는 생각은 압둘을 괴롭혔다. 쿼크만 봐도 프레온으로 가득 차 있다. 어쩌면 프레온도 더 작디작은 물질로 가득 차 있는지 모른다. 한없이 미세한 물질의 입자성에는 한계가 없었다.

물질의 입자성이 무한할 거라는 상상은, 그런 과정이 어느 지점에서 멈춘다는 생각보다도, 어느 지점에 이르면 자기 자신만으로 구성된 앞선 프레온 같은 입자가 존재한다는 생각보다도 훨씬 즐거웠다. 만약에 물질이 무한히 많은 상자가 겹겹이 넣어진 것과 같은 구조라면, 프랙탈적으로 온전하고 아름다우리라!

여기에는 대칭성이 존재했고, 압둘은 이런 대칭성이 마음에 들었다. 어쨌든 무한은 매우 큰 구조에도 존재하니까. 여전히 팽창 중인 우리의 우주는 누가 보아도 끝이 없다.

압둘은 게오르크 칸토어의 연구에 주목했다. 대담하게도 칸토어는 수학에서 무한에 관한 연구를 공식화했다. 압둘은 무한과 관련된 칸토어의 수학 이론을 공들여 살펴보았다. 누렇게 변해가는 수학책을 줄마다 방정식마다 일일이 손가락으로 짚어가며 읽었고, 연필로 메모를 휘갈겨 적어 넣었다. 칸토어는 어떤 무한집합은 다른 무한집합보다 더 무한하다는 사실을, 무한에도 계층성이 있다는 사실을 발견하였다. 정수를 보자. 1, 2, 3, 4…. 정수도 무한수이긴 하나 1.67이나 2.93 같은 실수보다는 낮은 계층에 속한다. 말하자면 정수의 집합은 알레프 널[34]에, 실수의 집합은 알레프 원[35]에 속한다. 왕을 섬기는 신하들 간에 계급이 있

는 것과 같다. 칸토어는 알레프 널과 알레프 원 사이에는 다른 계
층의 무한집합이 없다는 '연속체 가설'을 제시했다. 알레프 널 뒤
에는 알레프 원이 바로 뒤따르고, 그 중간에 다른 계층은 없다는
가설이다. 칸토어는 이를 증명하지 못했다. 이 문제는 칸토어를
끝까지 괴롭혔고 결국 칸토어의 인생과 정신까지 앗아갔다.

칸토어는 무한집합에 관한 수학을 발전시켰다. 무한 더하기
무한은 무한. 무한 빼기 무한은 무한. 하지만 연속체 가설의 증
명은 칸토어조차도 닿지 못하는 곳에 남아 있었다.

압둘에게 칸토어는 기묘하고 새로운 세계에 사는 지도 제작
자와도 같았다. 그 세계에는 무한의 절벽이 끝없이 하늘을 향해
뻗어 있었고, 칸토어는 그 장엄함 속에 길을 잃은 작은 존재였
다. 벼랑 끝의 파리 같은 존재. 하지만 얼마나 대담한가! 얼마나
위대한 정신인가! 실제로 무한을 분류할 생각을 다 하다니….

압둘은 연구 중에 고대 인도의 수학자들에 관한 어느 논문을
읽게 되었다. 그들은 큰 수를 가리키는 특별한 용어들을 가지고
있었다. 시간의 한 단위인 1푸르비는 756조 년을 가리키고, 1시
르사프라헬리카는 840만 푸르비의 28제곱을 말한다. 그들은 왜
그렇게 큰 수를 다루어야 했을까? 그들의 눈앞에 어떤 광경이 펼
쳐졌던 것일까? 도대체 얼마나 대단한 교만에 취했기에 그들은,
그 보잘것없는 존재들은 그렇게 큰 꿈을 꿀 수 있었단 말일까?

---

34 알레프 수는 무한집합의 기수를 나타내는 표기법으로, 알레프 널은 자연수, 정
수, 유리수와 같은 가산 무한집합의 크기이다.
35 가장 작은 비가산 기수

한번은 압둘이 친구 강가다르에게 이 이야기를 해 주었다. 강가다르는 압둘 가까이에 살았고 둘은 매주 만나 체스 게임을 함께했다. 그들은 그때도 체스를 두고 있었다. 강가다르의 손이 체스판 위에서 멈추더니 베다[36]에 나오는 구절 하나를 암송했다.

"무한에서 무한을 취하라. 그리하면, 아, 무한이 남으리라…."

압둘은 깜짝 놀랐다. 그의 선조들이 게오르크 칸토어를 4천 년이나 앞섰던 것이다!

✳

과학에 대한 그 애정, 신이 학자들에게 보여 준 그 상냥함과 겸허함, 모호한 설명으로부터 학자들을 보호하고 난제들을 해결하도록 지지하는 신의 신속함에 용기를 입어, 나는《약분·소거 계산론(Al-Jabr and Al-Muqabala)》[37]을 바탕으로 하여 계산에 대한 짧은 글 한 편을 썼고, 연산에서 가장 쉽고 유용한 것만을 다루었다.

― 알 콰리즈미[38], 8세기 아랍 수학자

소년 압둘에게 수학은 숨 쉬는 것만큼이나 자연스럽게 다가왔다. 압둘은 작은 시립 학교의 시험들을 깨끗이 해치웠다. 압

---

36 고대 인도의 종교 지식과 제례규정을 담은 산스크리트 문헌으로 고대 인도의 종교, 철학, 우주관, 사회상을 보여준다.
37 '대수학(algebra)'이라는 용어는 이 책의 원제목에서 유래되었다.
38 중세 이슬람의 가장 중요한 수학자이며 '대수학의 아버지'로 불린다. 산술과 대수학에 관하여 가장 오래된 책을 썼다.

둘이 사는 시골 동네에는 소상인과 하급 공무원 같은 이들이 대부분이었고, 아이들도 부모로부터 따분한 실용주의를 물려받았거나 배운 듯했다. 아무도 이상하리만치 영특한 이 무슬림 소년을 이해하지 못했지만 같은 반 친구인 강가다르는 예외였다. 힌두교도인 강가다르는 인기 있고 외향적인 아이였다. 길거리에서 크리켓을 하고 다른 아이들보다 달음질도 빨랐지만, 강가다르의 열정은 문학, 특히 시에 있었다. 시는 수학만큼이나 비실용적인 취미였다.

두 아이는 서로에게 이끌렸고, 학교 뒷담에 올라앉아 머리위 나무에서 자문[39]을 훔쳐 먹으며 몇 시간이고 이야기를 나누었다. 주제는 우르두어[40]로 쓰인 시와 산스크리트 구절에서부터 '수학이 인간 감정을 포함한 모든 것에 배어 있는가?' 같은 질문에 이르기까지 방대했다. 자신들이 시립 학교 학생치고는 어른스럽고 성숙하다는 기분이 들었다. 처음으로 압둘에게 칼리다사[41]의 선정적인 시들을 소개해 준 이도 강가다르였다. 강가다르는 수줍은 듯 깔깔거렸다. 그 당시 둘 모두에게 여자아이들은 수수께끼와도 같았다. 같은 교실을 쓰기는 했지만, 이상하고 우아하고 다른 세상에서 온 외계 생명체 같았다. 당연히 자신들의 여자

---

39 검은 올리브와 크기와 모양이 비슷한 달콤하고 새콤한 열매로 키가 크고 울창한 나무에서 자란다.
40 인도·유럽 어족 중 인도·이란 어파에 속한 언어로 14개에 달하는 인도의 공용어 중 하나이다.
41 4~5세기에 걸쳐 활약한 인도의 시인으로, 인도의 셰익스피어라고 일컬어진다.

형제들과는 완전히 다른 종족이었다. 가슴과 엉덩이에 대한 칼리다사의 시적 묘사는 모호한 갈망을 불러일으켰다.

친구들이 으레 그러듯 가끔은 싸우기도 했다. 첫 번째 심각한 싸움은 선거를 앞두고 도시에 사는 힌두교도와 무슬림 간에 긴장감이 감돌던 때 일어났다. 압둘이 학교 운동장에 있는데 강가다르가 다가오더니 느닷없이 압둘을 때려눕혔다.

"야, 이 피에 굶주린 무슬림아!" 강가다르는 압둘이 무슬림이라는 사실을 이제야 알았다는 듯이 말했다.

"이 지옥에나 떨어질 이교도야!" 압둘도 지지 않고 맞섰다.

그들은 서로에게 주먹질했고 땅바닥에서 뒤엉켜 몸싸움을 벌였다. 마침내 입술이 찢어지고 멍투성이가 되어서야 서로를 사납게 노려보다가 휘청거리며 헤어졌다. 다음 날 그들은 처음으로 거리 반대편에서 따로 크리켓을 했다.

그 후에 두 아이가 마주친 곳은 학교 도서관이었다. 압둘의 신경이 곤두섰다. 강가다르가 때리면 맞서 싸울 참이었다. 강가다르는 싸울까 말까 잠시 고민하는 표정이더니 이내 멋쩍은 얼굴로 책 한 권을 내밀었다.

"새 책이야…, 수학책. 네가 읽고 싶어 할 것 같아서…."

압둘과 강가다르는 전처럼 다시 학교 뒷담에 앉아 놀았다.

그들의 우정은 그로부터 4년 후에 일어난 대폭동도 이겨냈다. 폭동은 도시 전체를 시체안치소로 바꿔놓았다. 사람들은 방화를 저지르고 시체를 불태웠으며, 힌두교도와 무슬림 양쪽 모두가 차마 입에 담지 못할 잔혹 행위를 저질렀다. 어느 쪽인가 정치 지도자 한 명이 나중에는 자신도 기억 못 한 도발적 선포를 하는 바람에 시민들의 분노가 격양되었다. 그리고 사건이 터졌다. 무슬림에 대한 경찰의 만행에 항의하는 투쟁이 버스 정류장에서 일어났다. 상황은 걷잡을 수 없는 상태로 치달았다. 최악의 폭력 사태가 발발했던 날, 압둘의 누나 아이샤는 사촌과 함께 시장에 있었다. 사람들이 우르르 몰리는 통에 아이샤는 사촌과 헤어지고 말았다. 사촌은 피투성이로나마 살아 돌아왔지만, 그 후로 아이샤를 본 사람은 아무도 없었다.

압둘의 가족은 영영 예전으로 돌아가지 못했다. 어머니는 일상생활을 해나가기는 했지만 마음은 딴 데 가 있었다. 아버지는 몸무게가 줄어서, 활기가 넘쳤던 예전의 아버지에 비하면 쪼그라진 모조품에 불과했다. 그리고 몇 년도 지나지 않아서 아버지는 세상을 떠났다. 압둘은 잔혹 행위를 보도하는 뉴스들로 인해 악몽에 시달려야 했다. 꿈을 꾸면 몽둥이로 두들겨 맞고 강간당하고 조각조각 찢기어 나가는 누나의 모습이 보였다. 도시가 안정을 되찾자 그는 매일같이 울부짖으며 시장 거리를 돌아다녔다. 누나의 흔적을 찾고 싶다는 소망, 시체라도 찾았으면 하는 소망과 분노 사이에서 압둘은 괴로웠다.

아버지는 더 이상 힌두교도 친구들을 만나지 않았다. 압둘이 그런 아버지를 따르지 않은 이유는 단 하나였다. 대학살이 일어난 기간 동안 강가다르의 가족이 한 무슬림 가족을 숨기고, 격분한 힌두교도 무리를 돌려보냈기 때문이다.

상처는 시간이 지나도 치유되지 않았지만 감내할 정도는 되었고, 압둘도 다시 자신의 삶을 살아갈 수 있었다. 그는 사랑하는 수학에 몰두했고, 가족과 강가다르를 뺀 모든 이와 완전히 관계를 끊었다. 세상은 그를 모욕했다. 그러니 압둘은 세상에 빚진 게 없었다.

✳

아리아바타는 수학과 운동학과 구면기하학에 대한 궁극적 지식의 바다 가장 깊숙한 곳을 파헤치고 가장 먼 해안까지 닿은 뒤, 그 세 영역의 과학을 학계에 넘겨주었다.

— 6세기 인도 수학자 아리아바타[42]에 대한
  수학자 바스카라[43]의 수백 년 후의 논평

압둘은 가족 중 처음으로 대학에 진학했다. 다행히 강가다르 또한 같은 지역에 있는 대학에 진학했고 힌디 문학을 전공했다. 압둘은 수학의 신비에 파묻혀 살았다. 압둘의 아버지는 아들의 집념과 현저한 재능을 운명으로 받아들이기로 했다. 압둘은 선생들의 찬사 속에 빛을 발했고, 라마누잔[44]의 뒤를 따르기로 마음먹었다. 정식 교육도 받지 않은 라마누잔의 꿈에 나마칼 여신[45]

---

42 중세 인도 수학과 천문학에서 최초로 두각을 나타낸 위대한 학자
43 인도의 대표적인 수학자이자 천문학자(1114~1185). 십진법을 체계적으로 사용한 것으로 알려진다.
44 정수론에 큰 공헌을 한 인도의 수학자
45 힌두 신화에서 부와 풍요의 여신인 락쉬미 여신 중 한 명인 '나마기리 락쉬미'를 가리킨다. 나마기리는 현재 인도의 타밀 나두 지역으로 '나마칼'이라고도 불린다.

이 나타나 그 천재의 혓바닥에 수학 공식들을 적어 주었듯(라마누잔의 말에 따르면 그렇다), 압둘은 알라신이 수학적 통찰을 축복으로 주기 위해 파리쉬테를 보낸 건지도 모른다고 생각했다. 그리고 그 무렵 일어난 어떤 사건으로 인해 압둘은 자신의 그런 생각이 옳다고 확신하게 됐다.

압둘은 학교 도서관에서 미분기하학 문제를 풀고 있었다. 그때 파리쉬테 한 명이 시야 가장자리에 보였다. 그는 예전에도 수없이 그랬듯이 환영이 사라질 거라 예상하며 천천히 고개를 돌렸다.

하지만 압둘은 오히려 어렴풋이 인간의 형상을 한 어두운 그림자가 기다란 서가 앞에 서 있는 것을 보았다. 그림자가 천천히 몸을 돌리면서 종잇장처럼 얇은 형체가 드러났다. 게다가 파리쉬테가 몸을 돌릴수록 형체에 점점 두께가 생겼고, 그 어둡고 가는 형체 위로 흐릿하게나마 이목구비 또한 보였다. 다음 순간 공중에 작은 틈 같은 문이 하나 열리더니, 그 너머로 뭐라 말할 수 없이 기이한 세계의 환영이 엿보였다. 그림자가 문에 서서 한 손으로 손짓하며 압둘을 불렀지만, 그는 경이감에 얼어붙어 꼼짝도 못 하고 앉아 있기만 했다. 압둘이 미처 몸을 일으키기도 전에 문도 그림자도 빠르게 회전하며 사라져 버렸다. 그는 서가에 쌓인 책더미만 멍하니 바라보았다.

그 일이 있고 난 뒤 압둘은 자신의 운명을 확신하게 되었고, 힐끗 엿본 기이한 세계에 대해 집착에 가까운 환상을 품었다. 파리쉬테의 존재가 느껴질 때마다 천천히 고개를 돌려봐도, 파리쉬테는 또다시 늘 사라져 버렸다. 하지만 파리쉬테 중 누군가가 사라지지 않고 그 자리에 남아, 자기를 다른 세계로 데려가는 건 시간문제라고 믿었다. 그거야말로 경이롭고 경이로운 일이리라.

그러나 갑작스럽게 아버지가 세상을 떠나면서, 수학자로서의 압둘의 삶은 끝장이 나고 말았다. 그는 고향으로 돌아가서 어머니와 두 여동생, 남동생까지 보살펴야만 했다. 할 수 있는 일이라고는 가르치는 일뿐이었다. 결국, 그는 자신이 졸업한 시립 학교에 교편을 잡았다.

고향으로 가는 기차에서 압둘은 한 여인을 보았다. 기차가 다리 위에 정차했을 때였다. 다리 바로 아래쪽에 작은 강이 흘렀고, 유속이 느린 강굽이가 이른 아침의 햇살을 받아 황금빛으로 빛났다. 여자는 점토로 된 물 항아리를 들고 강가에 서 있었다. 그녀는 강물에 몸을 담그고 헤엄을 치다가, 항아리를 들어 올려 허리에 얹고는 강둑을 오르기 시작했다. 옅은 색의 남루한 사리가 몸에 착 달라붙었고, 볼록한 물 항아리를 오목한 허리에 얹은 모습이 새벽빛에 반짝였다. 흡사 안개 속 유령 같았다. 두 사람의 눈이 멀리서 마주쳤다. 압둘은 그녀의 눈에 비친 모습들을 상상해 보았다. 조용한 기차, 그리고 세상에서 처음 본 여자라도 되는 양 자신을 바라보는 성긴 턱수염의 젊은 남자. 그녀의 두 눈이 영혼을 들여다보는 여신의 눈처럼 대담하게 그를 응시했다. 잠시 둘 사이에는 어떤 장벽도 없었다. 성별도, 종교도, 카스트와 계급의 경계도. 다음 순간 그녀가 몸을 돌려 시샴나무 사이로 사라졌다.

그녀가 어스름 속 그곳에 진짜로 있었는지, 아니면 자신이 가공한 인물이었는지 분간하기가 어려웠다. 하지만 그 후로 오랫동안 압둘에게 그녀는, 근본적인 어떤 걸 상징하는 존재였다. 때로는 '여성'을 상징했고, 때로는 '강'을 상징했다.

압둘은 아버지의 장례식에 늦지 않게 고향에 도착했다. 학교 일로 늘 바쁘기는 했지만, 덕분에 빚쟁이들이 집 앞으로 몰려오는 건 막을 수가 있었다. 압둘은 젊은이답게 고집스럽게 낙천주의적이었고, 언젠가 운이 바뀌면 대학으로 돌아가 학위 과정을 마칠 수 있을 거라고 믿었다. 그러던 중 그는 어머니가 며느릿감을 찾고 싶어 한다는 걸 알게 되었다.

압둘은 결혼을 하게 되었고 아이들도 생겼다. 왁자지껄한 학교 수업을 꾸려나가면서, 오후에는 과외로 학생들을 가르쳤고, 여동생들의 결혼 비용과 여타 지출들을 위해 보잘것없는 월급에서 한 푼 두 푼 따로 떼어 돈을 모았다. 그러는 사이 한때 지녔던 젊고 예리한 재능을 서서히 잃어갔다. 라마누잔과 칸토어와 리만의 경지에까지 이르겠다던 야망 또한 상실해 버렸다. 이제 이해하는 것도 느려졌다. 몇 년 동안을 걱정거리에 짓눌리며 살게 되면 지적 능력도 쇠진하기 마련이었다. 그사이 아내가 세상을 떠났고 아이들도 다 자라 곁을 떠났다. 변변찮은 월급만으로도 그간 꾸준히 감소해 온 생활비를 감당할 만한 여건이 되자, 처음으로 압둘은 수학 생각을 다시 할 수 있었다. 무슨 새로운 식견으로 수학계를 경탄케 하겠다는 바람 따위는 이제 없었다. 리만 가설을 증명하겠다든가 하는 꿈 같은 건 접은 지 오래였다. 그의 바람이라고는 앞선 이들의 노력으로부터 그 가르침을 깨쳐서 통찰의 즐거움을 대리만족하는 것뿐이었다. 시간의 잔인한 장난이었다. 여유가 생겼을 때는 이미 지력을 잃어버린 후였다. 하지만 그것이 압둘의 진정한 집념을 막지는 못했다. 이제는 인생의 가을에 선 그에게, 그건 마치 봄이 옛사랑을 데리고 다시 찾아온 것 같았다.

*

허기와 갈증으로 휘청거리는 이 세상에서,
사랑만이 유일한 현실은 아니며, 또 다른 진실들이 존재한다.

— 사히르 루디안비, 인도 시인(1921~1980)

수학에 대한 집착에 지칠 때도 있었다. 어쨌든 나이가 들었으니까. 공책과 연필과 수학책을 들고 몇 시간을 내리 마당에 앉아 있는 일은 건강에 해로운 법이었다. 그럴 때면 압둘은 온몸에 뻐근함을 느끼며 자리에서 일어나 어머니를 보살핀 뒤 아내가 묻혀 있는 묘지로 향했다.

아내 자이납은 얼굴이 해말갛고 통통한 여자였다. 읽고 쓰기는 거의 할 줄 몰랐다. 아내는 나른하게 우아한 모습으로 집 안을 돌아다녔고, 세탁부 여자와 수다를 늘어놓을 때면 온후한 웃음소리가 마당에 울려 퍼졌다. 아내는 먹는 걸 좋아했다. 압둘은 아내의 포동포동한 손가락이, 섬세한 손끝으로 양고기와 함

께 사프론 쌀밥을 한 줌 떠서 감싸 쥐고 경건하게 입으로 가져가
던 모습이 아직도 선했다. 허리둘레만 봐서는 강단 있어 보이는
여자였지만, 시어머니를 견뎌낼 재간은 없었다. 두 아들이 유아
기를 벗어나는 사이에, 서서히 아내의 눈에서 웃음기가 사라졌
다. 시어머니는 손주들을 애지중지했고, 여자들 처소에 있는 자
신의 침대에 손주들을 눕혔다. 압둘은 아내와 어머니 사이의 조
용한 전쟁에 대해서는 알지도 못했다. 그는 미숙했고, 고집 센 학
생들에게 수학을 가르치는 데에 온통 정신이 팔렸다. 어머니가
늘 작은아들을 품에 안고 다정히 노래를 불러준다는 것과 큰아들
이 할머니 주위만 맴도는 건 알고 있었지만, 그것과 점점 창백해
지는 아내의 얼굴 사이에 연관성이 있다는 사실은 알아차리지 못
했다. 어느 날 밤 압둘은 아내에게 발을 주물러 달라고 요청을 했
다. 섹스하자는 완곡한 표현이었다. 그는 아내가 여자들 처소에
서 오기를 기다리고 있었다. 아내의 포동포동한 벗은 몸과 비단
결같이 부드러운 가슴에서 위안받고 싶은 마음에 안달이 나 있었
다. 마침내 아내가 오더니 침대 발치에 무릎을 꿇었다. 얼굴을 두
손에 파묻고 숨죽여 흐느끼느라 가슴이 들썩거렸다. 그가 아내
를 안으며, 무엇이 그녀의 차분하고 선한 천성을 이토록 흐트러
뜨렸을까 의아해하는 사이, 아내는 남편의 품에 안겨 완전히 무
너져 내렸다. 그 어떤 위로의 말에도 아내는 무엇이 마음을 아프
게 했는지 입을 열지 않았다. 마침내 아내가 큰 소리로 꺽꺽거리
며, 아이 하나만 더 갖는다면 세상에 바랄 게 없겠다고 애원했다.
　압둘은 현대적 사고방식의 영향을 받은 사람이었다. 그는 아

이는 둘이면 됐다고, 그것도 아들이면 더없이 충분하다고 생각하고 있었다. 다섯 아이 중 하나로 컸기 때문에 가난이 뭔지, 가족을 부양하기 위해 교수의 꿈을 접는 고통이 어떤 건지 잘 알고 있었다. 자식들이 똑같은 고통을 겪게 하고 싶지 않았다. 하지만 아이를 하나 더 갖고 싶다는 아내의 속삭임에 압둘은 마음이 약해지고 말았다.

이제와 돌이켜 생각하면 아내가 왜 그토록 괴로워했는지 진짜 이유를 알고자 노력했어야 했다. 임신은 문제가 많았다. 아내가 극심한 고통에 시달리며 여자들 처소에 있는 침대에서 누워 지내는 동안, 어머니가 두 손자를 떠맡아 키우다시피 했다. 아내는 알라신에게 자신을 구해 달라고 눈물을 흘리며 기도하는 것 외에는 할 수 있는 게 없었다. "계집애구나." 압둘의 어머니가 암담하다는 투로 말했다. "말썽을 피우는 건 늘 계집애들이지." 시어머니가 창문으로 마당을 내다보았다. 한때는 자신의 딸이자, 압둘의 누나 아이샤가 뛰어놀고 빨래 너는 걸 도와주던 마당이었다.

아이는 끝내 사산되었고, 아내마저 데려갔다. 아이와 아내는 손질도 안 된 작은 묘지에 함께 묻혔다. 압둘은 우울할 때마다 묘지를 찾았다. 이제 묘비는 엉망이 되었고 풀이 자라서 무덤을 뒤덮었다. 압둘의 아버지도 그 묘지에 묻혔고, 압둘이 여섯 살이 되기도 전에 죽은 형제 세 명도 거기 묻혔다. 아이샤만, 실종된 누나만 그곳에 없었다. 너그러이 감싸 안아 주던 강한 두 팔, 섬세하고 향내 나는 헤나가 그려진 손, 부드러운 뺨. 어린 압둘에게 누나는 위안의 원천이었다.

압둘은 묘지에서 아내가 남긴 추억을 기렸다. 묘지가 붕괴되는 모습을 보니 마음이 움츠러들었다. 묘지가 초록과 시간에 굴복해 황폐해지면, 자기도 아내와 죽은 아기에 대한 죄책감을 잊게 될까 봐 두려웠다. 잡초와 긴 풀을 뽑아내려 애써 보기도 했지만, 섬세한 학자의 손은 금세 상하고 쓰리기만 했다. 그러면 그는 한숨을 내쉬며 수 세기 전 어느 여자 수피[46] 시인이 쓴 시구를 떠올렸다. "내 무덤 위에 초록이 자라게 두라!"

✳

발견의 과정에서 종종 나는 한편으로 지식이나 경험의 역할에 대해, 또 한편으로는 상상이나 직감의 역할에 대해 곰곰이 생각한다. 나는 이 둘 사이에 어떤 근본적인 충돌이 있다고 믿으며, 지식이 신중하기를 권고함으로써 상상의 비약을 저해하는 경향이 있다고 믿는다. 따라서 때로는 사회적 통념에서 자유로운 어떤 순진한 행동이 긍정적 자산이 될 수 있다.

— 하리시 찬드라[47], 인도 수학자(1923~1983)

학창 시절부터 압둘의 친구였던 강가다르는 잠시 같은 시립학교에서 힌디 문학 교사로 일하다가, 지금은 암라바티 전통도

---

46 이슬람 신비주의자를 부르는 아랍어

47 인도 태생 미국 수학자이자 물리학자로, 표현론과 조화해석학, 리 군 이론에 공헌했다.

서관에서 학술연구원으로 일했고, 틈틈이 시를 쓰며 살았다. 그는 압둘이 비밀스러운 열정을 털어놓을 수 있는 유일한 사람이었다.

이윽고 강가다르도 무한의 개념에 흥미를 갖게 되었다. 압둘이 칸토어와 리만의 논문을 탐독하며 '소수정리'에서 의미를 찾으려 애쓰는 동안, 강가다르는 도서관에서 귀한 책들을 찾아내 왔다. 매주 압둘이 3킬로미터를 넘게 걸어 강가다르의 집으로 가면, 하인이 고풍스럽고 우아한 마호가니 가구가 있는 안락한 응접실로 그를 안내했고, 그곳에서 압둘과 강가다르는 카다멈[48] 차를 마시고 체스를 두면서 서로가 배운 것들을 나누었다. 강가다르는 고급 수학을 이해하지는 못해도 지식을 갈구하는 자가 느끼는 절망감을 공감했고, 무지의 벽을 조금씩 깎아 내다가 이해의 빛에 휩싸이는 기분이 어떤 건지 잘 알고 있었다. 강가다르는 아리아바타와 알 콰리즈미의 글에서 다음과 같은 이야기를 찾아내 친구에게 해 주었다. "압둘, 그리스인과 로마인들이 '무한'이라는 개념을 싫어했다는 거 알아? 아리스토텔레스는 무한은 실제로 존재하지 않으며 우주는 유한하다고 주장했어. 그리스인 중에서 무한을 정복하려고 시도했던 이는 아르키메데스뿐이었고. 그는 서로 다른 무한의 양이 비교될 수 있다고 주장했지⋯."

---

[48] 인도가 원산지인 생강과 식물의 일종으로 가장 오래되고 귀한 향신료 중 하나이며 커피와 차에 타 먹기도 한다.

또 다른 인용에서는 이런 이야기도 했다. "그 프랑스 수학자 자크 아다마르 말이야, 자네가 흥분했던 소수정리를 증명한 사람이 바로 아다마르지. 그가 수학적 발견에는 4단계가 있다고 했는데, 생각해 보면 예술가나 시인의 경험과 그리 다르지가 않아. 우선 알려진 것을 연구하고 그것에 익숙해지기. 다음으로는 땅을 재생시키기 위해 경작과 경작 사이에 땅을 놀리듯, 생각이 마음속으로 들어오기를 기다리기. 그러면, 물론 운이 좋아야 하겠지만, 통찰이 번뜩이는 계몽의 순간이 찾아온다는군. 새로운 것을 발견하고 그것이 분명 참임을 뼛속 깊이 느끼는 순간 말이야. 마지막 단계는 입증하기. 그 직관을 수학적으로 엄밀하게 증명하는 일…."

아다마르가 말한 첫 두 단계만 통과해도, 알라신이 번쩍이는 통찰을 선사해 줄 것 같았다. 물론 아닐 수도 있겠지. 압둘은 제2의 라마누잔이 되기를 바란 적도 있었지만, 이제 그 바람은 사라지고 없었다. 하지만 진정한 사랑은, 받아들여지지 않으리라는 걸 안다 해도 사랑하는 이의 집 문턱에서 돌아서지 않는 법.

"나를 늘 괴롭히는 건 '괴델의 불완전성 정리'야. 괴델은 수학에 증명할 수 없는 진술이 존재한다고 했지. 괴델이 칸토어의 연속체 가설이 이러한 진술 중 하나라는 걸 보여 주었어. 불쌍한 칸토어, 증명이 가능하지도 불가능하지도 않은 것을 증명하려다 결국 미쳐 버린 거잖아! 소수에 대한, 무한에 대한 모든 증명되지 않은 생각들이 증명할 수 없는 진술이라면 어떻게 되겠어? 수리논리학에서의 제약들에 대해 테스트 될 수 없다면, 그것들이 참인지 아닌지 어떻게 알겠는가 말이야." 압둘이 토론 중에 강가다르에게 토로했다.

괴델의 불완전성 정리는 압둘을 몹시 괴롭혔다. 압둘은 불완전성 정리의 증명을 세세히 읽었고 그 문제를 이해하고 해결하고자 애를 썼다. 강가다르는 그러는 그를 격려했다.

"자네도 알겠지만, 옛이야기들을 보면 위대한 보물은 모두 거대한 괴물이 지키고 있어. 괴델의 정리는 자네가 찾는 진리를 수호하는 지니일지도 몰라. 그걸 죽이는 대신 차라리 그것과 친구가 되는 게 어떻겠나…."

연구를 통해, 그리고 강가다르와의 토론을 통해, 압둘은 자신의 진정한 동료가 누구인지 다시 한 번 확인했다. 아르키메데스와 알 콰와즈미, 하이얌[49]과 아리아바타와 바스카라, 리만과 칸토어와 가우스, 그리고 라마누잔과 하디[50].

그들은 수학의 대가였고, 그들 앞에서 압둘 자신은 하찮은 학생일 뿐이었다. 그들의 발자취를 따라 산비탈을 오르는 연습생에 불과했다. 길은 험했다. 어쨌든 나이가 들어가고 있었으니까. 하지만 압둘은 수학의 몽상에 자신을 쏟아부었고, 점점 노쇠해지는 어머니를 수발해야 할 때만 제정신으로 돌아왔다.

시간이 지나자 강가다르마저도 그를 나무랐다.

---

49 우마르 하이얌(1048~1131). 페르시아의 수학자이자 천문학자이며 시인. 2차 방정식의 기하학적·대수학적 해법을 연구하였다.
50 고드프리 하디(1877~1947). 20세기 초 영국의 대표적인 수학자로 해석적 정수론에 많은 업적을 남겼다.

"사람이 이렇게 살 수는 없는 법이야. 집착이 너무 심해. 칸토어나 괴델처럼 될 셈인가?[51] 정신 차려, 친구. 자네에겐 어머니와 사회에 대한 의무가 있어."

압둘은 강가다르를 이해시킬 수 없었다. 그의 마음은 온통 수학을 노래하고 있었다.

'N이 무한대로 갈 때 함수 f(N)의 극한은….'

스스로에게 던지는 수많은 질문이 이렇게 시작되었다. 함수 f(N)은 소수 계량 함수일 수도, 물질이라는 이름의 포개진 인형의 개수일 수도, 혹은 우주의 크기일 수도 있었다. 수학적 우주에서의 매개 변수처럼 추상적일 수도, 혹은 벽돌 깔린 마당에 있는 여지나무 아래에서 늙어 가는 어머니 얼굴의 주름살처럼 세속적일 수도 있었다. 어머니는 점점 늙어 갔지만 아주 죽은 사람도 아니었다. 어머니는 마치 제논의 역설[52] 같은 삶을 살겠다고 결심한 사람 같았다.

압둘은 마당의 여지나무를 사랑하듯 어머니를 사랑했다. 그 자리에 존재한다는 이유만으로, 지금의 그를 만들어 주었다는 이유만으로, 그리고 그에게 안식처와 도움을 제공한다는 이유만으로.

'N이 무한대로 가면…, 극한은….'

---

51 칸토어와 괴델 모두 노년에 정신 질환에 시달렸다.
52 "움직이는 것은 사실 정지해 있는 것과 같다."라는 고대 그리스 철학자 제논의 주장이다. 그의 대표적인 역설은 '아킬레스와 거북이의 역설'로, 아킬레스가 거북이와 달리기 시합을 하더라도 앞서 출발한 거북이를 따라잡을 수 없다는 주장이다.

미적분학의 많은 정리도 그렇게 시작했다. 압둘은 어떤 종류의 미적분이 죽음으로 향하는 어머니의 느린 호(弧)를 지배하는지 알고 싶었다. 만약에 삶이 조건을 충족하는 최소 한곗값을 요구하지 않는다면? 죽음이라는 게, N이 무한대로 갈 때 어느 함수 f(N)의 극한에 불과하다면?

✳

인간의 생명이 저당물에 불과한 세상에서는
죽음을 숭배하는 이들로 가득 찬 세상에서는
죽음이 삶보다 가치가 없다.
그런 세상은 나의 세상이 아니다.

— 사히르 루디안비, 인도 시인(1921~1980)

착각에 빠진 많은 바보와 천재들이 그러했듯, 압둘이 무한에 대한 수학 속에서 첨벙대는 사이, 세상은 변했다.

무슨 일이 벌어지고 있다는 건 압둘도 어렴풋이 알고 있었다. 사람들이 살다가 세상을 떠나고, 정치적으로 대변동이 일어나고, 올해 여름이 유례없이 뜨거워 북인도에서는 벌써 천 명이나 되는 사람들이 폭염에 목숨을 잃었다는 걸 알았다. 죽음이 어머니의 어깨 위에서 기다리고 있다는 것 또한 알고 있었다. 압둘은 어머니를 위해 할 수 있는 바를 다했다. 예전에는 매일 다섯 번씩 꼬박꼬박 나마즈[53]를 행하지 않았지만, 지금은 어머니와 함께 나마즈를 했다. 어머니는 이미 딴 세상 사람이 되어가고 있었

고, 오래전에 지난 시간들을 건너뛰며 살았다. 어느 순간에 아이
샤를 불렀다가, 다음 순간에는 한참 전에 죽은 남편 이름을 불렀
다. 잃어버린 소녀 시절에 나누었던 대화들을 입술을 달달 떨며
되뇌기도 했다. 가끔 정신이 멀쩡해질 때는 알라신에게 자신을
데려가 달라 간청했다.

효심 깊은 압둘에게도, 일주일에 한 번 집을 벗어나 강가다르
와 체스 두며 이야기를 나눌 수 있다는 건 큰 위안이었다. 그 시
간에는 이웃에 사는 고모가 집에 와서 어머니를 돌보았다. 압둘
은 한두 차례 숨을 크게 내쉰 뒤 발을 질질 끌며 어린 시절부터
친숙한 거리를 지나 강가다르의 집으로 향했다. 어릴 적 올랐던
자문나무 고목 아래에 쌓인 먼지 위로 질질 끌린 신발 자국이
생겼다.

강가다르 집으로 가는 길에는 항상 이웃들에게 인사를 건넸
다. 아민 칸 어르신은 평상에 앉아 쌕쌕거리며 물담배를 피웠다.
늘 제멋대로인 알리네 쌍둥이 형제는 막대기로 자전거 타이어
를 쫓아다녔다. 빤을 파는 가게에는 임란이 있었다. 압둘은 살짝
겁을 먹은 채 갈수록 번잡해지는 시장 골목을 건너, 문쉴랄 씨가
아들들과 함께 운영하는 가게의 빛바랜 차양과 인력거 승차장을
지나 조용한 길로 들어섰다. 자카란다[54] 나무 그늘이 드리운 길
이었다. 강가다르의 집은 소박한 흰색 방갈로였는데, 우기를 여

53 터키에서 인도에 이르는 지역에서 예배를 의미하는 페르시아어
54 열대 지역이 원산지인 가로수로 보라색 꽃이 핀다.

러 번 거치며 보일 듯 말 듯 한 회색 얼룩이 졌다. 담에 난 나무문의 갈라진 틈이 강가다르만큼 익숙한 모습으로 인사를 건넸다.

그러나, 더 이상 강가다르의 집에서 체스를 둘 수 없는 날이 오고 말았다.

그날은 강가다르가 아니라 하인 남자아이가 압둘을 안내했다. 익숙한 응접실로 가서 늘 앉던 의자에 앉던 압둘은 체스판이 펼쳐져 있지 않은 걸 알아차렸다. 안쪽에 있는 방에서 소리가 들려왔다. 여자 여러 명의 목소리와 무거운 물건들이 마룻바닥에 질질 끌리는 소리였다.

그때 노인 한 명이 응접실로 들어왔다. 노인은 압둘을 여기서 본 게 놀랍다는 듯 우뚝 멈춰 섰다. 어렴풋이 낯익은 얼굴이었다. 압둘은 그 노인이 강가다르 아내의 친척임을 기억해냈다. 삼촌이었던가. 노인은 도시 반대편에 살았는데 무슨 가족 행사에서인가 한두 번 만난 적이 있었다.

"여기서 뭘 하나?" 머리가 희끗희끗하기는 해도 체격은 건장한 노인이 말했다. 평소와 달리 예의를 차리지도 않았다.

압둘은 어리둥절했고 기분이 살짝 나빠졌다.

"강가다르와 체스 두러 왔습니다. 집에 없나요?"

"오늘은 체스 못 두네. 이만큼 피해를 줬으면 됐잖아! 안 그래도 비참한 판에 우리를 조롱하러 온 건가? 내가 한마디만 하지⋯."

"무슨 일이 있었습니까?" 불안감이 파도처럼 몰려들며 분한 마음이 싹 가셨다. "무슨 말씀이십니까? 강가다르는 괜찮나요?"

"자네는 모르겠지." 노인이 비웃는 투로 말했다. "어제저녁 파하리아 거리에서 자네 쪽 사람들이 버스를 불태웠네. 열 명이 타고 있었는데 모두 힌두교도였지. 사원에서 열린 가족 행사에 갔다가 돌아오는 길이었네. 모두 끔찍하게 죽었어. 소문에 의하면 자네 쪽 사람들이 한 짓이라는군. 심지어 어린애들까지도 버스 밖으로 못 나가게 했다지! 지금 도시 전체가 아수라장이야. 무슨 일이 벌어질지 누가 알겠나? 강가다르와 나는 가족들을 안전한 곳으로 피신시킬 셈이네."

압둘은 충격에 눈이 휘둥그레졌다. 뭐라 할 말이 없었다.

"지난 수백 년 동안 우리 힌두교도들은 무슬림을 참아왔어. 너희 무슬림들이 수 세기 넘게 우리를 침략하고 약탈했는데도 말이야. 모스크를 세우고 너희들 신을 섬기게 허용해 주었어. 그걸 이런 식으로 갚다니!"

순식간에 압둘은 '너희 무슬림'이 되어 버렸다. 자기는 버스에 탄 사람들을 해치는 데 팔 한쪽도 보태지 않았다고 말하고 싶었다. 버스에 불을 지른 건 그가 아니었다. 하지만 아무런 말도 할 수 없었다.

"상상이 되나, 압둘 카림 선생? 그 불길이 눈에 보이는가 말이야. 그들의 비명이 들려? 그들은 이제 영영 집으로 돌아갈 수…."

"상상이 갑니다." 압둘이 단호하게 말했다. 그리고 자리에서 일어서려는 순간 강가다르가 응접실로 들어왔다. 대화를 일부 들은 게 분명했다. 강가다르는 양손을 압둘의 어깨에 다정히 얹고, 노인과는 전혀 다른 식으로 그를 대했다. 그는 다른 이도 아닌 자신의 친구 압둘이고, 압둘에게도 아직 집으로 돌아오지 않은 누나가 있으니까.

강가다르가 아내의 삼촌에게로 몸을 돌렸다.

"삼촌, 부탁입니다. 그만 하세요. 압둘은 그런 폭도들과는 다릅니다. 제가 지금껏 만난 누구보다 친절한 사람이에요. 게다가 도시에 온갖 소문이 다 떠돌아다니지만, 그 무뢰한들이 누군지는 아직 밝혀지지 않았잖아요. 압둘, 제발 자리에 앉아. 우리가 서로에게 이런 말을 해야 하다니, 이게 다 우리가 사는 이 시절 때문이야. 아아, 칼리유가[55]가 머지않았어!"

압둘은 자리에 도로 앉았지만, 여전히 몸이 부르르 떨렸다. 수학 생각은 깡그리 사라졌다. 그의 머릿속은 그런 잔혹 행위를 저지른 야만인들에 대한, 그리고 인간 자체에 대한 혐오와 공포로 가득 찼다. 인간이란 얼마나 타락한 종인가! 라마나 알라나 예수를 섬긴다고 하면서도 그들의 이름 아래 방화와 파괴를 일삼는 것, 그게 바로 인간의 역사였다.

삼촌은 머리를 흔들며 응접실을 떠났고, 강가다르가 압둘에게 역사적 배경을 설명하며 삼촌을 대신해서 사과했다.

"…정치 조작이야." 강가다르가 말했다. "영국 제국주의자들은 우리의 약점을 찾아내서 그걸 이용해 우리가 서로 반목하게 했어. 지옥으로 향하는 문은 열기는 쉬워도 닫기 어려운 법이지. 우리는 영국이 통치하기 전까지는 비교적 평화롭게 지냈어. 저

---

55 고대 인도 신화에서 말하는 말세

들이 연 지옥문을 어째서 우리는 못 닫는 걸까? 도대체 어떤 종교가 이웃을 죽이라고 하겠어!"

"그게 중요할까?" 압둘이 쓸쓸히 말했다. "우리 인간은 딱한 종이야, 친구. 내 동료 무슬림은 자비와 동정의 알라신께 모든 기도를 바치고, 자네들 힌두교도는 '신은 모든 곳에 충만하다'고 말하지. 기독교도들은 한쪽 뺨을 맞으면 다른 쪽 뺨을 내밀라 하고. 하지만 그들 모두의 손은 피로 얼룩졌어. 우리는 모든 걸 그르쳤지. 선지자와 성인들이 해 준 평화의 말을 가져다 서로를 죽이는 무기로 삼았어!" 압둘은 몸이 너무나 심하게 떨려서 말하기도 힘들었다. "수학…, 수학을 통해서만 알라신을 볼 수…."

"이제 그만해." 강가다르가 말했다. 그는 하인을 불러 압둘에게 물을 좀 가져다주게 했다. 압둘은 물을 마시고 입을 닦았다. 가방들이 집 밖으로 나갔고 집 앞에 택시가 와 있었다.

"내 말을 잘 들어, 친구." 강가다르가 말했다. "몸조심해야 돼. 당장 집으로 돌아가 문을 걸어 잠그고 어머니를 보살피도록 해. 난 가족들을 먼저 피신시킨 다음, 하루 이틀쯤 뒤에 따라갈 예정이야. 이 미친 시간이 지나면 돌아와서 꼭 자네를 찾을게!"

압둘은 집으로 돌아갔다. 아직은 모든 게 정상으로 보였다. 바람에 길거리의 쓰레기가 날려 다니고, 빤 가게도 문을 열었고, 버스 정류장에는 사람들이 떼 지어 있었다. 하지만 그는 거리에 아이들이 보이지 않는다는 사실을 알아차렸다. 여름방학 중인데도 아이들이 안 보였다.

채소 시장은 매우 분주했다. 사람들이 미친 듯이 물건을 사재고 있었다. 그는 감자 몇 알과 양파와 큰 박 하나를 사서 집으로 왔다. 그리고 문을 걸어 잠갔다. 이제 식사 준비할 기력도 남지 않은 어머니가 압둘이 요리하는 모습을 지켜보았다. 압둘은 식사를 마친 뒤 어머니를 침대에 눕혀 드리고 서재로 가서 수학책을 펼쳐 들었다.

하루가 지났다. 아니 이틀이었을까? 압둘은 날짜 헤아리는 것도 그만두었다. 어머니를 돌보는 일은 잊지 않았지만, 밥 먹는 것을 잊는 일이 잦았다. 어머니는 점점 더 딴 세상 사람이 되어 갔다. 다른 도시에 사는 여동생들과 남동생이 전화를 걸어 늘어가는 폭력 사태들에 대한 뉴스 보도에 불안해했지만, 그는 동생들에게 걱정하지 말라고 했다. 동생들은 모든 게 정상으로 돌아가면 압둘과 어머니를 보러 고향에 오기로 했다.

※

얼마나 놀라운가, 우주의 신비여
진정으로 사랑하는 자만이 이해할 수 있으리라!
— 불레 샤, 8세기 펀자브 출신의 수피 시인

논리는 직관의 정복을 제재할 수 있을 뿐이다.
— 자크 아마다르, 프랑스 수학자(1865~1963)

어느 아침 압둘이 어두운 서재에서 나와 햇빛 밝은 마당에 모습을 드러냈다. 압둘의 주변으로 오래된 도시가 고통에 몸부림치며 불타고 있었지만, 그에게는 수학만 보이고 수학만 들렸다. 압둘은 낡은 등의자에 앉은 뒤 땅에 떨어진 막대기를 주워 먼지 위에 수학 기호들을 그리기 시작했다.

그때 시야 가장자리로 파리쉬테 한 명이 서 있는 게 보였다.

압둘은 천천히 고개를 돌렸다. 그 어두운 그림자는 그 자리에 머물며 그를 기다리고 있었다. 이번에는 압둘이 빨랐다. 한쪽 무릎에 찌릿한 통증이 느껴졌지만, 파리쉬테가 손짓하고 있는 문을 향해 발 빠르게 걸어간 뒤, 문을 통과했다.

압둘은 잠시 심하게 방향 감각을 잃었다. 마치 빙글빙글 돌면서 다른 차원을 통과해 숨겨진 세계로 들어가는 느낌이었다. 다음 순간 눈앞에서 어둠이 사라지고 경이로운 세계가 나타났다.

사방이 고요했고, 광대한 땅과 하늘이 펼쳐졌다. 이런 광경은 처음이었다. 땅 여기저기에 피라미드 형태의 어두운 건축물들이 흩뿌려져 있었는데, 그로서는 도저히 가늠할 수 없을 정도로 거대했다. 하늘에도 어마어마하게 큰 다면체 하나가 떠 있었다. 연주황 빛 하늘에는 태양이 없이 확산된 발광만 그득했다. 압둘은 자신의 발을 내려다보았다. 여전히 낯익은 해진 샌들 차림이었다. 사방을 둘러보니 물고기 모양의 생명체들이 모래 속에서 꿈틀거리며 알을 낳고 있었다. 발가락 사이로 모래가 조금 들어왔는데, 모래는 따뜻했고 고무처럼 탄력이 있어 전혀 모래 같지가 않았다. 숨을 깊게 들이마시자 이상한 냄새가 났다. 고무 탄 냄새와 자신의 땀 냄새가 섞인 듯한 냄새였다. 압둘의 곁에 그 그림자가 서 있었다. 그림자는 이제 단단한 형체였고, 목이 없고 팔다리가 많은 것만 빼면 인간과 흡사했다. 팔다리의 개수는 시시각각 변했는데, 압둘이 세어볼 때는 다섯 개였다.

그림자의 머리에 있는 구멍이 열렸다 닫혔다 하기를 반복했지만 아무 소리도 나오지 않았다. 대신 압둘은 나중에 열어 볼 생각 꾸러미 하나가 마음속에 놓이는 느낌을 받았다.

압둘은 그림자와 함께 모래 지대를 건너서 고요한 바닷가로 갔다. 바닷물은(그게 정말 바닷물이라면 말이지만) 부드럽게 거품을 일으키며 보글보글 끓고 있었다. 바닷속에서는 유령처럼 생긴 형체들이 움직였고, 멀리 아래쪽으로 복잡한 구조물의 모습이 희미하게 보였다. 바다 깊숙이에서 아라베스크 무늬가 만들어졌다 부서졌다 다시 만들어지기를 되풀이했다. 그가 바짝 마른 입술을 혀로 축이자 금속과 소금 맛이 났다.

압둘이 그림자를 쳐다보자 그림자가 압둘에게 멈추라고 지시했다. 그들 앞에 문 하나가 열렸다. 그들은 그 문을 통과해 또 다른 우주로 들어갔다.

이번 우주는 전혀 다른 모습이었다. 온통 공기와 빛으로 채워졌는데, 우주 전체에 반투명의 거대한 거미집이 걸려 있었다. 거미줄 모두 속이 빈 튜브였고 그 안으로 액체 형태의 생명체들이 흘러다녔다. 거미줄 사이사이 허공에는 크기가 더 작은 고체 생명체들이 떠다녔다.

압둘은 할 말을 잃고 거미줄을 향해 한 손을 뻗었다. 섬세한 거미줄은 아내가 생전에 착용했던 세공 장식된 은 발찌를 연상시켰다. 거미줄 안을 흘러가던 작은 생명체 하나가 갑자기 멈춘 바람에 압둘은 깜짝 놀랐다. 통통하고 물기를 머금은 표범나비 같았는데, 반투명한 모습 때문에 전혀 윤곽을 알아볼 수 없었다. 그런데도 그는 그 생명체가 자신을 바라보며 관찰하고 있다는 걸, 그것 또한 자기를 경이롭게 여긴다는 걸 알 수 있었다.

거미줄을 만지자 차갑고 생소한 매끈함이 손끝에 전해졌다.

문이 열렸고 그들은 문을 통과했다.

이번 여행은 현기증이 날 만큼 거칠었다. 이따금 압둘이 속한 세계가 섬광처럼 나타났다. 나무와 거리가 있는 풍경, 그리고 멀리 보이는 푸른 언덕들. 그것들은 서로 다른 시대를 보여 주는 듯했다. 깃털 장식을 하고 햇빛에 반짝이는 투구를 쓴 군사들의 대군을 보았을 때는, 자신이 로마 제국 시대에 있다고 생각했다. 집에 돌아왔다는 생각이 드는 순간도 있었다. 눈앞에 자기 집 마당이 보였기 때문이다. 마당에 놓인 등의자에 늙은 남자가 앉아 막대기로 먼지 위에 도형을 그리고 있었다. 그때 마당을 가로질러 그림자가 드리우고, 알 수 없는 누군가가 노인 뒤로 다가갔다. '저 낯선 자의 손에서 번쩍이는 게 칼인가? 지금 내가 뭘 보고 있는 거지?' 압둘은 소리 지르려 애를 썼지만 아무 소리도 나오지 않았다. 장면이 희미해지더니 문이 열렸고 그들은 또다시 문을 통과했다.

압둘은 전율했다. '내가 방금 나의 죽음을 목격한 걸까?'

아르키메데스도 같은 식으로 죽었다는 사실이 떠올랐다. 아르키메데스가 기하 문제에 열중해 원을 그리고 있을 때 야만적인 군인 하나가 그의 뒤로 다가와 아르키메데스를 죽였다.

하지만 압둘에게는 깊이 생각할 시간이 없었다. 그는 하나같이 독특하고 기이한 우주들의 회전목마 속에서 방황하고 있었다. 그림자가 우주를 너무 많이 보여 준 탓에, 몇 개를 보았는지 세다가 중간에 잊어버리고 말았다.

그림자는 문을 열고 또 열었다. 열렸다 닫혔다 하는 구멍 빼고는 형태가 없는 얼굴만 봐서는 그림자가 무슨 생각을 하는지 알 길이 없었다. 압둘은 묻고 싶었다. "당신은 누구시오? 왜 이러는 거요?" 물론 어느 날 밤 선지자 무함마드에게 나타난 가브리엘 천사가 무함마드를 천상으로 데려가 천국들을 보여 주었다는 옛이야기를 압둘도 알고 있었다. 하지만 그 그림자는 도무지 천사처럼 생기지 않았다. 얼굴도 날개도 없었고, 남자인지 여자인지 성별도 확실하지 않았다. 게다가 가브리엘 천사가 시골 마을에 사는 하찮은 수학 선생에게, 세상에 중요한 사람도 아닌 그에게 마음을 써야 할 까닭이 없었다.

그런데도 그림자는 그곳에 있었다. 어쩌면 알라신이 그에게 줄 전갈을 보냈는지도 모른다. 알라신의 방식은 말로 설명할 수 있는 게 아니다. 경이로운 광경을 연이어 보고 있자니 마음에 환희가 가득히 차올랐다.

마침내 그들은 한 곳에서 멈췄다. 그들은 노란 하늘에 둥둥 떠 있었다. 압둘은 심한 메스꺼움을 동반한 아찔한 무중력 상태를 경험했다. 시간이 흐르자 갑작스러운 메스꺼움은 서서히 가라앉

왔다. 공중에서 몸을 돌려서 보니, 하늘이 섬세한 모자이크로 덮여 있는 게 평범한 하늘이 아니었다. 기하학적 형태들이 뒤얽혔다가 합쳐지면서 새로운 형태들이 나타났다. 색깔도 변했다. 노란색에서 초록색으로, 다시 라일락색으로, 그러다 연한 자줏빛으로. 하늘에서 무수히 많은 눈이 동시에 잇따라 떠지는 것 같더니, 압둘이 고개를 돌리자 온 우주가 번쩍이며 그의 곁을 스쳐 갔다. 상상을 뛰어넘는 거대한 만화경 같았다. 그 모든 것의 중심에, 온 우주 사이의 공간에 그가 있었다. 뼛속에서 낮고 불규칙한 고동이 느껴졌다. 드럼을 칠 때 나는 둥둥 하는 고동 소리였다. 둥, 둥, 둥. 그는 자신이 보고 느낀 게 거대한 패턴의 일부임을 서서히 알아갔다.

바로 그때 압둘은 평생을 기다렸던 번쩍이는 통찰을 경험했다.

그는 기나긴 세월 동안 초월수를 다루며 칸토어의 생각을 이해하려고 애써왔다. 소수에 대한 리만의 개념 또한 그의 마음을 사로잡았다. 그래서 한가할 때는 초월수와 소수 사이에 어떤 심오한 연관성이 존재하지는 않을지 궁리해 보기도 했었다. 소수는 언뜻 보기에는 불규칙적이어도 나름의 규칙성을 지니고 있다. 아직 증명되지는 않았지만 리만 가설이 그 규칙성을 암시했다. 마침내 압둘이 깨달은 사실은 이랬다. 소수를 어느 거대한 나라의 지형으로 본다면, 그리고 우리가 보는 실제 세계는 그 지형을 일정 높이에서 비스듬히 가로지르는 2차원적 평면이라고 본다면, 당연히 우리 눈에 보이는 건 무작위적일 수밖에 없다는 것이다. 언덕 꼭대기. 계곡 몇 개. 눈에 보이는 건 실제 세계의 평면을 가로

지르는 지형의 일부일 뿐이다. 전체 지형을 이루는 다차원적 장관을 보지 않는 한 이해할 수 없을 풍경이다.

압둘은 창조의 기본 뼈대를 목도했다. 여기에서, 바로 이곳에서 모든 우주가 가지를 뻗고 메타우주의 심장이 쿵쾅거렸다. 높은 발판 위에서 본 다중우주의 골격 구조는 아름다울 정도로 선명했다. 칸토어가 본 건 바로 이 거대한 지형이었다. 압둘의 마음에 깨달음이 열렸다. 마치 메타우주가 그에게 직접 말해 주는 듯했다. 모든 초월수 중 적은 수만이(그 또한 여전히 무한하지만 초월수의 전부는 아니다) 다른 우주로 가는 수단으로 드러나고, 그 각각의 초월수는 소수로 표시된다는 걸 깨달았다. 하지만 그 이유가 무엇인지, 그것이 반영하는 더 심오한 대칭성이 무엇인지, 세상의 물리학자들이 상상조차 못 했던 자연법칙이나 규칙성이 무언지는 알 수가 없었다.

그 순간에 압둘이 본 건 소수가 사는 우주, 무한 우주의 지형이었다. 인간이 만들어 낸 어떤 함수도 그 광대함을, 그 장소의 형언할 수 없는 아름다움을 아우를 수 없고 하찮을 따름이었다. 압둘이 아는 수학 기호로는 그 아름다움을 묘사할 수 없었다. 리만 가설이 참임을 직접 체험했고, 이는 이 위대하고 빛나는 실제가 선사한 당연한 결과였지만, 전통적인 증명을 통해서는 입증할 방법이 없었다. 그것이 수학이든 아니든 인간이 만들어 낸 현존하는 언어로는, 그가 직감으로 참임을 알게 된 바를 표현할 수 없으리라. 어쩌면 압둘이 처음으로 그런 언어를 만들게 될지도 모른다. 선지자 무함마드의 천상여행이 의미하는 바는 천국이 우리가 닿을 수 있는 곳에 있다는 거라고, 위대한 시인 이크발이 해석하지 않았던가?

한쪽 공간이 뒤틀리더니 문이 열렸다. 이번에 들어간 곳은 압둘의 집 마당이었다. 주위를 둘러보니 마당이 텅 비어 있었다. 파리쉬테는 이미 사라지고 없었다.

압둘이 눈을 들어 하늘을 올려다보았다. 하늘은 속담 속 표현대로, 애인의 머리칼처럼 새까만 비구름으로 휩싸여 있었다. 세차게 부는 바람에 머리 위 여지나무가 춤을 추었다. 바람이 파괴된 도시의 소리를 몰아냈다. 붉은 꽃 한 송이가 담 너머에서 날아 넘어와 압둘의 발밑에 떨어졌다.

머리카락이 휙 하고 뒤로 날리는 순간, 알 수 없는 환희가 마음을 가득히 채웠다. 압둘은 얼굴에 알라신의 숨결을 느꼈다.

압둘이 바람 속에서 말했다.

"자비롭고 인정이 많으신 알라신이여, 당신이 만드신 놀라운 우주 앞에 경이감으로 충만해 서 있나이다. 이 연약한 인간을 도와주소서. 눈을 들어 추악하고 하찮은 일상 너머를, 비열한 인류의 다툼과 언쟁 너머를 보게 하소서…. 목화 나무의 만개한 꽃부터, 인간이 발을 딛는 공간에 무한한 우주를 만드는 데 쓰신 정교한 수학의 우아함까지, 당신이 만든 작품의 아름다움을 보게 도우소서. 이 서글픈 세상에서 저의 진정한 목적은 당신의 장엄함 앞에 그저 겸손히 경외하며 서 있는 것임을, 숨 쉴 때마다 당신을 찬양하는 것임을, 이제는 압니다…."

압둘은 환희에 진이 다 빠진 느낌이었다. 이파리들이 마당에서 미친 데르비시[56]들처럼 빙글빙글 돌았고, 하나둘 떨어진 빗방울이 그가 막대기로 먼지 위에 긁적였던 방정식을 지워 버렸다. 수학의 천재가 될 기회는 잃어버린 지 오래였다. 그는 일개수학 선생일 뿐 이제 아무것도 아니었고 관공서 공무원보다도 초라했다. 그런 그에게 알라신은 위대한 통찰을 선사했다. 어쩌면 이제 그도 라마누잔과 아르키메데스와 그 둘 사이에 있는 모든 수학자 틈에 끼어 대화할 만할지 모른다. 하지만 그는 거리로 뛰쳐나가 도시를 향해 소리치고 싶었다. "보시오, 친구들. 눈을 뜨고 내가 보는 걸 보시오!" 그러나 사람들이 자기를 미친 사람으로 여기리라는 걸 압둘은 알았다. 강가다르라면 이해할 텐데…. 수학은 몰라도 이 충동을, 그 발견이 얼마나 중요한지 이해해 줄 텐데.

압둘은 자리에서 벌떡 일어나서 집을 뛰쳐나가 거리로 향했다.

＊

이 얼룩진 빛, 밤에 취해 있는 새벽.
이것은 우리가 기다렸던 새벽이 아니다.

— 파이즈 아마드 파이즈[57], 파키스탄 시인(1911~1984)

56 본래 이슬람 수피들을 가리키는 말이지만, 수피들이 신을 접하기 위해 뱅글뱅글 돌며 추는 춤 자체를 가리키기도 한다.
57 가장 칭송받는 우르두어 작가 중 한 명으로 노벨 문학상 후보에 4번 올랐다.

모든 게 무너지고
모든 영혼이 목말라 하고
모든 시선이 혼란으로 가득 차 있고
모든 심장이 슬픔으로 무거운 곳…
이곳은 세상인가, 카오스인가?

— 사히르 루디안비, 인도 시인(1921~1980)

그런데 이게 어찌 된 일일까?

거리는 텅 비었고 사방에 깨진 유리병이 널려 있었다. 이웃집 창문과 문들은 덧문이 내려지고 빗장이 질러져 꼭 감은 눈처럼 보였다. 멀리서 빗소리 너머로 함성이 들렸다. '왜 탄내가 나지?'

그때 강가다르의 집에서 들었던 이야기가 생각났다. 압둘은 대문을 단단히 걸어 잠근 뒤, 노쇠한 다리로 최대한 빨리 달리기 시작했다.

시장이 불타고 있었다.

비가 내리는데도 박살이 난 가게 앞쪽에서 연기가 계속 뿜어져 나왔다. 곳곳에 깨진 유리 조각들이 나뒹굴고, 길 한가운데에 어느 어린아이가 가지고 놀던 것인지 나무 인형의 목이 댕강 잘린 채 내팽개쳐져 있었다. 숫자가 깔끔하게 세로로 가득 적힌 종잇장들이 젖은 채로 사방에 흩어져 있었다. 거래 내역이 적힌 원장이었다. 압둘은 재빨리 길을 건넜다.

강가다르의 집은 폐허로 변해 있었다. 압둘은 열린 문을 통해 안으로 들어가 집 안 여기저기를 돌아다니다가, 새까매진 벽을 멍하니 쳐다보았다. 가구 대부분은 사라지고 없었다. 체스 탁자만이 예전 모습 그대로 응접실 한가운데에 덩그러니 놓여 있었다.

압둘은 미친 듯이 집 안을 샅샅이 뒤졌고 처음으로 안방까지 들어가 보았다. 심지어는 커튼까지 창문에서 찢겨 나갔다.

아무도 없었다.

압둘은 강가다르의 집에서 뛰쳐나왔다. 강가다르 아내의 가족이 어디에 사는지도 몰랐다. '강가다르가 안전한지 어떤지 어떻게 알아내지?'

강가다르의 이웃집에 무슬림 가족이 살았는데, 모스크에서 만난 적 있는 사람들이었다. 압둘이 이웃집의 문을 두드렸다. 문너머로 누군가 왔다 갔다 하는 소리가 들리는 것 같았고, 위층 커튼이 홱 당겨지는 게 보였지만, 아무리 애원해도 대답하는 이가 없었다. 압둘은 결국 포기하고 천천히 집으로 걸어갔다. 손에는 피가 흘렀다. 그는 공포에 싸여 주위를 둘러보았다.

'이곳이 정말 나의 도시, 나의 세상이란 말인가? 알라신이시여, 알라신이시여, 왜 저를 버리셨나이까! 영광스러운 알라신의 창조물을 내 눈으로 직접 보았는데 도대체 이건 뭐란 말인가! 그 모든 다른 우주들은, 다른 현실들은 꿈이었단 말인가!'

비가 억수같이 쏟아졌다.

누군가가 웅덩이에 얼굴을 박은 채로 쓰러져 있었다. 비로 흠뻑 젖은 셔츠 등에서 피가 흘러내렸다. 압둘이 그를 향해 걸어갔다. 그가 누구인지, 죽었는지 살았는지 궁금했다. 젊은 사람이었는데, 등만 봐서는 람다스 같기도 하고 임란 같기도 했다. 등 뒤를 돌아보니 거리 입구에 한 무리의 젊은 남자들이 있었다. 그들 중 몇몇은 압둘의 학생일지도 몰랐다. 그들이 도와줄 수도 있었다.

하지만 압둘은 포식 동물처럼 확신에 찬 그들의 모습에 공포심을 느꼈다. 그들은 손에 막대기와 돌을 들고 있었다. 그들은 쓰나미처럼 뇌성처럼 몰려왔고, 그들이 지난 자리에는 죽음과 파괴만 남았다. 함성이 빗소리를 뚫고 들려왔다.

압둘은 용기를 잃고 집으로 달려 들어가 문을 잠그고 빗장을 건 뒤 창문을 모두 닫았다. 그러고는 잠들어 있는 어머니의 상태를 확인했다. 전화는 먹통이었다. 식사 때 먹으려 했던 달[58]은 다 졸아들고 없었다. 그는 가스를 끄고 문으로 돌아가 문에 귀를 대었다. 차마 창밖으로 내다볼 엄두가 나지 않았다.

젊은 남자들이 그의 집 앞을 달려 지나치는 소리가 빗소리 너머로 들렸다. 멀리서 총소리가 빗발쳤다. 더 많은 발소리가 들리더니, 다음 순간에는 빗소리밖에 들리지 않았다.

'경찰이 온 걸까? 군대가 왔나?'

그때 무언가가 혹은 누군가가 문을 긁었다. 압둘은 공포로 몸이 얼어붙었다. 그는 꼼짝 않고 서서 똑똑 떨어지는 빗방울 소리 너머로 애써 귀를 기울였다. 누군가 문밖에서 신음하고 있었다.

그가 문을 열었다. 거리는 텅 비었고 빗소리만 요란했다. 그

58 마른 콩에 향신료를 넣고 끓인 인도의 스튜를 총칭하는 말

의 발밑에 젊은 여자가 쓰러져 있었다.

여자가 눈을 떴다. 입고 있던 살와르 카미즈는 반쯤 벗겨진 채 찢겨 있었고, 긴 머리카락은 빗물과 피로 흠뻑 젖은 채 목과 어깨에 달라붙었다. 피부에 난 수백 개의 작은 상처와 쓸린 자국에서 피가 흘러나와 살와르가 피투성이였다.

여자의 눈동자에 초점이 돌아왔다.

"선생님….'

압둘은 당황했다. '내가 아는 사람인가? 혹시 장성한 옛 제자인가?'

재빨리 그녀를 반은 둘러업고 반은 질질 끌어 집 안으로 데리고 들어온 다음 문을 잠갔다. 압둘은 간신히 그녀의 몸을 일으켜 응접실 긴 의자에 조심스럽게 앉혔다. 의자가 순식간에 피로 물들었다. 그녀가 기침했다.

"이보게, 누가 자네에게 이런 짓을 했나? 내가 의사를 찾아…."

"그러지 마세요." 그녀가 말했다. "이미 늦었습니다." 그녀는 거칠게 숨을 내쉬며 다시 기침했다. 짙은 두 눈에 눈물이 고였다.

"선생님, 부탁입니다. 제발 죽게 내버려두세요! 남편이…, 아들이…, 제가 마지막 숨을 거두는 모습을 그들이 보면 안 됩니다. 이런 모습으로는 안 돼요. 그들은 고통 속에서 복수하려 들 거예요. 제발…, 제 손목을 그어 주세요."

그녀가 공포에 질린 압둘의 얼굴 가까이 손목을 들어 올렸다.

하지만 압둘이 할 수 있는 거라고는 떨리는 손으로 그녀의 손목을 잡아 주는 것뿐이었다.

"이보게 젊은이." 압둘은 무슨 말을 해야 할지 몰랐다. '이 혼란 통에 어디 가서 의사를 찾을 수 있을까? 상처를 묶어줄 수는 있을까?' 이런 생각들을 하는 사이에도 그녀의 생명은 사그라지고 있었다. 피가 의자에 웅덩이를 만들고는 마룻바닥으로 뚝뚝 떨어졌다. 그가 손목을 그어 줄 필요도 없었다.

"말하게. 어떤 무뢰한들이 이런 짓을 했나?"

그녀가 낮은 소리로 말했다. "누군지 모릅니다. 그저 잠깐 집 밖으로 나왔을 뿐인데…. 가족들에게는 알리지 말아 주세요, 선생님! 제가 죽거든 그냥…, 안전한 곳에서 죽었다고 전해 주세요…."

"이보게, 자네 남편 이름이 뭔가?"

여자의 눈이 커다래졌다. 그녀는 압둘의 말을 이해하지 못한 채 빤히 쳐다보고만 있었다. 마치 이미 딴 세상에 있는 듯했다.

무슬림인지 힌두교도인지조차 알 수 없었다. 설령 이마에 빨간색 점이 있었더라도[59] 오래전에 빗줄기에 지워졌을 터였다.

압둘의 어머니가 응접실 문에 서 있었다. 어머니는 갑자기 큰 소리로 울부짖으며 죽어가는 여자 곁으로 자신의 몸을 내던졌다.

"아이샤! 아이샤, 내 아가!"

---

[59] 보통 '빈디'라고 부르는 빨간색 점은 힌두교도 여성들이 찍거나 붙인다.

압둘의 얼굴 위로 눈물이 흘러내렸다. 어머니를 떼어 내려 애쓰며 말하려고 했다. '이 사람은 아이샤 누나가 아니에요. 남자들의 전쟁터가 되어 버린 또 다른 여자의 몸뚱이일 뿐이에요.' 결국 압둘은 어머니를 번쩍 안아 올려야 했다. 어머니의 몸은 너무나 연약해서 부서질까 걱정이 될 지경이었다. 침대에 눕힌 어머니는 몸을 웅크린 채 흐느끼며 아이샤의 이름을 불렀다.

응접실에서는 젊은 여자가 두 눈을 껌뻑이며 들릴 듯 말 듯 나직한 목소리로 말했다.

"선생님, 제 손목을 그어 주세요…. 전능하신 이의 이름으로 간청합니다! 저를 안전한 곳으로 보내 주세요…, 죽여 주세요…."

다음 순간, 그녀의 눈에 엷은 막이 드리우더니 몸이 축 늘어졌다.

시간이 멈춘 듯한 기분이었다.

뭔가 익숙한 느낌이 들어 천천히 고개를 돌리자 파리쉬테가 그를 기다리고 있었다.

압둘은 어설픈 몸짓으로 반쯤 벗겨진 여자의 몸을 피 묻은 의자 덮개로 덮은 다음, 그녀를 안아 들었다. 공중에 문이 열렸다.

그는 무릎에 느껴지는 고통에도 불구하고 휘청거리며 문을 통과했다.

세 개의 우주를 거친 뒤에야 그곳을 찾아냈다.

그곳은 평화로웠다. 드넓은 청록색 모래바다에 바위 하나가 솟아 있고, 푸른 모래가 바위에 철썩이며 쉬쉬하고 달래는 듯한 소리를 냈다. 끝없이 빛이 펼쳐지는 높고 투명한 공중에서는 날개 달린 생명체들이 서로를 부르고 있었다. 갑작스럽게 밝은 곳으로 온 탓에 그는 눈을 가늘게 떴다.

압둘은 여자의 두 눈을 감긴 뒤, 푸른 모래가 흐르는 바위 밑 깊숙한 곳에 묻어 주었다.

그는 기진맥진해 가쁜 숨을 몰아쉬며 그 자리에 서 있었다. 무슨 말이든 해야 할 것 같았다. 하지만 무슨 말을 해야 하나? 그녀가 무슬림인지 힌두교도인지도 알지 못했다. 그녀가 신을 뭐라고 불렀더라? 알라라고 했던가, 이쉬바르[60]라고 했던가? 전혀 다른 이름이었던가?

기억이 나지 않았다.

결국, 그는 알 파티하[61]를 암송한 뒤, 약간 더듬기는 했지만 조금씩 알고 있는 힌두 경전 구절을 죄다 암송했다. 마지막에는 "신은 모든 곳에 충만하다."는 구절을 암송했다.

눈물이 볼을 타고 흘러내려 푸른 모래 속으로 떨어지더니 흔적도 없이 사라졌다.

파리쉬테가 그를 기다리고 있었다.

"왜 아무것도 안 했나요?" 압둘이 그림자를 향해 비난을 퍼부었다. 그는 푸른 모래에 무릎을 털썩 꿇고 흐느껴 울었다. "당신이 정말로 파리쉬테라면, 왜 누나를 구하지 않았나요?"

60 힌디어로 '신'을 뜻한다.
61 코란 제1장

압둘은 자신이 어리석었음을 그제야 깨달았다. 이 그림자는 천사가 아니었고 압둘 자신 또한 선지자가 아니었다.

그는 아이샤를 위해, 이름 모를 그 젊은 여자를 위해, 구덩이에서 봤던 시신을 위해, 그리고 옛 친구 강가다르를 위해 눈물을 흘렸다.

그림자가 압둘을 향해 몸을 숙였다. 압둘은 자리에서 일어나 주위를 한 번 둘러본 뒤 문을 통과했다.

압둘은 자신의 응접실로 걸어 나왔다. 그리고 알게 된 건 어머니가 돌아가셨다는 사실이었다. 어머니는 백발이 베개 위로 흘러내린 채, 무척이나 평온한 얼굴로 침대에 누워 있었다.

어찌나 차분한 표정인지 자는 것만 같았다.

압둘은 오랫동안 그 자리에 서 있었다. 눈물도 나오지 않았다. 전화 수화기를 집어 들어 보았지만, 발신음이 들리지 않았다. 그는 집 안을 다니며 꼼꼼하게 응접실을 청소하고, 마루를 닦고, 응접실 긴 의자에서 깔개를 걷어냈다. 나중에 비가 그치고 나면 그것들을 마당으로 가지고 나가 불태울 작정이었다. 이 불타는 도시에 불길 하나가 더 타오른들 알아차릴 사람이나 있을까?

모든 걸 깨끗이 정리한 뒤, 그는 어머니의 시신 곁에 어린아이처럼 누워 잠이 들었다.

✳

그대가 나를 떠나던 날, 형제여,
그대는 내 삶의 이야기가 적힌 책 또한 앗아갔노라.

— 파이즈 아마드 파이즈, 파키스탄 시인(1911~1984)

해가 졌다. 불안한 평화가 도시 위에 내렸다. 어머니의 장례
식도 끝났다. 친척들이 다녀갔고 둘째 아들도 왔지만 머무르지
는 않았다. 첫째 아들은 미국에서 조의문을 보냈다.

강가다르의 집은 여전히 검게 그을린 채로 비어 있었다. 압둘
은 밖으로 나갈 때마다 위험을 무릅쓰고 친구의 행방을 묻고 다
녔다. 마지막으로 들은 이야기에 따르면, 폭도들이 몰려들었을
때 강가다르는 집에 홀로 있었는데, 아내의 부모님 댁으로 먼저
간 가족들과 다시 만날 때까지 무슬림 이웃들이 그를 보호해 주
었다고 한다. 하지만 너무 오래전의 일이어서 더 이상 그 이야
기를 믿을 수가 없었다. 강가다르가 폭도들에게 끌려나가 난도
질을 당한 뒤 시체가 불태워졌다는 이야기도 들렸다. 불가피하
게 군대가 동원되었고 도시는 잠잠해졌지만, 여전히 온갖 소문
들이 무성했다. 실종된 사람도 수백 명이었다. 인권 단체 사람들
이 도시 곳곳을 돌아다니며 주민들을 인터뷰했고, 언론 발표문
을 통해 주 정부의 태만과 일부 폭력 행위에 경찰이 관련된 사실
을 분노에 찬 어조로 폭로했다. 압둘의 집에도 인권 운동가 몇몇
이 찾아왔다. 무척 단정하고 젊은 사람들이었는데, 적절하지는

않아도 사람들에게 힘을 주는 이상주의에 불타는 젊은이들이었다. 압둘은 자신의 팔에서 죽어간 젊은 여자에 관해서는 전혀 언급하지 않았다. 그러나 그는 사랑하는 이를 잃은 그녀의 가족을 위해 매일 기도했다.

며칠째 압둘은 어깨에 앉아 있는 그림자를 무시하고 있었다. 하지만 자신이 느낀 배신감도 이내 희미해지리라는 걸 알았다. 한때 파리쉬테라고 불렀던 이 생명체에게 그가 천사의 성질을 부여한 게 결국은 누구 탓이었겠나? 설령 그들이 천사였다 한들 인간을 스스로에게서 구원할 수 있었을까?

그 생명체들은 어린아이의 호기심으로 우리를 지켜보지만 이해하지는 못한다고 압둘은 생각했다. '내가 그들의 세계를 이해할 수 없듯이, 그들 또한 우리의 방법을 이해할 수 없는 거지. 그들은 알라신의 부하가 아니야.'

우주들이 가지를 내뻗는 그 공간, 메타우주의 심장이 이제 꿈처럼 멀게만 여겨졌다. 지난날의 교만이 부끄러웠다. 단 한 번 본 것만으로 어떻게 알라신의 창조물을 가늠할 수 있을까? 유한한 정신을 가진 인간이 단 한 번의 짧은 인생에서 알라신이 설계한 광대함과 위대함을 진정으로 이해할 수는 없는 법이었다. 우리가 할 수 있는 거라고는 여기저기서 약간의 진실을 발견하고 그를 찬송하는 일뿐.

하지만 압둘의 영혼은 너무도 많은 고통을 받았기에, 무한에 대한 새로운 언어를 단 한 음절이라도 쓸 엄두가 나지 않았다. 꿈을 꿀 때마다 자신이 목격한 공포와 어머니, 그리고 자신의 팔에 안겨 죽은 그 젊은 여자의 모습에 시달렸다. 기도도 할 수 없었다. 알라신이 결국 자기를 버린 것만 같았다.

잠에서 깨어 목욕재계하고, 작은 찻주전자를 가스스토브에 올려 혼자 마실 한 잔의 찻물을 끓이는 것 같은 일상의 일들조차 못 견디게 힘들었다. 많은 이들이 죽었음에도 자신은 계속 살아가는 게, 어머니도 자식들도 강가다르도 없이 살아가는 게…, 이 모든 일이 이상하리만치 멀게 여겨졌다. 거울에 비친 나이 든 얼굴, 오래된 집, 심지어 마당의 여지나무마저 그랬다. 어릴 적부터 친숙한 거리에 간직된 추억도, 더는 그의 것이 아닌 듯했다. 집 밖에서는 이웃들이 죽음을 애도하고 있었다. 아민 칸 어르신이 손자를 위해 눈물을 흘렸다. 람다스도 죽었고, 임란도 죽었다. 아직도 바람은 화재가 남긴 그을음을 몰고 다녔고, 마당의 시멘트 틈에도 거리의 나무뿌리 사이사이에도 곳곳에 재가 쌓여 있었다. 숨을 들이마실 때마다 죽음의 냄새가 풍겼다. 이토록 고통에 괴로워하는 세상에서, 그가 마음을 회복해 살아갈 수나 있을까? 세상 어디에도 헤나 향기가 풍기는 손으로 아이를 달래어 잠재우던 손이 있을 곳이, 정원을 가꾸던 노부인의 손이 있을 곳이 없었다. 소박한 수학의 아름다움이 자리할 곳은 더더욱 없었다.

압둘이 이런 생각에 빠져 있을 때 그의 앞으로 기다란 그림자 하나가 드리웠다. 하릴없이 마당에 앉아 먼지 쌓인 땅 위에 막대기로 수식들을 적던 중이었다. 칼을 쥐고 있는 자가 자기 아들인지 격분한 힌두교도인지 알 수는 없었지만, 압둘은 죽음을 맞을 준비가 되어 있었다. 그를 오랫동안 지켜봤던 그 생명체들은 이 광경 또한 지켜보며 의아해하겠지. 불가해한 그들의 존재가 오히려 그에게 위안이 되었다.

압둘이 고개를 돌리며 자리에서 일어섰다. 그의 친구 강가다르였다. 강가다르가 두 팔을 뻗어 압둘을 꼭 껴안았다.

눈물이 흘러내려 강가다르의 셔츠를 적셨고, 압둘은 안도의 물결에 휩싸였다. 비록 이번에는 죽음을 막았다 해도 죽음은 언젠가는 오고야 말 일이었다. 언젠간 올 자기 죽음을 그는 이미 보았다. 아르키메데스와 라마누잔도, 하이얌과 칸토어도 냉담한 세상 앞에 깨달음을 외치며 죽음을 맞았다. 그러나 이 순간은 시간을 초월했다.

"알라신께 찬미를!" 압둘이 외쳤다.

갈증

Thirst

꿈을 꾸었다. 그녀의 머리카락만큼 새까맣고 윤기 나는 뱀들이 그녀 주위에 똬리를 틀고 있었다. 제단에서는 백단향 냄새가 났다. 어머니가 가장 좋아하던 향이었다. 그녀는 잠에서 깨어 눈을 뜨고도 한동안 자기가 누구인지 기억하지 못했다. 회반죽이 벽에서 떨어져 나오고 열린 창틀에는 여름 먼지가 앉은 낯익은 방에도, 내려앉은 침대에도, 심지어 등을 돌린 채 잠들어 있는 남자의 굽은 어깨에도, 온통 고립감이 깃든 듯했다. 마치 그녀와는 아무 상관도 없는 것 같았다. 서서히 자신의 이름이 기억났다. '수월라.' 이름에 대한 기억과 함께 불행의 무게도 완전히 되살아났다. 남편은 잠결에 몸을 뒤척였지만, 그녀 쪽으로 돌아눕지는 않았다.

남편이 깨지 않도록 조심스럽게 몸을 일으키던 수월라는, 내

일이 뱀 축제 '나그 판차미'인 걸 기억해냈다. 꿈을 꾼 건 그 때문이었다. 우기는 여태 시작되지 않았고 올해 여름은 여느 여름보다 유난히 더웠다. 어쩌면 내일은 비가 올지도 모르겠다. 축제일에 비가 오는 건 좋은 일이었다. 수쉴라는 미끄러지듯 침대를 빠져나와, 양동이 반밖에 안 되는 물로 재빨리 몸을 씻은 다음, 면으로 된 분홍색 사리를 둘렀다. 이른 아침의 정적이 집 안을 무겁게 짓눌렀다. 천장에 달린 선풍기는 밤사이 작동을 멈췄다(또 전기가 나간 것이다). 창밖 부겐빌레아에 앉은 새들도 이 정적을 깨고 싶지 않은 듯했다. 수쉴라가 부엌으로 들어가는데 집 반대쪽 끝에 있는 시어머니의 침대가 삐걱거렸다. 뒤이어 늙은 시어머니가 발을 질질 끌며 화장실에 가느라, 플라스틱 슬리퍼가 맨마룻바닥에 부딪히는 소리가 들렸다. 수쉴라의 아들은 아직 할머니 침대에서 자고 있을 게 뻔했다. 그녀는 아들의 모습을 상상할 수 있었다. 땀이 송골송골 맺힌 이마, 주먹을 바르쥔 통통한 두 손, 열기로 발그스름한 뺨, 그리고 아이다운 꿈을 꾸느라 살짝 떨리는 입술. 아들을 보고 싶고 안고 싶은 마음이 잠시 간절했지만, 아직은 시어머니의 얼굴을 마주 대할 엄두가 나지 않았다. 대신 찻물을 올리고 수도꼭지를 틀었다. 물은 아침에 한 시간, 저녁에 한 시간밖에 나오지 않았다. 귀한 시간이었다. 물이 나온다면 양동이들 가득 오늘 하루 쓸 물을 채울 수 있겠지만, 지금 수도꼭지는 더운 공기만 뿜어내고 있었다. 작은 창문을 통해 허기진 동물의 숨결처럼 열기가 불어왔다.

수쉴라는 창가에 서서 마당과 그 너머에 방치된 정원을 내다보았다. 가뭄은 뒤뜰을 죽은 관목만 가득한 땅으로 바꾸어 놓았고, 마른 잔디 위에 가시 많은 관목이 여기저기 흩어져 있었다. 작은 야래향 재스민나무만이 위풍당당하게 서 있었고, 잎이 무성한 어린 가지들에는 조그만 주황색과 흰색 꽃이 점점이 피었다. 나무는 그녀가 주는 하루 한 컵의 물과 사랑으로 살아남았다.

수쉴라는 남편의 아침 식사를 위해 파라타 반죽을 밀면서, 남편이 또 자기 때문에 회사에 늦지 않기만을 바랐다. 그때 집 안을 뒤흔드는 소리가 들리더니 수도꼭지에서 물이 콸콸 쏟아졌다. 마음속에서 오래된 갈망이 느껴졌다. 마치 무언가를 기다리기라도 하는 것 같았다. '땅이 비를 기다리는 거나 마찬가지지.' 수쉴라는 마른 입술을 핥으며 생각했다.

자기도 모르게 공원의 호수와 그곳에서 일하는 정원사의 마른 얼굴이 떠올랐다. 무척이나 정중히 "나마스테." 하고 인사하면서도, 그들 사이의 거리를, 계급과 카스트와 예의범절의 장벽을 모두 녹여 버릴 듯 자신을 바라보던 정원사의 그 눈길이. 수쉴라는 절대로 호수에 그렇게 자주 가면 안 됐다. '하지만 키쇼레가 좋아하잖아.' 그녀는 마음속으로 그렇게 반항적으로 말하면서, 자신의 어린 아들이 나무 아래를 거닐며 멀구슬나무 열매를 먹는 잉꼬들을 지켜보는 걸 얼마나 좋아하는지 생각했다. 그녀는 호수 주변 유적에 살면서 온종일 우유를 졸여 만든 과자밖에 안 먹는 상상의 사람들에 관한 이야기를 꾸며 내어 아들에게 들려주곤 했다.

공원은 채소 시장으로 가는 길목에 있었다. 늦은 오후 길가에 열리는 채소 시장은 마치 작은 도시 같았다. 보석빛의 자주색 가지들이 시장 가득 탑처럼 쌓였고 고수 잎들이 폭포처럼 흘러내렸으며 통통하고 윤기 나는 작은 양파들이 요새를 이루었다. 시장은 수쉴라가 아들의 보호자로서 공원 안 호수를 은밀히 찾기위한 핑곗거리였다(불쌍하고 죄 없는 아이 같으니!). 관자놀이에서 땀방울이 굴러떨어졌다. 그녀는 사리 자락으로 땀을 닦아 내고 호수의 투명한 냉기를, 맨 발가락에 닿는 물의 입술을 떠올렸다. '난 저주받은 여자야.' 수쉴라는 몸을 떨며 마음속으로 생각했다. '시어머니 말이 옳아. 물은 나를 끌어당기고 끌어당겨, 결국 죽음으로 이끌고 말 거야. 저주는 집안 내력이지.' 수쉴라는 어머니와 외할머니를 생각했다. 그리고 키쇼레가 우는 한이 있더라도, 오늘은 호수에 가지 않겠다고 다짐했다.

✳

전에도 몇 번이나 그랬듯이, 수쉴라는 자신과의 약속을 어기고 말았다. 건조하고 바람 한 점 없는 한낮의 더위에 허파 속 공기가 굳어 버린 것 같았다. 무작정 할 일을 찾아 요리하고, 점심을 차려 내고, 저녁에 하인 아이가 오면 설거지를 할 수 있게 철제 접시들을 싱크대에 요란스럽게 쌓았다. 키쇼레는 시어머니가 낮잠을 재우겠다며 데려갔다. 수쉴라는 감자 껍질, 순무 꽁다리, 점심에 남은 음식 찌꺼기 같은 부엌 쓰레기를 찌그러진 양철통에 모아 담은 뒤, 짧은 진입로를 지나 대문으로 향했다. 죽은 이파리들이 발밑에서 바스락 소리를 냈다. 그녀는 대문 옆에 쓰레기를 쌓아 두고, 우유 배달부의 늙은 암소 '무니야'가 좁은 도로를 어슬렁대며 내려오기를 기다렸다.

도로가 열기로 어른거렸다. 정원에는 시샴나무 세 그루가 작고 둥근 잎을 축 늘어뜨린 채 미동도 없이 서 있었고, 등 뒤에는 집이 노란 고양이처럼 웅크리고 있었다. 앞면의 회반죽이 떨어져 나와 붉은색의 벽돌 내장(內粧)이 드러난 채였다. 숨결처럼 미약한 산들바람이 나무의 죽은 이파리들을 흔들자 먼지 냄새가 났다. 그러나 수쉴라는 물 냄새를 맡았다. 아니, 맡았다고 생각했다.

수쉴라는 갑자기 마음을 먹었다. 그녀는 적막하고 어두컴컴한 집 안으로 가만히 들어가, 시어머니와 키쇼레가 함께 잠들어 있는 모습을 보고 마음을 놓았다. 두 사람은 진 빠진 아이들처럼 땀에 젖은 채 나란히 누워 있었고, 시어머니의 팔은 키쇼레를 보호하듯 감싸고 있었다. '난 좋은 엄마가 아니었어.' 수쉴라는 생각했다. 눈시울이 눈물로 뜨거워졌다. 그리고 그녀는 밝고 먼지 자욱한 오후 속으로 걸어나갔다.

십 분도 안 되어 수쉴라는 철제 울타리 앞에 있었다. 녹이 슬어 글자를 알아보기도 힘든 인도고적답사국 간판이 입구에 기대어 있었다. 그녀는 잠시 걸음을 멈추고 약간 걱정스러운 얼굴로 주위를 둘러보았다. 자전거 수리공이 나무 아래에 앉아 고개를 꾸벅거렸고, 주변에는 수리 용품들이 널렸다. 다른 사람은 아무도 없었다. 수쉴라는 울타리에 난, 한때는 문이었을 틈을 통해 안으로 들어갔다. 키가 큰 멀구슬나무들이 짙은 그림자를 드리웠고, 직원 한두 명이 나무 그늘에 누워 자고 있었다. 그때 그녀의 눈에 정원사가 보였다. 정원사는 터번을 풀어 얼굴을 덮은 채 잠들어 있었다. 그 옆에는 잔디 깎는 기계를 끄는 수송아지가 툭 솟아오른 흰 산처럼 누워서 되새김질을 했다. 수쉴라는 소리 없이 호수 가장자리로 갔다.

호수 자체는 크기가 작아 차라리 큰 연못 같았고, 오랜 세월에 갈색으로 변하고 풍화된 돌들이 호수 둘레에 빽빽이 박혀 있었다. 한쪽 끝에는 오래된 유적이 있었는데, 무너진 계단을 따라 내려가면 고요한 초록빛 물로 이어졌다. 조상들이 이곳에 세운 게 무엇이었는지, 무슨 이유로 여기를 드나들었는지 알 수 없지만, 멀구슬나무 아래 이곳은 평온하기만 했다. 비록 여름의 무더위로 인해 물이 줄어들기는 했지만, 나무 그늘에 부스러질 듯 푸른 연꽃 몇 송이를 피울 만큼은 물이 남았다.

수쉴라는 나무 둥치에 몸을 기대고 평온을 음미했다. 그러고는 수 놓인 신발에서 갸름한 갈색 발을 꺼내 햇볕에 달구어진 돌 위에 올려놓았다가 물속에 담갔다. 시원한 비단 같은 물이 발에 닿자, 엄청난 갈망이 마음속에서 치솟았다. 물이 자기 몸에서 마른 더위를 핥아내는 걸 느끼고픈 갈망. 그 액체가 자신을 부드럽게 감싸 안는 걸 느끼고픈 갈망.

무슨 작은 소리가 들려 수쉴라는 문득 정신을 차리고 황급히 발을 물에서 빼내어 돌에 문질러 닦았다. '내가 무슨 짓을 하려고 했던 거지?' 땀 한 방울이 뺨을 타고 입가로 흘러내렸다. 그 순간, 물속에서 무언가가 잔물결을 일으키며 자기를 향해 헤엄쳐 오는 게 보였다. 거북인가? 아니면 혹시, 뱀? 수쉴라가 몸을 숙여 물속을 들여다보았다. 그것이 가까이 다가오자, 에메랄드 빛 깊숙한 곳에서 창백한 물고기들의 환영이 흩어져 달아났다. 뱀. 코브라였다.

수쉴라가 코브라를 알아본 순간, 돌멩이 하나가 물 위를 스치듯이 날아가 몇 미터 앞에 떨어졌다. 뱀은 물속 깊숙이 헤엄쳐 들어가 모습을 감추었다.

몸에 소름이 돋았다. 정원사가 그녀의 곁에 서 있었다.

"뱀 축제 전날에 코브라를 보는 건 좋은 징조라고들 하죠." 그가 터번으로 얼굴의 땀을 닦아 내며 말했다. "그건 비를 의미하니까요. 하지만 뱀 신이 너무 가까이 오는 건 좋지 않습니다, 자매님. 꽃을 좀 따 드릴까요? 햇빛처럼 노란 황금카시아 꽃이 피었네요. 머리카락에 엮어 목에 늘어뜨리면 사랑스러울 거예요. 아니면 고운 야래향 재스민 가지를 엮어 드릴까요?"

수쉴라는 긴장하며 뒤로 물러섰다. 아주 잠깐 그녀는 정원사의 손가락이 자신의 목덜미에 닿는 걸 상상했다.

"아니요, 아무것도 원하지 않아요." 그녀가 짧게 대답했다. 정원사는 수쉴라가 점잖은 집안의 결혼한 가정주부가 아니라 자기와 같은 신분의 여자라도 되는 듯 스스럼없이 그녀를 바라보았다. 하지만 점잖은 집안의 가정주부는 혼자서 공원을 배회하지 않는다.

"필요하신 게 있다면…, 기꺼이 가져다 드리겠습니다. 그런데 아드님은 어디 있나요?"

'아, 왜 키쇼레를 안 데려왔을까?' 겁에 질려 주위를 둘러보자 젊은 연인 한 쌍이 남몰래 손을 잡고 공원으로 들어오는 게 보였다. 안심되었다. 두려움이 조금 가셨다.

"가 봐야 해요." 수쉴라가 몸을 꼿꼿이 세우며 말했다. 정원사는 그녀의 말을 받아들인다는 의미로 두 손을 합장했지만, 그의 눈길은 수쉴라의 얼굴을 핥고 있었다. "그러시죠, 자매님." 그가 말했다. 정원사는 그녀가 떠나는 모습을 지켜보았다. 수쉴라는 자신의 엉덩이의 움직임을, 가볍게 흔들리는 팔을, 걸음마다 일어나는 먼지를 의식했다. 그녀는 도로에 이르러서야 비로소 숨을 돌렸다.

*

수쉴라는 자라는 내내 불안정하고 혼란스러웠다. 그녀의 무게 중심을 흐트러뜨리는 빈 공간을, 자신을 나무와 벽과 황무지 속 피난처 같은 폐쇄성으로 끌어당기는 빈 공간을 평생 마음속에 지니고 살았다. 사는 동안 경험했던 그 무엇도, 공부도 결혼도 심지어 아들의 출산도 그 공허함을, 비를 기다리는 땅과 같은 느낌을 채워 주지 못했다. 그녀는 여전히 기다리고 있었다.

어린 시절 뱀 축제는 수쉴라에게 특별한 날이었고, 수쉴라는 늘 뱀 축제를 자기만을 위한 날로 여겼다. 남편이 자란 이곳 작은 마을은 나그 판차미가 되면 사원에 찾아가 뱀에 물려 죽지 않게 해 달라고 신에게 기도할 뿐이지만, 내일 수쉴라의 고향 우자인의 거리에서는 특별한 의식과 행렬들이 펼쳐질 것이다.

어릴 적 수열라는 매년 뱀 축제일이 되면, 어머니를 도와 부엌 제단에 꽃과 달콤한 음식들을 놓았다. 비단으로 된 옷을 입고 남동생과 함께 꽃이 흩뿌려진 바닥에 앉아, 어머니가 기름 등잔에 불을 붙이는 걸 지켜보았다. 어머니는 깜빡이는 불빛 속에서 초연하고 엄숙한 모습으로 고대 산스크리트어 경구를 암송했다. 지구의 뱀들에게 바치는 헌사였다. 햇살 속 뱀에게 바치는 헌사, 나무의 뱀에게 바치는 헌사, 바다의 뱀에게 바치는 헌사. 모든 뱀에게 바치는 헌사였다. 그리고 뱀 신들의 이름이 암송되었다. 똬리로 지구를 받치는 아난타, 보석으로 장식된 근사한 지하 도시를 다스리는 바스키 왕, 탁샤카[62], 무칠린다[63] 등등, 크고 작은 모든 뱀 신들의 이름이 불렸다. 어머니는 뱀 신들이 우리에게 생명을 가져다준다고, 우리가 번식하고 소생하도록 돌봐 준다고 말했다. 뱀 신들은 또한 죽음도 불러온다. 그들은 아그니[64]의 불 속에, 원시의 바닷속에 존재한다.

수열라의 어머니는 제단에서 아이들을 향해 몸을 돌리고 어린 수열라를 무릎에 앉혔다. 그다음에는 이야기들이, 경이로운 이야기들이 이어졌다. 무서운 이야기도 있었고 슬픈 이야기도 있었다. 뱀 신이 다른 신과 이야기를 나누고 인간들과 은밀히 어

---

62 이 세상에 처음으로 태어난 뱀 신들 중 하나로, 묵언 수행 중인 성자를 모욕한 쿠르족의 왕 파리쿠싯트를 물어서 죽였다는 이야기가 전해진다.
63 깨달음을 얻고 보드가야 용왕 못에서 명상에 든 붓다를 일곱 바퀴 둘러싸고 자기의 머리를 펼쳐 태풍으로부터 막아 주었다고 한다.
64 고대 인도 신화에 나오는 불의 신

울리는 이야기들, 그들의 아름답고 정교한 수중 궁전에 관한 이야기들이었다. 어머니는 뱀 신이 지식과 지혜를 수중 궁전에 모아 두고, 인류가 그 선물을 받을 준비가 되기를 기다린다고 했다. 이야기를 들려주는 동안 어머니는 두 손을 과장되게 위아래로 내둘렀고, 그렇듯 단어와 손짓들로 지어진 이야기들은 향기로운 공기 속에서 생기를 얻었다. 도회적인 어머니의 힌디어도 소녀적 썼던 단조로운 시골 사투리로 바뀌곤 했다. 수쉴라는 그때 비록 다섯 살 어린아이였지만, 이런 의식을 통해 전해지는 것들이 특별히 자기만을 위한 것임을, 어떻게 설명할 순 없지만, 아쉬운 눈빛을 하고 어머니와 자기 맞은편에 앉아 있는 남동생은 제외되었음을 알고 있었다.

하지만 뱀 축제에 관한 것 중 가장 좋았던 건, 그 세 사람이 부모님 사이에 존재했던 일상적이고 소리 없는 신랄함에서 벗어나, 신비와 의식의 고치 속에서 잠시나마 보호받았다는 점이다. 나그 판차미 기간 동안 아버지는 그들과 가까이하지 않았고, 그들을 익숙지 않은 평화 속에 남겨두었다. 수쉴라가 커갈수록 집안에 감도는 적의의 암류는 점점 뚜렷해졌다. 한밤중에 잠긴 방문 너머로 들리는 (주로) 아버지의 고함 소리, 어머니의 눈에 깃든 고통과 죄책감과 갈망. 모든 게 수쉴라 때문이었다. 아버지는 수쉴라를 멀리하고 남동생만 사랑했다. 그리고 아들을 볼 때마다 자신의 애정을 눈빛으로 표현했다. 하지만 정작 아버지는 아들이 자기를 두려워하고 있다는 사실을, 아버지를 벗어나고 싶어 한다는 것을 알지 못했다.

수쉴라는 학교에서 돌아와 아치형의 높은 천장 아래 놓인 어두컴컴하고 반짝반짝 윤나는 복도로 들어서던 느낌을 기억했다. 정말이지 쪼그라드는 느낌이었다. 정원에 들어가고 나서야 비로소 숨을 돌릴 수가 있었다. 구아바나무에 앉은 잉꼬들, 수쉴라가 가장 좋아했던 작은 꽃들로 반짝이는 야래향 재스민나무 세 그루…. 그러고 나서 수쉴라는 갑자기 쑥 커 버렸고, 세 번밖에 안 만난 낯선 남자와 중매로 결혼했다. 딱 한 번 집으로 온 그 남자와 정원에서 차를 마셨고, 그 뒤로는 어머니와 고모들의 감시하에 산책을 함께했다. 수쉴라는 수줍음도 모르고 나무와 꽃과 자기가 가장 좋아하는 자문나무 아래 그늘진 곳을 가리켰다. 남자는 덩치 크고 과묵한 남자답지 않게 부드러운 손길로 활짝 핀 꽃과 여문 과일들을 어루만졌다. 수쉴라는 그 모습에 감동했고, 남자가 자기를 그렇게 만져 주길 바랐다….

5년간의 결혼 생활 동안 뱀 축제는 과거의 그림자와 동생에 대한 약간의 추억 외에는 아무것도 가져다주지 않았다. 하지만 올해는 달랐다. 강렬히 되살아난 오래된 꿈, 긴장된 가슴, 숨 쉴 수 없을 정도의 기대감…. 어둑하고 적막한 집 안으로 들어서자마자 아들이 간절히 그리워졌지만, 아들은 아직 시어머니의 침대에서 자고 있었다. 영원히 아들을 안고 있고 싶었다. 형언할 수 없는 자기 안의 갈망을 채우기 위해 주저 없이 아들을 떠나게 될까 봐 겁이 났기 때문이다.

*

늦은 오후, 더위가 어느 정도 수그러질 무렵, 남편이 직장에서 돌아왔다. 남편의 이름은 '프라카쉬'이지만 그를 생각하면 떠오르는 건 이름이 아니었다. 단지 남편이 자기에게 주는 느낌, 당혹감과 갈망이 뒤섞인 그 느낌만 떠올랐다. 키쇼레가 큰 소리로 "아빠!" 하고 외치며 현관에 서 있는 남편에게로 달려갔다. 수쉴라가 공원에는 안 갈 거라고 했기 때문에, 아이는 오후 내내 뿌루퉁했다. 결국, 그녀는 종이배를 만들어 주고는 세숫물에서 가지고 놀게 했다. 아이가 물에 젖은 종이배를 아버지에게 내밀어 보였다. 근엄한 표정을 짓고 있던 남편의 얼굴에 짧은 미소가 스쳤다. 그 바람에 그를 실제 나이보다 더 나이 들어 보이게 하는 얼굴 주름이 강조되었다. 남편은 알 수 없는 표정으로 수쉴라를 힐끗 쳐다보더니 손을 씻으러 집 안쪽으로 들어갔다. 그가 지나가자 퀴퀴한 사무실 냄새와 오래된 회계 장부 냄새가 풍겼다. 수쉴라는 은제 찻주전자가 놓여 있고 산해진미가 차려진 식탁이 있는 주방의 정적과 열기 속에 서서, 갑자기 희망이 사라진 느낌을 받았다. '어쩌다 여기까지 오게 된 걸까?'

한때는 남편을 거의 사랑하기까지 한 적도 있었다. 처음에는 아니었다. 결혼식 날이 떠올랐다. 앞뜰에 천수국으로 장식된 캐노피가 세워지고, 캐노피 아래에는 신성한 혼례의 불을 피웠다. 수쉴라는 겁에 질린 채로, 모르는 사람이나 다름없던 이 남자와 혼례의 불 앞에 앉았다. 아버지는 그녀가 결혼하기 1년 전에 세상을 떠났다. 어머니는 오랜 불행 끝에 홀몸이 되어 평화를 찾기는 했지만, 늘 무언가에 홀려 있는 사람처럼 연약한 기운에 싸여 있었다. 호화로운 정원이 딸린 교외의 저택은 수월라에게 피난처였지만, 수석 회계관 아내로서의 삶을 살기 위해 저택과 어머니를 떠나 낯선 도시로 갔다. 처음에는 남편의 친절함에 마음을 빼앗겼다. 남편은 다정하고 자상해서 그녀의 마음을 기쁨과 믿기 어려울 정도의 안도감으로 채워 주었고, 자기도 어머니처럼 끔찍하고 불행한 결혼 생활을 할지 모른다는 불안감을 잠재워주었다. 수월라는 남편을, 남편의 인내심을, 생각에 잠긴 남편의 긴 침묵을 사랑하기 시작했다. 남편이 일을 대하는 진지한 태도가 말할 수 없이 사랑스러워 보였다. 하지만 수월라가 아들을 순산한 후로, 모든 것이 변했다. 남편은 갑자기 그녀를 최대한 피하기 시작했고, 때로는 이해되지 않는 이상하고 경계하는 눈빛으로 그녀를 곁눈질했다. 그것은 어머니로서의 건강하고 동물적인 기쁨을 어지러뜨렸다.

남편은 수월라가 질문하면 대답을 회피했고, 그녀의 애원과 눈물과 분노에 짜증스럽다는 듯이 침묵했다. 결국 그녀는 자신들의 관계가 이런 식으로 지속되리라는 사실을 받아들였다. 4년 후에도 남편은 여전히 친절하고 조용한 남자였지만 수월라와는 거리를 두었다. 더는 수월라를 바라보지 않았다. 아주 가끔 사랑을 나눌 때마저도.

저녁 시간이 흘러 어둠이 내리자, 덧문의 갈라진 틈을 뚫고 들어온 모기들이 우글거렸다. 전기는 아직도 끊긴 채여서 남편이 방마다 촛불을 켰다. 촛불에 커다란 그림자들이 떨리듯 일렁였다. 공기가 이불만큼 답답했다.

갑자기 집 안에서 쿵 하는 큰 소리와 함께 첨벙첨벙 물소리가 났다. 시어머니가 비명을 질렀다. "수쉴라? 얘, 수쉴라! 네 아들이 뭐 했는지 좀 봐라! 울지 마라, 아가야…."

촛불이 어스름히 켜진 부엌에 키쇼레가 세숫물에 흠뻑 젖은 채로 서 있었다. 바닥에는 양동이가 뒤집혔고, 키쇼레는 후줄근한 종이배를 손에 쥐고 큰 소리로 울고 있었다. 수쉴라가 아들을 안아 들자 시어머니가 고개를 내저으며 말했다. "이게 다 너희 집안에 흐르는 저주 때문이야! 물로, 죽음으로 이끄는 그놈의 저주! 키쇼레가 종이배를 가지고 양동이 속으로 들어갔다. 내가 제때 안 왔으면 물에 빠져 죽었을 거야. 불쌍한 내 새끼, 얘가 앞으로 어떻게 되겠니!"

"내버려두세요, 어머니."

남편이 말하고선 문 앞에 서서 의심스러운 눈초리로 휙 하니 수쉴라를 쳐다보았다. 수쉴라가 아들을 안고 문으로 가자 남편이 물이 뚝뚝 떨어지는 아들의 머리에 손을 얹었다.

"수쉴라?"

남편이 조심스럽게 묻는 투로 이름만 불렀을 뿐인데도, 그녀의 눈에는 벌써 눈물이 가득했다. 수쉴라는 무거운 마음으로 남편을 지나쳐 침실로 갔다. 키쇼레를 침대 위에 세우고 물기를 닦은 다음 옷을 갈아입혔다. "배는 내일 다시 만들어 줄게." 그녀는 아들에게 말했다. 방이 어두워 눈물이 보이지 않아 다행이었다.

저주는 집안 내력인 게 맞다…. 어릴 적에 남동생이 길 끄트머리에 있는 연못으로 놀러 가곤 했던 기억이 났다. 아버지는 남동생이 반쯤 벌거벗은 채로 윤나는 복도 바닥에 물을 뚝뚝 흘리고서 있으면 동생을 꾸짖었다. 아무리 아버지가 야단을 쳐도 남동생은 아랑곳하지 않았다. 다음 날 오후면 다시 하인 아이들과 밖으로 나가, 연못의 반짝이는 초록빛 연잎 사이에서 다이빙하고 물장구를 쳤다. 저녁이 되어서야 울며 겨자 먹기로 주방 창문을 통해 집 안으로 들어왔고, 모험으로 잔뜩 흥분된 환한 얼굴로 부모님께는 비밀을 지키기로 맹세하게 했었다….

갑자기 전기가 다시 들어왔다. 수쉴라는 불빛에 눈을 깜빡였다. 천장 선풍기들이 열심히 돌기 시작했고 정체되었던 공기가 흐르기 시작했다. 아들은 웃음을 터뜨리며 침대에서 뛰어내려서는 작은 두 팔을 비행기 날개처럼 펼치고 아버지를 찾으러 갔다.

그날 저녁 늦게 하인 아이가 설거지를 마치고 간 후, 수쉴라는 부엌에 홀로 서서 일과를 마무리했다. 응접실에서 TV 소리가 나지막이 흘러나왔다. 키쇼레와 시어머니가 함께 쓰는 작은 방에서, 시어머니가 제대로 기억나지도 않는 옛날 자장가를 불러주었다. 저장실에서는 곡식 통과 곡식 자루 위에 놓인 제단에서 신들이 수쉴라를 응시하고 있었다. 위대한 뱀 아난타[65]의 목

---

65 1천 개의 목을 가진 용으로 이름은 '무한'을 의미하며, 세계의 시작과 끝에서만 나타난다고 한다.

아래 비스듬히 누워 있는 창조자 비슈누[66]의 황동 조각상, 피리를 들고 있는 크리슈나[67], 명상에 잠긴 붓다와 시바 신의 그림. 수쉴라는 제단의 죽은 꽃들을 치우고 향을 피운 뒤, 연기가 회반죽이 거칠게 발린 천장으로 소용돌이치며 올라가는 걸 지켜보았다.

한 가지 일이 더 남았다. 수쉴라는 철제 사발에 차가운 우유를 채우고 남은 우유를 작은 냉장고에 넣은 뒤 손전등을 꺼내 들었다. 고향 우자인에서 매일 밤 어머니가 이러는 걸 수년간 보았다. 어머니가 세상을 떠나고 없는 지금, 이 의식은 그녀에게 편안함을 주었다. 수쉴라는 고요하고 달빛이 내리비추는 뒤뜰로 가서 담벼락 옆에 섰다. 그리고 죽은 덤불과 가시 많은 관목 한가운데에 당당하고 푸르게 서 있는 야래향 재스민나무로 다가갔다. 그 나무는 언제나 철에 맞지 않게 꽃을 피웠는데, 마치 또 다른 우주의 법칙을 따르기라도 하는 것 같았다. 수쉴라는 나무 아래에 있는 커다란 돌 위에 우유가 담긴 철제 사발을 내려놓고 손전등을 껐다. 정말 어머니가 늘 이야기했던 것처럼 뱀들이 올까? 평소에는 우유를 돌 위에 두고 집 안으로 들어갔지만, 오늘은 기다리고 싶었다.

야래향 재스민 향기가 코를 채웠다. 그 작은 나무는 무탈하게

---

[66] 인도 신화에서 이 세상이 시작되기 전 우주는 혼돈의 바다였는데, 그때 3대 신 중 한 명인 비슈누가 아난타를 배 삼아 그 위에 누워 있었다고 한다.
[67] 힌두교에서 최고신이자 비슈누 신의 여덟 번째 화신으로 숭배된다.

잘 자랐다. 나무가 처음 정원에 모습을 보인 건 지난겨울 디왈리[68] 축제 전날이었다. 수철라는 막 시어머니와 시장에서 돌아온 참이었다. 하인 아이는 누가 오후에 집에 들어와 나무를 심었는지 알지 못했다. 시어머니는 공원에서 일하는 정원사가 그런 게 틀림없다고 했다. 정원사는 그 동네에서 일자리를 얻으려고 애쓰는 중이었다. 아니 어쩌면 근처 저택에 사는 부인이 그랬는지도 몰랐다. 남편 상사의 부인이기도 했다. 그 부인에게는 엄청나게 큰 관상용 정원이 있었는데, 시어머니는 그 정원을 자주 부러워했었다. 수철라는 그 저택의 부인이 그랬을 거라고 믿고 싶었다.

그게 어디서 왔든지 간에 나무 자체는 죄가 없었다. 수철라는 처음 본 순간부터 그 나무를 사랑했다. 지금 나무는 커다란 돌 한쪽에 그림자를 드리우며 달빛 아래 아름답게 서 있었다. 수철라는 눈을 감고 야래향 재스민꽃 향기를 들이마셨다. 그때 무언가가 미끄러지는 소리가, 비늘이 돌에 스치는 부드럽고 건조한 소리가 났다. 눈을 떠 보자 철제 사발을 비추던 달빛이 갑자기 사라졌다. 똬리를 튼 검은 형체가 돌 위에 있는 걸 본 것도 같았다. '내일 비를 내려 주세요.' 그녀가 마음속으로 말했다. 막연히 바라는 다른 무엇이 있었지만, 그게 뭔지 꼭 집어 말할 수가 없었다.

수철라는 매우 조심스럽게 나무에서 꽃을 몇 송이 딴 뒤, 손

---

68 힌두교 최대 축제의 하나로 '빛의 행렬'이라는 뜻이다. 10월 중순에서 11월 중순 사이에 닷새간 이어지며, 축제 기간 동안 형형색색의 불을 밝힌다.

전등도 켜지 않고 집 안으로 되돌아갔다. 그리고 꽃을 부엌 제단에 올려놓았다. '내일은 머리에도 꽃을 좀 꽂아야지.' 전등 스위치를 끄면서, 그녀는 마음속으로 생각했다.

＊

그날 밤 수월라는, 어머니의 어머니를 생각하며 잠이 들었다. 낡은 가족사진에서밖에 본 적 없는 외할머니는 고향에 있는 고풍스러운 커다란 집에서 여섯 아이를 길렀다. 어느 날 강물이 넘쳐 둑을 무너뜨리면서 외할머니의 큰 집이 물에 잠겼다. 가족들은 옥상 테라스로 피신했지만, 큰아들이 없었다. 큰아들은 이웃집에 갔던 참이었다. 외할아버지가 다리를 다친 바람에, 외할머니가 작은 배를 타고 장대를 노 삼아, 쓰레기와 그릇과 냄비와 갈팡질팡하는 민물고기로 가득 한 진흙탕 속으로 나아갔다. 외할머니는 아들을 찾아서 집으로 데려온 뒤 이웃들을 도우러 도로 나갔다. 나무 위에 갇혀 오도 가도 못 하는 여자 한 명과 오두막 지붕에 매달려 있는 다른 몇 사람을 구했고, 개와 새끼 염소와 사향쥐를 포함한 이런저런 동물들도 구했다. 저녁이 되자 외할머니는 아무 일 없었다는 듯 차분하게, 지붕 위에 피운 석탄불로 저녁 식사를 만들었다. 어둠이 내리자 외할머니는, 그때까지 깨어 있던 큰아들에게 할 일이 하나 더 있어서 나가 봐야 한다고 했다. 그녀는 녹초가 되어 잠든 가족들을 다시 한 번 바라본 뒤, 배를 타고 장대를 밀어 탁한 물 너머로 사라졌다. 사람들은 외할머니를 다시는 볼 수 없었다.

전설적인 외할머니에 관한 이야기는 촛불 주위에 나방이 몰려들 듯 점점 늘어났다. 사람들은 외할머니가 더 이상 홍수가 나지 않도록 자신을 강에 바쳤다고 말했다. 막내였던 수쉴라의 어머니는 외할머니가 사라졌을 때 십대 소녀였다. 어머니는 오랜 세월이 지난 후에도 그때 일을 또렷이 기억했지만 입에 올리고 싶지 않아 했다. 그때 생각을 할 때마다 어머니는 침울한 얼굴이 되었다. 그럴 때면 수쉴라는 어머니의 눈을 빤히 들여다보았고, 어머니가 봤던 걸 자기도 본다고 생각했다. 홍수, 검은 물, 고요한 하늘 아래 홀로 배를 타고 침수된 집들 사이로 나아가는 여인.

어머니가 무언가에 홀려 있다는 건 수쉴라도 알았다. 수쉴라가 결혼한 뒤 얼마 되지 않았을 때, 어머니는 자신의 고향 마을을 찾아갔다. 수쉴라는 재앙이 닥칠 것 같은 예감을 강하게 느꼈지만, 신혼인 데다 임신 중이라 여행이 허락되지 않았다. 한 달 후에 남동생이 어머니의 소식을 전해 주었다. 어느 날 아침 어머니가 예배용 꽃을 들고 강으로 걸어 들어갔고, 그날 늦게 어머니의 옷이 집에서 좀 떨어진 강 하류를 떠다니다가 발견됐다는 소식이었다. 그로부터 오래지 않아 수쉴라에게 한 통의 편지가 도착했다. 참극이 일어나기 며칠 전 어머니가 쓴 편지였다. 빗속에 버려져 있었기라도 한 듯, 봉투에 쓰인 주소는 거의 알아볼 수가 없었고, 잉크가 번져서 편지를 읽을 수도 없었다. 그러나 그 순간 수쉴라는 무형의 무언가가 어머니의 삶에서 그녀의 삶으로 전해진 걸 분명히 느꼈다. 그것은 거의 40년 가까이 무거운 수수께끼로 그녀 안에 존재했다.

수쉴라는 그 거대한 강을 어릴 때 딱 한 번 보았다. 이제 그 강을 꿈속에서 보았다. 무너질 것 같은 도시들과 탁 트인 들판과 황무지 사이를 굽이쳐 흐르는 드넓은 강. 수쉴라는 홍수와 지진에 건물들이 쓰러질 듯 흔들리는 꿈을, 땅이 들썩이고 오래된 땅껍질이 떨어져 나가 뿌리와 바위와 어둠이 드러나는 꿈을 꾸었다. 수쉴라는 두 번이나 잠에서 깨어 어둠 속에 누운 채로, 두 눈을 크게 뜨고 벌벌 떨었다. 곁에서 나는 남편의 숨소리를 들으면서, 그녀는 생각했다. '난 가야 해. 설령 나를 부르는 게 죽음이라 해도.'

＊

아침이 집 안을 연한 회색빛으로 채웠다. 열린 창문을 통해 시원한 산들바람이 먼지 냄새와 기대감을 몰고 들어왔다. 수쉴라는 숨이 막히고 어지러워, 이 방 저 방을 돌아다니며 미친 듯이 걸레질을 했다. 부엌 제단에서 야래향 재스민 몇 송이를 집어서는 잠시 망설이다가 꽃향내를 맡으러 윗옷 앞섶에 꽂아 놓았다. 마음이 급해 머리카락에 엮어 넣을 화환은 만들지도 못했다. 시어머니가 부엌에 들어왔을 때 수쉴라는 벌써 아침 식사용 파라타 반죽을 밀고 있었다. 식구들을 위해 아침을 차렸지만 정작 자신은 먹고 싶은 마음이 없었다. 남편이 한숨을 쉬며 빈 접시를 옆으로 밀고 일요일 자 신문을 펼쳐 들었다.

수쉴라는 응접실 앞쪽에 난 창으로 가서 차가운 창틀에 걸터

앉았다. 한 무리의 먹구름이 하늘에 떠 있고, 산들바람이 메마른 나뭇잎들을 소란스럽게 흔들었다. 빗방울이 떨어졌다. 처음에는 천천히, 긴 여름의 먼지 위로 얽은 자국을 내며 떨어졌다. 그러나 몇 분도 채 되지 않아 먼지는 진흙탕이 되고 길가 배수로에 급류가 흘렀다. 안도의 숨결처럼 축축하고 시원한 향내가 땅에서 솟아오르고, 모든 소리가 비의 음악 속으로 사라졌다. 이웃들이 대문을 열고 나와 한데 모여, 집에서 뛰쳐나온 아이들이 물에 잠겨 반짝이는 길에서 춤추는 모습을 미소를 지으며 너그러이 지켜보았다. 그때 구름 속에서 우르릉 소리가 들리고, 번개가 하늘을 찢을 듯이 날카롭게 가로질렀다. 부모들이 아이들을 소리쳐 불렀다. 수쉴라는 빗줄기를 바라보면서, 이 빗물의 연설에 무슨 메시지가 실려 있을까, 있다면 무슨 내용일까 읽어내려 애썼다. 편평한 옥상을 둥둥 두드리고 배수로에서 콸콸대는 이 비는, 무엇을 노래하고 있는 걸까? 오랜 기다림 끝에 내린 비가 그녀에게 해 줄 말이 없다는 건 상상할 수 없었다. 비의 노래에 귀를 기울이느라 수쉴라는 키쇼레가 안 보인다는 사실을 알아채지 못했다.

키쇼레는 내내 뿌루퉁해 있었다. 이웃 아이들과 놀러 나가고 싶었는데, 수쉴라가 못 나가게 했기 때문이다. 키쇼레는 그녀가 창틀에 앉아 몽상에 젖어 있는 틈을 타 슬쩍 빠져나간 게 분명했다. 수쉴라가 비명을 질렀다. 무릎이 후들거렸다. 남편이 컵을 내려놓다가 차를 엎질렀고, 우산을 집어 들고는 폭풍우 속으로 뛰어나갔다.

수월라는 키쇼레가 어디에 있는지 정확히 알았다. 호수로 이어지는 공원 안의 내리막길. 그들이 가장 좋아하는 산책길이었다. 그녀는 발목까지 사리를 두르고 앞이 보이지 않는 빗속으로 나갔다. 가볍고 조잡한 신발이 이내 진흙 물로 가득 찼지만, 휘청대면서 계속 걸어나갔다. 하고많은 날 중에 하필 오늘, 아들을 이렇게 잃을 수는 없었다!

굵은 바늘처럼 쏟아지는 빗줄기에 호수가 흐릿하게 보였다. 수월라는 두려움에 사로잡혀 손차양으로 비를 막으며 주위를 둘러보았다. 저쪽, 호수 가장자리 멀구슬나무 옆에, 키쇼레가 웅크리고 앉아 고개를 숙인 채로 머리에 비를 맞으며, 말없이 흐느끼고 있었다. 너무 무거워서 안아 들 수 없어도 일으켜 세울 수는 있었다. 호수 쪽에 무언가가 있는 느낌이 들었고, 무슨 소리를 들은 것 같기도 했지만, 뒤돌아보았을 때는 아무것도 없었다.

수월라는 안도감에 흐느끼다시피 하며 키쇼레를 꼭 끌어안았다. 그리고 진흙탕과 빗줄기를 뚫고 집으로 데려오는 내내 키쇼레를 안심시킬 말을 중얼거렸다. 남편이 소리치는 소리가 들리고, 그들에게 달려오는 남편의 모습이 보였다. 키쇼레가 빗줄기 사이로 수월라를 올려다보았다. 수월라는 아들의 얼굴에서 경이감을, 그다음에는 공포심을 엿보았다. 키쇼레는 큰 소리로 울면서 수월라의 곁을 떠나 아버지에게로 달려갔다. 어느새 수건을 들고 현관 앞에 서 있던 시어머니가 그제야 안심하고 수월라를 꾸짖었다. 수월라는 남편과 아들을 뒤따라가면서 어린 아들을 안심시키려고 애를 썼다. 키쇼레는 왜 그런 눈으로 그녀를 보았을까? 무슨 이유에서인지 수쉴라가 계단 맨 위 단에서 머뭇거렸다. 빗줄기가 얼굴을 타고 목으로, 가슴 사이로 개울처럼 흘러내렸다. 쪽 머리가 풀려 젖은 머리카락이 목까지 내려왔고 사리가 살갗에 달라붙었다. 온몸이 간지러웠다. 이제 보니 팔뚝 전체를 따라 희미하게 은색 비늘이 생겨났고, 빠른 속도로 피부에 퍼지고 있었다. 수쉴라는 온몸에 전율을 느꼈다.

마치 중력이 끌어당기는 것 같았다. 그녀를 호수로 이끌던 실이 드디어 그녀를 잡아당기고 있었다. 수쉴라는 몸을 돌려 계단을 휘청휘청 내려갔다. 그리고 폭우를 뚫고 달리기 시작했다. 등 뒤에서 남편이 수쉴라의 이름을 소리쳐 불렀지만, 그녀는 주춤하지도 않았다. 물이 고인 도로를 첨벙첨벙 달려 공원으로 간 수쉴라는, 호수 가장자리에 이르러서야 마침내 걸음을 멈추고 가쁜 숨을 몰아쉬었다.

✳

호수로 오는 길에 신발을 잃었다. 맨발에 닿는 경계석은 미끄러웠다. 들리는 건 빗소리뿐이었다. 호수 수면 위에서 반짝이고 땅을 두드리는 비의 소리. 수쉴라는 한 발을 물에 집어넣었다. 강렬한 욕구에 몸이 떨렸다. 그녀는 돌에 약간 미끄러지면서 호수로 들어갔다. 발가락 사이에서 진흙이 질퍼덕거렸다. 호숫물이 솟아올라 수쉴라를 감싸며 엉덩이와 가슴과 목을 껴안았다. 물이 머리까지 뒤덮은 순간, 수쉴라는 자신이 변화하는 걸 느꼈다. 마치 전류가 몸을 통과하는 느낌이었다.

처음에는 무슨 외계의 것이 마음과 몸속으로 침입하기라도 하듯 무섭기만 했다. 수월라는 몸부림치며 몸을 일으켜 물 밖으로 나가려고 했지만, 첨벙거리며 뒤로 다시 나자빠졌다. 무엇이, 아니 누가, 자기 양팔을 옆구리에 붙들어 물에 빠뜨리는지 보려고 애를 썼지만, 억수같이 내리는 비 때문에 모든 것이 어슴푸레했다. 경련이 머리부터 발끝까지 수월라를 뒤흔들었다. 그녀가 의식을 잃는 순간, 고통 없는 따뜻한 전류가 몸속에서 흘렀고, 마치 도예가의 물레에 놓인 점토 덩이처럼 그녀를 늘이고 쥐어짜고 빚었다.

정신을 차려보니 자신은 물 위를 떠다니고 있었다. 허파를 공기로 가득 채우고 싶다는 욕구만 강하게 의식되었다. 수월라는 옷을 벗어버리려고 버둥거렸다. 몸을 돌리고 비틀어 댄 다음에야, 흐느적거리고 젖은 겹겹의 사리에서 헤엄쳐 나와 빗속에 머리를 내밀고 숨을 쉴 수 있었다. 수월라가 천천히 몸을 돌리자, 팔다리가 없는 유연하고 긴 새로운 육체가 눈에 보였다. 그녀의 감각 기관들은 무수히 많은 낯선 감각을 새롭게 등록했다. 비늘에 닿는 물의 흔들림. 사방에서 헤엄치는 생명체들을 알려주는 아주 작은 반향들. 완전히 낯선 감각으로 인해 그 반향들을 피부로 느낄 수 있었다. 게다가 수월라의 입속에는 끝이 두 갈래로 갈라지고 견디기 어려울 만큼 예민한, 기이한 혀가 있었다.

마음속에서 환희가 솟구쳤다. 길고 구불구불한 형체들이, 강하고 친숙한 고대의 존재들이 수월라를 에워쌌다. 거무죽죽한 몸에 머리는 좁았으며, 눈은 새까맣고 매혹적이고 생기가 넘쳤다.

수쉴라가 물속에서 천천히 몸을 돌리자 아랫배가 보였다. 그들의 배처럼 창백했다. 그들이 이제 수쉴라를 이끌고 물속으로 잠수했다. 수쉴라는 공기를 들이마시고 돌을 쓱 스친 다음, 호수 깊숙한 곳으로 그들을 따라갔다. 그녀는 어떤 수중 구조물의 통로들 사이를 헤엄치고 있었다. 자신의 기억은 아니지만 불가사의하게 자신과 연관된 기억들이 마음속으로 몰려 들어왔다. 따뜻하고 좁은 땅속 공간들, 흐르는 물처럼 이어지는 어둠, 그녀 곁에 꽈리를 틀고 있는 또 다른 육체들. 땅이, 자궁이, 세상의 광막한 공허로부터 그녀를 보호했다.

수쉴라의 주위에서 헤엄치는 뱀들이 그녀를 부드럽게 살살 밀면서 이끌었다. 캄캄한 물 속에서 그들은 호리호리하고 우아한 유령처럼 보였다. 한 마리가 구불구불 나선을 그리며 수쉴라 주위를 맴돌다가 그녀의 머리를 자기 머리로 건드렸다. 뱀과 수쉴라는 수면으로 함께 올라가, 숨을 쉬고 비를 맛보았다. 살갗에 닿은 물은 관능적이었다. 코브라가 수쉴라를 반짝이고 열정적이고 호기심 어린 눈으로 바라보며, 자기 머리를 그녀 머리에 바짝 붙였다. 가슴에서 작은 폭발이 일어난 느낌이었다. 메마른 이전 삶에서 느꼈던 결핍과 욕구가 댐이 무너져 내린 듯 죄다 터져 나왔다. 그 삶은 이제 기억도 잘 나지 않았고, 오래전 꿈처럼 여겨졌다. 그들이 고대의 생식 의식을 치르느라 얽히고설켜 춤을 출 때 비늘과 비늘, 꽈리와 꽈리가 맞닿는 움직임만이, 그녀의 짝인 코브라의 위풍당당하고 번뜩이는 목만이 현실이었다. 마침내 그들은 정중히 서로에게서 떨어져 다정하게 물 위에 누웠다. 지쳤지만 기진맥진하지는 않았다. 그 순간 이미지 하나가 불쑥 떠올랐다. 마치 외계인의 침입 같은 이미지였다. 작고 무덥고 먼지 날리는 방, 손에 닿지 않는 먼 산처럼 등을 돌리고 자는 한 남자. 이해할 수 없었고 마음이 어지러웠다. 수쉴라는 그 이미지를 재빨리 떨쳐냈다. 아래쪽에서 다른 뱀들이 공기를 마시러 헤엄쳐 올라왔고, 그녀는 그들과 함께 빗방울을 피해가며 장난스럽게 몸을 움직였다. 그 순간, 예전에도 이런 적이 있었다는 느낌이 들었다. 뱀, 비, 물속에서의 교미. 모든 게 낯익었다. 그럴 리가 없었다. 그러나 일단 마음에 뿌리를 내린 각성의 씨앗은 서서히 확신으로 피어났다. 수쉴라의 어머니도 이런 적이 있었고, 그렇게 해서 수쉴라가 잉태되었다…. 한꺼번에 이해하기에는 너무나 엄청난 발견이었다. 뱀들이 다시 잠수하며 말없이 수쉴라를 부르자, 그녀는 뱀들을 따라 수몰된 유적 안으로 헤엄쳐 들어갔다. 수쉴라는 그곳이 동료들에게 신성한 순례지임을, 그들이 대로 전해 내려온 역사의 단편들을 기억하고 있음을 이해했다. 수쉴라의 마음속에 떠오르는 이미지들이 재앙과 영웅적 전투와, 그리고 평화와 번영의 긴 황금시대를 암시해 주었다. 뱀들이 수쉴라에게 자신들의 이야기를 선물하고 있었다. 비록 수쉴라에게는 뱀들에게 들려줄 자신만의 이야기는 없었지만, 어머니와 외할머니의 이야기가 있었다. 수쉴라는 뱀들이 그 이야기들을 너그럽게 받아들였다고 생각했다.

이제 빗줄기가 느려졌다. 수쉴라가 수면 위로 헤엄쳐 올라가 보니, 구름 너머로 해가 떠오르고 있었다. 뱀들은 수쉴라에게서 떨어진 곳에서 조용히 헤엄쳤다. 그들의 작별 인사가 그녀의 마음속에 메아리쳐 울렸다. '그게 언제든 다음에 다시 만날 때까지 안녕….' 하고 말하는 것 같았다. 묻고 싶은 게 너무 많았다. 그러나 뱀들은 이미 오래된 호숫가의 경계석 너머로 미끄러져, 고대 유적의 갈라진 틈과 관목과 나무에 난 구멍과 다른 비밀스러운 장소들 속으로 사라지고 없었다. 햇살이 비추는 수면을 가로질러 넓게 퍼지는 물결만이 뱀들의 존재를 상기시켜 주었다. 그들은 왜 그녀를 홀로 남겨두었을까? 빗방울이 멀구슬나무에서 뚝뚝 떨어졌다. 나무 그늘 속 연잎 위에 선명한 초록색의 작은 개구리 한 마리가 웅크리고 있었다. 수쉴라는 호수 한복판을 떠다녔다. 혼란스럽고 버려진 느낌이었다. 그때, 무릎 위에 앉은 아들의 작고 묵직한 무게가, 윗입술 언저리에 우유를 묻힌 채 이야기를 들려 달라고 턱을 쳐들던 아들의 모습이, 마치 먼 옛날 일처럼 기억났다. 수쉴라는 몸을 돌려 호숫가를 향해 헤엄치기 시작했다. 몸이 점점 무거워지더니 손이 느껴졌다. 벌거벗은 진흙투성이 피부에서 어느새 비늘이 서서히 사라졌다. 몸이 이상하고 어색했다. 마침내 수쉴라는 무릎까지 오는 물에 서서, 햇빛에 빛나는 갈색 팔과 진흙 줄무늬가 난 가슴을, 호리호리하고 탱탱한 복부의 굴곡진 부분에 생긴 반짝이는 튼 살을 내려다보았다. 세상이 선명해졌고, 머리가 약간 맑아진 느낌이었다. 혀로 입술을 핥아보니, 전에는 없었던 작은 V자형 홈이 혀끝에서 느껴졌다. 등 뒤로, 초록색으로 반짝이는 호수면 아래에 또 다른 세계가 약속처럼 놓여 있었다. 수쉴라는 주위를 둘러보았다. 물 위에

드문드문 흩뿌려진 야래향 재스민 꽃들 사이로, 그녀의 사리와 윗옷과 속옷들이 둥둥 떠 있었다.

수쉴라는 아찔하고 새로운 기분을 느끼며 한참을 조용히 물속에 서서 생각에 잠겼다. 말로 생각하는 게 아니었다. 전에 알던 그 어떤 언어도 아니었다. '어머니도 언젠가 이렇게 서 있었겠지.' 흥분과 혼란이 가득한 마음으로, 자신이 만든 새 생명이 자기 안에서 꿈틀거리는 걸 느끼면서. 마침내 수쉴라는 어머니를 깊이 이해할 수 있었고, 어머니가 겪어냈던 것들을 느낄 수가 있었다. 두 세계 사이에서 선택해야 하는 딜레마, 사랑과 죄책감으로 스스로가 만들어 낸 감옥. 남동생이 느껴야만 했던 아쉬움이 떠올랐다. 남동생 또한 수쉴라의 아들처럼 인간으로 인해 잉태되었다. 동생 또한 어머니의 종족이 부르는 소리를 들을 수는 있었지만 변신할 수는 없었다. 그래서 물속에서 우아하게 춤을 추며 몸을 움직이는 게 어떤 것인지, 살갗을 통해 세상을 맛본다는 게 어떤 것인지, 생명을 주고 비를 불러오고 죽음의 신이 된다는 게 어떤 것인지 결코 알 수 없었다. 수쉴라가 새로 잉태한 이 아이는, 그녀처럼 동시에 두 세계에서 살아갈 수 있는 그런 존재일 것이다.

'두 개의 세계.' 수쉴라의 마음속에 이미지들이 떠올랐다. 따스한 노란 집, 그리고 야래향 재스민나무. 하루의 리듬이, 아침마다 느릿느릿 이 집 저 집을 다니는 흰 암소 무니야가, 신선한 우유의 맛이 기억났다. 그리고 키쇼레. 이 모든 걸 뒤로하고 떠날 준비가 아직은 되지 않았다. 아직은 그럴 때가 아니었다. 수쉴라는 내일 다시 호수로 돌아와, 물과 땅, 불과 그늘 사이에서 삶을 나누는 법을 배우기 시작할 것이다. 마지막 작별의 시간이 오기까지는…. 천천히, 망연한 기분으로, 쉴라는 옷을 챙겨 호수에서 나왔다. 그러고는 덤불 뒤로 가서 사리의 물기를 짰다.

　순간 몸이 오싹했다. 정원사가 덤불을 돌아서 오기 직전에 쉴라는 그의 인기척을 느꼈다. 정원사의 눈이 놀라움과 욕망으로 가득 찼다. 정원사는 쉴라가 자칫 발을 헛디디면 녹아버릴 꿈이라도 되는 양, 서서히 그녀 쪽으로 다가왔다. 쉴라는 여전히 두 세계 틈에서 몽롱한 상태로, 두려움 없이 호기심 어린 눈으로 정원사를 바라보았다. 정원사가 떨리는 두 손을 그녀의 맨 어깨 위에 올려놓았다. 쉴라는 정원사가 자기를 끌어당겨 그의 젖은 셔츠가 그녀의 가슴에 닿도록 내버려두었다. 그녀는 정원사의 각지고 거친 턱이 자신의 볼에 닿는 걸 느꼈다. "부인." 그가 말했다. 쉴라는 혀로 정원사의 살갗을, 그의 냄새를 맛보았다. 오래된 공포와 혼란이 갑작스러운 뇌성처럼 되살아났다. 쓴맛이 입안을 가득 메웠다. 정원사가 쉴라를 젖은 풀 위로 끌어당기는 순간, 그녀는 무의식적으로 몸을 쭉 뻗어 그의 목을 물었다.

　쉴라는 정원사가 땅바닥에서 몸부림치는 것을 지켜보았다. 그가 더 이상 움직이지 않자, 그녀는 침을 뱉고 두 손으로 얼굴을 문질러, 정신을 가다듬으려고 애를 썼다. 쉴라는 옷을 챙겨 물기를 짜고 털어낸 다음 옷을 입었다. 머리카락은 젖고 엉켜 있었지만, 어찌어찌 손가락으로 빗어서 둥글게 말아 쪽을 지었다.

그녀는 움직이지 않는 정원사의 몸을 한 번 더 바라보았다. 어렴풋이 불안감이 엄습하기 시작했다.

수쉴라는 어린아이처럼 주위를 둘러보며 천천히 집을 향해 걸었고, 밀려드는 풍경과 소리와 냄새들에 온몸을 맡겼다. 자전거를 타며 종을 울리는 남자들, 맑고 날카로운 목소리로 소리를 지르며 빗물이 고인 웅덩이에서 첨벙대는 아이들, 움푹 팬 포트홀을 기우뚱 넘어가며 경적을 울리는 번쩍번쩍 젖은 차들, 젖은 흙 내음과 축축한 땅에서 벌써 올라오는 수증기, 머리 위 나뭇가지에서 떨어지는 빗방울들. 서서히 죄다 기억이 났다. 집으로 가는 길은 친숙하면서도 이상했다.

그리고 거기, 암소 무니야가 어슬렁거리며 도로를 내려오고 있었다. 수쉴라가 그 거대한 우두머리 암소를 따라잡아 팔을 내뻗었지만, 무니야는 무언가에 쏘이기라도 한 듯 겁에 질린 검은 눈으로 수쉴라를 피해 옆으로 물러났다. 수쉴라는 깜짝 놀라서 어찌할 바를 몰라 그 자리에 섰다. 눈에 눈물이 고였다. 키쇼레가 지난번에 자기를 바라보던 모습을 떠올리며, 시험 삼아 조그맣게 유인하는 소리를 내보았다. 암소가 풀과 당근 꽁다리 냄새가 섞인 숨을 내뿜었다. 수쉴라가 가만히 암소에게 다가가 등을 쓰다듬자, 암소는 몸을 부르르 떨었지만 도망가지는 않았다.

수쉴라는 지금 당장 아들을 보고 싶다는 강한 충동에 사로잡혔다. 그녀는 무니야를 떠나, 헝클어진 머리와 흠뻑 젖은 옷 때문에 자기를 빤히 쳐다보는 행인들을 의식하며 빠르게 걷기 시작했다. 자신의 어린 아들을 되찾아야 했고, 아들의 눈에서 그 표정을 없애야 했다. 그럴 거라고, 인내심을 가지고 이야기를 들려줄 거라고, 수월라는 말 못 하는 혀로 생각했다. 하지만 그때 끔찍하도록 선명하게 떠오르는 것이 있었다. 젖은 풀 위에 놓인 정원사의 시신이었다. 어떻게 자신으로부터 가족들을 보호할까? 그들에게 뭐라고 말해야 하지? 더군다나 이제 말을 하지 못한다는 사실을 깨닫고 수월라는 공포에 질렸다. 거리의 사람들이 웃으면서 이야기하고 있었지만, 이해할 수 없는 외국어나 다름없었다. 그들의 말은 이제 그녀에게 아무 의미도 없었다.

그러다 이내 수월라는 사람들이 말하는 단어들을 서서히 기억해냈고, 그 단어들이 무엇을 의미하는지 이해했다. 그날은 나그 판차미, 뱀 축제일이었다. 드디어 우기가 찾아왔다. 차 한 대가 빠르게 옆을 지나가는 바람에 두 개의 물줄기가 반짝이는 포물선을 그리며 솟구쳤다. 집이 보였다. 시샴나무들과 그 반짝이는 둥근 잎들, 그리고 습기로 색이 짙어진 나무 밑동들이 있었다. 열린 창문을 통해 남편의 옆모습이 보였다. 남편은 햇빛이 비치는 창틀에 갈색 손을 올려 둔 채 신문을 읽고 있었다. 수월라의 마음의 눈에 이미지 하나가 떠올랐다. 이미지 속에서 갈색 손 하나가 흙을 퍼서 움푹한 구덩이를 만든 다음 손으로 탁탁 두드렸다. 야래향 재스민나무 뿌리를 위한 자궁 같았다. 수월라는 마음속 깊숙한 곳에 있는 현이 뜯긴 듯 몸을 부르르 떨었다. 문이 열려 있었고, 그녀는 집 안으로 들어갔다. 마치 그곳이 처음인 사람처럼.

보존법칙

Conservation Laws

내가 갸녠드라 사하이 씨를 처음 만난 곳은 달 지질학 연구소 중심부에 있는 월면 우주복 진열장 앞이었다. 육중한 구식 우주복은 한쪽이 쭉 찢어졌고, 그 갈라진 틈을 따라 녹이 슬고 변색되었다. 나는 식민지 시절 이전의 달 탐사와 초기 탐사대원들을 괴롭혔을 위험들에 대해 생각하며, 이름표도 없는 이 특별한 우주복 견본 뒤에 어떤 이야기가 숨어 있을까 궁금해하고 있었다. 그때 누군가의 기침 소리가 나의 사색을 방해했다. 내 옆에 남자 한 명이 서 있었다. 남자는 매우 홀쭉하고 키가 작았는데도 되레 키가 크다는 인상을 주었다. 햇볕에 탄 갈색 돔처럼 벗어진 머리에 매우 선명한 은회색 옆머리가 장식용 술처럼 빙 둘러 있었고, 눈썹은 쌍꺼풀이 굵게 진 침울한 두 눈과 마찬가지로 새까맸다.

　"아, 그래요. 그 불운했던 2031년도 탐사." 남자가 고개를 저으며 말했다. 나는 억양이 강한 남자의 영어에 비하르 말투가 섞인 걸 알아채고 몹시 기뻤다. 인도의 한 주(州)인 비하르는 내 고향이었고, 달에는 비하르 사람이 흔치 않았기 때문이다. 하지만 내가 어디 출신인지 말하기도 전에, 남자가 우주복에 얽힌 이야기를 들려주기 시작했다.

그는 그곳에 있었다. 사하이 씨는 자기가 2031년도 달 탐사에 국제 탐사대 일원으로 참여했다고 했다. 탐사대원들은 달에 존재하는 수원(水源)의 지도를 작성하던 중이었다. 물은 미래에 이루어질 정착에서 필수 요건이었다. 탐사대는 반쯤 무너진 분화구의 가장자리를 조사하던 중, 커다란 동굴로 들어가는 입구를 발견했다. 그 전에는 달에서 볼 수 없던 동굴이었다. 동굴 안에서 이전 임무에 파견된 대원으로 보이는 시체 한 구가 발견되었는데, 월면 우주복의 구조가 좀 이상했다고 한다. 얼마 후 시체가 수수께끼처럼 사라져 버렸고, 뒤이어 대원 중 두 명의 사이가 틀어지면서 한 명이 다른 한 명을 손도끼로 살해하는 사건이 발생했다. 설상가상으로 그 와중에 동굴의 위치를 포함한 수원의 지도가 저장된 데이터봇이 파괴되었다. 탐사는 중지되었고 그 월면 우주복만 비극적인 기념물로 남게 되었다.

나의 새 친구가 진열장 속 우주복을 물끄러미 바라보았다.

"불쌍한 해리슨!" 그가 속삭였다. "잘 가게, 옛 친구."

그러고는 마치 날 이제야 처음 봤다는 표정으로 쳐다보았다.

"인도에서 왔군, 그렇지?"

그가 같은 인도 사람을, 그것도 비하르 사람을 만났다는 데에 어찌나 기뻐하는지 감동적일 정도였다. 사하이 씨는 탐사대 일에서 은퇴한 뒤로 시간제 컨설턴트가 되었는데, 현재 생활에 지쳤다고 털어놓았다.

"내가 지금 지내는 곳은 너무 분주해. 사람들이 끊임없이 찾아와서 이런저런 정보를 얻고 싶어 하거든. 좀 더 조용히 살 수 있는 곳을 찾고 있다네."

그렇게 해서 사하이 씨는 루나 시티에서 가장 오래된 건물 중 하나인 시냐 아주머니의 하숙집에서 나와 함께 살게 되었다. 하숙집은 비공식적으로 '셀레네 게토'라고 불리는 지역 내에 있었다. 한때 지구 밖 최초 인간 거주지였던 셀레네 게토에는 루나 시티의 매춘부와 건달, 그리고 가난한 대학생들이 버려진 폐허들 틈에서 살았다. 사실 이 지역이 게토는 아니었다. 하지만 바로 남쪽에 솟은 현대식 도시가 높은 고층 건물과 번쩍이는 다면체 건물들로 환상적인데 반해, 우리 동네는 지저분하고 조야해 보였다. 사실상 집주인 시냐 아주머니가 점령한 아래층을 빼면, 하숙집은 사하이 씨를 포함해 다섯 명만 사는 아주 작은 곳이었다. 건물은 루나 시티 초창기부터 사용된 튼튼하고 오래가는 조립식 건축법으로 지어졌고 돔 모양 지붕을 가지고 있었다. 지붕 위에 설치된 거대한 태양열 전지판들을 통해 전력을 보충하는데, 돔 꼭대기에 서 있는 전지판의 모습은 꼭 망친 머리 모양 같았다. 우리는 작은 방들과 동그란 아치형 복도들이 있는 이 토끼굴 같은 돔 집이 주는 느낌을 좋아했다. 무엇보다도 시냐 아주머니의 정통 비하르 요리는 굉장했다. 아주머니는 예전에 풀타

임 의학 연구원이었지만 지금은 시간제 연구원으로 일하는 데에 만족해했다. 아주머니는 우리의 작은 조직을 지배하고, 공부하라고 괴롭히며, 집안일까지 시켰지만, 아주머니의 요리는 그 전체주의적 지배 방식을 보상해 주고도 남았다. 잭푸르트 커리와 식초에 절인 삶은 감자, 그리고 혀의 맛봉오리가 몽땅 델 만큼 따끈하고 더 먹고 싶다고 애원할 만큼 맛좋은 파코라까지, 시냐 아주머니가 그 귀하고 비싼 채소들을 어디서 다 구해 오는지 아직도 잘 모르겠다. 아주머니는 사람 좋아 보이는 큰 덩치가 흔들릴 정도로 키득거리며 이렇게 말할 뿐이었다. "달에 몇 명 되지도 않은 비하르 사람들이 맨날 말씨름이나 하는 것 같아도, 우리는 서로를 진심으로 보살피지."

사하이 씨가 합류함으로써 이제 우리 하숙집의 비하르 대표단은 총 세 명이 되었다.

다른 하숙생들의 이름은 미나 스리니바산과 쿠날 카푸르, 그리고 데이브 프래챗이었다. 미나는 수학자이자 예술가로, 시냐 아주머니가 거주하는 아래층의 방 하나에서 지냈다. 그 방에서 보이는 풍경이 고풍적이라는 이유에서였다. 쿠날은 행성 지질학자였고 관심이 온통 화성에 쏠려 있었다. 하숙생 중 유일하게 인도인이 아니라 미국인인 데이브는 사회학을 공부했다. 우리는 각자 늘 바쁘게 살면서도, 토요일 오후에는 시냐 아주머니가 여는 전통 비하르식 차 모임에 참석했다. 수지 할와[69]와

---

69 인도 과자의 일종으로 기버터, 밀가루, 그리고 졸여서 캐러멜처럼 끈적끈적하고 달짝지근한 우유와 설탕으로 만든다.

리띠[70], 파코라와 마따르-키-구그니[71], 세브[72]와 구운 땅콩을 곁들인 바삭바삭하게 튀긴 츄라, 그리고 달 최고의 타마린드 처트니까지 빠짐없이 갖춘 성대한 차 모임이었다. 토요일 오후는 지난 한 주에 있었던 이야기들을 함께 나누고, 격렬하게 토론하고, 때로는 방석 싸움을 벌이는 시간이었다. 방석들이 저중력 상태에서 그리는 우아한 포물선을 보며, 미나가 풍부한 표정과 활기찬 목소리로 하는 예술이나 수학 이야기를 듣는 일은 무척이나 즐거웠다. 반면 쿠날은 하는 짓이 상대방을 불편하게 하려고 최선을 다하는 사람 같았다. 그 애는 홀쭉한 몸을 둥글게 말고 있다가 쭉 뻗어 마따르-키-구그니를 집어 먹고, 목에 걸린 매운 고추에 행복한 눈물을 글썽이며, 한두 마디 거들 뿐이었다. 데이브는 스파이라는 별명을 얻었는데, 그건 워낙에 우리 인도 사람들이 충동적으로 별명 짓기를 좋아하기 때문이기도 했지만, 시끌벅적한 인도 학생들이 사는 기술 수준도 낮은 이 하숙집에서 도대체 그 애가 무얼 하는지 아는 사람이 아무도 없었기 때문이다. 데이브는 음식에 끌렸다고 주장하지만, 우리는 그의 주장이 의심스러울 따름이었다.

나는 토요일 오후마다 벌어지는 난상토론에 대한 사하이 씨

---

[70] 통밀가루 반죽을 둥글게 빚고, 허브와 향신료를 섞은 구운 병아리콩 가루로 속을 채워 구운 요리
[71] 완두콩과 병아리콩을 넣고 향신료와 야채를 첨가한 커리 요리로 인도의 길거리 음식이다.
[72] 병아리콩 가루 반죽에 향신료들을 섞어 가늘게 만든 후 기름에 바삭하게 튀긴 인도의 인기 간식

의 반응이 살짝 신경 쓰였다. 실제로 그는 처음에는 침묵을 지켰다. 사하이 씨의 큰 두 눈은 손가락으로 파코라를 감쌀 때마저도 슬픔에 잠긴 듯했다. 학생들은 사하이 씨의 나이와 지위를 존중해 예의를 지켰지만, 이내 조심성을 잃고 열띤 논쟁을 벌였다. 나는 그 애들이 새로운 세입자의 늙수그레한 정수리를 방석으로 내려치지 않게 몇 번이나 방석을 가로채야 했고, 그때마다 그는 나에게 감사의 미소를 지었다. 가끔 사하이 씨는 무슨 말을 내뱉으려는 표정이었다. 대단히 중요한 말인지 입술이 떨리는 것 같기도 했다. 하지만 매번 그는 마음을 바꾸고 침묵을 지켰다.

나는 사하이 씨가 멋지다고 생각했다. 그래서 다른 하숙생이 없는 자리에서 이야기를 끄집어내려고 애써 봤지만, 사하이 씨는 예전에 보여주었던 입담과 달리, 자신의 과거에 관해서는 도무지 말하려 들지 않았다. 기말고사 준비를 해야 했지만(나는 달식물학이라는 멋진 분야를 전공했다), 머릿속은 온통 사하이 씨 생각뿐이었다. 그는 어떤 일들을 겪은 걸까? 왜 항상 눈이 한없는 우수에 젖어 있을까? 어떻게든 그의 입을 열어 다른 어떤 이야기들이 있는지 들어 봐야 했다.

나는 다음 주 토요일 차 모임을 기다렸다.

＊

"내 다음 전시회는⋯." 미나의 우아한 손가락이 파코라 접시 위를 맴돌았다. "델게르바야르 박사의 새로운 이론과 관련 있어. 알지? 거울우주, 대칭성, 그런 것들 말이야."

쿠날이 코웃음을 쳤다. 실용 과학자인 쿠날은 이론가와 순수 수학자를 경멸했는데, 예술에 빠진 수학자를 특히나 경멸했다.

"델게르바야르의 이론이라면 지긋지긋해." 쿠날이 데이브를 제치고 마지막 남은 사모사[73] 하나를 차지하며 말했다. "뉴스 화면이 온통 델게르바야르 얼굴만 보여주고 다른 이야기는 보여주지도 않잖아. 아레스 대수층[74]의 발견이 뒷전으로 밀리다니, 그게 말이나 된다고 생각해?"

"아레스 대수층 이야기는 한 달 내내 머리기사였어." 미나가 씩씩거렸다. "게다가 델게르바야르의 생각은 정말 중요해. 우주에 대한 핵심적인 발견을 해낸 거라고. 쿠날 넌 화성에 몇 조각 있지도 않은 얼음 결정에 흥분하잖아!"

첫 번째 방석이 날아갔다. 데이브가 방석을 깔끔하게 잡아 냈다.

"이건 어때?" 데이브가 두 눈을 반짝이며 재치 있게 말했다. "쿠날은 델게르바야르의 이론이 왜 싫은지 설명하고, 미나는 그것이 왜 좋은지 이야기해 주는 거야."

영리한 제안이었다. 쿠날이나 미나 둘 다 물리학과 수학에 전문가인 데다, 토론하기를 무척 좋아했기 때문이다. 나는 사하이 씨를 힐끗 보았다가 적잖이 실망했다. 사하이 씨는 방에서 가장 편한 의자에 기대앉아 있었는데 언뜻 보기에는 잠들어 있었다.

---

73 채소와 감자를 넣고 삼각형으로 빚어 기름에 튀긴 인도식 만두
74 지하수를 함유한 지층

일간 신문 기사를 출력한 종이로 얼굴을 덮고 있었는데, 숨을 쉴 때마다 종이가 오르락내리락했다. 거대한 차 찌꺼기가 사하이 씨의 접시 위에 폐허처럼 쌓여 있었다.

우리는 미나와 쿠날의 설명에 귀를 기울였다. 간단히 말하자면, 최근에 루나 대학 물리학과에 델게르바야르라는 명망 있고 명석한 몽골인 이론가가 부임했는데, 그는 새로운 보편 장이론을 제시한 학자였다. 델게르바야르의 방정식은 궁극적으로 초공간의 이론적 가능성과(따라서 초광속 항해의 가능성과) 다중우주의 존재로 연결되는 흥미로운 대칭성을 보여주었다. 다중우주란 바나나들이 중심 줄기에서 뻗어 나가듯 기본 초공간에서 뻗어 나가는 일련의 우주들을 말한다. 다중우주 이론에 따르면 일부 우주는 몇 가지 속성이 반대인 점을 제외하면 놀라울 정도로 우리 우주와 닮았다. 델게르바야르는 이런 우주를 '거울우주'라고 명명했고, 그 방정식들의 대칭성이 완벽하지 않은 거로 볼 때, 가끔 거울우주의 시공간이 우리 우주의 시공간 속으로 샐 거라 추측했다. 그리고 그러한 유출이 최근 물리학자들에 의해 관측된 변칙들을 유발한다고 주장했다.

"넌 대칭성의 역할에 대한 설명은 안 하고 있어." 쿠날이 미나에게 말했다. "네 얼굴을 예로 들어 보지. 그 뾰루지만 아니라면 그냥 웬만한 정도가 아니라 좌우 대칭성을 지닌 얼굴이었을 텐데…."

"난 뾰루지 없어!" 미나가 한 손으로 볼을 만지며 사납게 대꾸했다.

"괜찮아, 미나. 처트니가 좀 묻었겠지." 데이브가 달래듯이 말했다. 미나가 데이브를 노려보자 데이브가 두 손으로 얼굴을 가렸다.

"야, 그렇게 마음의 눈으로 꿰뚫어 보지 마!"

"너희 같은 바보들에게 내 말이 무슨 뜻인지 보여주지." 쿠날이 벽에서 그림 한 점을 떼어 내리며 말했다. 동적인 요소라고는 없는 기하학적 풍경을 그린 다소 따분한 추상 정물화였다.

"이 그림이 끔찍하기는 해도 중요한 점을 설명하고 있어." 쿠날이 말했다. "자, 봐. 내가 이걸 90도 회전해도 그림이 똑같아 보이는 건 대칭성을 지니고 있기 때문이야. 무슨 말인지 알겠어? 대칭성을 지닌다는 건 전체 속성 중 일부가 그대로 유지된다는 뜻이야. 보존법칙이지."

"그건 1900년대 초에 독일의 여성 수학자 에미 뇌터가 처음으로 발견했어." 미나가 두 눈을 반짝이며 말했다. "뇌터의 노고에 비해 대우는 아주 형편없었지.[75] 뇌터의 전문 분야는 추상 대수학이었지만, 대칭성과 보존법칙 사이에 연관성이 있다는 사실 또한 발견한 학자야. 이론 물리학에서 가장 심오한 연구 결과 중 하나지. 뇌터가 발견한 바에 따르면 어떤 종류의 대칭성은 변환 전과 변환 후의 물리량이 항상 보존됨을 의미해. 따라서 방정식이 시간 변환에 대하여 대칭성을 가지면 에너지가 보존되고, 병

---

[75] 아말리 에미 뇌터는 여성이라는 이유만으로 오랫동안 대학에서 무료 강의를 해야 했다.

진 대칭성은 운동량이 보존된다는 걸 의미하지."

"회전 대칭은 변환 전후의 각운동량이 보존된다는 걸 의미하고." 쿠날이 그림을 탁자 위에 놓은 뒤 거칠게 빙빙 돌리면서 말했다.

그때 무언가 부서지는 소리가 들리더니 액자에 금이 갔다. 쿠날이 짐짓 뉘우치는 척 그림을 다시 벽에 걸었다. "이런 경우에는 예술의 종말을 의미하겠군."

미나가 도끼눈을 뜨고 쿠날을 노려보았다. "액자를 새로 바꿔놓지 않으면 시냐 아주머니가 노발대발할 줄 알아. 뭐, 어찌 됐든, 내 프로젝트로 말할 것 같으면…." 미나가 방석을 또 쿠날에게 던지며 여전히 열정적으로 이야기를 이어갔다. "비주얼 디스플레이를 주로 할까 해. 미묘하게 깨진 대칭, 낯선 현실을 반영하는 유리 조각들. 음악이나 연설 같은 소리도 좀 전송하고. 핵심을 보여주기에는 회문(回文)[76]이 좋겠어."

"쓰레기 같이 들리네." 쿠날이 말했다. 간혹 나는 쿠날이 태어난 순간에도 오만상을 짓고 있지는 않았을까 하고 생각했다. 쿠날이 연설을 늘어놓으려고 숨을 들이쉰 순간 사하이 씨가 폭소를 터뜨려 쿠날의 말을 막았다.

사하이 씨의 얼굴을 덮고 있던 종이가 바람에 날려 탁자 위로 떨어졌다. 잠시 후에야 나는 그 바람이 실은 그의 날숨이었다는 사실을 알아차렸다. 어쩌나 길게 내쉬는지 그런 폐활량을 가진

[76] 바로 읽으나 거꾸로 읽으나 뜻이 같은 문장

인간이 존재한다는 게 믿기지 않았다. 사하이 씨가 기침을 내뱉으며 몸을 일으켜 똑바로 앉았더니 우리를 애처롭게 바라보았다.

"보존법칙이라…." 그가 또 한 번 한숨을 내쉬었다.

우리는 깜짝 놀라 할 말을 잃고 사하이 씨를 뚫어지라 바라보았다.

"모두 흥미로운 이론이지." 그가 말했다. "거울우주에 대한 델게르바야르의 생각은 맞아. 그가 그렇게 유명하다니 잘된 일이군. 하지만 과연 우리가 초공간에 도달할 수 있을까? 정상적인 방법으로는 어림도 없지. 거울우주에 갈 날이 오기나 할까? 못 갔으면 하네! 그때까지는 고전 물리학의 보존법칙들을 하찮다고 비웃지 말아야 하겠지. 실은 보존법칙 중 하나가 내 목숨을 구했을 뿐만 아니라…."

우리는 사하이 씨의 다음 말을 기다렸다. 때마침 시냐 아주머니가 갓 만든 파코라와 죽여주는 민트 처트니 한 통을 가지고 응접실에 들어섰다. 넉넉한 풍채의 아주머니는 이야기가 이어질 거라는 걸 눈치채고 방에서 두 번째로 큰 의자에 편하게 자리를 잡았다.

"이건 '바퀴'에 관한 이야기인데, 일단 처음부터 이야기를 시작해 보지." 사하이 씨가 말했다. 다음은 그의 이야기다.

✳

나는 비하르주의 동쪽에 있는 작은 마을에서 태어났네. 미지의 땅을 탐험하는 일은 내 평생의 야망이었지. 드디어 달에 파견

되었을 때 난 정말이지 기뻤어. 하지만 여기 있는 비크람도 알다시피 그 달 탐사는 비극으로 끝이 났지(다른 학생들이 놀란 눈으로 나를 힐끗거렸다).

그 사건 후에 고향으로 귀환할 기회가 있었지. 우리를 동정하는 사람들이 많았거든. 하지만 나는 우주를 향한 열망에 사로잡혀 화성으로 가는 임무에 자원했어. 2031년도 달 탐사 중 보여 준 업무 처리 능력이 상사들에게 좋은 인상을 심어 준 덕에 문제 될 게 없었지. 당시 화성에는 큰 정착지가 없었다네. 과학자와 탐사대원들이 머물 작은 거주용 돔들만 지어지는 중이었지. 나는 매리너스 협곡 근처에 있는 돔으로 보내졌어.

자, 자네들도 알다시피, 화성을 삶은 달걀로 본다면 매리너스 협곡은 달걀을 가로질러 난 커다란 금처럼 매우 깊은 협곡이야. (이때 우리의 화성 전문가 쿠날이 말참견하려는 듯 사하이 씨를 보았지만, 사하이 씨가 쓱 한 번 눈길을 보내자 입을 다물었다).

이 이야기는 화성에서 시작하지만, 화성 이야기는 아니야. 달이나 지구 이야기도 아니지. 이상하지 않나? 우주를 통틀어 인간이 거주하는 곳은 이 세 곳뿐인데 말이야. 자, 그럼 잘 들어 보게나. 이제 이 이야기를 알고 있는 사람도 몇 명 되지 않으니까.

화성의 역사를 배웠다면 초기 탐사대원들이 많이 죽었다는 이야기를 자네들도 들었을 거야. 이유는 충분해. 화성은 인간이 생존하기에는 고약한 장소니까. 하지만 초기 탐사대원 중 몇 명은 죽은 게 아니라 그냥 사라졌다는 소문 또한 끊이지 않았어. 국제우주의회가 화성에서의 작업을 인수한 다음 이러저러한 건

하면 안 되고 의회의 규칙을 따르라고 하자, 선임 대원 몇 명이 그 유명한 화성의 먼지 연무 속으로 사라져 버렸다는 거야. 사람들은 그들을 '유령'이라고 불렀어. 그 유령들에 관해 별의별 소문이 다 돌았네. 은둔처로 숨어든 다음 생존할 방법을 찾아냈고 그래서 마침내 자유를 얻게 되었다는 이야기들이었지. 대부분은 꾸며낸 이야기였겠지만, 내 캠프 인근에서 어떤 사람이 홀로 있는 걸 목격했다는 보고가 올라왔다네. 그래서 정말로 거기에 누가 있는지, 과거의 유령이 존재하는지 지속해서 관찰하라는 명령을 받았네. 그게 내가 맡은 임무 중 하나였어.

변칙들이 처음 보고된 것도 그 무렵이었네. 아, 자네들, 설마 델게르바야르 변칙이 최근에야 발견된 현상이라고 아는 건 아니겠지? 말도 안 되는 소리! 변칙은 화성의 그 지역에서 처음 보고되었어. 이상한 일들이 일어났지. 갑작스럽게 공중에 불빛이 번쩍이질 않나, 일시적으로 이상한 환영이 보이질 않나. 내 친구 잭 모레이의 눈 색깔이 뒤바뀌었을 때도 그래. 잭은 한쪽 눈은 파랗고 다른 쪽 눈은 갈색이었는데, 어느 날 보니 색깔이 뒤바뀌어 있지 뭔가. 아지랑이도 없는데 시각적 왜곡이 생기고, 약한 햇살이 암벽을 비출 때 도저히 그림자가 생길 수 없는 장소에 그림자가 보이기도 했어. 이런 식의 변칙이 장소를 바꿔가며 나타났다 사라졌다네. 한번은 땅이 흔들리면서 바윗돌이 떨어졌지. 여기 젊은 친구가 말해 주겠지만 화성은 지진 활동이 활발한 곳이 아니야.

우리 대원들은 속된 말로 식겁했다네. 먼 절벽 꼭대기에 보이는 검은 윤곽을 한참 전에 죽은 탐사대원으로 상상하는 것도 이상한 일이 아니었어. 솔직히 나도 처음 보았을 때는 내가 미쳐가나 보다 생각했거든.

나는 우뚝 솟은 두 절벽 사이에 있는 고지대의 메마른 계곡에 캠프를 쳤다네. 건강 문제 때문에 베이스캠프로 귀환한 팀원을 대신해서 지질 측량을 했지. 내가 머물던 작은 이동식 거주지는 완전히 밀폐된 상태여서, 화성의 혹독한 환경에서도 아주 편하게 지낼 수 있었네. 나는 3솔[77]에 걸쳐 측량을 마치고 거주 지역 내로 돌아왔을 때, 그를 보았네.

그는 그리 멀리 있지도 않았어. 부피가 큰 구식 우주복을 입고 있었는데, 절벽 면을 등진 채 산등성이에서 미친 사람처럼 이리저리 뛰어다니더군. 그의 바이저가 석양에 반사되어 번쩍이지 않았다면 난 그가 있다는 것도 알아채지 못했을 거야.

순간 내가 헛것을 보고 있다는 생각에 다리가 휘청거렸다네. 하지만 내가 보고 있는 게 진짜라는 걸 금세 알게 됐지. 난 그가 못 들을 거라는 사실도 잊고 소리를 질렀네. 그러고는 절벽 면을 기어오르기 시작했지.

그때 그가 나를 보았던 모양이야. 내가 반쯤 오르다 올려다보니 사라지고 없더군.

그날 밤 나는 내 배급 식량 중 일부를 거주지 근처에 있는 바위 위에 올려놓았다네. 다음 날 아침에 보니 음식은 사라지고

---

[77] 솔(sol)은 화성의 하루로 1솔은 24시간 37분 22초이다.

없었네.

당시 난 베이스캠프와 무전으로 연락을 취하고 있었지만, 아직은 내가 무얼 발견했는지 아무에게도 말하고 싶지 않았어. 다른 대원들이 몰려와서 조사하고 싶어 할 게 뻔했거든. 그러면 내 사냥감이 겁을 집어먹고 도망갈지도 모르지. 그와 친해진 뒤 의기양양하게 베이스캠프로 데려가는 편이 훨씬 낫다고 생각했어.

그래서 그다음 2솔 동안 그 친구와 친해지려고 노력했다네. 밖에 음식을 놔두면 음식이 몽땅 사라졌지. 난 그 불쌍한 친구가 음식도 물도 숨 쉴 공기도 제대로 공급받지 못하는 상태에서 어떻게 살아가는지가 궁금했다네. 우주복을 어떻게 재충전하는지도 궁금했지. 그래서 미로 같은 매리너스 협곡 깊숙한 곳에, 그와 같은 생존자들이 사는 비밀 캠프가 존재하는 게 틀림없다고 점점 더 확신하게 되었어. 혹시 산소를 직접 만들어 사용하고, 수경 재배 탱크에서 음식을 기르는 건 아닐까? 그런 비밀 은신처가 존재한다면 반드시 찾고야 말겠다고 결심했다네.

(이 시점에서 사하이 씨는 말을 멈추고, 우리가 집중하는지 확인하려 한 번 쓱 둘러보았다. 그는 만족했는지 숨을 내쉬고, 매듭을 맨 흰색 면 손수건을 호주머니에서 꺼냈다. 그러고는 손수건의 매듭을 풀고 그 안에서 구운 흑녹두 조금과 녹두 가루로 만든 달달한 사뚜 몇 덩이를 풀어놨다. 향이 좋은 흑녹두는 병아리콩과 사촌이지만 크기가 더 작았다. 비하르의 소작농 음식을 본 게 몇 년 만인지. 시냐 아주머니와 내가 깜짝 놀라 쳐다보자, 사하이 씨는 음식이 얼마 없어 나눠 먹지 못해 미안하다고 한 다음 우적우적 먹기 시작했다. 우리는 조급한 기색

을 감추지 못하고 나머지 이야기를 기다렸다.)

그래, 이거야. 구운 녹두와 흑설탕으로 달짝지근하게 만든 사뚜만 한 건 없지. 어릴 적 비하르에서 살았을 때는 온종일 밖을 뛰어다니며 논에서 물소들과 놀거나 숲에서 대추 열매를 찾아다녔는데 말이야. 내 어머니는 별에 가더라도 사뚜나 구운 녹두는 꼭 가져가야 한다고 아침마다 말씀하셨지. 언제 에너지가 더 필요하게 될지 모르는 일이라고 말이야. 고집불통 아들이 어느 날 정말 별로 떠나리라고는 상상도 못 하셨을 걸세. 어쨌든 나는 그 후로 늘 어머니의 조언을 따랐고, 심지어 화성에 갈 때도 구운 녹두와 사뚜를 가져갔지.

이제 다시 이야기로 돌아가 볼까? 드디어 난 그 녀석을 내 거주지로 유인할 수 있었어. 거주지에 도착해서 헬멧을 벗어보라고 했지. 그가 헬멧을 벗자 얼굴이 드러났는데, 온통 그을리고 흉터투성이인 데다(방사능 때문이었을 거야) 수염으로 뒤덮여 있어서 도통 이목구비를 분간할 수 없지 뭔가. 보이는 거라고는 작고 동그랗고 반짝이는 두 눈뿐이었어. 그 불쌍한 녀석은 완전히 미쳐 있더군. 아무 말이나 내뱉고 이상한 춤을 췄어. 어느 나라 사람인지 콕 집어 말할 수는 없었지만 분명 비하르 사람은 아니야. 내 귀한 구운 녹두를 조금 주었더니 그게 먹을 수 있는 건지 아닌지 모르겠다는 눈으로 유심히 쳐다보았거든. 그가 하는 말도 인간의 언어가 아니었어. 무슨 말을 하고 싶어 하는 것 같았는데, 계속 팔을 빙빙 돌리면서 절벽을 가리켰지. 그 순간 내가 자기를 따라오길 바란다는 생각이 들었네. 자기의 비밀 은신처를 보여주고 싶어 한다고 생각했지. 난 몹시 흥분돼서 베이스캠프에 있는 우리 팀에게 암호 무전 메시지를 남겼네. 잠시 떠나 있을 텐데 엄청난 발견을 하기 직전이라는 내용이었지. 그리고 난 그와 함께 길을 떠났어.

그가 절벽과 고원 사이의 길고 복잡한 길로 나를 데려갔다네. 돌아오는 길을 기억하지 못할 게 뻔해서, 내 작은 지오봇을 가져오길 잘했다고 속으로 좋아했지. 그 지오봇은 당시 화성에 새로 생긴 위성 네트워크와 교신했기 때문에, 내가 어디에 있는지 늘 파악할 수 있었거든. 특별히 깊고 좁은 협곡에 있지 않은 한 말이야. 지오봇은 몸이 둥근 노래기처럼, 작은 로봇 다리로 움직이는 자율로봇이었어. 내 동료가 생각을 가늠할 수 없는 눈빛으로 지오봇을 계속 쳐다보았네. 한번은 몸을 숙여 지오봇을 개처럼 쓰다듬었다네. 순간 그 친구가 지오봇을 보고 오래전에 잃어버린 반려동물을 떠올린 게 아닐까 하는 생각이 들더군.

그때 갑자기 그가 바이저 너머로 활짝 웃었네. 그러고는 장난기 어린 눈으로 날 보더니 그 작은 봇을 잽싸게 움켜쥐고 돌출된 암벽 너머로 쏜살같이 달려가지 뭔가. 내가 화들짝 놀라 소리를 지르며 쫓아갔지만, 그는 늘 몇 발짝 앞에서 산양처럼 바위를 획획 오르내렸어. 곁눈질로 나를 보며 씩 웃고는 3미터 높이의 절벽에서 지오봇을 떨어뜨리는 시늉을 하기도 했지. 마침내 그가 반대쪽 암벽에 난 틈 속으로 달려들어 가는 게 보였네. 나는 정신없이 숨을 헐떡이며 녀석을 따라갔지. 어둠이 나를 감싸자 우주복 라이트가 자동으로 켜졌네. 우리는 토끼굴 같은 통로 속에 있었다네. 매끈하고 둥근 벽에 천장이 높은 통로였지.
난 경이감에 사로잡혀 꼼짝도 못 했다네. 게을러빠진 옛 탐사대
원들이 이런 벽을 깎았을 리 만무했지만, 통로는 인공적으로 만
들어진 게 틀림없었어.

하도 어릴 때 읽어서 반도 기억나지 않는 이야기가 떠오르더
군. 지능을 가진 화성인의 이야기였어. '나를 외계인이 사는 거
대한 지하 도시로 데려온 걸까?' 내 생각이 맞지는 않았지만, 꼭
틀린 것만도 아니었어. 우리 두 인간은 둥근 방 안으로 들어갔
네. 아직도 지오봇을 아기처럼 꼭 안고 있던 내 사냥감이 걸음을
멈추고 벽 한 군데를 치자, 그 즉시 거대한 석판 하나가 소리도
없이 통로 입구를 가로막아 버렸네.

"이봐!" 내가 무척이나 겁에 질려 소리쳤지. "뭐하는 거야! 당
장 열지…."

말이 목구멍 속에서 그대로 죽어 버렸다네. 바위벽에 이상한
기호들이 새겨져 있었는데, 기호로 뒤덮인 벽에서 부드러운 불
빛이 흘러나왔네. 바닥 한가운데에는 무슨 은빛 금속으로 만들
어진 둥근 디딤판이 있었고.

내가 놀라서 주위를 둘러보니 그 미치광이가 우주복을 벗는
게 아닌가. 마치 세상에 태어난 그 날처럼 벌거벗고 추한 모습으
로 있는 거야. 그가 나도 우주복을 벗어야 한다고 손짓으로 말
하더군. 나는 거부할 참이었지. 그런데 그 녀석이 꽤 편안해 보
이는 거야. 아무 문제 없이 숨을 쉬고 있었어. 내 우주복을 보니
외부 압력이 1기압이라고 기록되어 있더군. 그래서 조심스럽게

에어록을 열었다네. 공기가 살짝 싸했지만 숨을 쉴 수는 있었어.

호기심에 우주복 밖으로 걸어나가 보았네. 화성 거주지 밖에서 평상복 차림으로 서 본 것은 그때가 처음이었어.

그가 내게 이제 디딤판 위에 서라고 손짓하자, 모험심이 당혹감으로 바뀌더군. 난 디딤판 위에 섰네. 그 녀석에게서 지오봇을 뺐을 수 있길 바라는 마음에서였지. 하지만 내가 뭘 어찌 해 보기도 전에, 세포막처럼 생긴 두터운 줄 커튼이(더 나은 단어가 떠오르지 않는군) 벽에서 쑥 뻗어 나와 우리를 감싸지 않겠나. 비명을 지르고 발버둥을 쳤지만 피막이 내 몸 머리끝부터 발끝까지를 겹겹이 둘러쌌어. 얼마 후 정신을 잃었던 것 같아. 정신을 차려보니 나는 방 벽에 난 구멍 쪽으로 질질 끌려가고 있었네.

문득 내가 아직 숨을 쉬고, 반투명한 피막을 통해 밖을 볼 수 있다는 사실을 알아차렸지. 어디든 맨살이 드러난 피부는 따끔거렸어. 세포막같이 생긴 것에서 뻗어 나온 작은 뿌리들이 피부를 간지럽혔던 모양이야. 피막도 똑같은 물질로 뒤덮여 있었는데, 손으로 찢고 일어서 보려고 아무리 기를 써도 도저히 손에 잡히지 않았어. 공포에 사로잡힌 내 머릿속으로 어떤 목소리가 말을 했네. 한 번도 들어 보지 못한 언어였는데도 거의 다 이해할 수 있었지. 거대한 바퀴들이 빙글빙글 돌고 있는 그림이 머릿속에 떠올랐네. 그때 그 미치광이가 다른 방에 있는 거대한 금속 구조물 쪽으로 나를 끌어당겼어. 방을 거의 다 차지할 정도로 거대한 구조물이었네.

그 물체를 처음 봤을 때의 느낌을 어떻게 설명할까? 나는 말문이 막힐 만큼 깜짝 놀라서 그 자리에 섰지. 그것은 거대한 바퀴 모양에 지름이 20미터쯤 되는 것 같았고 은빛 광이 났다네. 바퀴는 테 없이 여덟 개의 살만 있었고, 정지된 채로 있더군. 중심부 안쪽에는 텅 빈 열린 공간이 있었네.

'어떤 생명체가 무슨 목적으로 이런 장치를 개발했을까?' 공포감은 누그러지고 대신 호기심과 경외감이 되살아났네. 그 장치가 무엇인지는 몰라도, 내 동료가 그것에서 살아남은 거로 봐서는 해로울 리 없다고 판단한 거지. 이 위대한 발견을 전 인류에게 알려 주는 상상을 했네. 그래서 그가 나를 중심부 안쪽의 열린 공간으로 이끌 때 저항하지 않았어.

우리는 두 명의 미라처럼 그 열린 공간 속에 서 있었네. 그때까지도 녀석은 내 지오봇을 들고 다녔는데 지오봇은 피막으로 싸여 있지 않았어. 그러니 첫 번째 동굴 방에 있던 그 구조는 생물과 무생물의 차이를 아는 지적인 존재였던 거야. 인간에게 필요한 게 뭔지 분간할 줄도 알았지. 우리가 숨을 쉬려면 어떤 종류의 공기가 필요한가, 같은 거 말이야. 그 구조를 고안한 외계인이 우리와 비슷하다는 의미일까? 아니면 그저 다른 종에게 필요한 걸 염두에 두었다는 의미일까? 우리가 바퀴의 중심부 안쪽에서 기다리는 동안, 내 마음속에 온갖 이상한 이미지들이 흘러넘쳤네. 그것들이 무엇을 의미하는지는 신만이 알겠지.

그때 눈앞의 방이 서서히 어두워지기 시작했네. 정신을 집중해야 마음으로만 볼 수 있었던 이미지들이 그제야 똑똑히 눈에 보이더군. 광대한 별 밭과 별별 기이하게 생긴 생명체들이 보였어. 눈앞에 기이하고 놀라운 세상들이 존재했고, 먼 우주들로 이어지는 길들이 칠흑 같은 어둠 속에 나 있었네. 이야기 하나가 떠오르더군. 크리슈나의 양어머니인 야쇼다가 우연히 어린 크리슈나의 입속을 들여다봤더니 그곳에 온 우주가 들어 있었고, 야쇼다는 그 순간 자기의 아들이 실제로 누구인지 깨달았다는 일화 말이야. 내 동료를 제외하고는 어떤 인간도 못 본 광경을 봤을 때 내가 느낀 감정이 바로 그런 거였어.

그때는 본 것의 반도 이해하지 못했지. 나중에야 내가 경험한 것에 관해 가설 한두 개를 세울 수가 있었다네. 그다음에 벌어진 일은 너무도 환상적이어서 처음에는 내 뇌에 투사되었던 이미지의 연속이라고 생각했지. 그런데 똑같은 이미지가 계속해서 보였고, 그제야 나는 우리가 전혀 다른 장소로 옮겨졌다는 사실을 알게 되었다네.

우리가 있는 곳은 화성이 아니었어! 여전히 거대한 바퀴의 중심부에 있긴 했지만, 이제 바퀴는 공중에 매달려 있었고 테 없는 바퀴살들도 천천히 회전했어. 그렇게 생긴 바퀴들이, 시야가 닿는 우주 끝까지 사방으로 어마어마하게 많이 늘어서 있었다네. 바퀴 사이의 흑암은 은하 간 심연에서나 볼 법한 별 하나 없는 완전한 어둠이었는데, 그 거대한 바퀴들에서 희미한 빛이 퍼져 나가는 것 같았어. 나는 각각의 바퀴살 끝에서 일정한 간격으로 발생하는 일종의 펄스를 구분할 수 있었지. 바퀴들이 흥얼거리며 노래를 부르는 것 같았네. 진공 상태라 소리가 들리지는 않지만, 마음으로는 바퀴의 노래를 들을 수가 있었어.

이제 우리는 바퀴의 중심부 한복판에 둥둥 떠 있었네. 조심스럽게 벽을 만져보니 손잡이가 될 만한 융기들이 있더군. 난 이 장엄한 광경을 좀 더 자세히 관찰하기 위해 아주 천천히 방 가장자리로 몸을 움직였다네. 옆에 있는 녀석이 소리 없이 웅얼거릴 때마다 반투명의 피막 너머에서 그의 입이 열렸다 닫혔다 하는 게 보였지. 중력이 없으니 쓰러지지는 않았지만, 순간적으로 현기증이 느껴져 토할 것만 같았어. 그래서 바퀴 중심부의 가장자리를 꽉 붙잡고 바퀴와 함께 부드럽게 회전했지. 갑작스럽게 움직이는 짓 따위는 아예 하지 않았어. 뉴턴의 제3법칙이 치명적인 결과를 불러올 수도 있으니까.

외계인들이 나에게 무슨 말을 하는지도 마음으로 알아들을 수 있었네. 바퀴들의 음악은 점점 세졌다가 부드러운 웅얼거림으로 잦아들기를 반복했는데, 커다란 짐승의 심장 고동 소리처럼 규칙적인 리듬을 이루었어. 바퀴들이 회전할 때마다 일종의 에너지장이 형성되더군. 보이지 않는 언덕과 계곡들을 느낄 수가 있지. 바퀴살 끝에서 뻗어 나오는 광선들이 교차하면서 밝은 곳과 어두운 곳이 만들어졌네. 내가 그 광선들을 볼 수 있으려면 주변 공간이 빛을 반사하는 무언가로 채워져 있어야 했는데, 성간 티끌이었을까? 아니면 내가 잘 알지도 못하고 에너지장이라 부른 그 이상한 방사물이었을까?

더욱 놀라운 건 광선들이 서로 다른 속성을 가졌다는 걸세. 어떤 광선은 두 개의 손전등 불빛이 암실 속에서 교차했을 때처럼 교차 후에도 계속 쭉 내뻗었어. 그런데 또 어떤 광선은 교차

했을 때 교차 지점에서 멈추어 어두운 지점을 만드는 것 같았지. 전형적인 빛과 특이한 빛이 파동 치며 보여주는 놀라운 광경은, 어떤 식으로든 그 에너지장과 관련이 있는 게 틀림없었어. 그 방사선이 무엇이든, 보이는 것 말고도 또 다른 주파수들이 존재할 수 있다고 나는 생각했다네.

한편 나의 마음은 이미지와 기호들로 넘쳐났네. 나중에야 그것들을 이어 맞출 수 있었지. 결코 이해할 수 없는 것도 많았지만, 그 모든 장관이 하나의 목적을 가지고 있다는 점만은 분명했네. 다른 두 우주가 교차하는 걸 막는 것, 그게 목적이었어!

바로 그 장소가 교차 가능 지점이었던 모양이야. 또 다른 우주는 우리가 사는 우주와 속성 일부만 비슷했네. 나는 우리 우주가 물질의 지배를 받지만, 그 우주는 반물질의 지배를 받는다고 생각했지. 하지만 그 우주를 지배하는 것 또한 빛의 또 다른 형태였기에, 난 그것을 '반광(反光)'이라고 명명했네.

생각해 보게나, 젊은 친구들. 빛의 반대가 무엇이겠나? 빛의 반대는 어둠이 아니야. 어둠은 빛의 부재이지. 이상하게 들릴지 모르지만 빛의 반대는 반광이야. 반광자(反光子)는 원자처럼(빛의 원자라니!) 광자와 속박 상태를 이룰 수 있다네. 또는 특이한 형태의 에너지를 내뿜어 서로를 소멸시킬 수도 있고.

일제히 회전하는 그 거대한 바퀴들은 어느 지혜로운 외계 종이 고안한 게 분명해. 난 그들이 화성인이라고는 생각하지 않아. 그들은 화성이 아닌 다른 곳에 살면서 화성으로 가서 그 동굴로 통하는 포털을 만든 게 분명해. 그건 내가 확신할 수 있네. 그들이 어디에 사는지는 몰라도 내가 입고 있던 피막을 통해 내 마음속으로 직접 말해 줬거든. 우리 우주가 파괴되는 걸 막기 위해 방대한 바퀴의 정렬을 만들었다고 말이야.

그 말을 듣는 순간 나는, 화성에서 그러한 변칙들이 목격되었던 건 우리 우주를 보호하기 위해 만들어진 바퀴 배열에 오작동이 일어났기 때문이란 걸 분명히 알게 되었네. 거울우주에서 반광이 새어 나온 게 아니라면, 우리가 본 기이한 시각 효과들을 달리 설명할 방법이 없었거든. 과연 무엇이 오작동을 일으켰을까?

질문과 동시에 대답이 떠오르려던 순간, 중심부 가장자리에 있던 그 미친 녀석이 갑자기 몸을 날렸다네. 눈 앞에 펼쳐진 장관을 응시하느라 나는 그 녀석을 까맣게 잊고 있었지. 내가 경악해서 비명을 지른 순간, 그가 우주로 날아갔다네. 바퀴 전체가 마구 흔들렸지. 발산의 규칙성이 깨졌음을 느낄 수가 있었어. 고무줄을 당겼다 놓았을 때처럼 바퀴 배열 전체가 진동하는 것 같았네. 시야가 다시 선명해지고 나서 보니, 그 멍청한 녀석이 바퀴 중심부의 안쪽 맞은편에 앉아 내게 손짓하며 웃고 있지 않겠나. 여전히 손에 지오봇을 쥔 채로 말이야.

그 녀석이 이 바퀴 중심부에서 저 바퀴 중심부로 몸을 날릴 때마다 배열에 교란이 일어났다네. 그때마다 바퀴들이 스스로 배열을 바로잡기는 했지만, 내 추측으로는 그럴 때마다 우주들 사이에 반광의 누출이 일어났던 것 같아. 그 미치광이에겐 어마어마한 힘이 비축된 것 같았네. 혹시 그 에너지장에서 에너지를 얻는 게 아닐까, 그래서 음식도 음료도 필요 없는 게 아닐까 하는 생각이 들더군. 마침내 그 녀석이 내 옆에 있는 바퀴의 중심부에 자리를 잡았다네. 그를 보기 위해서는 가장자리를 넘어다봐야 했지.

그가 내 지오봇을 손에서 놓아 자기 옆에 둥둥 떠 있게 한 다음, 작고 흰 무언가를 나를 향해 흔들어 보였네. 그건 구운 녹두와 달콤한 사뚜를 넣고 묶은 내 손수건이었어! 그 녀석이 손수건을 열더니 입 앞쪽의 피막을 뚫고 음식을 먹기 시작했네. 동시에 아주 몰상식한 데다 외설적이기까지 한 손짓을 하는 거야. 난 너무도 화가 나서 허공에다 고함을 치고 비명을 지르기 시작했네. 아무 소용도 없는데 말이야. 분노에 차 팔을 휘저었지. 그 녀석은 그 광경을 즐기는 기색이었고. 식사를 마친 다음, 마치 지오봇을 나에게 던져줄 것처럼 손으로 잡더군. 그래서 내가 두 손을 쭉 뻗었는데 그 녀석이 지오봇을 나를 향해서가 아니라 바퀴살을 향해 힘껏 내던지는 거야. 그 바람에 그 녀석은 우주 반대편으로 날아가 버렸지. 거대한 바퀴들 사이로 날아가더니 점점 작아졌어. 내가 그 녀석을 본 것은 그게 진짜로 마지막이었네. 내게는 더 시급한 걱정거리들이 있었거든.

지오봇이 바퀴살 가장자리에 부딪혔고, 기운 채로 날아가며 산산이 부서졌네. 그 바람에 내가 있던 바퀴가 마구 흔들리더니 더 빨리 회전하기 시작했다네. 섬세한 에너지장이 뒤틀리고, 지나치게 큰 힘이 약한 부분을 잡아당겨 에너지장이 고무판처럼 찢어지는 게 그 즉시 감지되더군. 마음속 목소리들이 비명을 질렀네. 또 다른 우주의 심연이 거대한 입처럼 열리며, 눈 앞에 펼쳐진 광경이 근사한 시각적 왜곡을 거치기 시작했네. 내가 있는 바퀴가 액체화되는 것처럼 보이는 거야. 마치 새로 그린 그림에 물을 엎질렀을 때 물감이 흘러내리는 모양 같았어. 하지만 내가 바퀴를 만져보니 여전히 매끈하고 단단했네. 순간적으로, 바퀴의 회전 속도를 정상으로 회복하는 게 뜻밖에 간단한 일일지도 모른다는 생각이 들더군. 어렸을 때 아버지의 회전의자에 앉아 빙글빙글 돌다가, 속도를 늦추고 싶을 때는 두 팔을 뻗었던 게 기억난 거야.

나는 바퀴살 하나를 기어오르기 시작했네. 천천히 오르려고 무척 조심했지. 회전 관성의 증가가 각속도를 감소시킬 수 있도록 바퀴살을 따라 딱 맞는 거리만큼 움직여야 했다네. 내 질량이 바퀴의 회전 관성에 영향을 미칠 수 있을 만큼 큰지도 알 수 없었지. 하지만 내가 움직이면서 바퀴의 속도가 느려지는 게 느껴졌고, 갑자기 모든 것이 제 위치에 고정되는 느낌이었네. 에너지장이 회복되었고 왜곡도 멈췄지. 또 다른 우주도 그 거대한 어둠의 입을 닫았고. 나는 안도감으로 땀에 흠뻑 젖은 채로 그 자리에 멈췄다네. 각운동량 보존법칙[78]을 기억하게 해 준 모든 물리 선생님들께 감사하면서 말이야. 물론 영원히 그곳에 있어야 할지도 모른다는 걸 알았지만, 처음에는 아쉽지도 않았다네. 에너

[78] 계의 외부로부터 힘이 작용하지 않는다면 계 내부의 전체 각운동량이 항상 일정한 값으로 보존된다는 법칙

지장 덕에 수십억 년이 넘도록 계속 살아 있을지도 모르고, 때가 되면 주변으로부터 나를 보호해 주는 이 피막과 마음으로 소통하는 법을 배우게 될 테니까.

그래도 마음이 아팠지. 동료 인간들에게 내 위대한 발견에 관해 이야기해 줄 기회가 없을 테니까. 지구의 푸른 하늘도 다시는 보지 못할 테고, 구운 녹두와 달콤한 사뚜를 먹지도 못할 테니까. 솔직히 눈물이 좀 나더군. 아무런 느낌도 없이 시간이 흘러갔네. 내게 시간이 무슨 소용 있었겠나? 몇 주, 아니 몇 개월 동안 혼수상태에 빠져 있었던 게 분명해. 기이한 생명체와 다른 세계들에 대한 꿈을 꿨다네. 어느 꿈에서인가, 나는 바퀴살 위에 누워 무수히 많은 바퀴의 배열을 응시하고 있었지. 그때 부상당한 나방 한 마리가 바퀴에서 바퀴로 날아다니다가 내 쪽으로 왔어. 가까이 왔을 때 보니 정말 이상하게 생긴 나방이었어. 섬세하고 얇게 비치는 거대한 날개를 가졌는데, 한쪽 날개가 반만 펼쳐져 있더군. 짧은 두 팔이 나를 향해 손짓하고 있었고, 길고 가는 게 꼭 개구리 뒷다리 같은 뒷다리는 다음 도약을 위해 웅크리고 있었지. 나방은 에너지장의 표면을 수면 위의 소금쟁이처럼 미끄러지듯 스쳐 다녔는데, 어느새 보니 매끈하고 세모난 머리를 푹 숙인 채 내 앞에서 떠다니고 있지 않겠나. 그제야 난 서서히 그게 꿈이 아니라는 걸 알아차렸다네. 그 생물체의 머리 위에 작고 둥글납작한 기관들이 배열되어 있었고, 그것들이 복잡한 패턴의 불빛을 내며 내 들뜬 마음에 무슨 메시지를 보냈는데, 무슨 뜻인지 도무지 이해할 수 없더군. 그 생명체는 에너지장에 발생한 소동 때문에 손상을 입은 듯 보였는데, 이제 보니 한쪽 날개 가장자리가 찢겨 있었어. 그래서 한쪽으로 처져서 날았던 거야.

그 생명체가 내보낸 메시지가 마침내 날 진정시켰는지 나는 깊은 잠에 빠져들었네. 이따금 비몽사몽 간에 눈앞에 둥근 동굴이 보였던 기억이 나. 화성의 절벽 깊숙한 곳에 있었던 그 동굴 말이야. 우주복을 만지작거린 기억도 나고, 땅에서 무슨 흰 물체를 집어 든 기억도 나고. 난 그 끝없고 어두운 통로들을, 내 마음에 대고 끈질기게 말하는 목소리에 이끌려 통과한 게 분명해. 휘청거리며 걷다가 드디어 눈앞에 불빛이 있는 걸 보고 기절해서 땅바닥에 쓰러졌지. 다시 눈을 떠 보니 절벽 면 바깥쪽에 누워 있더군. 모래 폭풍 한복판에, 손수건을 꼭 움켜쥔 채로 말이야. 손수건이 어떻게 다시 내 손에 들어왔는지, 그거야 알 수 없지. 자네들이 보고 있는 이 손수건이 바로 그 손수건이라네.

한참 동안 정신이 몽롱한 채로 비틀거리며 돌아다녔나 봐. 모래 폭풍이 잦아드니 감각도 맑아지는 것 같더군. 나는 완전히 길을 잃었고, 절벽에는 입구가 있었던 흔적 하나 없었다네. 그때 우주복에 무전기가 있는 게 기억나더군. 인간의 친근한 목소리는 상상 이상으로 내 기운을 북돋워 주었지. 베이스캠프 팀이 나를 구조해 캠프로 데려갔고, 나는 그들에게 내가 겪은 멋진 경험들을 들려주었다네.

당연히 그들은 내 말을 믿지 않았지만, 나를 발견한 장소에 다시 가보기는 했다네. 하지만 내가 절벽에서 나왔다던 출구도,

그 미치광이의 흔적도 전혀 발견하지 못했지. 결국 그들은 내가 음식도 물도 동료 인간도 없는 상태에서 헛것을 보고 이야기한 거라고 기록했네. 어쩌겠나? 내게 이상한 일이 일어났었다는 증거는 딱 한 가지밖에 없었어.

그 나방처럼 생긴 생명체가 무엇이었는지는 몰라도, 그게 파수꾼이건 단순히 대에너지장에서 에너지를 얻어 사는 생명체이건, 어쨌든 그게 바퀴들을 복구해 똑바로 기능하게 했다고 나는 믿네. 내가 돌아온 후로는 더 이상 변칙이 나타나지 않았거든. 그래서 변칙을 목격했던 과학자들도 그런 이상 현상이 실제로 일어나기는 한 건지 의심하기 시작했다네. 변칙은 시간이 한참 흘러 최근에 다시 목격되었지.

이제 화성에서도 달에서도 심지어 화성-지구 간 우주선에서도 변칙이 목격된다네. 변칙이 다시 목격된다는 건 거울우주의 일부가 우리 우주 안으로 밀고 들어오고 있다는 걸 의미해. 거대한 바퀴의 장에 심각한 소동이 일어나고 있다는 말이겠지. 원인이 뭘까? 어쩌면 그 미치광이가 또 난동을 부리고 있는지도 몰라. 어쩌면…, 누가 알겠나?

내 이야기는 대략 그렇게 끝이 났네. 난 휴식을 위해 지구로 보내졌지만, 별들이 계속 나를 불러서 지구에 오래 머물지 않았지. 내가 겪은 일들을 잊으려고 애를 쓰지만, 끊임없이 기억나게 하는 게 있다네. 바로 내가 지니고 다니는 기념물이야. 그게 뭐냐고? 내가 이야기 안 했던가? 그럼 보여주지. 소매를 걷어야겠군. 이 작은 흰색 조각, 보이나? 매끄러운 플라스틱 같은 느낌이 나지 않나? 남아 있는 피막 조각이라네. 우주복을 벗어 두었던 동굴 속 그 방으로 돌아갔을 때 피막이 몸에서 떨어져 나갔는데, 큰 조각 하나가 팔뚝에 남았지. 바로 이 피막 조각이 내가 절벽 통로를 통과하도록 이끌어 주었을 거야. 몇 년이 지나서 크기가 줄어들기는 했지만 지금도 정신을 집중하면, 그 거대한 바퀴들이 우주에서 영원히 회전하며 내는 음악을 들을 수 있다네.

✳

사하이 씨가 이야기를 마치자 응접실에는 아득한 침묵만 흘렀다. 다들 긴장이 풀려 한꺼번에 숨을 내쉬었고 시냐 아주머니가 입을 열었다.

"우와, 이렇게 멋진 이야기는 처음 들어 보네요!"

아주머니가 벌떡 일어나더니 사하이 씨에게 차를 한 잔 새로 따르고는 경이에 찬 눈으로 내내 그를 바라보았다.

"비하르 사람한테 그렇게 대단한 일이 일어났다니!" 아주머니는 아리송한 어조로 그렇게 말하고는 저녁을 차리러 응접실을 나갔다.

미나는 마법 주문을 떨치려는 사람처럼 고개를 내저었다.

"반광자라니!" 미나가 황홀해 하며 말했다. "외계인! 시공간의 거대한 바퀴들! 아, 정말 멋져요!" 미나는 더 이상 말을 잇지 못했다. 나는 데이브를 보았다. 그의 눈썹은 숱 많은 갈색 머리카락 속으로 사라져 보이지도 않았다.

"사하이 아저씨, 왜 아저씨 이야기를 뉴스에 이야기하지 않았죠? 누군가는 아저씨를 믿을 수도 있었잖아요. 어느 개인이 통로 입구를 찾으러 탐사대를 보낼 수도 있었다고요. 혼자서만 간직하기에는 너무 엄청난 일 아닌가요?"

사하이 씨가 사뚜 한 덩어리를 입에 집어넣었다.

"아, 너희 미국인들은 참 성급하기도 하지." 그가 너그럽게 말했다. "내가 지치도록 이야기했지만 아무도 믿지 않았어. 뉴스에서 실어 줬을 거라는 말도 맞아. 하지만 괴짜들이 추종하는 사이비 종교를 시작하고 싶지는 않았네. 이제 와서 내가 뭐든 해 보려 애쓰는 이유는 변칙이 다시 나타났기 때문이야. 하지만 윗자리에 앉은 멍청이들은 내 이야기를 믿지 않지! 절벽에 난 틈이, 화성에 있는 동굴로 들어가는 입구가 발견되지 않았으니 더 안 믿는 거야. 내 생각에 그건 틈이 아니라 여닫을 수 있는 문이야."

"난 안 믿어요." 쿠날이 버럭 큰 소리로 말했다. "미안해요, 사하이 아저씨. 저는 아저씨 팀원들의 말이 옳았다고 생각해요. 아저씨는 놀라울 정도로 일관성 있는 환각을 경험한 겁니다."

"그럼 팔에 있는 저 조각은 뭔데?" 내가 말했다.

쿠날이 내 질문은 대답할 가치도 없다는 듯 어깨를 으쓱하고는 자리에서 일어섰다. 그의 눈빛에서 그가 이 이야기의 진짜 원인을 밝혀내려고 작정했다는 게 읽혔다. 그때 데이브가 말했다.

"미나, 네 뾰루지 없어졌네?"

미나가 뺨을 만졌다. "뾰루지 안 났다고 내가 말했잖아." 미나가 분개하며 말했다. "쿠날은 말 만들어내기를 좋아한다고!"

"아마 타마린드 처트니였을 거야." 내가 말했다.

쿠날이 응접실 문에서 몸을 돌렸다. 미나의 뾰루지가 사라졌다는 사실에 놀란 기색이었다. 하지만 우리는 쿠날의 얼굴을 보고 훨씬 더 놀랐다.

"뾰루지가 이제 네 얼굴에 있어." 데이브가 놀랍다는 듯 부드러운 목소리로 말했다.

마치 꿈을 꾸는 느낌이었다.

"말도 안 돼." 쿠날이 거칠게 턱을 만지면서 말했다. "아무것도 안 만져진다고."

사하이 씨가 안타깝다는 표정으로 고개를 저었다.

"거울을 한번 보게나."

은하수에 대한 세 가지 이야기: 성간 여행 시대의 신화들

Three Tales from Sky River: Myths for a Starfaring Age

1. "들어보세요!" 티피새가 말했다:
쿰보자 태양계 제하나 행성에 사는 사라스 족의 신화

오래전, 사라스 평원의 비옥한 유역에 인간이 막 정착하기 시작했을 때, 그곳에 티피새 한 마리가 살고 있었다. 그 시절의 티피새들은 지금처럼 호기심이 많을 뿐만 아니라 말도 할 줄 알았다. 티피새들은 온종일 인간 정착지 근처의 강둑에 앉아, 입방아를 찧으며 강 새우와 조류를 우적우적 먹었다. 그러다 저녁이 되어 풍선 같은 작은 날개가 가스로 가득 차면 하늘로 둥실 떠올랐다. 티피새들은 세 개의 엉덩이에서 방귀를 뿜어 방향을 바꾸었는데, 날아가는 중에도 입방아 찧기를 멈추지 않았다. 하지만 이 티피새는 호기심이 어찌나 많은지, 행여나 재밋거리를 놓치

게 될까 봐 차마 자러 가지도 못했다.

어느 날 밤 티피새는 하늘에서 내려오는 광대한 어둠을 보았다. 처음에는 겁이 났지만, 그것이 다름 아닌 '위대한 조물주'라는 걸 이내 알아차렸다. 티피새는 호기심을 주체할 수 없었다. 티피새가 둥실 떠올라 위대한 조물주에게 가 보니, 팔다리가 많이 달린 거대하고 둥글납작한 생명체가 조물주의 양팔에 가득했다. "이 괴물들은 뭐예요, 위대한 조물주님? 이것들로 뭐 하실 거예요?" 티피새가 신이 나서 새된 소리로 쩍쩍거렸다. 위대한 조물주는 티피새를 보고 짜증이 나 아무 대답도 하지 않았다. 조물주는 인간이 사는 비옥한 강가로 가서 습지 가장자리에 쪼그려 앉더니, 양팔에 달린 괴물들을 질척한 땅속에 풀어주기 시작했다. 괴물들은 순식간에 축축한 땅을 파고 들어갔고, 그들이 지나간 자리에는 잔물결과 거품뿐 아무 흔적도 남지 않았다. 그 틈에도 티피새가 끊임없이 질문을 퍼부어대자, 위대한 조물주는 마침내 폭발했다.

"내가 무엇을 할지 말해주마. 인간에게 입도 뻥끗하지 않겠다고 약속한다면 말이다. 난 인간들이 댐을 쌓고 산비탈을 날려 골짜기의 모습을 바꾸는 데에 진절머리가 났다. 그래서 3백 년마다 한 번씩 저들의 문명을 파괴할 계획이다."

위대한 조물주가 손을 들어 별이 빛나는 밤하늘을 가리켰다.

"깜박이지도 않고 타오르듯 빛나는 저 밝은 점이 보이나? 저 별의 이름은 '방랑자 이나'야. 3백 년에 한 번 이나가 점점 밝아지면, 끔찍한 홍수와 지진이 너희 모두를 덮칠 것이다. 강은 수

중 묘지가 되겠지. 그나마 조금 더 안전한 곳이라면 저기 저 산 너머 고원뿐인데, 내가 괴물들을 심어 둔 습지를 건너야만 산으로 갈 수 있다. 첫 홍수가 일어나면 저 괴물들이 깨어날 테고, 습지를 건너는 인간들을 모조리 먹어 치울 것이다. 이나가 예전의 밝기로 돌아간 뒤, 살아남게 된 소수의 인간은 모든 걸 처음부터 다시 시작해야 한다. 따라서 인간은 결코 이 세상을 지배할 수 없을 것이다."

티피새는 공포에 휩싸였지만 흥미진진한 이야기에 귀를 기울였다. 위대한 조물주가 티피새를 향해 몸을 기울였다.

"하지만 이 말을 누구에게라도 발설한다면, 티피새여, 너희 종족 모두 무시무시한 보복을 당할 것이다."

티피새는 두려움에 벌벌 떨었고, 입도 뻥긋하지 않겠다고 조물주에게 맹세했다. 목적을 이룬 위대한 조물주는 하늘로 다시 솟아올라 티피새의 시야에서 사라졌다.

다음 날 아침 티피새는 인간 정착지로 찾아갔다. 그곳에는 다른 티피새들이 여느 때와 마찬가지로 함께 모여 있었다. 티피새들은 인간에게 일어나는 일을 죄다 지켜보며 수다를 떨고 있었다. 티피새는 자기가 보고 들은 걸 말해주고 싶은 마음이 굴뚝같았지만, 굳은 의지로 애써 노력해 가까스로 입을 다물었다. 하지만 하루가 저물고 어둠이 내려 사람들이 잠자리에 들 때가 되자, 누구에게라도 털어놓지 않으면 미쳐 버릴 것만 같았다. 티피새는 이 집 저 집 위를 둥둥 떠다니다가 어느 집 창가에 이르렀다. 방 안에는 '레마'라는 이름의 노부인이 깊이 잠들어 있었다. 티피새가 침대 머리맡에 앉아 나지막이 속삭였다. "들어보세요!" 그러고는 자고 있는 여인에게 위대한 조물주가 한 말을 다 털어놓았다.

하지만 티피새가 작은 풍선처럼 밤하늘 속으로 떠오르자마자 거대한 손이 티피새를 낚아 올렸고, 티피새는 위대한 조물주의 이글거리는 두 눈을 마주 보게 되었다.

"너는 약속을 어겼다." 조물주가 분노에 찬 목소리로 나지막이 말했다.

"아, 아니에요, 위대한 조물주님. 제 말을 좀 들어보세요! 저는 깊이 잠들어 있는 늙은 여자에게 이야기했을 뿐이에요. 당신의 비밀은 여전히 안전해요!"

위대한 조물주는 안심한 듯하다가 이내 고개를 내저었다.

"그렇다 하더라도 약속을 어기긴 어긴 것이다." 조물주가 말했다. "이제 너와 네 종족 모두에게 저주를 내리겠다. 너희는 단어 하나만 남기고 말하는 능력을 잃을 것이다. 그래, 음, '들어보세요!'라는 단어를 남겨주지."

"들어보세요!" 티피새가 몹시 불안해하며 말했다.

티피새는 자신이 재 부스러기처럼 강을 향해 추락하는 걸 느꼈다. 다른 티피새들이 서로를 큰 소리로 부르면서 강둑에서 막 떠오르고 있었다. 다들 "들어보세요!"라는 말밖에 할 수 없었다. 그날 이후 티피새들은 오로지 그 말밖에 못 했다.

그로부터 얼마 지나지 않아, '이나'라고 알려진 하늘의 밝은 점이 전보다 강렬히 빛나기 시작했다. 티피새가 인간 정착지로 돌아가서 집집이 돌아다니며 정신없이 외쳤다. "들어보세요!" 사람들이 티피새를 비웃으며 말했다. "듣긴 뭘 들어 봐?"

티피새는 마지막으로 노부인 레마가 사는 집으로 찾아갔다. 티피새가 "들어보세요!"라고 말해도 레마는 티피새를 비웃지 않았다. 오히려 얼마 전에 꾸었던 꿈을 떠올렸다. 레마는 티피새의 세 개의 눈에서 절박함을 보았다. 그녀는 정착민들을 불러 모았고, 지금 당장 산으로 떠나지 않으면 홍수와 지진이 그들을 에워쌀 거라고 이야기해 주었다. 또한 첫 홍수와 함께 깨어날 습지의 괴물에 대해 경고했다. 그녀를 조롱하며 집을 떠나길 거부한 사람들도 있었지만 레마는 대단히 존경받는 인물이었기에, 나머지는 그녀를 따라 비교적 안전한 고원을 향해 습지를 건너 산으로 갔다. 고원에서의 삶은 암울하고 힘들었다. 그러나 그들은 살아남을 수 있었다.

늙은 레마는 이 경고를 모든 아이들에게 남겼고, 아이들은 다시 자신의 아이들에게 그 이야기를 전했다. 오늘날까지도 티피새는 인류의 친구로 존경받고, 사람들은 3백 년마다 한 번씩 정착지를 떠나 고원으로 향한다. 고원에서는 지진만이 유일한 걱정거리고, 홍수나 괴물에 대해서는 걱정할 필요가 없다. 사람들은 고원에서 이나의 분노가 지나가고 위대한 강에 평화가 다시 찾아오기를 기다린다. 그리고 평화가 다시 찾아오면 노인들과 죽은 자들은 뒤로한 채 새롭게 집을 짓기 위해 정착지로 돌아온다.

＊

2. 하이호의 칼:
알라미르 태양계 쿠치 행성의 대제도에 사는 소날리 족의 신화

한때 이 땅에는 아무도 살지 않았다. 섬들은 텅 비었고, 인간
은 따뜻한 지구의 바다에서 헤엄을 치지도 않았다. 그 시절 인
간은 모두 하늘에서 살았고, 은빛 배를 타고 하늘을 돌아다녔다.
인간은 소수의 생명체만 데리고 다녔는데, 그중에서도 인간의
몸에 붙어사는 생명체와 가장 친밀했다. 그것은 아직은 평온했
고 휴면 중이었다. 그 생명체는 섬세한 필라멘트 같은 수천 개
의 부속 기관들로 이루어졌고, 인간의 두피와 쾌락의 부위 안에
달라붙어 살았다.

무수히 많은 해를 하늘에서 보낸 뒤 하늘의 사람들은 떠도는
삶이 지겨워졌고, 따뜻한 바다와 근사한 섬들이 있는 발아래 지
구를 갈망의 눈길로 바라보기 시작했다. 그리하여 그들 중 일부
가 은빛 배에서 내려와, 새 고향의 낯선 바다에서 벌거벗고 헤
엄쳤다. 바다가 그들의 몸을 뒤덮자마자, 그들의 몸에 붙은 생
명체들에 생기가 돌았다. 그것들은 인간의 머리와 몸에서 만 개
의 촉수를 거두어들이더니, 바닷속으로 헤엄쳐 들어갔다. 인간
이 바다를 떠나 눈부신 해변으로 올라왔을 때, 그들의 몸은 매
끄럽고 맨숭맨숭했고 벗어진 머리는 새로운 태양 빛 아래 반짝
반짝 빛이 났다. 사람들은 서로를 바라보며 이렇게 생각했다.

'우리는 아름답구나.'

그들은 제도에서 두 세대 동안 평화롭게 살았다. 그러던 어느 날 밤, 사람들이 모닥불을 피우고 먹고 마시고 춤추며 즐기는데, '아마일라'라고 불리는 젊은 여자가 바다에서 올라왔다. 아마일라는 헤엄치기를 유별나게 좋아했다.

아마일라의 두피는 더 이상 맨숭맨숭하지 않았다. 머리가 촉수로 뒤덮여 있었고, 촉수 하나하나가 새끼손가락만큼이나 굵었다. 촉수들이 얼굴 주위에서 꿈틀거리며 똬리를 틀어, 매력적이었을 아마일라의 얼굴이 끔찍하게 보였다. 사람들은 두려워하며 그녀를 피했지만, 그녀는 그들을 안심시켰다.

"무서워하지 마세요. 이건 메두사예요. 한때 하늘 사람들의 몸에 붙어살았던 바로 그 생명체지요. 바다가 모양을 바꿔놓기는 했지만 메두사는 우리를 잊지 않았어요. 해치지 않을 거예요."

그제야 사람들은 안심했고, 저녁 축제도 계속되었다. 오직 한 사람, '하이호'라 불리는 늙은 사냥꾼만은 그 젊은 여자를 경계의 눈길로 예의주시했다. 그의 눈에 아마일라는 예전 같지 않았다. 아마일라의 목소리가 낮고 긴장되어 있었고, 얼굴이 죽은 사람마냥 창백했기 때문이다. 하이호는 한참 동안 아마일라를 지켜보다가 자신의 오두막으로 돌아가서 사냥용 양날 검을 집어 들었다. 그러고는 조심스럽게 칼날의 한쪽을 톱날로 만들었다. 워낙 시간이 걸리는 일이라서 하이호가 오두막에서 나왔을 때는 사람들이 벌써 잠자리로 향하고 있었다.

"내 아들은 어디 있습니까?" 하이호가 사람들에게 물었다. 아들에게 자기를 도와 그 젊은 여자를 밤새워 지켜보게 할 셈이었다.

"아마일라와 함께 오두막으로 갔는데요." 사람들이 말했다.

그 말을 들은 하이호의 마음은 아들에 대한 걱정으로 가득했다. 하이호는 양날 검을 꼭 쥔 채 아마일라의 오두막으로 달려갔다. 어스름한 불빛이 오두막에서 새어 나왔다.

오두막 안의 광경은 참혹했다. 아마일라가 벌거벗은 채로 바닥에 죽어 있었는데, 온몸이 하얗게 탈색되었다. 머리는 다시금 매끈해졌고, 두피에 조그맣고 빨간 고름 물집들이 생겼다. 아마일라의 옆에는 하이호의 아들이 잠들어 있었는데, 메두사가 아들의 머리 위를 기어오르며 두피 속에 촉수를 하나씩 하나씩 집어넣고 있었다.

하이호가 비명을 지르자 온 마을 사람들이 잠에서 깨었다. 사람들이 모여들자 하이호가 그들을 시켜 메두사의 몸통에 불붙은 나뭇가지들을 놓았다. 메두사는 끔찍한 모습으로 꿈틀거리며 온몸을 비틀었다. 하이호는 양날 검을 꺼내 아들의 두피를 톱날로 긁었다. 엄청난 공포와 혼란 속에 잠에서 깬 아들이 자기 아버지에게 주먹을 휘두르려 들었지만, 마을 사람들이 재빨리 달려들어 양쪽에서 아들의 팔을 붙들었다. 하이호가 톱니의 크기를 촉수 굵기에 딱 맞게 만들었기 때문에, 촉수들이 톱니에 끼어 피부에서 떨어져 나갔고, 젊은이의 머리에는 붉은 반점들만 남았다. 하이호의 아들이 고통에 울부짖었다. 마침내 사람들이 메두사를 하이호의 아들에서 떼어 내어 바닷가로 가져가서 불에 태웠다. 하이호의 아들도 제정신으로 돌아왔고, 눈물을 흘리며 아버지와 마을 사람들에게 고마워했다. 그는 그 짐승의 영향을 받은 게 분명한 아마일라가 하룻밤 쾌락을 위해 자기를 오두막으로 유혹했으며, 잊지 못할 성교 뒤에 무슨 일이 있었는지는 전혀 기억나지 않는다고 했다.

마을 사람들은 관례에 따라 수장(水葬)을 하기 위해 아마일라의 시체를 배에 싣다가, 그녀의 피부를 뒤덮은 작은 종기들이 터지고, 종기마다 아주 작은 필라멘트들이 기어 나오는 것을 보았다. 하이호가 막지 않았다면, 겁에 질린 마을 사람들이 시체를 바다에 집어 던졌을지도 몰랐다. "그러면 짐승의 숫자만 많아지게 됩니다." 하이호는 사람들에게 말한 뒤, 속히 노를 저어 바닷가로 되돌아가게 했고, 그곳에서 시체와 배를 불에 태웠다.

그 후로 제도에 사는 사람들은 양날 검의 한쪽 날을 톱날로 만들어 무장했다. 하지만 바다는 이미 수많은 메두사로 들끓었고, 많은 이들이 도움이 미치기도 전에 목숨을 잃었다. 사람들은 섬에서 섬으로 이동하기 위해 배를 이용하기 시작했고, 바닷가에서 조금이라도 벗어나 헤엄치는 건 금지되었다.

그러던 어느 날 새로운 사건이 발생했다. 하늘의 여자 한 명이 불타는 은빛 배를 타고 하늘에서 떨어졌다. 비록 배는 난파했지만, 여자는 아직 살아 있었다. 사실 살아 있다고 보기도 힘든 상황이었다. 움직이지 않는 메두사의 미세한 촉수들이 그녀의 머리와 사타구니를 뒤덮고 있었기 때문이다. 여자가 하이호의 오두막에 누워 신음하는 동안, 하이호가 직접 나서서 메두사를 제거했다. 하이호가 여자의 두피와 치골을 문질러 닦자 메두사가 흐느적거리며 떨어져 나왔다. 하이호는 만족했다. 여자도 서서히 회복하기 시작했다. 하지만 며칠 후 하이호는 가는 필라멘트들이 또다시 그녀의 피부를 뚫고 올라오는 것을 발견했다. "메두사가 몸속으로 들어간 게 틀림없어." 하이호가 슬픔에 잠겨 말했다. 할 수 있는 건 한 가지뿐이었다.

마을 사람들이 하이호를 도와 여자를 바닷가로 끌고 갔다. 하이호가 손에 쥔 칼을 높이 쳐들자 햇빛에 칼날이 번쩍였다. 그는 톱니 부분이 바깥쪽을 향하게 칼을 돌린 다음, 부드럽게 여자의 목을 내려쳤다. 그런 다음 마을 사람들이 모닥불을 피워 시체를 태워 없앴다. 현명한 하이호는 그렇게 또 한 번 사람들을 메두사로부터 구했다.

그로부터 지금까지 제도의 모든 섬에 사는 모든 사냥꾼은 반드시, 한쪽 날은 톱날이지만 다른 쪽 날은 매끈하고 예리한 치명적인 칼을 지니고 다닌다.

＊

3. 나무와 돌의 결혼: 프록시마 태양계
오마사 행성의 자크루그 대륙에 사는 앙구드카 족의 신화

시간의 유년기에 나무들은 움직일 수도, 말을 할 수도 있었다. 매일 아침 나무들은 짧고 굵은 뿌리를 땅에서 뽑아 강으로 걸어갔고, 강물에 뿌리를 담가 물을 마셨다. 그 시절에는 돌들도 움직이고 말을 했다. 그들은 이리저리 굴러다니며 나무와 다른 돌들과 한데 어울렸다. 세상은 나무들이 삐걱삐걱 속삭이는 소리와 돌들이 으드득으드득 나지막이 말하는 소리로 가득했고, 모든 것이 다 좋았다.

나무와 돌이 사랑에 빠져 결혼하는 일도 흔했다. 그들의 자손은 매끈한 초록색 피부와 팔다리를 가졌고 뿌리는 없었다. 아이들의 몸은 푸르고 어린 새싹처럼 유연했지만, 돌처럼 단단한 골격을 몸속에 지녔다. 나무와 돌의 아이들은 뿌리가 없고 팔다리가 가벼워 빠르게 움직일 수 있었기에, 금세 세상을 탐험하기 시작했다. 아이들은 돌이 만들어 준 물길에서 헤엄을 쳤고, 나무에 열린 과일을 먹었다.

첫 아이들 중 '앙구드'라고 불리는 소년이 있었다. 그는 늘 다른 아이들과 떨어져 혼자 놀았다. 앙구드가 갓난아기였을 때 형들 중 한 명이 앙구드를 떨어뜨려 절름발이로 자란 탓에, 그는 속도가 더딘 나무와 돌이나 겨우 따라잡을 정도였다. 앙구드는 온종일 절룩이며 나무와 돌들을 따라다녔고, 그들이 들려주는 이야기를 듣고 그들을 위해 피리를 불었다. 나무와 돌들은 그 보답으로 앙구드를 위해 은신처를 찾아 주었고, 다른 아이들이 놀리지 못하도록 그를 보호해 주었다. 앙구드는 나이가 들자 나무나 돌들과도 짝을 지었고, 자신의 아이들이 태어날 날을 기다렸다.

그즈음 다른 아이들도 자라서 어른이 되었다. 그들은 자기들이 나무나 돌보다 빠르고, 팔다리를 이용해 무언가를 만들 수도 부술 수도 있다는 사실을 알게 되었다. 이내 그들은 오만해졌다. 앙구드를 빼고는 모두가 그랬다.

그들은 나무 아버지가 뿌리로 비틀거리며 걷는 모습을 비웃었고, 돌 어머니가 너무 가까이 굴러오면 눈살을 찌푸렸다. 앙구드가 부모들을 감싸려 들자, 그들은 앙구드를 때려눕히고 그에게서 피리를 빼앗아 버렸다. 그러더니 나무와 돌들더러 영원히 그 자리에 꼼짝 말고 서 있으라고 요구했다.

나무와 돌들은 화를 내며 아이들을 꾸짖었다. 그러자 아이들은 부모들을 등지고 떠나 버렸다. 오로지 앙구드만 남았다. 그가 최선을 다해 나무와 돌들을 위로했지만, 나무와 돌들은 극심한 슬픔의 무게를 견디지 못하고 그 자리에 가만히 서버리고 말았다.

앙구드는 그들 사이를 절룩절룩 걸어 다니며, 그가 아는 두 개의 언어로 애통히 울부짖었다. 동족의 잘못을 깨우치려 애써 보았지만 헛수고였다.

마침내 할 수 있는 게 아무것도 없다는 걸 깨달은 앙구드는 예전처럼 은신처로 들어가 그곳에서 살았다. 하지만 그는 무척 외로웠다.

이내 먼지와 부스러기가 돌들을 뒤덮었다. 나무뿌리는 길고 가늘어져 땅속 깊이까지 닿았고, 돌을 찾아 지하를 무작정 더듬어 헤매었다.

그러던 어느 날 앙구드는 울부짖는 많은 목소리를 듣고 은신처에서 나왔다. 앙구드의 갓난아기들이 바위굴과 나무구멍에서 기어 나오고 있었다. 크나큰 기쁨이 앙구드의 마음을 가득 채웠다. 그는 아이들이 나무와 돌을 사랑하게 키웠고, 온갖 옛이야기들을 들려주었다.

노인이 된 앙구드에게 하루는 손주 하나가 구멍이 여럿 뚫린 긴 나무 조각을 가져다주었다. "내 피리구나!" 앙구드가 환희에 찬 목소리로 말하고 음 하나를 떨리게 연주했다. 숲 속 깊숙한 곳에서 우르릉하는 소리가 희미하게 들리는 것 같았지만, 이미 너무 쇠약해진 앙구드는 또 다른 음을 연주할 수 없었다. 머지않아 앙구드는 세상을 떠났다. 앙구드의 아이들은 눈물을 흘리며 앙구드와 함께 피리를 땅에 묻었다. 그 후로도 앙구드카 족은 아버지 앙구드의 가르침을 따르며 살았고, 숲은 그들을 위해로부터 보호했다.

한편 멀리 떠났던 그 배은망덕한 아이들, 앙구드의 형제자매들은, 금세 부모를 잊었다. 그들은 서로서로 짝을 지어 살았고 자기들만의 언어를 만들어 사용하였다. 나무를 베고 돌을 깎아 집을 지었고, 초록빛 피부도 잃어버렸다. 세월이 흐르자 그들은 자신의 뿌리를 완전히 망각했다.

하지만 나무와 돌들은 여전히 기억했다. 자는 동안에도 그들을 잊지 않았다. 예전처럼 기억이 선명하지는 않았지만 오래된 슬픔은 무디어졌다. 하지만 그 배은망덕한 아이들의 후손이 도끼와 밧줄을 들고 숲에 올 때면, 이따금 나무 사이에서 낮고 감미로운 피리 소리가 들린다. 그들 눈에는 아무도, 전설 속의 앙구드카 사촌들도 보이지 않기에, 그들은 경외와 두려움에 몸을 떤다. 피리가 구슬픈 곡조를 연주하면 나무와 돌들이 오랜 잠에서 깨어나고, 바로 어제 일처럼 기억이 선명히 잇따라 떠오른다. 그러면 돌들이 땅속에서 부르르 몸을 흔들어 땅을 가르고, 나무들은 뿌리를 들어 올린다. 하지만 이제는 더 이상 스스로 움직일 수 없기에, 돌은 쪼개지고 나무는 쓰러진다. 땅은 나무와 돌의 옛 언어로 굉음을 내고, 나무와 돌은 그 배은망덕한 아이들에게 이렇게 말한다. "너희는 우리의 자손이다. 우리가 너희를 만들었다." 하지만 그 배은망덕한 자들은 나무와 돌의 말을 알아듣지 못하고 공포에 질려 몸을 돌려 달아난다. 자신들의 모어(母語)를 잊었기 때문이다.

사면체

The Tetrahedron

인도 뉴델리, 번잡한 거리 한복판에 출현한 기이한 사면체의 이야기는, 지구의 가장 외딴곳까지 알려져 있다. 사면체의 사진은 어디에 가든 볼 수 있다. 나무와 빌딩 위로 우뚝 솟은 사면체의 사진과, 군중들이 경외에 찬 눈으로 울타리가 둘린 구역 너머에 서서 사면체를 뚫어지라 쳐다보는 사진이 곳곳에 널렸다. 하지만 이 놀라운 사건의 목격자에 대해서는 알려진 바가 거의 없다. '마야'라는 이름의 언뜻 평범해 보이는 그 젊은 여자는, 사면체가 처음 출현했던 그 운명적인 아침에 '파텔 초크'로 알려진 사거리 근처 정류장에 서서 버스를 기다리던 중이었다. 마야의 이야기를 이해하기 위해서는, 그녀를 아끼는 사람의 시선으로 그녀를 바라보아야 한다. 그러지 않으면 마야도 그저 군중 속 한 사람이 되고 말기 때문이다. 그 모든 일이 시작되었을 때 버스 정류장에 서 있던 마야를 상상하는 그녀의 오빠 마노지와 같은 마음으로, 마야를 생각해야 한다. 하트 모양의 여윈 얼굴을, 동경에 찬 호기심 어린 갈색 눈을, 그릇 가게에 들어간 아이가 아무것도 만져서는 안 된다는 말을 들었을 때와 같은 마음을….

＊

마야는 폭이 좁은 검은색 바지 위로 다소 현란한 붉은색의 패치워크 튜닉을 입고 있었다. 어깨에는 델리대학교 학생임을 알려주는 천 가방이 걸려 있었다. 회계학 수업에 늦기는 했지만, 제시간에 도착하리라는 기대는 포기한 지 오래였기에, 학교로 가는 버스들을 그냥 보내는 중이었다. 마야가 사면체의 현현(顯現)을(이보다 더 적확한 단어는 있을 수 없다) 목격할 수 있었던 건 이런 철학적 체념 때문이기도 했지만, 그 순간 그녀의 생각이 전형적 완벽주의자인 약혼자 카르틱에게 온통 쏠려 있었기 때문이다.

마야는 버스 정류장에 있는 사람들에게서 약간 떨어져 서 있었다. 매끈한 머리 모양에 휴대전화를 든 젊은 남자들, 사리를 입고 서류 가방을 든 강철 눈빛의 여자들, 알록달록한 매듭 팔찌를 차고 정치 토론을 하는 학생들. 서늘한 2월의 아침이었다. 머리 위 멀구슬나무에서는 까마귀들이 웅크리고 앉아 구슬 같은 눈을 반짝이며 땅콩 장수를 내려다보았다. 공기에서 자동차 매연 냄새와 구운 땅콩 냄새, 그리고 누군가의 꽃 향수 냄새가 났다.

그 순간 마야는 카르틱이 자기를 짜증 나게 한다고 생각하고 있었다. 카르틱과의 약혼은 마야가 결국 관습이 자신에게 요구하는 모든 것에 항복했음을 상징했다. 어릴 때부터 마야는 평범에서 벗어나기 위해 온갖 시도를 다 했었다. 남자아이들과 크리켓 하기, 나무 타기, 시장의 거지 소녀에게서 뱅글 팔찌를 쟁반째 사기, 오토바이를 타는 거칠기로 유명한 아파트 옆 동 여자애랑 친하게 지내기 등등. 마야의 그런 행동들은 부모를 실망시켰고, 마야는 가족의 명예와 앞으로 할 결혼에 관해 훈계를 들어야 했다. 남는 건 엄청난 죄책감뿐이었다. 그러니 카르틱 때문에 짜증 나기 시작한다고 생각하는 것만으로도, 마야는 배신자가 된 기분이었다.

마야는 나이 많은 친척의 감시하에 카르틱을 만났는데, 요새 들어 카르틱은 마야를 만날 때마다 그녀의 단점에 대해 잔소리를 늘어놓았다. 차와 함께 내놓으러 마야가 만든 할와가 너무 달다느니, 사리가 약간 요란하다느니 하는 식이었다. 그나저나 마야가 카르틱에게 신문까지 가져다줘야 하는 건가? 하지만 가장 끔찍한 건 어머니와 아버지가 카르틱 앞에서 하는 행동이었다. 부모님은 카르틱이 끊임없이 달래 줘야 하는 작은 신이라도 되는 양 그를 대했다. 나이가 두 살 더 많은 마노지 오빠가 여기 있었다면 마야의 마음을 이해했을 것이다. 하지만 오빠는 수년 전 이곳을 벗어나서, 지금은 비샤카파트남에 정박 중인 상선대에 있었다. 결혼한 언니 셋은 육아와 집안일에 끊임없이 시달리느라 정신이 없어서 아무런 도움이 되지 못했다. 학교 친구들은 최신 패션과 장신구와 결혼 상대자가 될 만한 젊은 남자들에 온통 마음이 쏠려 있었다. 마야는 이제 그런 게 하나도 재미있지 않았다. 요즘 그녀는 무척 외로웠다.

인도 표준시로 정확히 오전 10시 23분, 눈앞에 있는 거리 한가운데에 거대한 사면체가 출현하면서 마야의 사색은 중단되었다. 사면체의 출현은 갑작스럽고 뜬금없었다. 그 물체는 괴물처럼 시커멓고, 건물 2층 정도 되는 높이에, 삼각형의 밑변이 4차선 도로를 몽땅 차지할 만큼이나 넓었다. 자동차와 스쿠터와 전동 인력거들이 필사적으로 브레이크를 밟는 통에 끼익 하는 소리가 일제히 들렸고, 그 뒤로 차들이 추돌하면서 금속성 충돌음이 길게 잇따랐다. 마야 옆에 있던 여자 한 명이 가방을 떨어뜨리고 비명을 지르기 시작했다.

욕지거리, 탄성, 갖가지 신에게 바치는 기도, 앞다투어 달아나는 사람들의 내달리는 발소리. 보도에 남은 군중들과 차에서 천천히 모습을 드러내는 사람들 사이에 두려움과 경탄에 찬 침묵이 흘렀다. 달아나던 사람들도 걸음을 멈추고 몸을 돌려 사면체를 응시했다. 도로 양쪽 빌딩마다 사람들이 창문 너머로 고개를 내밀고 사면체를 뚫어지라 바라보았다. 고목 가지에 앉아 있던 까마귀들도 침묵을 지켰다.

이상하게도 아무것도 사면체와 충돌하지 않았다. 사면체는 도로에 조용히 서 있을 뿐이었다. 놀랍게도 사면체가 지금 있는 자리에 있었던 버스 두 대와 자동차들과 자전거들은 더 이상 존재하지 않는 듯했다.

잠시 후 마야는, 띄엄띄엄 무리를 지어 사면체를 향해 걸어가는 대담한 구경꾼들 틈에 있었다. 그들은 사면체 앞에 서서 그 불투명하고 매끄러운 표면을 응시하며 기하학적 완벽함에 경탄했지만, 두려움에 차마 만지지는 못했다. 그러다 거리의 작은 부랑아 하나가 더러운 손을 뻗어 사면체를 만지자, 다들 덩달아 그 매끄럽고 단단한 표면을 쓰다듬고 느꼈다. 그러는 그들 뒤쪽으로 사람들이 더 많이 몰려들었다. 사람들은 자동차와 버스에서 내려 입을 떡 벌린 채, 이 뜻밖의 광경을 쳐다보며 이런저런 견해를 피력했다. 그가 어느 종교를 표방하느냐에 따라, 사면체는 칼리유가 시대의 끝이 도래했고 파멸이 임박했다는 신호이기도 했고, 진정한 유일신이 나타나 죄인들을 심판하리라는 신호이기도 했다. 모두 한마디씩 했다. 이건 정부의 계략이다(불만에 찬 어느 사무원이 주장했지만 그 방법이나 이유에 관해 말하기는 거부했다), 이웃 국가가 보낸 폭탄이고 당장 폭발할지도 모른다(그런데 왜 아직 저기에 서 있는 거지?), 정부가 개발한 새 비밀 무기이다, 화성인이 침공한 거다(교복을 입은 소년이 말했다), 아니면 이집트인들이 침략한 것일지도 모른다(교복을 입은 소년의 친구가 이렇게 말하자, 또 다른 학생이 반박했다. "이건 사면체야. 피라미드가 아니라고, 이 바보야!") 등등. 그러고는 각각의 의견이 타당한지에 대한 토론들이 시작됐다. 일부는 사면체가 지금 자리하는 공간에 있었던 사람들의 운명을 안타까워했다. 그들은 끔찍하다는 듯이 고개를 흔들며, 그 사람들이 이 괴물 같은 물체 밑에 납작하게 깔렸다고 단언했다. 뭐, 그렇지. 아침에 집을 나서며 자기가 어디 있게 될지 누군들 알았을까?

그리고 언론인들이 도착했다. 열의에 찬 눈빛의 TV 카메라맨들과 국영 인도라디오 사람들이었다. 뒤를 이어 경찰들도 속속 도착했다. 그들은 어찌할 바를 몰라 다소 허둥거렸는데, 인도 형법에는 이에 관한 규정이 없었기 때문이다. 경찰은 진부한 이야기만 되풀이하면서 군중을 향해 경찰봉을 휘둘렀다. "비키시오. 당신들은 지금 교통을 방해하고 있소!" 그러자 누군가가 대꾸했다. "저건 어떻고! 저것도 교통을 방해하고 있잖소. 저것도 체포할 거요?" 하지만 군중은 결국 무정부적이고 반항적인 거대한 짐승처럼 뒤로 밀려났고, 사면체 주변에는 철책이 둘렸다. 정체된 교통이 우회하는 동안 사이렌이 귀에 거슬리는 소리를 울려댔고, 드디어 군용 트럭들까지 들이닥쳤다. 군인들이 번쩍이는 소총을 들고 트럭에서 뛰어내리더니 시계처럼 정확하게 자기 위치에 가 섰다. 하지만 사면체는 질문에 답하지도, 싸움을 걸지도 않았다. 아직도 많은 사람이 보도에 서서 사면체를 쳐다보고 있었고, 그 틈에 맵고 끈적끈적한 혼합 음료를 파는 상인들과 소매치기들이 한몫 톡톡히 챙기고 있었다. 마야는 〈더 스테이츠맨〉에서 나온 리포터와 인터뷰를 했다. "정말로 그걸 만졌나요? 저게 뭐라고 생각하시나요?"

마야는 집으로 돌아왔다. 이 난리 통에 수업에 들어갈 사람이 누가 있겠는가? 부모님은 TV로 이 모든 상황을 지켜보고 있었다. 어머니가 일하는 양복점에서 받아온 주문을 마무리하러 돌리는 재봉틀 소리와 TV 소리가 섞여 집 안이 소란스러웠다.

비좁은 아파트 부엌에서는 잠시 친정을 방문 중인 막내 언니가 무언가를 요리했고, 언니의 첫 아이인 찬찰은 외할아버지의 무릎 위에서 옹알거렸다. 마야의 부모는 마야가 그 현장에 있었고 그 물체를 만졌다고 했을 때는 충격을 받은 정도였지만, 실제로 〈더 스테이츠맨〉과 인터뷰를 했다고 마야가 말하자 한없는 공포감에 사로잡혔다. "카르틱이 알면 뭐라고 하겠니?"

다행히 카르틱은 〈더 스테이츠맨〉을 안 봤다. 그다음 주말에 차를 마시러 온 카르틱은, 사면체가 나타났을 때 마야가 그곳에 있었다는 것도 모르면서, 사면체에 관한 설명을 장황하게 늘어놓았다. 사면체는 파키스탄의 비밀 무기라는 게 카르틱의 주장이었다. 집주인들의 관심에 흡족해진 카르틱은(예비 장인은 수차례나 고개를 끄덕였다), 점점 더 흥이 나서 어린 찬찰을 무릎에 앉히고 흔들더니(아기가 화가 나서 울거나 말거나), 마야에게 의미심장한 눈길을 던졌다. 마야는 혼자만의 생각에 빠져 있느라, 언니들이 옆구리를 찌르고 얼굴을 붉히며 키득키득 웃는데도, 멍하니 카르틱을 쳐다보기만 했다. 마야의 마음이 산란한 데는 이유가 있었다.

사면체가 출현했던 다음 날, 마야는 보이지 않는 끈에 이끌리듯 사면체가 있는 곳으로 다시 갔다. 거만한 표정의 경찰관들이 사면체를 민간인들로부터 지키고 있었고, 소규모의 육군 파견 부대가 구역 전체를 점령했다. 저지선 안쪽에서는 과학자로 보이는 한 무리의 사람들이 주위는 안중에도 두지 않은 채 으스대면서, 바삐 기기들을 다루고 있었다. 마야는 그들 틈에서 천체물리학 박사과정에 있는 사미르를 알아보았다. 가끔 같은 학교 버스를 타는 학생이었다. 일전에 지인이 버스에서 마야에게 사미르를 소개해 주었는데, 사미르는 그저 정중한 관심이 담긴 강렬하고 지적인 눈빛으로 마야를 쓱 한 번 스쳐봤을 뿐이었다.

마야가 저지선을 넘어가서 사미르의 이름을 충동적으로 불렀다. 사미르는 무척 놀란 듯했지만, 이제 막 일을 끝낸 참이어서 그들은 함께 학교로 향했다. 찻집에 앉아 이 모든 일에 관해 이야기를 나누는 건 지극히 자연스러운 일이었다. 마야는 이 빠진 유리컵에 담긴 차를 홀짝홀짝 마시면서, 자신이 목격한 사면체의 출현에 대해 사미르에게 이야기했다. "어디에서 도착한 게 아니었어요." 그녀가 말했다. "하늘에서 내려온 것도 아니고, 나무들을 헤치고 나온 것도 아니에요. 조금 전까지만 해도 거기 없었는데 바로 다음 순간에 거기 있었다고요." 사미르는 큰 관심을 보이며 마야의 이야기를 경청했었다.

마야는 카르틱에게 차를 더 부어주며(마야의 부모가 살 수 있는 최상급 다즐링 차였다), 지난 이틀 동안 찻집 앞 낡은 나무 벤치에 앉아 사미르와 마셨던 향이 강한 싸구려 마살라 차이를 떠올렸다. 부모님이 받을 충격과 공포를 상상해 보았다. '카르틱이 알면 뭐라고 하겠니?'

사미르가 말해준 바에 따르면, 사면체가 출현하기 전날 밤 특이한 사건 하나가 일어났다. 평범한 황색 항성 근처에서 전에 없이 일련의 전파 펄스가 감지된 것이다. 사미르는, 사면체는 외계 장치이고 어느 미지의 메커니즘을 이용해 광속에 가까운 속도로 우주를 통과해 여행해 왔다는 가설을 내놓았다. 사미르는 사면체의 천체 기원설에 대한 자신의 편향된 시각에 대해 순진할 정도로 솔직했고(어쨌든 천체물리학을 연구하는 학생이었으니까), 천체 기원설은 사면체가 파키스탄과 미국이 합작한 비밀 무기라는 이론 다음으로 가장 인기 있는 가설이었다. 사라진 버스와 자동차에 타고 있던 사람들의 일가친척들은 모든 가능성에 대한 철저한 조사를 요구했다. 외국 과학자들이 떼로 델리에 몰려들었다. 뉴에이지 광팬과 종말론을 추종하는 사이비 종교인과 외신 기자와 평범한 얼간이 관광객들까지도.

자제심을 잃은 미국 대통령은 인도가 대량 학살 무기를 비밀리에 소유했다며 전쟁을 선포했고, 인도는 실력 있는 미국인을 조사단에 포함하겠다고 약속하고서야 겨우 미국 대통령을 달랠 수가 있었다. 의심에 찬 다른 서양 정부들도 대표단을 파견했다. 갑자기 뉴델리는 세계에서 가장 인기 있는 관광지가 되어 버렸다. 마야와 사미르는 신문 머리기사들에 웃음을 터뜨렸다. 정부는 더 많은 호텔을 짓고 있었다! 제3세계에서 재난과 정치적 불안에 대해서만 보도하던 서양 언론들은 익숙지 않은 상황에 당황했다. 어느 타블로이드 신문은, 인도가 지혜로운 외계 종에게 특별한 이유에서 선택되었으며, 머지않아 다가올 선거들과 관련된 중차대한 메시지를 받을 거라고 보도했다!

하지만 마야가 마음속으로 가장 많이 되새긴 건, 사면체를 만졌을 때 받은 느낌이었다. 우주의 무한한 신비에 견주어 자신의 인생이 얼마나 쓸모없고 무의미한가 하는 느낌. 사미르가 먼

항성 간을 가로지르는 외계인에 대해 유창하게 떠들자, 마야는 또다시 같은 느낌을 받았다. 하찮은 인생의 의미 없음 같은 것. 몇 년 후면 나도 언니들처럼 통통하고 고분고분해지겠지. 발치에서는 아이들이 뛰놀고, 카르틱은 소파에 앉아 석간신문 너머로 온화하게 나를 바라볼 거야. "마야, 그 사리는 당신에게 어울리지 않아…." 마야, 마야, 이러쿵저러쿵. 내가 평생 그것을 견딜 수 있을까?

물론 카르틱을 선택한 건 마야였기에 다른 누구를 탓할 수가 없었다. 부모님은 적절한 계층과 카스트에 속한 남자들 중 누구를 최종적으로 선택할지 마야에게 맡겼다. 가장 좋은 옷을 차려입고서, 잇따라 찾아오는 예비 시부모들과 그들의 소심한 아들에게 차를 대접해야 했던 마야는, 카르틱의 자신감에 매혹되었다. 마야의 부모는 쌍수 들어 환영했다. 카르틱은 작은 신발 제조업체에 근무하는 장래 유망한 청년이었고, 카르틱의 부모는 어마어마하게 큰 아파트에 살고 있었다. 젊은 부부를 데리고 살기에도 충분한 넓은 아파트였다. 그러나 마야는 이제 자신의 감정에 확신이 없었다.

수업에도 더 이상 들어가지 않았다. 매일 꼬박꼬박 학교에는 갔지만, 찻집 주변을 맴돌며 사미르를 기다렸고, 찻집 주인 라무가 라디오로 크게 틀어 주는 옛날 영화 음악들을 들었다. 사미르와 마야는 아주 오래되어 낡은 유리컵에 향이 강한 차를 마시면서, 사면체에 대해 골똘히 생각했다. 과학자들은 아무것도 발견해 내지 못했다. 믿을 수 없이 단단한 물질로 만들어진 까닭

에 한 조각 떼어 내 검사를 할 수도 없었다. X레이는 보기 좋게
튕겨 나갔다. 너무 무거워서 움직일 수도 없었다. 사면체를 미국
에 있는 저택으로 가져가고 싶어 했던 미국인 억만장자 소프트
웨어 사업가에게는 실망스러운 일이었다. 통제된 폭발물도, 부
식성 화학 물질도, 아무런 영향을 미치지 못했다. 당국은 버스
와 자동차에 탔던 불운한 탑승자들의 유해를 찾기 위해 사면체
밑을 파 보았지만, 아무것도 못 찾았다. 시체도, 으스러진 뼈나
살점도, 까맣게 탄 유골의 흔적도 없이 그저 흙뿐이었고, 견고
한 성분의 사면체만이 그 위에 서 있었다. 그것은 대답 없는 질
문처럼 확고부동했다.

＊

　찻집에 있지 않을 때면, 사면체 주위에 죽치고 있는 다른 많
은 사람들처럼 멍하니 사면체를 바라보며 시간을 보냈다. 군중
속 다른 이들처럼 마야 또한 무언가를 기다리는 기분이었다. 사
면체가 서 있는 도로는 응당 교통이 통제되었고, 이제는 국제군
이 상시 경계 태세를 갖추고 인근 지역을 순찰했다. 그러는 사
이 근처의 빌딩 주차장에 일사천리로 가게들이 우후죽순 들어
섰다. 음료, 차, 뜨거운 사모사, 카메라, 필름, 그리고 플라스틱
으로 된 사면체 모형 같은 작은 장식품들이 터무니없는 가격에
팔려 나갔다. 전 세계 각지의 언어들이, 가게에서 흘러나오는 라
디오 음악과 TV 방송국 촬영진의 실황 중계 소리에 뒤섞여 들
려왔다. 부유한 사업가와 히피와 거리의 부랑아들이 한데 어울

렸고, 미국인과 중동인, 한국인과 일본인, 케냐인들이 함께 작은 무리를 지어 멍하니 사면체를 쳐다보거나 수다를 떨었다. 사람 구경하기는 마야의 취미가 되었다. 그녀가 가장 좋아하는 소일 거리는 주변에 꽃피는 대화들을 엿듣는 것이었다. 때로는 학구적이고 때로는 불학무식한 단편적 논쟁과 토론들이었지만, 두 가지 모두 귀를 즐겁게 했다.

"…이 무더위며, 먼지 하며…, 도대체 왜 하필 여기지?"

"…무기(武器)라는 소문은 이제 거의 한물갔어요. 농담이 아니에요…. 정치인들은 빼고요. 그자들이야 늘 피해망상에 사로잡혀 있잖아요."

"내가 어떻게 알아…. 여긴 내가 생각했던 그런 곳이 아니라고. 코끼리라든가, 무희라든가, 그런 게 없잖아…. 캠코더까지 가져왔는데 이게 뭐야, 빌어먹을…. 우리가 삐질삐질 땀 흘리는 동안 저 물건이 하는 거라고는 저 자리에 서 있는 것뿐이라고."

"이유라…, 이것이 특별한 데에는 이유가 있죠. 맥아더가 쓴 논문을 읽어 보시면…."

"게다가 저 사람들은 원숭이 머리도 안 먹는다고, 젠장. 인디 애나 존스 좋아하고 있네…, 채식주의자들이라니…."

"투덜대지 마, 여보. 여기 오자고 한 건 당신이잖아…."

"…할리우드가 이걸로 뭘 할 것 같아? 다큐멘터리?"

"뭐, 그 존슨 씨네 사람들, 인도 방방곡곡을 돌아다녔다고 자랑하는데…, 삐기는 꼴을 도무지 견딜 수가 없었다고…."

"…'동시성'이요? 그건 의미 있는 우연이란 뜻인데…."

"길에서 소 사진을 좀 찍었어. 내 눈에는 아주 이상해 보였거든…."

"…맞아요. 머릿속에서 어떤 노래를 생각하고 있는데 DJ가 그 노래를 틀기 시작할 때 같은 거죠. 그런데 그게 무슨 연관이…."

"…심지어 패스트푸드 가게들도 다르다고…."

"…이런 곳에서만 가능하죠. 교통을 보세요. 서양을 기준으로 이런 상황에서라면 사람들 대부분이 벌써 죽었거나 죽어가고 있어야죠. 어떻게 이런 곳이 굴러가고 있는 거죠? 여기서 무언가가 제구실을 한다는 건 작은 기적이에요. 수정된 융의 동시성 원리에 따르면…."

"…구스타프손 씨 가족에게 무슨 일이 있었는지 당신 들었어? 글쎄 호텔에 예약 기록이 없었대. 정말 안됐어. 그 사람들이 어떤 곳에서 묵었는지 당신은 상상도 못 할…."

"…일본에서는 절대로 있을 수 없는 일이에요. 절대로요. 일본인들은 규율을 훨씬 더 잘 따르죠. 여긴 분위기가 좀 이상해요. 마치 혼돈이 내재된 것처럼…."

"…십 년 전 투손에서 살 때 자기들이 재워 줬던 학생 집에서 묵었다지 뭐야…."

"…차원 변칙…, 바스카르라는 친구가 있는데 이곳 출신이에요. 그러니까 인도인 수학자이자 우주론자인데…, 맞아요, 〈타임스〉지에 나왔어요…. 아니, 〈런던 타임스〉지요…. 차원 변칙이 이 지역에 존재하는 게 분명하다고 주장했지요. 그렇다면 사면체는…."

"…본질적으로 내재된 혼란이라, 마음에 드는군요. 우리가 대영제국을 지켜내지 못한 게 이상할 것도 없네요…."

마야는 대화들에 매혹되어 귀를 기울였다. 간혹 여행객이 다가와 사면체 앞에서 같이 사진 찍을 수 있냐고 묻곤 했다. 그런 부탁은 늘 당혹스러워서, 마야는 낮은 목소리로 '미안합니다'라고 중얼거리고 뒷걸음질 쳤다. 대개는 사람들의 이목을 피해 음료 한두 잔을 홀짝이며, 지켜보고 엿듣고 이런저런 생각에 잠겼다. 마야는 온갖 소음과 소란 속에서도 고요하고 평온한 사면체가 놀라울 따름이었다.

가족 중 누구도, 마야가 좁은 부엌에서 향신료를 빻거나 발코니의 나일론 빨랫줄에 젖은 빨래를 널면서 머릿속으로는 무슨 생각을 하는지 짐작조차 못 했다. 저녁마다 좁은 아파트는 재봉틀 소리로 가득 찼다. 응접실 바닥에 알록달록한 천 더미가 쌓이면 어머니의 가위가 싹둑 소리를 내며 움직였다. 어머니는 찬찰에게 원피스를 만들어 주거나 패치워크 식으로 천을 조각조각 이은 살와르 카미즈를 만들어서 마야에게 주려고 화려한 천들을 따로 조금 남겨두곤 했다. 고객 중 누구도 알아채지 못했다. "너희 엄마는 대단한 사람이야. 둘에 둘을 더해 다섯을 만들어 낸다니까!" 어느 날 원피스가 완성되자 아버지가 이렇게 말했다. "차원 변칙이죠!" 마야가 작은 소리로 웃으며 말하고서 설거지를 하러 부엌으로 들어갔다. 그녀는 창밖에 보이는 광경을 침울한 기색으로 바라보았다. 지붕과 TV 안테나들, 사람들로 북적이는 거리, 층층이 불 켜진 열린 창문들에서 울려 나오는 음악 소리와 대화 소리. 이 모든 것 위로 연무가 낀 캄캄한 하늘에 별 한두 개가 희미하게 빛났다. 마야는 앞으로 자신의 인생을 어떻게 살아가야 할지 곰곰이 생각했다.

카르틱과 차 마시기. 끝도 없이 카르틱과 차를 마시고, 아침을 먹고, 저녁 식사하기.

다음 날 저녁 마야의 집에 온 카르틱은 피곤해했고 약간 힘이 없어 보였다. 마야는 살짝 마음이 아팠다. 하지만 부모님이 법석을 부리고, 뭐든 카르틱이 원하는 대로 해 주는 모습을 보자, 다시금 짜증이 치솟았다. 엎친 데 덮친 격으로 카르틱이 사면체에 관해 이야기하기 시작했다. 이번에는 중국도 관련된 게 분명하다고 주장했다. 하긴 파키스탄에서 멈출 리가 없지.

마야가 큰 소리를 내며 찻주전자를 탁자에 내려놓는 바람에, 다들 이야기하던 걸 멈추고 깜짝 놀란 표정으로 마야를 노려보았다.

"도대체 당신이 사면체에 대해 뭘 아는데요?" 마야가 카르틱에게 쏘아붙였다. 가슴에서 심장이 쿵쾅거렸다. 자신이 다시는 닫지 못할 문을 열고 있다는 사실을 잠시 의식했지만, 오랫동안 억제되었던 분노와 혼란이 그나마 남아 있던 상식적 판단력을 넘어서 치밀어 올라왔다.

"중국! 파키스탄! 아무도, 단 한 사람도, 저 물체가 무엇인지 모른다는 생각은 안 해 봤어요? 외국 과학자들도, 우리 쪽 과학자들도 모른다고요. 빌어먹을, 코앞에 있는 것밖에 볼 줄 몰라요?"

마야는 죽음 같은 정적을 뒤로하고 격하게 몸을 떨며 발길을 돌려 부엌으로 들어갔다.

어머니가 컵을 내려놓는 소리가 쨍그랑하고 들렸다. 어머니는 미안해 어쩔 줄 몰라 하며 간곡한 목소리로 카르틱에게 말했다.

"부디 이해하게. 저 애는 그저… 알잖나, 젊은 여자들은 종종…, 매달 그때가 되면… 진심에서 한 말은 아니니까…."

어느 틈에 마야 곁으로 온 아버지가 충격과 상심에 빠진 표정으로 그녀를 보며 말했다. "도대체 무슨 짓을 한 거니, 얘야."

무슨 짓을 한 거냐고? 마야는 장차 남편이 될 남자를 모욕했고, 카르틱의 부모와 자신의 부모 사이의 아슬아슬한 결연을 손상시켰으며, 점잖은 집안 출신 여자라기보다는 도리어 하찮은 일로 다투기나 하는 말버릇 사나운 여자처럼 굴어, 가족의 명예를 실추시켰다. 마야는 아버지의 화 난 얼굴과 실망감으로 구부정해진 어깨를 보고 울음을 터뜨렸다. 마야는 친정에 다니러 온 막내 언니와 조카가 자기와 함께 쓰는 방으로 무작정 뛰어들어갔다. 언니가 머리를 쓰다듬어 주었다.

"잘 들어, 이 바보야. 결혼 전에는 그러는 게 아니야. 싸우는 거야 나중에 얼마든지 할 수 있다고. 아쉬시랑 나를 봐. 내가 맨날 아쉬시에게 소리치잖…."

"난 카르틱과 결혼하고 싶지 않아." 마야가 훌쩍이며 말했다. 마침내 내뱉고 나니 속이 후련했다. 하지만 카르틱을 달래느라 애쓰는 부모님의 근심 가득한 목소리가 응접실에서 들려왔다.

카르틱이 일어서면서 마룻바닥이 의자에 긁히는 소리가 났고, 뒤이어 그의 목소리가 들렸다.

"제가 마야를 잘못 본 게 아니기를 바랍니다. 제정신으로 돌아오거든…."

그러고는 현관문이 닫혔다.

그 일 이후 며칠 동안은 마야도 정말 노력했다. 마야는 부모님이 얼마나 마음 약한 분들인지, 막내딸이 영영 결혼을 못 할까 봐 얼마나 노심초사하는지, 예전에는 몰랐다. 결혼한 세 딸은 부모님의 변변찮은 예금을 서서히 고갈시켰지만, 카르틱의 부모는 '선물'을 요구하지도 않았다('선물'은 불법 지참금을 가리키는 완곡한 표현이었다). 부모님은 카르틱 같은 사람을 다시는 찾지 못할 것이다. 그래서 바로 다음 날, 마야는 거리 모퉁이에 있는 공중전화 박스로 가서 카르틱에게 전화를 걸었고, 살짝 퉁명스러운 목소리로 사과했다. 카르틱은 출장 때문에 2주 동안 도시를 떠나 있을 예정이며, 이 문제에 관해서는 돌아와서 생각해보겠다고만 했다.

수업에 들어간 사흘 동안 친구들의 질문 세례를 견디느라 마야는 깊은 우울감에 빠져들었다. 마야는 파텔 초크 사거리로 돌아갔다. 광장이 유난히 사람들로 북적이던 어느 날, 마야는 음료수를 움켜쥔 채 인파를 헤치고 주차장 귀퉁이로 가서 고목의 넉넉한 그늘 아래 섰다. 그때 '라빈드라 냉장 시설'이라고 적힌 흰색 밴이 근처에 주차된 걸 발견했다. 낯이 익었다. 예전에도 거기에서 본 적이 있었는데 주목하지 않았던 게 분명했다. 밴의 옆문이 열려 있었고, 다양한 사람들이 무리를 지어 밴 주변에서 이야기를 나누고 있었다.

서로가 너무도 달라 그들이 일행임을 알아차리는 데에 시간이 약간 걸렸다. 나이 든 남자 셋, 일본인처럼 보이는 젊은 여자 둘, 중동에서 온 듯한 젊고 마른 남자 하나. 하지만 그중 가장 그곳에 어울리지 않은 사람은 베이지색 살와르 카미즈를 입고 밴의 열린 출입문 안쪽에 걸터앉아 끊임없이 뜨개질하는 노부인이었다. 뭐라 설명하기는 어려웠지만, 그들에게는 다른 군중과 다른 점이 있었다. 느긋해 보였고, 사면체를 쳐다보는 법도 거의 없이, 나지막하고 편안한 목소리로 이야기를 나누었다.

왜 예전에는 그들을 주목하지 않았는지 이해할 수 없었다. 하지만 사면체가 온갖 종류의 사람들을 끌어모은 사실을 생각하면 이상할 것도 없었다. 지금은 누군가가 확성기를 들고 소리치고 있었다. 경찰관들이 경찰봉으로 군중들을 한쪽으로 떠밀었다. 또 정치인이 오기라도 하는 건가? "아니요, 영화배우예요." 보라색 사리를 두른 통통한 여자가 흥분한 목소리로 마야에게 말했다. "봐요!" 기념품 전시장에 말리니 메흐라가 있었다. 등이 깊게 파인 대담한 윗옷에 반짝이는 분홍색 사리를 두른 말리니 메흐라가, 넋을 잃고 카메라 셔터를 눌러대는 구경꾼들을 향해 애교스럽게 손을 흔들었다. 마야는 화가 나서 고개를 돌렸다. 저기, 나무들 뒤쪽으로 이 모든 소동의 원인인 사면체가 있었다. 마야가 나무 우듬지 너머로 하늘을 향해 솟은 사면체의 뾰족한 꼭대기를 힐끗 본 순간, 까마귀 한 마리가 사면체 꼭대기를 향해 곧장 날아가는 게 보였다. 어디서나 볼 수 있는 흔한 까마귀였다. '저 새가 뭐 하는 거지?' 마야가 눈을 가늘게 뜨고 올려다보았지만, 햇빛에 눈이 부셨다. 새가 사면체 한쪽 모서리에 다다른 걸 본 것 같았는데, 다음 순간 새가 사라져 버렸다.

마야는 두 눈을 비비고 깜빡여도 보았다. 그 통통한 여자는 여전히 마야 옆에서 말리니 메흐라에 대해 조잘거렸다. "보셨어요?" 마야가 물었다. "물론이죠." 여자가 말했다. "말리니 메흐라는 빨간색을 좋아해요. 빨간색이 말리니의 피부에 잘 어울리거든요. 그렇지 않아요?" 마야가 눈길을 되돌려 보았지만 사면체는 여전히 그대로였다. 마야는 고개를 돌리다 흰색 밴 출입문 안쪽에서 뜨개질하는 그 노부인과 눈이 마주쳤다. 노부인이 마야를 보고 미소를 지었다. 까마귀가 사면체 속으로 사라지는 걸 그녀도 보았을지 마야는 궁금했다.

잠시 후 찻집에서 사미르를 만났다. 사미르는 마야가 지난 사흘 동안 어디에 있었는지 묻지 않았다. 사미르와 함께 앉아, 늙은 라무가 등유 난로 위에 놓인 낡은 냄비에 차 끓이는 모습을 보고 있자니, 마음이 편안해졌다. 라무는 물과 우유를 섞어 끓인 다음, 차 분말과 카다멈 한 줌을 넉넉히 더했다. 향기가 코를 채웠다. 스테인을 칠한 나무 카운터에 놓인 라무의 라디오는 고전 힌디 영화 음악만 틀어 주는 방송국에 늘 주파수가 맞춰져 있었다.

마야는 사미르에게 자기가 본 것을 설명했다.

"그래요. 까마귀가 정말로 사라진 건지 정확히 볼 수 있을 만큼 가까이 있지는 않았어요. 하지만 이상한 일이 너무 많이 일어났잖아요, 안 그래요?"

사미르가 생각에 잠긴 얼굴로 마야를 바라보았다. 그가 막 대답을 하려는 순간 매끈한 회색 자동차 한 대가 맞은편 도로에 멈춰 섰다. 밝고 당당하고 매력적인 얼굴 하나가 뒷좌석 창문 밖으로 고개를 내밀었다. 무척 비싼 유명 브랜드로 보이는 살와르카미즈며, 수 놓인 옷깃에 아무렇게나 올려 있는 머리 모양까지, 전통적 세련미를 뽐내는 아가씨였다.

"오빠, 오늘 밤에 시간 맞춰 오는 거 잊지 마!"

오빠라…. 사미르가 손을 흔들었다. 어렴풋이 당황한 기색이 엿보였다. "동생이에요." 자동차가 먼지를 일으키며 출발하자 사미르가 사과하듯 말했다. "오늘이 동생 생일이거든요."

'사미르는 나와 전혀 다른 계급에 속해 있어.' 마야는 불현듯 생각했다. 그녀도 내내 알고 있던 사실이었다. 어쨌든 사미르는 그레이터 카일라시에 살고, 그 터무니없이 큰 저택 중 하나에 살고 있는지도 몰랐다. 하지만 그런 건 한 번도 문제 되지 않았고, 전혀 중요해 보이지도 않았다. 적어도 지금까지는 그랬다. 사미르는 세련된 영어를 구사했지만, 마야의 영어는 그럭저럭 대화해나갈 정도의 수준이었다. 며칠 전 함께 찻집으로 오던 길에 사미르의 친구를 만난 일이 떠올랐다. 사미르의 친구는 뜻밖이라는 듯 깜짝 놀란 얼굴로 마야와 사미르를 번갈아 쳐다보았다. 사미르는 마야를 소개하지 않았다. 친구는 사미르를 보고 웃더니 옆구리를 쿡 찌르고는 사미르에게 무슨 말을 소곤거린 다음 어슬렁어슬렁 걸어가 버렸다. 천박한 노동 계급 사람과 친하게 지내는 것에 대해 한마디 하기라도 한 걸까? 마야는 그들의 대화를 반밖에 듣지 못했는데, 그마저도 제대로 이해하지 못했다. 그러고 나서 사미르는 마치 아무 일도 없었던 양 마야에게 이야기를 계속했지만, 아주 잠깐 당황한 듯 보였다. 마야는 문득, 자신이 어쩔 수 없는 중하류층 출신임을 인식했다. 보잘것없는 장사치들의 교양 없는 문화, 불가촉천민의 하위문화와, 그것이 의미하는 모든 것에 자신이 속해 있음을 인식했다. 마야는 사미르의 삶에 대해 아는 바가 없었고, 그것은 사미르 또한 마찬가지였다. '내가 여기서 이 사람과 뭐 하는 거지?'

하지만 사미르는 아랑곳없이 하던 이야기를 계속했다.

"…별거 아닐지도 몰라요. 하지만 어쩌면, 정말 어쩌면, 당신이 뭔가를 알아낸 것일 수도 있어요. 그것에 관해 많은 추론이 있었는데, 보세요…." 사미르가 공책을 꺼내더니 종이 두 장을 찢어냈다. 그는 그중 한 장을 찢어 원판 모양을 대충 만들었고, 그 종이 원판을 또 다른 종잇장의 가장자리에 직각으로 갖다 댔다.

"당신이 이 직사각형 종이의 표면에 사는 2차원 생명체라고 가정해 봐요. 이 원판의 존재를 알 수 있을까요? 아니요, 알 수 없어요. 원판은 3차원에 존재하기 때문이에요. 그래요, 당신은 원판에 다다를 수 없어요. 당신은 당신이 존재하는 종잇장과 원판 사이의 교차 지점인 직선밖에 볼 수 없지요."

마야는 딴생각들을 밀쳐놓고 사미르의 말에 집중했다.

"아, 그러니까, 내가 손날을 얼굴에 갖다 대면…." 마야가 한쪽 손날을 얼굴에 대며 말했다. "내 얼굴은 손날만 느낄 수 있죠. 손의 크기나 모양에 관해서는 전혀 모르고…."

"예, 그런 거죠. 그러니까 사면체는 우리가 사는 3차원 세계에 돌출한 더 정교한 물체의 한 부분일지도 몰라요. 그 물체는 우리가 닿을 수 없는 차원까지 뻗어 있지만, 우리가 지각할 수 있는 건 사면체뿐인 거죠. 우리 눈에는 닫혀 있는 출입문이 다른 차원에는 존재할지도…."

사미르가 말을 멈추고 생각에 잠겼다. 마야는 사미르의 이야기에 푹 빠졌다.

"내가 본 그 까마귀가 다른 차원으로 갔다는 말인가요? 사면체 안으로 들어갔다고요? 하지만…."

사미르가 차를 한 모금 마신 다음 유리컵을 벤치 가장자리에 내려놓았다.

"위상 수학이 무엇인지 아세요?"

마야가 고개를 가로저었다.

"간단히 설명하자면, 물체와 공간의 아주 일반적이고 기본적인 성질들을 연구하는 수학의 한 분야예요. 위상 수학자들은 공간이나 물체를 깨거나 찢지 않고 연속적으로 변형하면 어떻게 되는지를 연구하는데…, 여기, 예를 하나 들어볼게요."

사미르가 한 손에는 공책에서 찢어 낸 종잇장을, 다른 손에는 종이 원판을 들었다.

"이 직사각형과 종이 원판은 위상 수학적으로 동일해요. 하나를 줄이거나 늘이면 다른 하나가 되기 때문이죠. 마찬가지로 당신이 지금 들고 있는 유리컵도 이 둘과 동일해요. 이론적으로는 유리컵의 측면을 변형해서 평평하게 만드는 게 가능하거든요. 하지만….."

사미르가 종잇장 한가운데에 작은 구멍을 뚫었다.

"이제 이 종잇장은 더 이상 위상 수학적으로 종이 원판과 동일하지 않아요. 위상 수학 법칙들에 따르면, 이 종잇장을 아무리 변형해도 구멍을 없애지 못하니까요. 따라서 구멍이 없는 종잇장은 단일 연결 2차원 표면이고, 구멍이 있는 종잇장은 다중 연결….."

"아, 찻잔처럼 말이군요…. 내 말은 이 유리컵이 아니라 손잡이가 있는 찻잔이요."

"그래요, 맞아요." 사미르는 대단히 기뻐하며 마야를 향해 흐뭇한 미소를 지었다. "위상 수학적으로 보자면 당신도 나도 찻잔과 동일해요. 혹은 당신이 좋아하는지 모르겠지만, 도넛과도 같죠. 인간의 소화관은 도넛에 뚫린 구멍과 유사하거든요!"

마야가 눈을 동그랗게 뜨고 사미르를 응시했다.

"그렇군요. 그런데 이 모든 게 무슨 관련이….."

"사면체와요? 많지요. 위상 수학은 두 가지 측면에서 사면체와 관련이 있어요. 첫째로, 우주의 위상 구조가 자명하지 않고 여러 차원에 걸쳐 다중 연결됐다면, 사면체가 빛보다 빠른 속도로 여행할 수 있는 지름길을 제공할 수도 있어요. 늘 신문에서 떠들어 대는 우주 속 웜홀 같은 거죠. 둘째로는, 사면체의 진짜 형태나 구조 그 자체예요. 사면체가 존재하는 모든 차원에서 사면체 전체를 완전히 볼 수 있다면, 우리는 위상적으로 매우 복잡한 물체를 보게 되겠죠. 우리로선 이해하기 힘들 거예요. 우리가 가졌던 안과 밖, 가장자리와 표면에 대한 개념이 사라질 테니까요. 최소한 무척 혼란스럽겠죠. 뫼비우스의 띠를 본 적 있으세요?"

마야는 고개를 가로저었다. 사미르의 방대한 지식 앞에 경외를 느끼면서도 초라해지는 기분이 들었다. '도대체 이제 무엇을 하려는 거지?' 사미르가 가느다란 갈색 손으로 종잇장의 긴 쪽 가장자리를 찢어, 가늘고 긴 종잇조각을 만들었다. 그가 얼마나 멋진 손을 가졌는지, 예전에는 미처 알아차리지 못했다. 사미르의 눈이 열정으로 반짝였다.

"이 종이 띠를 보세요. 내가 양쪽 끝을 붙여서 고리를 만드는 거 보이시죠?" 사미르가 그렇게 말하며 종이 띠로 고리를 만들었다. "자 이제, 양쪽 끝을 붙이기 전에 종이를 한 번 꼬면 어떻게 될까요. 이렇게요. 이제 양 끝을 붙여 볼게요. 꼬인 고리! 이게 바로 뫼비우스의 띠예요."

마야가 머뭇거리며 손가락으로 고리를 만졌다. 사미르가 미소를 지었다.

"계속해 봐요. 손가락을 바깥쪽 표면의 길이를 따라 움직여 보세요…. 네, 바로 그렇게!" 마야가 깜짝 놀라자 사미르가 활짝 웃었다. "바깥쪽 표면에서 시작했는데 자기도 모르는 사이에 안쪽에 있게 되지요! 단, 이 경우 안과 밖을 구분한다는 건 무의미해요. 표면이 두 개인 고리와 달리 뫼비우스의 띠에는 표면이 하나뿐이니까요." 사미르는 흥분해서 말이 빨라졌다. "사람들은 시공간이 뫼비우스의 띠나 그와 유사하게 자명하지 않은 위상 물체가 여러 차원에서 일반화된 것일지도 모른다고 생각해요. 그러니 사면체 같은 것도 매우 복잡하고 매우 흥미로운 물체일 거예요. 우리가 그 전체를 볼 수만 있다면 말이죠."

마야는 말문이 막혔다. 모서리들이 매끄러운 곡선을 이루고, 어지러울 정도로 구불구불하고 조각처럼 깔끔하게 다듬어진 통로들을 따라가면 숨겨진 문들이 나오는, 복잡한 구조물을 상상해 보았다. 마야는 경외감과 질투심에 사미르를 빤히 바라보았다.

"흠, 무슨 말인지 알 것 같아요."

사미르가 동의한다는 듯 고개를 끄덕였다.

"더 복잡하고 다차원적인 물체 일부가 우리 우주에 돌출한 게 사면체라면, 그게 나타났을 때 도로에 있던 사람들이 사라진 것도 설명할 수 있을 거예요. 또 누가 알아요?"

"그들이 사면체 안에 있을 수도 있다는 건가요?" 마야가 믿을 수 없다는 투로 말했다. 한 번도 그렇게는 생각하지 않았다. 그보다는 사면체와 그 사람들이 뒤바뀌었을지도 모른다고 생각했었다. 버스 승객들과 자동차 탑승자들과 자전거를 타던 사람들이, 바로 지금 어느 다른 세상의 낯선 하늘 아래에서 입을 떡 벌린 채 헤매고 있을 거라고 짐작했다. 그런데 다른 세상이라니! 온갖 기이한 광경이 머릿속에 떠올랐다. 하지만 사면체 내부가 어떻게 생겼을지는 도저히 상상이 안 갔다.

마야는 한 시간을 더 사미르와 앉아 이야기를 나누었다. 사미르는 우주의 탄생에 관한 최신 학설들과 각각의 새로운 발견을 둘러싼 의문점들에 관해 이야기해 주었다. 마야는 사미르가 흥분해 손을 휘두르는 모습이, 자신이 묘사하는 경이로운 것들을 응시하는 듯한 눈빛이, 좋았다. 이제 사미르는 우주의 마지막 죽음에 관해 설명하고 있었다.

"물론 태양계는 훨씬 그 이전에 사라질 거예요." 사미르가 말했다. "태양은 팽창해서 지구와 달과 가까이 있는 모든 행성을 집어삼킨 뒤 붕괴되어 백색 왜성이 되겠죠."

사미르가 차를 한 모금 마시기 위해 말을 멈추자, 갑자기 마야가 무척 좋아하는 헤만트 쿠마르의 옛 노래가 라디오에서 흘러나왔다. "그때는 달도 없을 거예요. 별도 남지 않겠죠⋯."

두 사람은 동시에 웃음을 터뜨렸다.

"어쩜 이렇게 발리우드 영화에는 그 순간에 딱 맞는 가사를 가진 노래들이 있는지. 난 그게 항상 궁금했어요." 사미르가 미소를 지으며 말했다. "며칠 전에도 비슷한 우연의 일치가 있었죠. 그들이 만약 외계인이라면 어떤 별에서 왔을까 생각하고 있었는데, 그때 라무의 라디오에서 '달 옆의 저 별'이라는 노래가 흘러나오는 거예요."

"아, 라타 망게쉬카르와 키쇼르 쿠마르가 부른 노래군요." 마야가 말했다. "제가 옛날 영화 음악을 좋아하거든요. 아무래도 라무의 라디오는 외계인들이 좋아하는 방송국에 주파수가 맞춰 있나 봐요!"

누군가와 다정히 웃을 수 있다는 건 기분 좋은 일이다. '과연 카르틱과 함께 웃을 만한 일이 있을까.' 그 생각에 마야는 마음이 아파져 왔다. 그때 언젠가 귓결에 들었던 대화의 단편이 머릿속에 떠올랐다.

"동… 동시성이죠." 마야가 조심스럽게 말했다. 사미르는 신나는 기색이었다.

"그거 어려운 단어인데요. 물론 과학적 근거가 있는 개념은 아니지만…, 신문에 실리지 않았나요? 어디에서 보셨어요?"

"어디서 들었어요." 마야는 슬그머니 화가 났다. '도대체 날 어떻게 보는 거지? 형편없이 무식하다고?' 하지만 곧 그게 사실이라는 생각에 마야는 우울해졌다.

사미르가 자리에서 일어나 라무의 부엌 조리대에 유리컵을 올려놓았다. 분위기가 약간 어색해졌다.

"가 봐야 해서요." 그가 중얼거렸다. 사미르는 마야를 처음 본 사람처럼 수줍은 얼굴로 바라보았다. "내일 봐요!"

라디오에서 후렴구가 다시 흘러나왔고 그제야 마야는 이해할 수 있었다. "그때는 달도 없을 거예요. 별도 남지 않겠죠. 하지만 난 언제까지나 당신 거예요…."

마야는 사미르의 뒷모습을 노려보며 당혹감에 벌게진 얼굴로 서 있었다. 그가 그렇게 생각하지는 않기를 바랐다. '확실히 아니겠지?'

* * *

 며칠 후 저녁 마야가 집에 돌아와 보니, 언니와 어머니가 오후 뉴스에서 다룬 보도에 관해 이야기하고 있었다. 타블로이드 신문들이 '사면체 열병'이라고 이름 붙인 정신병에 관한 보도였다.

 "끔찍하지 않니, 마야? 사면체 생각에 사로잡혀 먹지도 못하고, 잠도 못 자고, 정상적인 생활을 못 하다니. 그 사람들은 사면체 꿈만 꾼다는구나." 언니가 뜨거운 양파 파코라가 담긴 접시를 마야 앞에 놓으면서 말했다. "어떤 사람들은 굶어 죽기 직전이래. 병원에서 간신히 목숨만 유지하는 남자가 있는데, 영양분은 튜브로 주입받고…." 마야는 차를 마시다가 체할 뻔했다. 마야는 커다란 파코라 덩어리 하나를 먹었다. 어머니가 고개를 끄덕였다.

 "글쎄 그렇단다. TV에서 그러는데 어떤 남자는 출근을 안 해서 직장에서 쫓겨났대. 사면체를 쳐다보느라 시간을 다 보낸다지 뭐니. 애가 셋이래! 불쌍한 것들, 그렇게 끔찍한 일을 겪어야 한다니. 너희 아버지는 적어도 상식이 있는 남자지. 어떤 주부 하나는 매일같이 광장 쇼핑센터에 가는데, 사면체 플라스틱 모형을 도시에서 가장 많이 수집했다더라. 상상이 되니? 쯧쯧!"

 마야는 입안 가득 음식을 물고 고개를 끄덕인 다음 파코라를 한 덩이 더 먹었다.

 "그래도 이게 다 신의 손에 달린 일이지." 어머니가 차를 더 따르고 설탕을 듬뿍 타며 말했다. 그리고 한숨을 내쉬었다. 마야는 어머니가 무슨 말을 할지 알았다. "우리가 상관할 바가 아니야."

그때 아버지가 문으로 들어섰다. 긴 일과와 무덥고 땀내 나는 버스에 시달리고 지쳐서, 구부정한 모습이었다. 마야는 죄책감을 느꼈다. 수업을 빼지고 사미르와 보낸 시간을, 혹은 사면체 근처에서 보낸 시간을 떠올리니, 어쩌면 자신 또한 그 미치광이들과 다를 바 없을지도 모른다는 생각이 들었다. '카르틱이 도시에 없는 게 천만다행이지…. 마노지 오빠가 여기 있다면 얼마나좋을까!' 얼마 전 오빠에게 편지를 썼지만, 항해 중인 오빠에게서 답장이 온다 해도 시간이 걸릴 것이다. 게다가 편지는 오빠를 직접 만나는 것만 같지는 못했다.

하지만 적어도 사미르와는 사면체에 관해 이야기할 수 있었다. 서로가 느꼈던 당혹감은 오래가지 않았고, 다음번 만남에서 그들은 다시 편안해졌다. 이야깃거리가 너무도 많아 라무의 라디오에는 더 이상 신경 쓰지도 않았다. 사미르는 흰색 밴에 있는 사람들에게는 별 관심이 없었다. 파텔 초크로 향하는 길에 살짝 경멸 어린 시선으로 그들을 쓱 훑어봤을 뿐이었다. 뭐 그들이 대단히 흥미로운 천문학적 현상은 아니었으니까. 하지만 끊임없이 뜨개질하고 있는 그 노부인에 대해서는 언급을 했는데, 마야는 들어 본 적도 없는 어느 유명한 소설에 등장하는 '드파르쥬 부인'[79]과 닮았다고 했다. 사미르의 계급과 교육 수준을 드러내는 이런 증거는 마야를 불편하게 했지만, 적어도 그는 그녀가

---

[79] 찰스 디킨스의 《두 도시 이야기》에 등장하는 인물로 항상 뜨개질을 하는 엄격한 여성이다.

미쳤다고 생각하지는 않았다.

　그들은 사면체를 둘러싼 파란만장한 사건들의 현황에 관해 이야기를 나누었다. 한 남자가 뉴델리에서 서쪽으로 수백 킬로미터 떨어진 타르 사막에서 헤매다가 발견되었다. 남자는 모래언덕 너머로 자전거를 밀며 걷고 있었는데, 그를 발견한 마을 주민들의 눈에는 실로 이상한 광경이 아닐 수 없었다. 마을 주민들의 말에 따르면, 그는 자신이 어디로 가고 있는지도 몰랐다. 남자는 주민들이 질문을 던지자 외국어 같이 알아들을 수 없는 말로 횡설수설했다고 한다. 그는 마을 주민 한 명의 오두막으로 안내되자 무척 기뻐했고, 그곳에서 며칠 동안 먹고 잤다. 우연히 그를 만나게 된 사회 복지사가 자전거에 묶인 가방의 내용물을 보고 그가 델리에서 왔다는 사실을 알아냈고, 그곳 경찰에 연락을 취했다. 마침내 그 남자가 사면체가 처음 출현했을 때 사라졌던 사람 중 한 명이라는 사실이 밝혀졌다.

　예상대로 이 사건으로 인해 세상이 떠들썩해졌다. 조사팀들이 파견되어 타르 사막을 이 잡듯이 뒤졌고 놀라운 발견이 잇따랐다. 사라진 버스가 모래 계곡에서 발견되었는데, 버스에는 열다섯 명의 사람들이 타고 있었다. 그중 열한 명은 원래 버스에 타고 있던 탑승객이고, 네 명은 사면체가 나타났을 때 자동차에 타고 있던 사람이었다. 열다섯 명 모두 신체적으로는 아무 이상이 없었다. 하지만 두 명은 자전거를 끌던 남자처럼 헛소리를 지껄였고, 나머지는 으스스할 정도로 말이 없었다. 그들이 아무것에도, 아무에게도 반응을 보이지 않았기에 의사와 가족들 모두 당황했다. 한편, 우체국 직원인 것으로 밝혀진 자전거를 끌던 남자의 가족은, TV에 출연해 그가 발견된 데에 안도감을 표했고, 그와 다른 이들의 이상한 병이 치유되기를 바랐다. 타블로이드 신문들은 신이 났다. 전 세계적으로 머리기사들은 외쳐댔다. "외계인에게 납치됐던 열여섯 명, 풀려나다! 그들에게 무슨 일이 있었나?"

마야와 사미르는 그저 추측해 볼 뿐이었다. 그들은 차를 마시며 앉아 있었다. 그때 문득 마야에게 한 가지 생각이 떠올랐다.

"세상은 금이 간 달걀과도 같아요." 마야가 말했다. "우리가 사는 이 세상 말이에요. 우리가 알고, 보고, 이해하는 모든 게 달걀 안에 있지요. 하지만 우리는 달걀에 난 금을 통해서만 바깥에 무언가가 존재한다는 걸 알 수 있어요. 우리의 이해를 넘어선 어떤 세계가 존재한다는 것을⋯."

사미르가 깜짝 놀란 얼굴로 마야를 바라보았다.

"무척 시적으로 들리네요." 사미르가 미소를 지으며 말했다. 그러고는 무언가를 말하려는 듯 목을 가다듬었다. 마야가 고개를 흔들었다. 한동안 그녀를 끈질기게 괴롭히던 생각이 있었는데, 그걸 표현할 적절한 말을 찾았기 때문이다.

"만약에 사면체가 우주선이 아니라면요? 우리가 상상할 수조차 없는 완전한 미지의 물체라면요? 내 신경을 거슬리는 게 뭔지 알아요? 말만 무성하다는 거예요. 그저 말뿐이죠. 당신네 과학자들은 이런저런 이론에 확신이 있는 모양인데, 경험해 보지도 않고 어떻게 무언가를 정말로 이해할 수 있다는 거죠?"

"그래서 실험을 하는 겁니다." 사미르가 인내심을 가지고 대답하고는 자세히 설명하려 들었다.

"아니요, 내 말은 그게 아니에요." 마야가 활짝 웃으며 말했다. "지난번에 당신이 찻잔을 손에 들고, 차가 무엇으로 구성되었는지, 원자며 분자에 관해 설명했던 거, 기억해요? 물질의 가장 작은 구성 요소들을 이해할 수 있다면, 차에 관해 알아야 할 모든 걸 이해할 수 있다고 말했었죠."

"그래서요?"

"하지만 당신은 차를 마시는 걸 잊었어요. 그 이론들이 차에 대해 많은 걸 알려 줄지는 몰라도, 차를 마시는 경험에 대해서는 알려줄 수 없어요. 내 말의 의미는 그거예요. 어떻게 설명해야 할지 모르겠는데…, 무슨 말인지 알겠어요?"

순간 마야는 자신을 응시하는 사미르의 시선을 느꼈다. 희미하게 아쉬움이 깃든 시선이었다. 사미르는 그녀의 말을 듣고 있지 않았다. 당혹한 마야는 그 즉시 머리에 떠오른 다른 것에 관해 이야기하기 시작했다.

"그러니까, 사면체가 다른 차원에 있는 더 큰 물체의…, 뭐였죠? 아, 돌출부…. 돌출부라는 주장이 사실이라면, 이건 아주 거대한 물체일 테고, 어마어마하게 커서 타르 사막까지 뻗어 있을지도…."

사미르가 눈썹을 추켜 올렸다.

"하! 가능합니다. 그래요, 어쩌면 타르 사막 어딘가에 존재하는 또 다른 문으로 그 사람들을 내보낸 것일 수 있어요. 그렇다면 사라진 나머지 사람들은요?"

"돌아오기 싫은가 보죠. 누가 알아요? 다른 인간들보다 외계인이 그들에게 더 친절한지. 이유야 여러 가지일 수 있죠. 사미르, 내가 하려는 말은, 사면체 안으로 들어가 보지도 않고 어떻게 사면체를 이해할 수 있냐는 거예요."

"우리가 시도하지 않았던 건 아니에요." 그가 다소 방어적으로 말했다. "구석구석 조사해 봤지만⋯."

"할 수 있다면 하겠어요?" 마야가 말을 끊었다. "길을 찾는다면 안으로 들어갈 거예요? 우주를 통과하는 여행을 떠나겠어요?"

"당연하죠!"

사미르가 조용히 입을 다물더니 턱을 문질렀다. 그는 느닷없이 어색한 표정으로 마야를 바라보다가 고개를 돌렸다.

"이봐요, 마야. 당연히 나도 사면체 내부로 들어가서 연구하고 싶어요. 하지만 돌아올 수 있다는 보장이 있어야 해요." 사미르가 다시 마야를 똑바로 응시했지만, 이번에는 사뭇 다른 표정이었다. "그러니까⋯, 나는 가족에 대한 애착이 강한 사람이에요. 내가 왜 여기에서 많은 시간을 보내는지 가족들이 걱정하고 있어요. 친구들도 마찬가지고요. 그들이 항상 나를 이해해 주는 건 아니지만, 그래도⋯, 가족은 가족이에요. 그렇지 않나요?"

사미르가 슬픔에 찬 갈색 눈으로 마야를 의미심장하게 바라보고 있었지만, 마야는 여전히 이해할 수 없었다. 다음 순간 마야는 불현듯 깨달았다. 사미르가 무슨 말을 하고 있는지, 그녀를 어떻게 생각하고 있는지, 그리고 그들의 관계가 어디로 향하게 될지. 젊은 남녀가 아무런 의도도 없이, 매우 다른 성격의 관계를 위한 기틀을 닦는 게 아니고서야, 몇 주 동안이나 계속 단둘이 만날 수는 없는 법이었다. 칼집에서 칼이 뽑히듯, 수많은 혼란스러운 생각들을 뚫고, 자존심이 고개를 쳐들었다.

"나도 가족들과 사이가 돈독해요." 마야가 지나치다 싶을 정도로 황급히 말했다. "사실 굉장히 좋은 남자와 약혼도 했지요. 카르틱이라고, 언제 한번 만나 보시…."

사미르가 입을 벌리고 마야를 노려보았다. 화가 난 건지, 마음이 상한 건지, 아니면 둘 다인지 정확히 알 수 없었다. 마야는 얼굴이 달아올랐다. 감히 멋대로 넘겨짚다니! 그들의 우정은 순전히 사면체라는 맥락 안에 놓여 있었고, 사미르에게서 그 이상은 기대하지도 않았다. 뭐, 사미르를 좋아하는 건 사실이었다. 그가 사물에 대해 사고하는 방식, 관대함, 그의 눈빛에 깃든 친절함, 그녀가 멍청할 거라고 단정하지 않는 마음씨. 아, 그리고 그의 손. 무언가를 설명할 때 그가 손을 움직이는 모습을 마야는 좋아했다. 그래도 그가 넘겨짚은 건 사실이었다. '어떻게 나를 삼류 영화의 여주인공같이 미숙하고 단순한 사람으로 볼 수 있었던 거지!' 마야는 사미르에게 말해주고 싶었다. '그래요, 내 아버지는 사무원이고 어머니는 양복점에서 일해요. 그래도 난 품위가 뭔지는 아는 사람이라고요.' 또한 말하고 싶었다. '설령 우리가 정말 서로에게 그런 종류의 관심을 품었다 한들 그게 뭐 어떻다는 거죠? 겁쟁이. 아무것도 시작된 건 없는데 지레 겁부터 집어먹다니!' 홧김에 후회할 말을 내뱉을까 봐 마야는 아무 말도 할 수 없었다. 분노에 찬 눈물이 눈가에 핑 맴돌았다. 마야는 마음속으로 말했다. '당신이나, 값비싼 옷으로 치장한 당신 여동생이나, 당신이 소개해 주지도 않은 속물적인 당신 친구들 따위, 난 관심도 없다고!' 사미르가 손목시계를 보더니 자리에서 일어서며 핑계를 댔다. 이제 곧 수업이 있다고 했다. 시험들도 다가오고, 이제부터는 무척 바빠질 거라고. 사미르는 머뭇거리며 마야에게 겸연쩍은 미소를 지어 보인 뒤, 거리를 따라 나무들 사이를 걸어갔다.

라무의 라디오에서 지타 두트가 노래를 부르기 시작했다. "떠나지 마세요, 내 마음을 훔친 그대여…." 마야가 늙은 라무를 의심스럽게 바라보았다. 라무는 눈을 찡긋하고 어깨를 으쓱하더니 조리대를 닦으러 부엌으로 돌아갔다. 엉뚱하게도 마야는 라무가 의미 없는 일을 한다고 생각했다. 조리대는 항상 더러워 보였기 때문이다.

✳

다음 날 마야는 학교에 가지 않았다. 그녀는 곧장 파텔 초크로 가서 군중들을 바라보며 서 있었다. 까마귀 한 마리가 기념품 가판대 지붕 위에서 마야를 내려다보았다. '뭐가 보이니?' 마야가 마음속으로 물었다. '사면체를 볼 때 네 눈에는 뭐가 보이니?' 새가 고개를 곧추세우고 구슬처럼 반짝이는 두 눈으로 마야를 노려보았다. 까옥까옥 우는 소리가 요란스러운 웃음소리처럼 들렸다. 까마귀는 힘껏 날개를 퍼덕여 공중으로 날아올랐다. 마야는 음료수를 한 모금 마시고 한숨을 내쉬었다. 노부인이 흰색 밴 안에서 인자한 눈빛으로 마야를 바라보고 있었다. 마야는 충동적으로 노부인에게로 다가갔다.

"무얼 뜨고 계세요?" 마야가 힌디어로 묻자 노부인이 어리둥절한 표정을 지었다. 마야가 영어로 되물었다.

"아! 그냥 손자에게 줄 스웨터예요." 노부인이 독특한 억양으로 대답했다. "난 멕시코에서 왔어요." 그녀가 미소를 지으며 말했다.

"사면체를 보러 여기까지 오신 거예요?" 마야는 바보가 된 기분이었다. 그게 아니면 왜 왔겠어?

"맞아요. 당신 나라에는 세 번 왔죠. 여긴 멕시코와 무척 비슷해요. 뜨거운 사막, 산, 해변, 멕시코에도 다 있지요." 노부인이 수수께끼 같은 미소를 지었다. "오래된 건물들도 있죠. 어제는 높은 탑과 무덤들을 많이 보았어요."

"관광단과 함께 오셨어요?" 라빈드라 냉동 시설이 관광과 무슨 관련 있을까 의아해하며 마야가 물었다.

"관광? 관광객, 맞아요. 함께 갈래요?"

마야가 걱정스러운 미소를 지으며 고개를 저었다. "전 가 봐야 해서…."

"함께 가고 싶으면 찾아와요. 우리는 토요일까지 여기 있을 거예요. 토요일까지요. 이름이 뭐죠? 마야? 우리나라에도 있는 이름이네요!" 노부인은 무척 기뻐하며 미소를 지었다.

노부인에게 손을 흔들어 작별 인사를 하고 나니, 이제 어떻게 해야 할지 심경이 약간 처량하기까지 했다. 집으로 돌아갈까? 편지에서 카르틱은 다음 주에 돌아온다고 했다. 편지는 차가웠다. 마야가 행실을 고치기를 바라는 게 명백했다. 기분 전환으로 수업에 들어갈 수도 있었다. '사미르 따위 꺼져버리라지.' 마야는 그렇게 자신을 위로하며 버스를 타고 학교에 갔다. 일단 학교에 가니 친구들의 무의미한 수다를 상대해야 한다는 생각에 견딜 수가 없었다. 무더운 날이었다. 마야는 차 대신 레몬수나 좀 마셔야겠다고 생각하며, 라무의 찻집을 향해 걸어갔다. 찻집 앞 작은 빈터가 텅 비어 있었다. 마야는 라무가 유리컵을 씻었을지 안 씻었을지는 생각하지 않으려고 애를 쓰며, 레몬수를 홀짝이면서 도로의 교통 상황을 주시했다. 사미르에 대한 쓰라린 생각들은 애써 밀쳐놓았다. 그와의 우정이, 그리고 인정컨대 그들의 관계가 품었던 가능성이 그리울 것이다. 라디오에서 라타 망게쉬카르가 노래를 시작했다. "오늘 내게는 아무도 없네요. 이 슬픔을 누구에게 말해야 할까요…."

마야가 라무를 짜증 섞인 눈으로 보았지만, 라무는 등을 돌린 채 걸레로 무언가를 부지런히 닦기만 했다. '당신도 꺼져.' 마야가 라무에게 소리 없이 말했다. 레몬수가 담긴 유리컵에 습기가 구슬처럼 맺혔다. 마야는 어머니가 수놓아 준 손수건으로 이마에 맺힌 땀방울을 훔쳐내다가 불현듯 목이 메었다. '다중으로 연결된 건 시공간뿐만이 아니야.' 마야는 비통한 심정으로 생각했다. 지금 사미르와 이야기할 수만 있다면 그녀는 그에게 이렇게 말할 것이다. '우주 공간도, 정신세계도, 모두 미지의 위상을 가지고 있어요. 하나를 희생해가면서 다른 하나를 눈감아 줄 수는 없는 거라고요.' 하지만 사미르는 이제 그녀와 이야기하지 않을 것이다. 망할….

금요일 밤 마야는 잠을 이룰 수가 없었다. 희미한 가로등 불빛이 방을 훤히 밝히고 있었다. 다른 침대에서는 언니가 꿈을 꾸며 발작적으로 바동거리는 찬찰을 팔로 두른 채 자고 있었다. 마야는 창가로 올라가 창틀에 걸터앉아 격자 모양 창살에 몸을 기댔다. 아래쪽 거리에서 경비원이 막대기로 보도를 두드리며 지나갔다. 층층으로 난 어두운 창문들 여기저기에 불이 켜져 있었다. '무엇이 저 사람들을 깨어 있게 하는 걸까.' 마야는 사면체와 차원 변칙과 동시성에 대해 생각했다. 타르 사막 한복판에서 자전거를 미는 남자, 그리고 손자를 위해 뜨개질을 하는 노부인. 노부인은 토요일까지 여기 있을 거라고 미소를 지으며 말했다. 바로 내일이다. 그리고 며칠 후면 카르틱이 델리로 돌아온다.

갑자기 모든 게 딱 맞아떨어졌다. 마야는 돌연 자리에서 벌떡 일어나, 서랍에서 손전등을 꺼내 들고, 어두운 응접실로 슬그머니 들어갔다. 그녀는 조심스럽게 종이 한 장을 찾아낸 다음 의자에 앉아, 옆방에 있는 부모님이 깨지 않기를 간절히 바라며, 희미한 손전등 불빛 아래에서 카르틱에게 편지를 쓰기 시작했다. 다 쓴 편지를 봉투에 넣고 우표를 붙였다. 편지는 내일 부칠 작정이었다. 마야는 크게 안도감을 느꼈다.

그다음에는 마노지 오빠에게 애정이 듬뿍 담긴 긴 편지를 썼다. "부모님께 잘 말해 줘, 오빠. 아무래도 난…."

마야는 침실로 돌아갔다. 잠에서 깬 찬찰이 화장실에 가고 싶다고 울고 있었다.

"내가 데려갈게." 마야가 언니에게 말하자, 언니는 졸음에 겨운 채 고마워하며 도로 누웠다. 찬찰은 볼일을 보고 나자 다시 온순해졌고, 마야와 함께 침대로 기어들어갔다. 마야는 찬찰에게 '달 아저씨'에 대한 옛 동요들과, 날아다니는 배를 타고 하늘로 올라가 별들 사이에서 숨바꼭질하는 아이에 대한 옛 동요를 불러주었다. 찬찰이 가장 좋아하는 노래였다. 찬찰은 늘 마지막에 같은 질문을 했었다. "내가 돌아와?" 하지만 이번에는 졸린 목소리로 이렇게 물었다. "돌아올 거야, 마야 이모?" 마야가 눈물을 흘리며 말했다. "물론이지. 돌아올게."

아침이 되자 마야는, 어머니가 출근 전에 잠시라도 쉴 수 있도록 일찍 일어나 모두를 위해 아침을 만들고 설거지를 했다. 아버지를 버스 정류장까지 배웅했고, 우체국으로 가서 두 통의 편지를 부쳤다. 그러고는 버스를 타고 흰색 밴이 주차된 파텔 초크로 향했다.

"함께 갈게요." 마야가 노부인에게 말했다. 그녀는 마야가 올 거라는 걸 이미 알고 있었다는 듯 미소를 지었다.

＊

사면체가 뉴델리를 떠난 날 마야가 실종됐다는 기사는 하찮은 뉴스거리에 불과했다. 가족에게 쓴 편지로 미루어 볼 때 사면체에 빠진 미치광이인 게 뻔한 여자의 실종이, 그런 젊은 여자의 부재가, 금세기 최대 중요 사건이라 할 수 있는 사면체의 출현 및 사라짐과 어떻게 비교가 되겠는가. 마야의 가족은 애통해했지만, 찬찰은 아니었다. 찬찰은 혼란스러워하는 어른들에게 마야가 돌아올 거라고 장담했다. 카르틱은 마야가 약간 불안정한 게 아닌가 늘 걱정했는데, 그녀의 도주가(마야가 쓴 존경심이라고는 찾아볼 수 없는 편지는 물론이고) 그 증거라는 내용의 편지를 보내왔다. 카르틱은 자신이 간신히 곤경에서 벗어났다고 생각했다. 카르틱은 마야를 찾거든 가족의 명예를 진흙탕 속에 집어 던진 데에 대해 가족들이 응당한 처벌을 내리길 원했다. 마야의 가족이 자기에게 주었던 약간의 선물도 돌려보냈다. 비록 그들은 돌려받을 자격도 없었지만 말이다. 마야의 부모님은 카르틱이 보낸 작은 소포에 눈물을 쏟았다. 막내딸에 대한 꿈이 끝장나는 순간이었다. 그사이 마노지 오빠가 휴가를 받아 집에 왔고, 오빠는 비통함과 희망 사이에서 괴로워했다.

＊

계절 중 가장 무더운 날이었다. 사면체 근처 광장은 거의 비어 있었다. 심지어 향신료로 양념한 차가운 오이 슬라이스를 파는 남자도, 짐을 싸서 그늘로 들어가 앉아 꾸벅꾸벅 졸았다. 지루해진 한 무리의 군인들이 지켜보는 가운데, 마야와 노부인과 다른 사람들이 사면체를 향해 걸어갔다. 나중에 군인들은, 그 사람들은 그저 사면체를 만져보고 싶어 했을 뿐이고 무기도 없었다고 말했다. 분명 그런 다음 그곳을 떠났을 거라고 했다. "그들이 떠난 걸 실제로 본 건 아닙니다." 하지만 사실 마야와 그녀의 동료들은 사면체까지 걸어간 다음, 일종의 좁은 통로 같은 곳으로 돌아 들어갔다. 그런 곳으로 들어갈 수 있을 거라고는 상상도 못 했었다. 마야는 군인들과 라빈드라 냉장 시설이 얹어진 흰색 밴과 막 출발하려는 운전사의 모습을 사면체 내부의 통로에서 여전히 볼 수 있었다. 멀구슬나무들이 서 있는 무덥고 먼지 덮인 광장도 보였다. 하지만 그와 동시에 마야는 에셔의 그림에서처럼 불가능한 각도로 배치된 벽들로 이루어진 커다란 방 안에 있었다. 그리고 그녀의 발에서부터 비스듬히 뻗어 올라가는 평면 위에, 바깥 세계가(바깥쪽과 안쪽에 관해 이야기한다는 게 아직 말이 된다면) 돌출되어 있었다. 마야는 현기증을 느꼈다. 위쪽을 쳐다보니, 어느 먼 목적지를 향해 난 나선형 계단들 한가운데에 깜깜한 우주가 보였다. 그 나선형 계단들을 생명체들이, 제대로 맞지 않는 평면과 각도와 곡선들로 이루어진 거대한 존재들이 올라가고 있었다. 마야는 그 모습을 충격에 싸여 바라보았다. 그 생명체 중 일부는 인간과 비슷한 얼굴을 가지고 있었다. 마야는 경외감에 차서 곁에 있는 노부인에게로 고개를 돌렸다가, 입을 떡 벌리고 멈칫했다.

노부인 또한 모습이 변해 있었다. 얼굴은 아직 그대로였지만 두 눈이 크고 까매졌고, 목덜미와 등줄기가 거대한 아치 모양으로 잇따라 몸에서 솟아올랐다. 양팔에는 해양 생물의 부속지 같은 혹들이 대롱대롱 달려 있었다. 노부인이 마야를 향해 미소를 지었다.

마야가 뒷걸음치며 말했다. "당신, 외계인이군요."

"아니에요, 아가씨." 노부인이 고상한 힌디어로 말했다. "나는 나예요. 내가 당신에게 말한 거, 기억해요? 모든 걸 한꺼번에 이해할 거라고는 기대하지 말아요. 내가 당신을 안내해 줄게요. 하지만 먼저 당신 자신을 보세요."

그러고는 부드러운 손길로 마야의 어깨를 잡아, 불투명하고 빛을 반사하는 은색 벽 쪽으로 돌렸다. 마야는 자신의 모습을 보았다. 충격에 입을 떡 벌린 얼굴 주위로 머리카락이 흘러내렸고, 거대한 톱니 모양의 뼈대들과 곡선 모양의 등줄기가 스테고사우루스의 등에 난 골판(骨板)처럼 몸에서 우아하게 솟아나고 있었다. 마야가 자신의 두 손을 보았다. 손금과 주름이 잡힌 낯익은 손바닥이 보였다. 예전과 다름없는 듯했지만 똑같지는 않았다. 두 손에서 가지처럼 또 다른 손들이 뻗어 나와 수없이 많은 손이 되어 희미하게 사라졌다. 젊은 손, 늙은 손, 부드러운 손, 쭈글쭈글한 손. 그녀는 흐느끼며 숨을 크게 들이마셨다.

"내게 무슨 일이 일어난 거죠?"

"아무 일도 일어나지 않았어요. 당신은 3차원보다 더 높은 차원에서 자신을 보고 있는 거예요. 너무 신경 쓸 필요 없어요. 주위를 둘러보고 어디를 먼저 가고 싶은지 말해줄래요?"

주위에는(주위의 의미가 무엇이건) 깜깜한 우주가 있었고, 가늘고 섬세한 그물망에 별들이 걸렸다. 토성의 거대한 고리들과 세 위성의 그림자가, 토성의 밝은 표면 위에 검은 뾰루지처럼 드리워졌다. 다른 행성들과 죽은 별들, 태양 없이 우주를 떠도는 천체들도 보였다. 나선형 계단들은 에스컬레이터처럼 위로 또 위로 올라가, 정교하게 복잡한 그물망 속으로 사라졌다.

"고향에서 가까운 곳부터 시작할까요? 달은 어때요?"

"이건 우주선이 아니라고 하셨잖아요!"

"우주선이기도 하고 아니기도 하죠. 곧 예전과는 다른 방식으로 생각하는 데에 익숙해질 거예요. 지구에서 우리에게 익숙했던 범주들은 이곳에서는 아무 의미 없어요. 평지에 사는 사람과 삼차원 공간에 사는 사람에게 사각형이 같은 의미를 갖지는 않죠. 당신도 알게 될 거예요."

마야는 숨을 깊이 들이마셨다. 그녀 주위에서 우주가 손짓했다. 라타 망게쉬카르와 모하메드 라피가 라무의 라디오에서 노래를 부르는 게 들리는 것 같았다. "어서 와요, 사랑하는 이여. 함께 달 너머로 날아가요…."

"더 멀리 가 보죠." 마야가 말했다.

∗

그게 정말 마야에게 일어난 일일까? 우리가 어떻게 알 수 있을까. 그녀가 남긴 거라고는 오빠에게 쓴 매우 상세한 편지 한 통과 몇 개의 아이디어와 이론들뿐이었다. 휘갈겨 쓴 그 종이 위에서 마야의 이야기는 활기를 띠었지만, 그녀가 집을 떠날 때 그녀의 이야기도 어쩔 수 없이 끝이 났다. 시공간과 직각을 이루는 어느 차원에서라면, 그다음에 무슨 일이 일어났는지 볼 수도,

그녀의 세계선을 따라갈 수도, 그녀의 편지에 달린 추신을 볼 수 있을지도 모른다. 하지만 우리처럼 시간의 흐름에 갇힌 그녀의 오빠로서는, 기다리는 것 외에는 할 수 있는 게 없었다. 마노지는 온갖 종류의 시나리오를 떠올렸다. 밤을 가르는 올빼미처럼 조용히 우주를 가르는 우주선과 외계인과 외계어들을 떠올렸고, 부드러움과 갈망과 애정 어린 호기심이 가득한 얼굴로 존재 불가능한 천체들 사이에 있는 마야의 모습을 떠올렸다. 마노지는 마야가 어떤 아이였는지 상기했다. 마야는 언제나 자신 앞의 장벽에 저항했고, 관습이 요구하는 대로 하게 하려면 야단을 치고 구슬려야만 했다. 마야는 외부를 향해 반항하는 대신 마음속으로 조용히 분노하는 법을 배웠다. 마야의 오빠는 이 모든 일이 시작되기 전 그 운명적인 아침에 버스 정류장에서 버스를 기다리던 마야를, 자신이 어떤 사람이 될지 알지 못했던 그녀를, 마지막 편지에서 그토록 열정적인 글을 썼던 사람을 떠올렸다. '만약 사면체가 우리의 이해를 완전히 벗어난 거라면? 경험해 보지 않고서 어떻게 그걸 이해할 수 있지?'

마야가 사라지고 몇 주가 지난 어느 날, 사미르가 마노지가 사는 작은 아파트 3층에 올라와, 마야와 나눴던 대화들을 다소 두서없이 늘어놓았다. 사미르는 마야가 저 멀리 성간 어딘가에 있다는 사실을 추호도 의심하지 않았다. 그는 이제 막 박사과정을 끝내는 참이었고, 올해 후반에는 칠레에 있는 천문대로 갈 계획이었다. 사미르는 마야를 계속 찾아볼 작정이었다. 그 말에 마노지는 씁쓸히 웃었다. 그는 이 청년의 눈에 비친 망연한 표정에서 뭔가를 짐작했다.

"나도 찾아보겠습니다." 마노지가 말했다. "만약에 마야가 돌아온다면 타르 사막으로 올 거예요."

"타르…, 왜 하필 그곳이죠?"

"그 애가 나에게 흰색 밴에 관해 이야기해 줬어요. 라자스탄주에 있는 우다이푸르시의 라빈드라 냉장 시설 회사라고 적혀 있다고 하더군요. 확인해봤는데 그런 회사는 없었어요. 하지만 내 추측으로는 사면체가 예전에도 그곳에 나타났을 거예요. 타르 사막 한복판에 있는 도시죠. 이번에는 그들이 실수했거나, 뭐 그런 게 아닐까요. 누가 알아요? 타르 사막 너머에 아직 출구가 하나라도 있다면….'

사미르가 손가락으로 머리를 쓸었다.

"하지만 이게 다 무슨 의미란 말입니까?" 사미르가 울부짖었다.

사미르는 마노지의 아파트를 떠나 학교 캠퍼스로 돌아갔다. 20분 후에 교수와 면담 약속이 있었고, 그 후에는 수업에 출석해야 했기 때문이다. 날은 무덥고 바람 한 점 없이 먼지만 자욱했다. 공기 중의 작은 먼지 때문에 목이 화끈거렸다. 사미르가 물리학과 건물 앞에서 걸음을 멈추더니, 갑자기 몸을 돌려 찻집으로 향했다. 한 솥 가득 홍차를 끓이며 젓고 있는 라무를 빼고는, 찻집은 휑하니 비어 있었다. 사미르는 벤치에 앉았다. 라무가 유리컵에 차를 조금 부어 아무 말 없이 사미르에게 건네주었다. 라디오에서 키쇼르 쿠마르의 오래된 애창곡이 흘러나왔다.

"당신이 삶을 살아갈 때, 내 노래들을 기억해 주세요. 영원히 안녕이란 말은 하지 말아요, 안녕이란 말은 하지 말아요…."

사미르의 눈에 눈물이 차올랐다. 까마귀 한 마리가 머리 위 나무에서 까옥까옥 울었다.

아내

The Wife

파드마가 꿈에서 집 뒤편의 숲을 보기 시작한 때는 10월이었다. 꿈속에서 숲은 뒤뜰의 비탈면까지 쭉 이어졌다. 나뭇가지들이 욕실 창문을 뚫고 뻗어 들었고, 거실에는 나뭇잎이 떨어져 있었다. 이름 모를 과일들을 야금야금 갉아먹고는 씨까지 통째로 삼켜, 자기 몸속에 나무가 뿌리 내리는 꿈도 꾸었다. 숲 속에 분명 무언가가 있었다. 털 같기도 하고 깃털 같기도 한 게 나 있고, 길을 잃은 듯 보이는 작은 동물 한 마리가 파드마의 마음속 정글 어딘가에 둥지를 틀고 있었다.

한번은 도망자처럼 보이기도 하고 침입자처럼 보이기도 하는 그 동물을 따라, 동굴을 통과하는 꿈을 꾸었다. 동굴 천장은 뉴런처럼 얽히고설킨 나무뿌리로 뒤덮여 있었다. 동굴 통로에서, 뉴런 수상돌기처럼 생긴 말라비틀어지고 오래된 뿌리들의 잔가지들 사이로, 석양빛에 그것의 모습이 얼핏 보였다. 붙잡기에 적합한 긴 꼬리를 지닌 들쥐나 두더지처럼 보이기도 했고, 부드럽고 고운 깃발 같은 날개를 지닌 새처럼 보이기도 했다. 파드마는 숨 막히는 추격 끝에 그 동물을 따라잡은 뒤, 길게 나부끼는 사리 한 자락을 던져서 녀석을 잽싸게 사로잡았다. 파드마가 무릎에 올려놓고 끌어안자 동물은 몸부림을 멈추는가 싶더니, 희미한 형태와 얼굴 윤곽만 남기고 겹겹이 두른 사리 사이로 사라지기 시작했다. 파드마가 아는, 혹은 예전에 알았던 얼굴이었다. 그리고 그녀는 잠에서 깨었다. 동트기 전 어스름 속에 커다란 침대에 누운 채로 파드마는 기억을 되살리려 애썼지만, 꿈에서 알아본 그 얼굴이 누구의 얼굴인지, 도무지 기억해 낼 수 없었다.

케샤브가 떠난 뒤로(이제 겨우 5주밖에 안 됐는데 훨씬 더 오래된 것처럼 여겨졌다), 남편이 그녀를 떠난 뒤로 파드마에게는 숲 속을 거니는 습관이 생겼다. 뉴잉글랜드의 겨울 숲은 첫눈을 앞두고 정적에 싸여 있었다. 앙상한 나뭇가지들을 흔드는 차가운 돌풍만이 깨뜨릴 수 있는 기다림의 정적이었다. 파드마는 자기가 찾고 있는, 꿈에서 본 그 동물이 여기 어디, 소나무와 느릅나무와 자작나무들 사이를 배회하며, 덤불 속을 헤집어 먹이를 찾고 있을 것만 같았다. 하지만 파드마가 찾은 거라고는 헐벗은 나뭇가지들에 걸린 늙은 새의 둥지가 전부였다. 한번은 작은 개울가에서 진흙에 뒤덮인 한 켤레의 낡은 장화를 찾았다. 누군가 종아리 깊이밖에 안 되는 이 개울물에 빠져 죽으려고 했던 걸까? 그렇다면 시신은 어떻게 되었을까? 옷가지는? 만약에 반지를 끼고 있었다면, 반지는 어디 있지? '숲은 나뿐 아니라 다른 많은 이의 이야기와 수수께끼들도 품고 있을지 몰라. 어쩌면 다른 사람들도 꿈의 실마리와 장화 발자국을 좇아 이 숲을 배회하고 있겠지.' 파드마는 생각했다. 때로는 다음 모퉁이를 돌면 낯선 나무들 사이로 폐허가 된 할머니의 집을 발견할 것 같은 기분에, 따스한 늦가을의 온기에 싸인 채 할머니의 집 위로 그늘을 드리우고 있는 망고나무 껍질을 발견할 것만 같은 확신에, 숨이 멎을 것만 같았다. 멀찌감치 보이는 검은 윤곽이, 혼자 횡설수설 주절거리고 동물 울음소리를 흉내 내던, 그녀가 여덟 살 때 추락사한 바보 삼촌으로 보이기도 했다. 하지만 숲 속을 지나며 발견한 어느 오솔길도, 파드마가 아는 장소로 이어지지 않았다. 딱 한 번, 운동복 바지와 파카 차림으로 하이킹을 하는 젊고 건장한 여성과 마주친 걸 빼고는 만난 사람도 없었다. 언제인가는 우연히 빈터를 발견했는데, 그곳에 있던 수사슴 한 마리가 파드마를 보고 화들짝 놀라 잠시 그 자리에 얼어붙은 듯 서 있다가, 뿔이 난 고개를 홱 돌려 파드마를 향해 콧구멍을 벌름거리더니 요란한 소리를 내며 사라졌다. 또 한 번은 가시철조망의 잔해와, 한때는 철조망에 매달려 있었겠지만 지금은 반쯤 진흙에 묻힌 표지판 하나를 발견했다. 표지판에는 '사유지'라고 적혀 있었지만, 나무 위에서 내려다보며 그녀를 질책하는 다람쥐 한 마리뿐, 그곳에 사람이라고는 아무도 없었다.

거실에는 스물일곱 개의 종이상자가 놓여 있었다. 빈 상자도 있었지만 이미 포장되어 라벨이 붙은 상자도 있었다. 가지고 있던 라벨 종이에 이름을 따로 적은 건 이번이 처음이었다. 케샤브, 파드마, 그리고…. 파드마는 포장을 끝낸 상자에 라벨을 붙였다. '파드마'라고 쓴 라벨을 붙인 상자 바닥에는 '구세군에 기부할 것' 혹은 'L.A.에 사는 사리타에게 보낼 것'이라고 덧붙여 적었다. 케샤브는 일주일에 한 번 자기가 사는 캠퍼스 아파트에서 차를 몰고 와, 자기 상자들을 가져갔다. 그가 방문하는 한 시간 동안, 파드마는 차를 몰고 나가 텅 빈 시골길을 정처 없이 여기저기 돌아다니곤 했다. 한 시간이면 그녀가 집에 돌아오기 전에 케샤브가 떠나기에 충분한 시간이었다.

케샤브가 집에 들르는 것도 다음 주가 마지막이다. 그러고 나면 파드마는 더 이상 지난 23년간 그녀를 정의했던 '아내'라는 존재가 아니다. 결혼식 준비로 야단법석 떨었던 일, 결혼식의 신성한 불에서 피어오르던 연기, 기버터 냄새와 꽃향기, 미국에 사는 케샤브와 함께하기 위해 인도를 떠나며 지인들에게 작별을 고하던 일, 낯선 이들의 나라에 적응하는 법을 배우느라 보냈던 몇 주 몇 개월 몇 년의 시간들, 짧고 그마저도 점점 뜸해졌던 고향 방문, 부모님의 죽음, 이제 장성해 멀리 떨어져 사는 두 아이. 그 모든 게 이제 다 끝난다. 남아 있는 것들은, 제대로 기억도 나지 않는 파티의 다음 날 아침, 싱크대에 잔뜩 쌓인 더러운 접시들 같았다. 낡은 집, 피할 수 없는 고독, 그리고 하루가 지날수록 자신에게조차 낯설어져 가는 자신의 얼굴.

침실 물건은 분류가 이미 끝났다. 케샤브가 아이들 물건은 그녀가 가져도 된다고 했다. 이제 케샤브가 가져갈 가구 몇 개를 한쪽으로 치워두고, 그의 책과 옷가지와 기념품과 골프채와 칵테일 컵들만 싸면 된다. 지하실 물건과 헛간의 연장은 케샤브가 알아서 처리하겠지. 가끔 소파나 식탁 의자에 망연자실하게 앉아 있자면, 마음속 다락방으로 옛 추억들이 마구 밀려들어 왔다. 아기들에게서 나던 희미한 젖내와 분 냄새, 밤이면 방을 가득 채우던 케샤브의 숨소리, 그의 살결, 턱수염, 체육관에서 집에 돌아올 때 나던 사향내 같은 땀 냄새…. 케샤브는 흥미가 생기는 거라면 물건이든 사람이든 현상이든, 그 본질을 언어로 정확히 담아낼 수 있을 때까지 탐색했다. 흡사 뼈다귀를 물고 흔드는 개 같았다.

생각이 거기에 미치자 첫 부부싸움이 생각났다. 케샤브와 이름이 마리아인가 무언가인 유명한 새 동료 교수에 관한 소문이 파드마의 귀에 들어온 후였다. 전쟁 지역들을 뚫고 여행을 하고, 자신의 경험을 바탕으로 기념비적인 소설을 쓴 여자라고 했다. 파드마가 그 문제로 대들자 케샤브는 되레 짜증을 냈었다. "당신, 정말 통속적인 사람이군." 그는 살짝 비웃는 투로 말했었다. "난 그 여자랑 잘 수도 있었어, 알아? 하지만 그러지 않았다고. 내가 마리아에게서 원하는 건 육체적인 걸 넘어서는 친밀감이야. 모르겠어? 여자로서의 마리아에게 관심이 있는 게 아니라고. 난 단어들을 찾고 싶어. 은유와 상징, 의미와 비유로 만든 상자에 그 여자를 넣고 싶어."

파드마는 눈물을 쏟았다. 남편을 이해할 수 없었지만 믿고 싶었다. 케샤브가 그녀를 안아 다독이며 한숨을 내쉬었다. 그러고는 한 손으로 그녀의 턱을 들어 올려 얼굴을 들여다보았다.

"그 누구에 대해서도 마찬가지야. 당신을 포함해서." 케샤브가 말했다. "난 이렇게 질문하지. 그녀는 누구일까. 파드마를 의미하는 단어들을 어떻게 찾을 수 있을까. 당신은 누구지, 파드마?"

"당신의 아내." 자존감이 흔들리는 걸 느끼며 파드마가 말했다. 케샤브는 고개를 내저으며 미소를 지을 뿐이었다.

아니, 그들 사이에 균열이 생기기 시작한 건 그때가 아니었다. 남편이 파드마를 향한 마음의 문을 처음 닫기 시작한 정확한 순간이 왜 기억나지 않는 걸까? 그저 자신이 남편을 실망시키고 있다는 사실을 서서히 알게 되었을 뿐이었다. 그러니까 바로 그날처럼. 오랜 세월이 흘렀지만, 파드마는 그때를 생각하면 늘 찌르는 듯한 분노를 느꼈다. 어느 날 밤, 일하던 서점에서 돌아와 보니 집 안은 조용하고 복도의 불빛만 빛나고 있었다. 큰아들은 그때 여섯 살이었다. 아이의 테니스 신발이 피에 흠뻑 젖은 채 층계 맨 아래에 놓여 있었고, 마루와 계단은 온통 피 묻은 발자국투성이였다. 파드마는 헉 소리와 함께 가방을 떨어뜨렸고, 케샤브와 아이들의 이름을 부르며 층계를 뛰어 올라갔다. 하지만 두 아들 모두 방에서 평온히 잠들어 있었다. 파드마가 돌아보니 케샤브가 재밌어하는, 숫제 만족해하는 표정으로 문에 서서 그녀를 지켜보고 있었다.

"실험이야." 파드마가 믿을 수 없다는 얼굴로 노려보자 케샤브가 설명했다. "내일 수업시간에 할 실험이지. 쓸데없이 말만 많은 애송이 1학년생들에게 '용기'의 중요성을 보여 줄 셈이야.

테니스 신발 한 켤레와 케첩 반 통과 적당한 설정만으로 사람 마음이 얼마나 많은 걸 만들어 낼 수 있는지 놀랍지 않아?"

케샤브가 파드마를 끌어당겨 두 팔에 안고 미소를 지으며 사과했다.

"우리가 세상에 대해 내리는 모든 결론이 순전히 상황적 증거에 기반을 두고 있다는 거, 당신 알아? 무엇이 실제고 무엇이 아닐까. 우주가 우리에게 주는 건 날것의 '데이터'가 전부야. 우리는 '단어'들로, 우리 마음속과 종이 위에 있는 단어들로 현실을 구축하는 거라고, 파드마. 무슨 말인지 알겠어?"

케샤브는 교수들의 파티에서 말하듯이 이야기하고 있었다. 그는 파드마의 분노를 이해하지 못했다. 애초의 충격이 가시고 나면 그녀도 함께 웃을 거라 여기고 있었다. 파드마도 사회학 학사 학위를 가지고 있었지만(그것도 이제 다른 것들처럼 쓰레기가 되어 버렸다) 그만큼 교양이 풍부하지는 않았고, 케샤브의 영리함을 이해할 수 없었다. 밤낮없이 두 아들을 키우고 끊임없이 부업을 해 가계에 보태고 요리와 청소를 하고 좋아하는 추리소설을 읽는 사이, 미묘하게 낙오자가 되어 버렸다는 사실을 파드마는 미처 알아차리지 못했다. 케샤브의 대학 행사에 비단 사리를 입고 갈 때마다 자리와 어울리지 않게 차려입은 느낌에 남의 이목이 의식되었다. 대화와 샴페인이 급류처럼 파드마를 감싸고 흘렀지만 자기가 있을 자리가 아닌 것 같았다. 교수 부인들은 호기심과 동정에 찬 눈으로 파드마를 힐끔거렸고, 다른 교수들은 파드마를 박물관 전시품 취급하며, 그녀를 에워싸고 말을 걸었다. 명석하지만 종잡을 수 없는 케샤브 말리크 교수의 그 매력적인 신부.

시간이 흐르자 케샤브는 파드마에게 지분대지도 않았다. 그는 깊은 우울증에 빠져들었고 한 번에 몇 주씩 서재나 지하실에 홀로 틀어박혔다. 아이들과 집안일은 파드마에게 떠맡겨졌다. 서서히 케샤브는 파드마에게서 멀어졌다. 파드마는 케샤브가 바람피우는 것도, 모든 걸 게임으로 바꿔 버리는 것도 용서할 수 있었지만, 자기에게서 멀어지는 것만은 이해할 수도 용서할 수도 없었다. 그들 사이에 생긴 균열은 수년에 걸쳐 서서히 커졌다. 심각했던 큰아들의 질병이나, 두 사람 모두가 사랑했던 케샤브 어머니의 죽음처럼 두 사람 사이에 공유된 순간들이, 이따금 그 균열을 메꾸어 줄 뿐이었다.

파드마는 세상이 얼마나 부서지기 쉬운지, 아이들이 어렸을 때는 알지 못했다. 모든 게 영원할 성싶었다. 결혼 생활, 저녁마다 아이들 숙제를 봐주던 일, 의식처럼 치르는 요리와 바느질과 섹스. 과거는 이제 단편적으로만 떠올랐다. 맥락도 의미도 없는 단편들로. 케샤브와 아이들이 그물로 나비들을 잡아와 거실에 풀어줬던 바로 그 날처럼…. 당시 열한 살이었던 큰아들이 부엌에 있던 파드마를 잡아끌더니 숨이 막힐 듯 큰 소리로 웃으면서 말했다. "엄마, 와서 이것 좀 보세요!" 나비들이 아주 작은 마법 양탄자처럼 날개를 파닥이며 햇살 속으로 들락거렸다. 스테레오 위에도 내려앉았고 벽에 걸린 복제품 풍경화 속으로도 날아들어갔다. 케샤브가 책을 펴 나비들을 구별하기 시작했다. "저

건 배추흰나비야. 봐, 호랑나비, 노랑나비…." 파드마는 갑자기 견딜 수가 없었다. 그녀는 창문을 거세게 당겨 연 다음, 방충망을 손으로 밀쳐 넘어뜨렸다. 케샤브가 그런 파드마를 호기심 가득한 눈으로 오래 쳐다보다가 큰 소리로 웃었다. 케샤브와 아이들은 파드마를 도와, 미친 듯이 흥분해 있는 나비들을 거실 밖으로, 밖의 밝음 속으로 서둘러 내보냈다. 창문을 도로 닫고 보니, 스피커 위와 커피 테이블 위에 나비 두어 마리가 죽어 있었다. 하나는 노란색이고 또 하나는 주황색과 검은색이었다. 선반들과 가구 위에는 꽃가루 같은 게 흩뿌려 있었다.

"한 마리가 아직 갇혀 있어." 파드마가 미친 듯이 말했다. "그림 속에. 유리 뒤쪽에."

주황색 나비였다. 날개를 유리에 부딪치며 파닥이는 걸 본 것 같았다.

"그건 그림이야, 이런 바보." 케샤브가 파드마의 머리 위에서 한 손으로는 친절하게 그림을 가리키면서 다른 손으로는 그녀의 머리카락을 쓰다듬었다. 그래서 그녀도 그런가 보다 생각했다.

✳

파드마는 최근 일어난 일들을 곱씹으며 앉아 있었다. 어쩌다 이 지경에 이르게 됐는지, 무슨 실마리나 조짐이 있었는지 찾아보려고 애썼지만 헛수고였다. 그때 한 가닥 기억이 훨씬 더 예전 인도에서 살았던 어린 시절로 자연스럽게 그녀를 이끌었다. 4대가 토끼사육장 같은 방에서 살았던, 크고 지저분했던 집이 떠올랐다. 구관조처럼 떠들어대던 쾌활한 고모들, 매일 아침 대문 앞에 왔던 우유 배달부의 암소, 소젖이 들통 안으로 좌르르 쏟아지던 소리. 그리고 그녀가 무척 좋아해 즐겨 찾는 은신처였던 망고나무. 그 늙은 망고나무는 팔이 여럿 달린 짙은 피부의 여신처럼 미로 같은 줄기를 하늘을 향해 뻗었고, 길고 반질반질한 초록 이파리들은 여사제들이 중얼대듯 작고 나직하게 사각거렸다. 참새 둥지 가득, 갓 깃털이 난 새끼 새들이 노란 주둥이를 벌리고 울던 모습이 기억났다. 어린 파드마는 굵은 나뭇가지 위에 누워 거친 나무껍질에 볼을 댄 채 평평한 지붕을 내려다보고 있었다. 집을 빙 둘러싼 낮은 담장 위에는 화분들이 놓였고, 빨랫줄에는 옷가지들이 총천연색 깃발처럼 펄럭였다. 나무들이 뒤엉킨 뒤뜰에서 할머니가 야생 재스민을 따고 있었다. 할머니는 어린 파드마를 올려다보고 미소를 짓더니, 고개를 내저으며 파드마를 원숭이라고 놀렸다. 그러나 늘 파드마의 마음은 공중에서 맴도는 솔개처럼 시간이 멈춰버렸던 그 날 오후로 되돌아가곤 했다.

그 밝고 구름 한 점 없던 여름날, 나무에 있던 파드마는 바보 삼촌이 지붕으로 올라가는 것을 보았다. 파드마의 형제자매와 사촌들로 이루어진 작은 집단에서 삼촌은 확실한 오락거리였다. 그녀는 세 살짜리의 마음을 가진 어른이 엄격히 금지된 장소인 지붕 위에서 무얼 하려는 건지 궁금해, 흥미 있게 삼촌을 지켜보았다. 삼촌은 자신을 자기 아닌 다른 것과 동일시하는 버릇이 있었다. 한번은 자기가 의자인 양 응접실 마룻바닥에서 몇 시간이나 앉아 있었다. 어쩌면 자기가 정말 의자라고 생각했는지도 모른다. 또 한 번은 사향쥐가 되기로 결심하고 벽을 따라 달려 다니다가 뒤뜰로 나가서는, 덤불 사이에 구멍을 파고 코를 킁킁대기도 했다. 삼촌이 지붕 위에 있어서는 안 된다는 걸, 파드마도 알고 있었다. 할머니는 언젠가 막내아들이 자신을 새라 여길 거라는 두려움 속에 살았다. 하지만 그날 오후는 황금빛이었고, 빛과 공기와 편안함으로 가득 차 있어서 끔찍한 일이 닥치리라는 예감 따위는 들지 않았다. 처음에 삼촌은 일관성 없이 빙빙 돌아다니기만 했다. 어울리지도 않게 기린처럼 우아하게 움직였고, 문어발 같은 손으로 화분과 빨랫줄에 널린 옷가지를 다정하게 쓰다듬었다. 여덟 살 파드마는 누구든 불러서 마누 삼촌이 지붕 위에 혼자 있다고 알려야 하는 게 아닐까 생각했지만, 삼촌을 지켜보는 게 너무나 재밌었다. 작은 가지나 나뭇잎을 떨어뜨려 삼촌이 어쩌는지 봐야 하나 어째야 하나 갈등하고 있는데, 계단통을 덮는 지붕 위로 삼촌이 올라가기 시작했다.

계단통 지붕은 옥상의 다른 곳보다 5미터가량 더 높았다. 삼촌은 벽돌 사이 좁은 공간을 발판 삼아 몸을 끌어올렸다. 삼촌을 지켜보던 아이는 그제야 그가 위험에 처했다는 걸, 누군가에게 말해야 한다는 걸 깨달았다. 하지만 목소리가 목구멍에서 죽어버린 것 같았다. 삼촌이 계단통 지붕 위에 서서 두 팔을 활짝 벌리자, 부드러운 산들바람에 흰색 면 셔츠와 파자마가 부풀어 올랐다. 발밑으로는 포장된 마당 바닥까지 절벽이나 마찬가지였다. 삼촌이 뛰어내렸다.

오랜 세월이 지났어도 여전히 눈을 감으면 삼촌이 보인다. 삼촌은 뜨겁고 푸른 하늘에 높이 떠서, 계단통 지붕에서부터 1미터쯤 위에 정지된 채 두 팔을 퍼덕이고 있었다. 입술에서는 환희에 찬 외침이 소리 없이 터져 나왔다. 그는 날고 있었고 목화씨보다 가벼웠다. 삼촌은 영원히 공기 중을 헤엄쳤다. 제멋대로 헝클어진 머리카락을 뒤로 나부끼며.

다음 순간 그곳에 텅 빈 하늘만 남았다. 파드마는 추락 소리를 들었지만 그걸 곧장 삼촌의 부재와 연결하지는 못했다.

어린 파드마는 집 안이 이웃 사람들로 가득 차는 걸 나무 위에서 지켜보았다. 의사가 차를 몰고 왔고, 호기심에 찬 사람들이 저택의 대문 주위로 몰려들었다. 어둠이 깔리자 파드마의 집과 이웃집들에 하나둘 불이 켜졌다. 아래층 방들과 마당에서 여자들이 울부짖는 소리와 사람들의 말소리가 들려왔지만, 파드마를 부르러 오는 이는 아무도 없었다. 어머니도, 할머니도. 파드마는 망고나무 가지 위에 누워 있었다. 점점 졸리고 배가 고파 왔지만 제 발로 내려갈 생각은 추호도 없었다. 영영 나무 위에 있을 셈이었다….

그때 아래쪽 어둠 속에서 누군가 자기를 부르는 소리가 들려와, 파드마는 졸음에 겨운 채 드디어 천천히 나무에서 내려왔다. 그리고 그 목소리가 이끄는 대로 덤불 너머 황량한 정원 뒤편으로 깊숙이 더 깊숙이 들어갔다. 그게 누구의 목소리였는지, 마누 삼촌이었는지 할머니였는지, 그도 아니면 뻐꾸기가 어느 나무에 파인 작은 동굴 속에서 플루트 같은 음색으로 부른 노랫소리였는지는 기억나지 않았다. 하지만 분명 그 정글을 통과하는 길이 있었다. 나무와 관목의 어둠 속을 뚫고 누비는 가느다란 한 줄기 달빛이 있었다. 비틀거리며 가시덤불에 긁힌 끝에, 파드마는 마침내 따뜻하고 포근한 장소에 다다랐고, 몸을 웅크린 채로 잠이 들었다. 위로받고 용서받는 듯한 기분을 느끼며. 집에 있다는 건, 안전하다는 건 정말 좋은 거구나 생각하면서.

다음으로 기억나는 것은 밝은 대낮의 햇빛이었다. 파드마는 홀로 망고나무 아래에 서 있었다. 입술에서 피가 났고, 면 드레스에도 피가 조금 묻어 있었다. 허기도 갈증도 느껴지지 않았다. 그저 이제 막 깊은 잠에서 깨어난 느낌이었다. 집 안에서 어느 여자가 큰 소리로 울고 있었다. 갑자기 정원 담장에 난 문이 벌컥 열렸다. 아버지가 문에 서서 주위를 둘러보았다. 머리는 빗지도 않았고 셔츠는 온통 구겨진 채였다. 아버지는 파드마를 발견하고 물끄러미 바라보다가 이름을 부르며 달려와서는 두 팔로 꼭 끌어안았다. 집 안쪽에서 죽음의 냄새와 소독내가 풍겼다. 낯선 여자가 부스스한 머리와 벌건 눈을 한 채 눈물로 얼룩진 사리 속으로 파드마를 감싸 안았다. 어머니였다. 어머니는 손가락으로 파드마의 헝클어진 머리카락을 쓰다듬어 나뭇잎을 털어냈다. "어디 있었니, 못된 것 같으니. 밤새 찾았잖아…. 정원이며, 공원이며, 온 데를 다…."

마누 삼촌이 하늘을 나는 걸 보았다고 말하고 싶었지만, 말이 나오질 않았다. 사람들은 파드마가 대답할 수 없는 질문을 온종일 되풀이했다. "어디 있었니?"

37년이 지나고 상자로 가득 찬 집 안에 홀로 앉아 있는 지금도, 파드마는 여전히 그 질문에 대한 답을 알지 못한다.

생각에 잠겨 있다 보면, 방은 저녁 그늘로 충만해 여러 가지 회색으로 그려진 정물화처럼 보인다. 파드마는 숲이 창문 바로 바깥에서 자기를 기다리고 있다는 느낌을, 나무들이 집 담장을 누르며 속삭이고 있다는 느낌을 받곤 했다. 식당 벽에 걸린 장식용 거울 속에서는 그녀 자신의 그림자가, 마치 야생동물이 진창 속에서 바라보듯, 파드마를 돌아보았다. 그림자에 파인 얼굴을 감싸는 흐트러진 머리카락, 새부리 같은 코, 야행성 여우원숭이같이 큰 눈에 진한 눈매. 그러면 파드마는 몸을 부르르 떨고 고개를 흔들어 몽상을 털어내고는, 작게 한숨을 내쉬며 자리에서 일어났다. 그리고 불을 켠 뒤 처트니 샌드위치나 로티랩을 만들어, 우두커니 부엌에서 먹은 다음 직장으로 향했다.

며칠에 걸쳐 파드마는 불빛에 눈이 먼 한 마리 나방처럼 집 안 곳곳을 돌아다니며 물건을 분류하고, 상자를 포장하고, 라벨을 붙였다. 지긋지긋할 정도로 친숙했던 방들이 낯설어질 때까지. 오후에는 잠시 일손을 놓고 무작정 숲 속을 거닐었다. 파드마는 애써 현실적인 문제들, 이를테면 그다음에 해야 할 일 같은 것에 생각을 집중했다. 캘리포니아에서 일하는 큰아들은 그녀가 집을 팔고 자기 가까운 곳으로 이사 왔으면 했다. 인도에 사는 친구 우샤는 고향으로 돌아와 새 삶을 시작하라는 편지를 줄기차게 보냈다.

고향이라…. 부모님은 돌아가셨고, 남동생과 두 여동생은 각자 가정을 꾸려 살고 있다. 할머니의 집은 폐허가 됐다. 어디로 갈 수 있다는 건가?

때로는 숲 속을 거닐다가 길을 잃기도 했다. 숲에는 제대로 된 길도 이정표도 없어서, 눈여겨보지 않으면 헐벗은 겨울나무 들이 죄다 똑같이 보이기 시작하고, 죽은 나뭇잎을 바스락 소리 내며 밟는 자기 발소리만 따라가기에 십상이었다. 수 킬로미터 를 걷고 나서야 풍경 속의 무언가가 낯익어 보이기 시작하고, 다 음 순간 난데없이 비탈 위에 앉아 있는 자신의 집과 마주치곤 했 다. 파드마는 단 한 번도 같은 길로 숲을 통과해 본 적이 없었다. 적어도 그녀는 그렇게 믿었다.

✳

마침내 상자 정리가 다 끝났다. 모든 물건이 나뉘어 분류되었 고, 상자마다 라벨이 붙었다. 내일이면 케샤브가 마지막으로 집 에 온다. 파드마를 당황하게 한 건 결혼사진들이었다. 결국 그 녀는 결혼사진을 어떻게 할지 결심이 서기까지 상자에 넣어 지 하실에 두기로 했다. 케샤브가 원치 않으리란 것만은 분명했다.

처음에는 지하실 열쇠를 찾을 수가 없었다. 오랫동안 거기로 는 내려가질 않았기에, 케샤브가 왜 지하실을 잠가 두었는지 이 상하다는 생각이 이제야 문득 머리를 스쳤다. 케샤브가 말한 바 대로라면 지하실에는 학교 물건이 담긴 상자들이 있었다. 그가 가르치는 영문학과의 무슨 자료들이라고 했다. 파드마는 열쇠 가 있을 만한 곳은 다 뒤졌다. 케샤브의 서재 벽장도, 그녀가 자기 열쇠들을 넣어 부엌 못걸이에 걸어둔 수 놓인 작은 가방도. 마침내 케샤브의 책상 서랍 안쪽에서 열쇠를 찾아냈다. 반짝이고 사용된 흔적이 없는 거로 보아 보조 열쇠인 모양이었다. 지하실로 내려가는 문을 온몸에 힘을 실어 열어 보았지만, 처음에는 꼼짝도 하지 않았다. 그때 어스름 속에(때는 저녁이었다) 문에 빗장이 걸려 있는 게 보였다. 잊고 있었다. 빗장을 풀자 끼익 하는 소리와 함께 문이 열렸다. 아래쪽에서 천천히 공기가 올라와 파드마의 폐로 들어갔다. 정체된 공기에서 희미한 사향 냄새가 풍겼다. 덜컥 겁이 났지만 돌이킬 수 없었다. 파드마는 숨을 깊이 들이마시고 손을 뻗어 불을 켰다.

내려갈 때 계단이 약간 삐걱거린 탓에 난간을 붙잡으며 내려가야 했다. 마침내 파드마는 차가운 시멘트 바닥 위에 섰고, 살짝 겁이 나서 주변을 살폈다. 그곳에는 파이프와 다이얼이 달린 낡은 기름 난로, 그리고 선반에 쌓인 먼지투성이 상자들 말고는 아무것도 없었다. 파드마는 결혼사진들을 위층에 두고 왔다는 사실을 깨달았다. 그녀는 지하실을 여기저기 돌아다니며 전등을 하나씩 켜보기 시작했다. 전등은 모두 멀쩡했다. 그저 공기가 퀴퀴할 따름이었다. 그녀가 이곳 깊숙이 내려오고 싶은 생각이 들지 않았던 건 당연했다. 케샤브가 굳이 내려오지 말라고 할 필요조차 없었다. 느닷없이 지하실 한복판에서 숲 냄새가 났다. 차가운 땅 냄새, 나무껍질 냄새, 습기, 동물의 배설물 냄새가 뒤섞인 신선한 공기였다. 파드마는 불안해하며 주위를 둘러보았지만, 무언가가 숨어 있을 만한 공간이 전혀 없었다. 쥐도 없었고, 바퀴벌레도 한 마리 없었다. 창문들은 벽 높이 났지만, 좁고 기다란 그 작은 구멍들은 낡아서 빛이 들지 않았다. 창문은 수년째 닫혀 있었다. 아무것도 들어올 수 없었다. 하지만 이 숲 냄새, 이걸 어떻게 설명할 수 있을까?

지하실 한쪽 끝은 내장 공사가 되어 있었다. 바닥에는 리놀륨이 깔렸고 책꽂이들과 책상 하나가 놓였으며, 목제 칸막이가 그곳과 지하실의 다른 부분을 나누고 있었다. 케샤브는 온갖 잡동사니를 이곳에 보관했다. 학생들의 옛날 학위 논문, 누렇게 바랜 소논문들, 희미해진 여행기록들. 마지막으로 여기 내려왔을 때 그것들을 봤던 기억이 어렴풋이 났다. 2년, 아니 3년 전이었던가? 파드마는 칸막이가 설치된 공간 안쪽으로 들어갔다. 숲 냄새가 훨씬 강하게 났다. 이쪽 구석은 캄캄했다. 끈을 잡아당겨 켜는 전등이 있었던 기억이 났다. 허공을 더듬자 손에 차가운 사슬의 감촉이 느껴졌다. 불을 켜 보니, 책상 위에 나무로 된 새장 하나가 문이 부서져 열린 채로 놓여 있었다. 케샤브의 작고 꼼꼼한 필체가 적힌 공책에는 조그만 배설물 자국과 오줌 자국이 여러 페이지에 나 있었다. 선반에는 정체를 알 수 없는 여러 물질이 담긴 유리병들이 놓였고, 존재 불가능한 생명체들을 그린 연필 세밀화도 대여섯 점 쌓여 있었다. 책등이 벗겨진 고서도 많았다. 그러나 마지막으로 파드마의 눈길을 사로잡은 건, 선반 위쪽에 열려 있는 창문이었다. 무언가가 나무틀에 진한 얼룩을 남기면서까지 발톱으로 자물쇠를 할퀴었고, 결국 여기 갇혀 있던 그 무언가가 겨우 빠져나갈 만큼 창문이 젖혀 열려 있었다.

파드마는 처음에는 그저 그 자리에 서서 분노로 숨을 거칠게 몰아쉬었다. 오래전 케첩으로 얼룩졌던 테니스 신발이 떠올랐다. 이건 케샤브가 그녀에게 주는 작별 선물이었다. 또 다른 설정이었고, 그녀로 하여금 옛일을 떠올리게 하려는 속임수였다. '하지만 왜? 도대체 의미가 뭐야?' 몸을 앞으로 숙여서 보니 공책 위의 얼룩 일부는 여전히 축축했다. 케샤브가 마지막으로 여길 다녀간 건 일주일 전이었다. 이걸 어떻게 이해해야 할지 알 수가 없었다.

파드마는 꼼짝도 하지 않고 그렇게 서 있었다. 그러다 갑자기 모든 게 분명해졌다. 드디어 무대에서 벗어난 느낌이었다. 그녀는 불 켜진 창을 통해 자신의 집 안을 들여다보는 이방인일 뿐이었다. 이제껏 이곳이 자신의 집이라고, 세상으로부터의 은신처라고 믿었지만, 여기 또한 또 다른 곳으로 향하는 길 위에 놓인 임시 정류장, '사라이'[80]였다. 그 길은 한 줄기 은빛 달빛처럼 오랜 세월 그녀 앞에 놓여 있었고, 그녀를 안식처로 이끌고 있었다. 그것은 한 줄기 서늘한 공기였고, 숲의 숨결이었고, 꿈의 생명선이었다.

[80] 킵차크한국의 옛 수도로 옛부터 북방으로부터의 모피의 길과 동방에서의 실크로드가 서로 만나는 요충지였다.

다락방

The Room on the Roof

나이 든 여자들, 그러니까 할머니들과 흰 사리를 입은 미망인들은, 모든 존재에 깃든 갈망을 우기가 깨운다고 말한다. 감춰진 것과 땅속에서 잠자는 씨앗을 향해, 그리고 마른 나뭇가지와 젊은이의 가슴 속 열망을 향해 비가 소리친다는 것이다. 장성한 자녀의 집 화덕을 돌보며, 발코니에 앉아 쌀을 고르고 완두 깍지를 까며, 자기들을 추방한 도시의 더러운 스카이라인을 멍하니 바라보며, 나이 든 여자들은 자기만의 상상과 충족되지 않은 갈망으로 신화와 설화들을 꾸며 내어 이야기로 풀어냈다. 듣는 이라고는 아이들뿐이었다. 어른들은 직장에 다니며 볼일을 보고 은행 잔고를 관리하느라 바빠서, 스스로 파놓은 경이의 우물에서 빠져나올 틈이 없었다. 어쨌건 이야기 할머니에 대한 소식은 집집이 퍼졌고, 금세 청중이 불어서 온 동네 아이들이 모여들었다.

창문에서 바라보던 그 소녀도 이들 중 하나였다. 함께 사는 조부모가 없었던 소녀는(살아계신 두 분은 벵골의 외딴 마을에 살고 계셨다), 길 아래 사는 친구의 할머니가 들려주는 이야기들을 듣고 자랐다. 그래서 세상의 따분한 일상 너머에 그토록 놀랍도록 기이하고 불가능한 일들이 존재한다는 생각에 마음이 열려 있었다. 소녀의 이름은 우르밀라였고, 이제 막 열세 살이 되었다.

우기에 내린 첫 비였다. 비는 대낮에 어둠을 드리우며 내리기 시작했다. 다음 순간 하늘에서 광풍이 불어 내려와 문과 창문들을 두드렸고, 빨랫줄에 널린 빨래들이 미친 듯이 펄럭였으며, 그 앞으로 거리의 쓰레기들이 몰려와 사방에서 여름 먼지가 구름처럼 일어났다. 우르릉 소리와 함께 빗줄기가 세로줄을 그으며 거세게 몰아치자, 사람들은 큰 소리로 웃고 기뻐하면서도 서둘러 비를 피할 곳을 찾았다. 먼지 쌓인 우산들이 꽃처럼 활짝 펼쳐졌다. 아이들은 잔소리하는 엄마에게서 빠져나와 거리로 달려나가서 춤을 추고 함성을 질러댔다. 우르밀라와 아홉 살난 남동생 솜나스만이 집 안에, 그들이 함께 쓰는 위층 방 안에 머물러 있었다.

우르밀라도 예전에는 거리에서 친구들과 춤을 추며 우기의 시작을 축하했었지만, 올해는 그러고 싶은 생각이 영 들지 않았다. 창 밑에서 소리를 지르고 손짓하고 큰 소리로 웃는 아이들에게, 우르밀라는 손을 흔들고 미소를 지으며 고개를 내저었다. 하지만 짙고 가느다란 손으로 턱을 괸 채 축축한 창틀에 걸터앉은 모습에는 아쉬움이 묻어 있었다. 소녀는 격자무늬 철제 창살에 몸을 기댄 채로 동생을 돌아보았다. 솜나스는 침대 위에 배를 깔고 널브러졌고, 마룻바닥에는 목발이 아무렇게나 내팽개쳐 있었다. 동생은 체스 게임에 푹 빠져 있었다. 소녀는 갑자기 부르르 몸을 떨고 다시 하늘을, 그리고 비를 내다보았다.

일정하고 다정한 빗소리 위로 또 다른 소리가 들려왔다. 체스 플레이어들이 체스판 위에서 움직이는 소리, 동생이 적의 나이트(Knight)와 협상하고 기습적으로 폰(Pawn)을 빼앗으며 중얼거리는 소리. 아무것도 안 깔린 차가운 마룻바닥 위에서는 딱정벌레 한 마리가 딸가닥거리며 돌아다녔다. 우르밀라의 수학 숙제는 살짝 축축한 채로 창문 근처 책상 위에 방치되어 있었다. 원과 원이 교차하는 벤 다이어그램이 한 페이지 가득, 마치 무수한 우주들이 겹친 것처럼 조심스럽게 그려져 있었다. 최근에 우르밀라는, 자신이 사는 세계가 독립된 별개의 세계가 아니라 실제로는 많은 세계의 교집합이라고 결론지었다. 딱정벌레의 세계가 있고, 아래층 부엌에서 향신료를 빻는 어머니의 세계가 있고, 동생이 사악한 적의 킹(King)과 전투를 치르는 체스의 세계가 있다. 그러니 자신의 인식 바깥쪽에 얼마나 많은 세계가 감춰져 있을지 누가 알겠는가?

소녀는 곧잘 이런 상상에 빠져들곤 했는데, 창피함이나 부끄러움 때문에 대부분 혼자만 간직했다. 서서히 물에 잠기는 세상을 내다보며 사색에 잠겨 앉아 있던 그때, 놀라운 것이 길 끄트머리에서 모습을 드러냈다.

여자였다. 여자는 우산도, 급한 기색도 없이 비를 가리러 손차양을 한 채 주위를 두리번거리며 길을 걸어왔다. 물바다가 된 거리를 천천히 첨벙첨벙 걷는 통에 밝은 녹색의 살와르 카미즈가 물에 젖어 살갗에 착 달라붙었다. 그 모든 걸 지켜보며 소녀는 생각했다. '저 여자가 모든 걸 바꿔놓을 거야.'

여자가 소녀네 집 대문 앞에서 걸음을 멈추더니, 문을 열고 현관 쪽으로 몇 발짝 걸어 들어왔다. 다음 순간 집 안에서 땡그랑 종소리가 울렸다.

훗날 우르밀라는 그 우기에 일어났던 사건을 떠올리며, 자기가 그런 엄청난 책임을, 그러니까 모든 걸 바꿀 책임을 지웠던 그 여자가, 아니 최소한 자기를 쭉 걱정시켰던 하나를 바꿔놓을 책임을 지웠던 그녀가, 델리의 모든 거리 중 자기가 사는 거리를, 그리고 다른 집도 아닌 바로 자기 집을 선택했다는 사실에 놀라워했다. 그건 자신이 당시 느꼈던 바보다 훨씬 더 놀라운 사건이었다. 물론 우르밀라의 부모가 다락방을 세줄 셈으로 지역 신문에 광고를 냈고, 집은 비쉬와카르마 미술학교에서 20분밖에 안 떨어진 곳에 있었으니, 모든 게 논리적으로는 설명 가능했다. 그러나 그 후로 일어난 일들은 여전히 무척 놀라웠다.

그 여자가 다락방으로 이사 들어온 뒤로도 처음에는 아무것도 달라지지 않았다. 그녀의 이름은 아파르나 부반이었고, 조각가였다. 그녀는 달랑 여행 가방 하나와 점토 몇 덩이와 희미한 젖은 흙 내음을 가지고 왔다. 매일 아침 학교에 갔고 저녁이면 시계처럼 꼬박꼬박 귀가했다. 우르밀라의 어머니는 아파르나가 괜찮은 사람이라고 인정했다. 예의 바르고 품위 있는 데다 음식을 남기지 않고 누굴 집에 데려오는 법도 없었기 때문이다. 어머니에게는 아파르나가 우울한 일상과 지루하고 반복적인 집안일에 생긴 작은 파문일 뿐이었지만, 우르밀라에게 그녀는 특별한 의미를 풍기는 존재였다. 다락방은 집의 다른 곳과는 무관한 딴 세상이었다. 수십 년 묵은 가구와 장식품으로 빼곡히 채워진 진열장들이 있고, 소리 없는 시타르[81]가 구석에 세워진 응접실, 그리고 연한 자주색과 갈색 시트가 깔렸고 문을 열면 좀약과 해묵은 꿈들의 냄새가 풍기는 엄청나게 큰 철제 찬장과 고색 짙은 재봉틀이 있는 부모님의 깔끔한 침실과는 전혀 달랐다. '아니야, 아파르나는 다른 세상에 살아. 흙 내음과 비 내음이 나는 세상에, 다채롭고 근심 걱정 없는 어수선한 세상에.' 우르밀라는 생각했다. 아파르나는 조용하고 함부로 나서는 법이 없었지만, 그녀의 갈색 눈동자는 웃음기와 비밀로 빛났고 머리카락은 산꼭대기에 걸린 한 조각 구름처럼 늘 느슨하게 어깨에 걸쳐 있었다. 붉은색과 황토색, 혹은 녹색과 겨자색이 소용돌이치는 옷은 무지개처럼 알록달록했다. 매일 저녁 아파르나는 경쾌한 발걸음으로 층계를 오르며 아이들의 방 앞을 지나갔고, 아이 중 하나가 자기를 내다보면 미소를 지어 주었다.

거의 매일같이 쉴 새 없이 비가 내렸고 날이 일찍 어두워졌다. 우르밀라는 저녁에는 자기 방에서 책을 읽거나, 보이지 않는 적과 끝나지 않을 체스 게임을 하는 동생을 지켜보았다. 이미 오

[81] 인도 북부에서 발달한 류트계의 발현악기

래전부터 그것은 단순한 게임이 아니었다. 작년에 솜나스는 판지를 잘라 거대한 체스판을 만들었고, 그 위에 정사각형들을 그린 다음 다른 구조물들을 더해갔다. 요새의 벽, 강, 비밀통로 같은 것들. 체스판은 검은 잉크로 그린 수수께끼 같은 기호들로 복잡했다. 규칙들도 바뀌었다. 말마다 제각기 이름이 있었는데, 체스의 전통적 규칙들이 그러하듯, 말의 행보는 음모, 비밀 서약과 배신, 지나간 역사와 미래를 향한 포부에 지배받았다. 우르밀라는 솜나스가 작년에는 말하기를 좋아하고 열정에 차 있었다는 사실을 떠올렸다. 솜나스는 모든 걸 죄다 설명해 주었고, 벽돌을 쌓듯 차곡차곡 자신의 세계를 쌓아 갔다. 체스의 세계에서는, 크리켓도 못하고 목발 없이는 걷지도 못하는 소년도, 터번을 두른 장대하고 용감무쌍하고 자비로운 전사가 되었다. 솜나스가 요새의 통로들을 거닐며 방어시설을 점검하고, 성벽 위 좁은 총안에 있는 군사들을 격려하는 모습을, 우르밀라는 마음의 눈으로 볼 수 있었다. 짤막한 갈색 손가락들은 나이트나 폰 위를 서성였고, 눈에 보이는 건 체스판이 아니라 교전 중인 자기 나라의 언덕과 계곡, 그리고 시골 마을이었다.

하지만 솜나스는 요즘 우르밀라를 침묵으로 밀어냈다. 몇 달째 자기가 만든 세상에 대해 아무 이야기도 해 주지 않았고, 우르밀라가 물어도 모난 표정으로 아랫입술을 쭉 내밀고 어깨만 으쓱하거나 툴툴거렸다. 눈도 마주치지 않고 고개를 돌렸다. 생전 없던 일이었다. 솜나스는 장애와 예민한 기질 때문에 늘 조용하고 낯선 이를 경계하고 교우들과 거리를 두는 아이였지만, 한 번도 우르밀라를 멀리한 적은 없었다. 솜나스가 언젠가는 목발 두 짝만 남기고 체스의 세계로 완전히 사라져 버릴 거라는, 그들 사이의 이런 침묵이 은둔의 첫 단계라는 확신이 커져서, 우르밀라는 불안했다. 하지만 우르밀라에게는 속내를 터놓을 만한 이가 아무도 없었다. 하나밖에 없는 친한 친구가 방학을 맞아 도시를 떠났기 때문이다. 부모님은 솜나스의 장래를 두고 끊임없이 안달복달했었다. "누가 불구랑 결혼하겠니?" "우리가 죽으면 솜나스가 어떻게 살아가겠니?" 하지만 부모님은 이제 솜나스가 공부도 잘하고 건강하니 걱정이 없다고 생각했다. 한번은 우르밀라가 어머니와 솜나스에 관해 이야기를 나눴을 때, 어머니가 말했다.

"솜나스는 카르틱 같은 체스 챔피언이 될 거다." 어머니는 사리 귀퉁이로 눈시울을 훔치고 한숨을 내쉬었다.

조각가가 다락방에 살기 시작한 첫 주에 아무 마법도 안 부리자 우르밀라는 희망을 잃기 시작했다. 어느 날 저녁, 식탁이 치워진 후 아버지가 신문을 들고 소파에 자리를 잡자, 소녀는 아버지에게 다가갔다.

"아빠?"

머릿속으로 죄다 미리 연습해 본 말이었다. 솜나스가 체스 세상 속으로 은둔하고, 침묵하고, 자기를 밀어낸다는 말. 하지만 아버지는 부드럽고 낮은 목소리로 말했다.

"TV 켜라, 얘야. 뉴스 할 시간이다."

할 말이 혓바닥 위에서 죽어 버렸다. 소녀는 아버지가 시키는 대로 TV를 켜고 응접실 입구에 기대어 섰다. 뉴스 앵커의 파멸 예언자 같은 목소리가 응접실을 메웠다. 국민총소득이 다시 하락하고 북동부의 위기 상황이 악화되었다는 뉴스였다. 우르밀라의 어머니가 응접실로 들어와 소파에 앉은 다음, 물 한 컵에 질경이씨 껍질을 쏟아붓고 숟가락으로 휘저었다. 변비를 막으려고 밤마다 치르는 의식이었다. 소파가 어머니의 무게에 내려앉아 삐걱거렸다. 아버지가 짜증 섞인 눈초리로 어머니를 쳐다보자, 어머니는 젓기를 멈추고 물을 마시기 시작했다. 어머니는 꿀꺽꿀꺽 물을 삼키는 중에도 벵골 억양이 벤 자신 없는 힌디어로 자신의 하루 이야기를 늘어놓았다. 밀가룻값이 올랐다는 이야기며, 하녀가 느려 터졌다는 이야기. "조용히 해!" 우르밀라의 아버지가 TV 앞으로 몸을 기울이며 버럭 소리쳤다. "이거 중요하다고…."

소녀는 상상했다. 진짜로 아파르나에게 마법 능력이 있다면 손만 한 번 흔들어도 TV가 꺼질 텐데. 그다음에는 구석에 놓인 시타르가, 아버지가 배우다가 할아버지가 돌아가시자 포기했던 시타르가 말을 할 텐데. 처음에는 현이 부드럽게 흔들리고 곧이어 음악이 응접실을 가득 채우겠지. 부모님이 깜짝 놀라 주위를 둘러보면, 세계 각국을 여행 다니는 부모님의 친구들과 친척들이 선물해 준 선반 위의 기념품들이 살아날 거야. 아삼 지방 산골에서 온 춤추는 소녀가 미소를 지으며 몸을 흔들기 시작하고, 네덜란드에서 온 풍차가 거대한 날개를 돌리기 시작할 텐데…. 우르밀라는 한숨을 짓고 응접실을 떠났다.

집의 다른 곳으로부터 도피처와 같았던 자기의 방마저도 이제 소녀를 짓누르기 시작했다. 습기 때문에 천장에 곰팡이가 슬고 네모난 창짝에서는 끊임없이 빗물이 떨어졌다. "정말 지긋지긋하게 내리는구나." 어머니가 소녀의 머리에 기름을 바르고는 오랫동안 천천히 어루만지며 빗어 내렸다. "네 빨간 쿠르타를 베란다에서 말리는 데 사흘이나 걸렸지 뭐니, 사흘이나! 다누더러 다려놓으라고 했는데 또 일찍 갔어, 게으른 계집애 같으니."

매주 우르밀라는 흐린 날씨를 무릅쓰고 길 아래 샤루네 집에 갔다. 그곳에 가면 샤루의 할머니가 재미난 이야기를 들려주었다. 열린 창문으로 후두두 비 내리는 소리가 끊임없이 들리고, 불어난 강에서부터 냄새나는 바람이 창을 통해 불어 들어왔다. 아이들은 안절부절못하며 이야기를 기다렸고, 바삭바삭하고 매운 파코라를 우적우적 씹다가 무심결에 기름투성이 손을 옷에 문지르곤 했다. 할머니가 들려주는 이야기들은 계절의 분위기와 잘 맞았다. 보리수나무 귀신과 우물에서 나타나는 것들에 관한 이야기인데 유쾌하리만치 무서웠다. 할머니가 말했다. "바위든 먼지든 뼈든, 죽은 것들은 모두 생명을 갖고 싶어 하지. 죽은 것들의 갈망이 너무 커서 그것이 우기를 불러오는 거란다. 비가 내리면 적어도 한동안은 살아 있다는 게 어떤 건지 알 수 있거든. 그러고 나면 습지에서 불의 악령이 나타나 마을 소녀들을 괴롭히는데…."

'하지만 이곳에서는 아무 일도 일어나지 않아.' 우르밀라는 생각했다.

어느 날 저녁, 식사가 끝난 뒤 동생은 위층으로 올라가고 우르밀라는 부엌일을 도왔다. 하녀가 못 왔기 때문이었다. 부모님은 TV 앞에 모여 맹목적이고 천진한 어른의 얼굴로 뉴스를 보았고, 우르밀라는 부엌일을 마치고 나서야 어두운 층계를 천천히 올라갔다. 열린 방문 사이로 불빛이 새어 나왔다. 한 발짝 한 발짝 뗄 때마다 TV에서 흘러나오는 킬킬거리는 소리가 멀어져 갔다. 갑자기 소녀의 눈에 눈물이 고였다.

하지만 방에는 아무도 없었다. 우르밀라는 다른 방문에서 새어 나오는 불빛을 향해 계단을 올려다보았다. 위쪽에서 중얼중얼 부드러운 대화 소리가 들리고 간간이 웃음소리도 들렸다. 소녀는 아래쪽과 위쪽, 두 세계 사이에 낀 채로 한동안 층계참에 서 있었다. 그러다 자기 방으로 들어갔고, 책 한 권을 발견했다. 우르밀라는 솜나스가 돌아올 때까지 멍하니 책만 바라보았다. 방에 들어온 동생을 쳐다보지도 않았다. 잠시 후 동생이 불을 껐다. 동생의 침대가 삐걱거리는 귀에 익은 소리가 났고, 벽에 대고 작게 한숨 쉬는 소리가 들렸다.

그날 뒤로 솜나스는 거의 매일 저녁 조각가를 보러 올라갔다. 우르밀라가 한번은 계단을 살금살금 기어 올라가, 맨 위에서 다섯 번째 단에 몸을 웅크렸다. 솜나스는 목발을 한쪽 팔 아래에 아무렇게나 세워둔 채로 살짝 열린 문에 기대어 서 있었는데, 안쪽에서 나오는 불빛 때문에 윤곽만 보였다. 보이는 건 아파르나의 갈색 손뿐이었다. 그녀의 능숙한 두 손이 물결치듯 우아하게 움직이며 탁자 위에 놓인 축축한 점토 덩이를 빚었다. 이따금 조각가의 얼굴이 소녀의 시야에 들어왔다. 익살스럽고 표정이 풍부한 입매에 두 눈이 불빛에 반짝거렸고, 점토가 기다랗게 묻은 뺨을 검은 머리카락 한 올이 가로질렀다. 공기에서 시원하고 습한 내음이 나는 거로 보아, 방 안쪽 창문이 열려 있는 게 분명했다. 방 안을 지켜보고 엿듣는 우르밀라의 귓속을 소란스러운 빗소리가 가득 채웠다.

그들은 체스의 세계에 관해 이야기하고 있었다.

"유능한 전략가는 자기가 바꿀 수 있는 것에 집중하는 법이야." 이야기하는 동안 조각가의 손이 잠시 작업을 멈추었다. 그녀는 마치 진짜 세계에서 일어나는 일들에 관해 이야기하듯 진지했다. 빗소리가 점점 커져 최고조에 달했다가 잦아들었다. "물론 왕이라고 해서 모든 걸 다 바꿀 수 있는 건 아니지." 이제 아파르나의 목소리에는 웃음기마저 어렸다. "왕은 먼저 자기가 바꿀 수 있는 게 무엇인지, 바꿀 수 없는 게 무엇인지 알아야 해."

솜나스가 무슨 말을 했지만 우르밀라에게는 들리지 않았다. 두 사람이 웃음을 터뜨렸다.

다음 날 오후 조각가는 위층으로 올라가던 길에 아이들 방 앞을 지나갔고, 평소처럼 두 아이 모두를 향해 미소를 지었다. 그러더니 한참 동안 상냥한 눈길로 가만히 우르밀라를 바라보았다. 우르밀라는 전날 밤 자기가 지켜보고 엿들은 걸 아파르나가 알고 있음을 알아챘고, 그 후로는 저녁에 자기 방에만 있었다.

그러던 어느 날 우르밀라는 동생 책상 위에 점토로 된 작은 병정 하나가 있는 걸 보았다. 칠을 하지 않아 주홍빛 흙색이었는데, 너무나도 진짜 같아서 깜짝 놀랐다. 병정이 두른 터번 끝자락은 영원히 부는 산들바람에 날려 등 뒤로 필럭였고, 한 손으로 태양을 가린 채 다른 한 손에는 창을 들고 있었다. 동생이 방에 없을 때 우르밀라는 머뭇거리며 병정을 만져 보았다. 가마에서 꺼낸 지 얼마 안 된 듯 온기가 느껴졌다.

그 후로 우르밀라는 동생에게 일어난 한 가지 변화를 눈치챘다. 동생은 여전히 우르밀라와는 말을 하지 않았다. 그저 침대에 누워 거대한 체스판을 노려보거나, 눈을 치켜떠 책상 위의 병정을 쳐다보았다. 다음 수를 궁리할 때면 침대 가장자리 너머로 불편한 다리를 율동적으로 흔들었다. 하지만 이제 동생에게서 경쾌함이 느껴졌다. 수수께끼마냥 무게 중심이 옮겨진 것 같았다. 목발을 짚는 것도 예전보다 수월해 보였고, 방어적으로 세상을 등지는 사람처럼 어깨가 구부정하지도 않았다. 이해 안 되고 불편했던 그들 사이의 장벽이 사라지고 있다는 걸, 지난 1년간 기억해 내려 애썼던 어떤 실수와 무신경한 말과 행동이 용서받고 있다는 걸, 우르밀라는 직감했다.

하지만 마침내 희망을 확신으로 바꾸어 준 건 어느 저녁 자신의 책상에서 발견한 그 물건이었다. 양팔을 앞으로 쭉 뻗고 서 있는 작은 점토 소녀상이었는데, 인사를 건네는 것 같기도 하고 무언가를 놓아주고 있는 것 같기도 했다. 만질 수 없는 한 줄기 바람에 소녀의 긴 치맛자락이 소용돌이치고, 머리카락은 현수막처럼 뒤로 나부꼈다.

우르밀라는 그 작은 조각상을 빤히 바라보다가 집어 들어 손에서 천천히 돌려 보았다.

"그거, 누나 거야." 동생이 기대에 찬 눈빛으로 우르밀라를 보며 말했다. 우르밀라는 안도와 기쁨으로 아찔해져 숨을 크게 들이마셨다. 아이들은 마주 보며 쭈뼛쭈뼛 미소를 지었다.

"아파르나 누나가 만들었어. 저녁에 자기 보러 올라오지 않겠냐고 물어보라던데…."

그렇게 해서 우르밀라는 마법이 세상에 존재한다는 걸 알게 되었다. 비록 그것이 자기만의 속도와 방식대로 일어나긴 하지만 말이다. 분명 다락방에는 마법적인 구석이 있었다. 그곳에서는 비도 음울하지 않았고 되려 그들에게 노래를 불러주었다. 때로는 크고 격렬하게, 때로는 자장가처럼 부드럽게. 빈번히 미세한 비말이 열린 창문을 통해 들어왔어도, 다른 방처럼 곰팡이가 피는 법도 없었다. 다락방의 빛은 따스하니 노랬고, 공기에서는 근사한 흙냄새가 났으며, 가운데가 푹 꺼진 침대는 아이들이 온몸을 쭉 뻗고 드러누워 점토 덩이가 아파르나의 손길 아래 어떤 모양이 되는지 구경할 수 있는 가장 편한 장소였다. 아이들은 각각의 점토 덩이가 무엇이 될지 알아맞히려 했고 서로의 추측에 웃음을 터뜨리기도 했다. 조각가는 그 둘을 보며 큰 소리로 웃곤 했다.

"점토가 어떤 모양을 갖게 될지는 나도 전혀 알 수 없어." 조각가가 말했다. "점토에게도 꿈이 있단다. 흙에 물을 섞으면 점토가 손 밑에서 움직이는 게 느껴져. 난 그저 이끌어 줄 뿐이지."

"누나는 세상에서 가장 훌륭한 조각가일 거예요." 한번은 솜나스가 눈을 크게 뜨고 말했다. 아파르나는 미소를 지으며 고개를 내저었다.

"난 학교 조교일 뿐이야. 정말 훌륭한 분들이 작업하는 걸 너희가 봐야겠구나."

아파르나가 아이들에게 미술학교 연감을 보여 주었다. 아이들은 그림들, 점토와 돌과 금속으로 만든 조각상들, 햇살 가득한 널따란 스튜디오가 찍힌 화려한 사진들을 휙휙 넘기며 보았다. 그곳이 바로 아파르나가 사는 또 다른 세계였다. 연감 속 사진에서 그녀는 볕이 잘 드는 스튜디오에서 어느 학생의 작품 위로 몸을 숙이고 있었다. 그때, 페이지 하나를 가득 메운 어느 남자의 사진이 아이들의 눈길을 사로잡았다. 키가 크고 호리호리한 남자였다. 숱이 많은 검은 눈썹 아래의 동그란 두 눈은 열정에 차 있고, 대담한 영화배우들처럼 긴 은발을 뒤로 빗어 넘겼다. "아, 천재지." 아파르나가 작업하다 말고 눈을 들어 힐끗 쳐다보았다. 이상하리만치 퉁명스러운 목소리였다. 연감에 따르면 그의 이름은 바르다만 미트라였고, 국가적으로 인정받는 예술가였다. 바르다만 미트라는 자신의 아름다운 집에서 작품에 둘러싸여 있었다. 그의 조각상들은 추상적이고 우아하고 선정적이었다.

"그건 그의 아내 레누카야." 아파르나가 지저분한 손가락을 들어 미소를 짓고 있는 여자의 사진을 가리켰다. 조각상 같은 여자가 반짝이는 사리를 입고 대리석 계단 꼭대기에 서 있었다. "내 친구야. 레누카도 한때 조각가였지. 그것도 아주 훌륭한."

"그런데 왜 이제 조각 안 해요?" 솜나스가 기사에서 눈을 들어 호기심에 찬 눈빛으로 물었다.

"자기가 누구인지 잊었으니까." 아파르나가 고개를 돌리며 매몰차게 말했고, 공연히 철썩 소리를 내면서 거칠게 점토에 물을 묻혔다. "이제 남편에게 영감을 주는 거로 만족한대. 나한테 그랬어."

"이 남자는 어떤 사람이에요?"

아파르나는 잠시 말이 없었다.

"바르다만? 까다롭지. 야심 있고, 거만하고." 그녀가 말했다.

시간이 얼마 흐른 뒤에야 아파르나는 다시금 미소를 지었다.

솜나스와 함께 연감 훑어보기를 마친 후, 우르밀라는 연감을 덮어 옆에 있는 침대 위에 올려 두었다. 그 순간 소녀는 깨달았다. 조각가는 하루 대부분을, 바르다만 미트라와 그의 반짝이는 아내를 중심으로 돌아가는 세계에서 보낸다는 불편한 진실을. 그곳은 아이들에게 완전히 낯선 세계였다. 수수께끼 같은 어른들만의 갈등이 존재하는 세계. 그곳에 우르밀라와 솜나스의 자리는 없었다.

아이들이 수집하는 아파르나의 작품은 점점 늘어났다. 우르밀라의 책상에는 독수리 한 마리와 돌고래 한 마리, 그리고 몸의 반은 새이고 반은 여자인 생명체가 있었다. 솜나스에게는 노를 쥔 작은 남자들이 탄 긴 배와 연필을 꽂을 수 있는 네모난 화병, 그리고 신을 수는 없지만 실물 크기의 점토 신발 한 켤레가 있었다. 재미나게 생긴 신발이었다. 펄럭이는 레이스가 달렸고, 가장자리는 해어졌으며, 아주 닳아빠진 모양새를 하고 있었다. 만약 다른 사람이 줬다면, 목발을 짚고 특수화를 신어야 하는 소년의 신체적 결함을 조롱하는 선물이었겠지만, 아파르나가 준 거라면 그건 기쁘고 재미난 선물이었다.

그즈음 우르밀라는 생생한 꿈들을 꾸기 시작했다. 때로는 너무나 강렬해서 마음이 불안하기까지 했다. 꿈속에서 우르밀라는 축축한 진흙 웅덩이에 무릎을 꿇고 앉아, 두 손을 동그랗게 모아 비단같이 매끄러운 진흙을 퍼서 팔다리에 끼얹고 있었다. 진흙 웅덩이에서 뱀들이 나오더니, 물결치듯 우아하게 덤불 속으로 미끄러져 들어갔다. 한번은 흙빛을 띤 젖은 새 한 마리가 나타났다 날아가 버렸다. 조각가는 우르밀라의 꿈속에 늘 희미하게 존재했다. 멀리 있는 형체처럼, 나무 뒤 의식처럼, 만질 수가 없었다. 이따금 동생이 나오기도 했다. 최근에는 늘 같은 꿈을 꾸었다. 비가 그치고 달빛이 창문을 통해 들어와 맨 마룻바닥 위에 은빛 너울을 펼쳤는데, 솜나스가 방 한가운데에서 목발도 없이 춤을 추고 있었다. 몸을 돌리고 낮췄다가 올리고 빙글빙글 돌 때마다, 점토 신발이 우습고 공허한 소리를 만들어냈다. 우르밀라가 꿈에서 깨어 침대에 앉아 보니, 달빛은 진짜였지만 동생은 방 저편 어두운 그늘 속 침대에서 깊이 잠들어 있었다. 빗소리도 안 들리는 적막 속에 동생의 숨소리만 둘 사이의 공간을 메우는 것 같았다. 우르밀라는 도로 누워, 오르락내리락하는 동생의 숨소리를 들으며 잠에 빠져들었다.

다음 날 저녁 아파르나가 작업하는 걸 지켜보던 우르밀라는 그녀에 대해 궁금해졌다. 조각가는 작업하며 이야기하는 걸 좋아했지만, 자신에 관해서는 이야기하는 법이 없었다.

"언니 이야기 좀 해 봐요." 우르밀라가 불쑥 말했다. 더 우아하게 말하고 싶었지만 요즘 들어 말이 불쑥불쑥 튀어나와 여간 난처한 게 아니었다. 조각가는 잠시 놀란 표정이었다. "고향 이야기 해 줘요. 어디서 왔어요? 여긴 왜 왔어요?"

"꽤 멀리서 왔어. 아무 일도 일어나지 않는 곳이지. 세상을 보기 위해서는 떠날 수밖에 없는 그런 곳…."

"벵골만큼 멀어요?" 솜나스가 물었다. "외할아버지랑 외할머니가 그곳에 살아요. 바닷가에 있는 마을이에요. 딱 한 번 가 봤어요."

우르밀라가 깜짝 놀라 솜나스를 쳐다봤다. 거기 갔을 때 솜나스는 아주 어렸는데 어떻게 그걸 기억하는 걸까?

"우리 엄마는 이제 고향에 안 가요." 솜나스가 말을 계속했다. "엄마는 벵골 사람인데, 알죠? 아빠는 아니에요. 엄마와 아빠는…, 사랑해서 결혼했어요." 솜나스가 수줍어하며 말했다.

"우리는 바다도 한 번밖에 못 봤어요." 우르밀라가 말했다. "아빠는 벵골 말을 못해요. 싫어하시죠. 생선도 싫어해요. 엄마는 벵골에 사는 사람이랑 결혼하기로 되어 있었대요. 그 사람이 지금도 거기 살아서 우리는 이제 거기 안 가요." 우르밀라는 말을 멈추고 그 여행에 대해 생각했다.

"또 우리 이야기를 하고 있네. 누나네 가족 이야기 해 줘요, 아파르나 누나. 델리에는 어떻게 오게 됐어요?" 솜나스가 말했다.

아파르나의 강한 두 손이 일순 격렬히 움직였다. 그녀는 끝이 둥근 목제 도구를 집어 들어 점토를 빚기 시작했다. 조각가가 얼굴 위로 흘러내린 머리카락 사이로 아이들을 바라보았다.

"이야기해 줄 게 별로 없어. 난 레누카와 함께 컸어. 너희가 연감에서 본 그 부인 말이야. 자매보다도 가까웠지. 그런데 정확히 2년 전, 레누카는 세상을 보고 싶다는 열망에 사로잡혔어. 그 애는 이곳 델리로 와서 미술학교에 들어갔고 그 후로는 고향에 오지 않았어. 함께 미술학교에 다니자고 계속 졸라댔지. 레누카의 초기 작품 몇 점을 본 적이 있는데, 정말 점토가 노래하는 것 같았어! 하지만 내가 이곳에 왔을 때 레누카는 이미 결혼한 후였고, 더는 작업을 하지 않았어. 한동안 그들과 함께 살았는데, 내가 따로 살고 싶다고 했지. 그래서 너희 집에서 살게 된 거야…"

조각가는 가벼운 어투로 말했지만, 눈빛은 조심스럽고 그 뒤에는 정체를 알 수 없는 어떤 감정이 숨어 있는 것 같았다. 우르밀라는 느닷없이 두 눈에 눈물이 차오르는 게 느껴졌다. 단절된 느낌이었다. 바보 같은 느낌이 들었고 창피했다.

"이제 여기서 살 거죠? 그럴 거죠?" 솜나스가 물었다.

아파르나가 씁쓸하게 미소를 지었다.

"언젠가는 고향으로 돌아가겠지. 처음 생각했던 것보다 더 빨리 돌아갈지도 몰라." 그녀가 말했다. 우르밀라는 침대 가장자리를 꼭 붙잡았다. "사람은 반드시 고향으로 돌아가야 해. 음악이랑 똑같아. 하나의 주제에서 출발해서, 특정 선율이나 음계를 지침과 제한요소로 삼아 이리저리 떠돌아다니지. 이렇게 저렇게 연주하다가도 결국에는 처음으로 돌아가잖아. 시작이 곧 끝인 셈이야."

"고향으로 돌아가지 않으면…." 점토 위로 몸을 숙이며 조각
가가 말했다. 머리카락이 우기의 구름처럼 어깨를 덮었다. "끈
떨어진 연이나 마찬가지야."

우르밀라는 응접실에 있는 시타르와 벵골의 바닷가 마을 사
진을 떠올렸다. '어쩌면 마법 따위는 없는지도 몰라.' 우르밀라는
마음이 찢어지는 것 같았다. '아파르나 언니도 자기 인생이 고통
스럽다면, 언니도 어찌할 수 없는 것들이 있는 거라면, 이 사람
도 우리처럼 별수 없이 힘없는 인간일 뿐이야.' 아무도, 아무것
도 할 수 없었다. 그때 다시 비가 내리기 시작했다. 아파르나가
작업하며 노래를 부르기 시작했다. 갑작스럽게 찾아왔던 우르밀
라의 우울도 그만큼 금세 걷혔다.

온종일 비가 내리는 날들이 계속되었고, 우르밀라는 자기 안
에 미묘한 변화가 일어나고 있다는 걸 알아차렸다. 소녀는 늘 자
신이 조용하고 한결같은 사람이라고 생각했었다. 책임감 있고
안정적이어서 남들이 의지할 수 있는 사람이라고. 하지만 지금
우르밀라 안에는 거친 황무지가 존재했다. 마치 내면에 있는 무
언가가 그 비에 반응하는 것 같았다. 우르밀라의 마음은 거리로
뛰쳐나가고 구름 위로 날아오르고 싶은 욕구로 가득했다. 세상이
이렇게까지 흥미롭고 신비로운 적이 없었다. 세상은 수많은 다
른 세상과 교차하는 비밀로 가득한 장소였다. 우르밀라는 모든
걸 알아내고 탐색하고 싶었다.

매주 샤루네 할머니의 이야기를 들으러 오는 아이들의 모임

에서도 사교적이고 즐거워했으며 전혀 수줍어하지 않았다. 하지만 이따금 절망적인 우울감이 우르밀라를 사로잡았다. 이 비가 영원히 그치지 않을 거라는 생각, 자신과 동생과 부모님은 결코 행복해지지도 자유로워지지도 않을 거라는 생각, 벽 하나를 넘으면 무수히 많은 또 다른 벽이 동심원을 이루고 있을 거라는 생각이 들었다. 매일 밤 우르밀라는 아파르나의 다락방에서 열병 같은 기쁨과 열망을 느꼈지만, 그 밑바닥에는 자기가 얻은 모든 게 일시적일지도 모른다는 두려움이, 어느 날 아파르나가 떠나가고 마법이 자기들의 삶에서 빠져나갈지도 모른다는 두려움이 있었다. 때로는 숨을 멈추고 변화를 기다렸다.

하지만 변화는 우르밀라가 두려워했던 것처럼 부드럽고 슬픈 이별의 모습은 아니었다. 어느 날 저녁 우르밀라가 층계참에서 아파르나를 기다리고 있을 때였다. 조각가는 평소보다 늦는 것 같았다. 솜나스도 한쪽 목발을 짚고 일어나 절뚝거리며 우르밀라에게 왔다. 아이들은 함께 난간에 기대어 서 있었고 아래쪽 응접실에는 TV가 켜져 있었다. 마침내 아파르나가 집 안으로 들어왔다. 평소보다 머리카락이 훨씬 헝클어져 있었고, 얼굴이 처참해 보일 정도로 어두웠다. 뜨거운 숯덩이 같은 두 눈은 몹시 화가 나 보이고 침울했으며, 언저리가 벌겠다. 그녀는 아이들을 쳐다보지도 않고 지나쳐, 자신의 피난처를 향해 계단을 뛰어 올라갔다. 쾅 하고 문 닫는 소리가 들렸다. 어찌나 빠르게 지나갔는지 주변 공기가 아직까지 떨렸고 축축한 점토 냄새가 희미하게 풍겼다. 익숙한 냄새였다.

겁에 질린 솜나스의 숨소리가 어둠을 가득 메웠다. 우르밀라는 손을 뻗어 솜나스를 붙잡은 뒤 방으로 데려가 침대에 나란히 앉았다. 그리고 솜나스가 더 어렸을 때 해 주었던 것처럼 한쪽 팔로 어깨를 감싸 안았다.

얼마나 오래 앉아 기다렸는지 알 수 없었다. 아파르나는 아이들 방으로 오지 않았다. 한참 후에 우르밀라가 자리에서 일어나 말했다. "금방 올게." 그러고는 슬그머니 층계를 올라갔다. 닫힌 방문 안쪽에서 물건 부딪히는 소리가 들렸다. 초벌구이를 마친 점토 조각상들이 벽에 부딪혀 산산조각이 나고, 덜 빚어진 젖은 점토가 쿵 하고 바닥에 내던져졌다. 후두음이 섞인 낯선 언어로 된 욕지거리, 간간이 들리는 비통에 찬 울부짖음. 우르밀라는 아파르나가 파괴의 춤을 추며 방 안을 빙빙 돌아다니는 모습을, 머리카락이 얼굴을 마구 때리고 두 눈에서는 분노와 상실의 눈물이 쏟아지는 모습을 상상했다. 우르밀라는 어른들의 삶에 휘몰아친 이해할 수 없는 폭풍우에 밀려난, 쓸모없고 무력한 어린애가 된 기분이었다. 우르밀라는 떨면서 층계를 기어 내려왔다. 솜나스에게 뭐라고 해 줄 말이 없었다. 솜나스는 방문에서 우르밀라를 올려다보며 귀를 기울이고 있었다. 그 애는 울고 있었다. 우르밀라는 힘껏 눈을 껌뻑이고 솜나스의 팔을 잡았지만, 방으로 들어가지는 않았다. 아파르나가 눈치채지 않도록 층계참에 조용히 있는 것밖에는 그녀를 위해 해 줄 수 있는 게 없었다. 위쪽에서 소리가 멈추고 끔찍한 고요가 대신할 때까지 아이들은 층계참에 서 있었다.

그 일이 있고 난 뒤 사흘 동안, 아이들은 저녁에 방 안에만 머물렀다. 방학 숙제로 나온 독서를 했고, 서로에게 말할 때도 조용조용 말했다. 무슨 일이 있었는지는 일절 언급하지 않았다. 하지만 아파르나가 자기 방으로 올라가는 길에 아이들 방 앞을 지날 때면, 아이들은 열린 방문 바깥쪽을 힐끔거렸다.

그러던 어느 날 하녀가 아파서 못 오는 바람에 우르밀라가 우유 가게에 심부름을 갔다. 우르밀라는 차갑고 무거운 철제 우유 통을 양팔에 안고 가게에서 돌아오던 길에, 소란스러운 큰길 쪽을 바라보았다. 큰길 너머에 흠뻑 젖은 크리켓 경기장과 강이 있었고, 그 반대편에는 지저분한 고층 빌딩들이 유령처럼 서 있었다. 부슬부슬 내리는 비의 연무 때문에 경계가 뭉개져 건물이 흐릿하게 보였다. 그리고 거기, 강변 공원에 아파르나가 서 있었다. 우르밀라는 비를 맞으며 서서 눈을 가늘게 뜨고 그녀를 지켜보다가 터덜터덜 집으로 돌아왔다.

다음 날 저녁 아래층에서 말소리가 들려왔다. 우르밀라가 문으로 가서 보니, 어머니가 커다란 신문 한 장을 들고 아파르나와 이야기를 나누고 있었다. 어머니가 신문에서 무언가를 가리켰다. 웅얼거리는 TV 소리 너머로 아파르나의 목소리가 들렸다.

"네, 맞아요…. 같은 고향에서 왔어요."

"정말이지 안됐어." 어머니가 말했어.

더 많은 이야기가 오고 갔지만 알아들을 수가 없었다. 어머니는 대화를 이어가고 싶은 듯 궁금하고 아쉬운 목소리였지만 결국에는 응접실로 돌아갔다. 우르밀라는 아파르나가 층계를 올라오는 걸 지켜보았다. 아파르나가 층계참에서 걸음을 멈추더니, 슬픔에 찬 반짝이는 눈으로 우르밀라를 바라보다가, 뺨을 어루만지려는 듯 한쪽 손을 뻗었다. 우르밀라가 꼼짝도 하지 않고 뻣뻣하게 서 있자, 아파르나는 몸을 돌려 층계를 계속 올라갔다.

응접실 TV에서는 북동부 지역에서 일어난 소요 사태에 관한 뉴스가 흘러나오고 있었다. 어머니가 고개를 내저으며 낮은 목소리로 아버지에게 말했다.

"…떨어졌대요, 발코니에서요. 바르다만 미트라 씨는 집에 없었고, 하인들은 집 반대편에 있었는데, 목이 부러졌다나 봐요."

"흠…." 아버지가 번쩍이는 TV 화면을 향해 몸을 숙이며 말했다.

"내가 얼마나 충격을 받았는지…. 좋은 추천서를 보내 준 바로 그 미트라 부인이잖아요. 정말 끔찍하지 않아요?"

"쉬잇, TV 소리가 안 들리잖아! 젠장."

우르밀라는 응접실 문 근처에 있는 바구니에서 신문을 집어 들고 위층으로 올라갔다. 아이들은 우르밀라의 침대 위에 신문을 펼쳤다. 부고란에 있는 기사를 찾는 데 시간이 좀 걸렸다. 사망자의 사진이 실려 있었다. 아이들이 미술학교 연감에서 봤던 바로 그 부인이었다.

아파르나의 방문은 열려 있었다. 그녀는 무언가를 만들고 있었는데, 아이들과 신문을 번갈아 보더니 한숨과 함께 미소를 지었다. 아파르나가 한쪽 팔로 모이라는 몸짓을 했고, 아이들은 마치 그 방에 처음 들어가 보는 사람처럼 주위를 힐끗거리며 침대에 앉았다. 방은 말끔히 치워진 후였지만 여전히 벽에는 희미한 자국들이 남아있었다. 비가 그치고 습기를 머금은 산들바람이 창문을 통해 불어 들어왔지만, 창 아래 거리는 물소리로 가득했다. 지나가는 차들이 물을 튀기는 소리, 이름 모를 아이들이 도랑에 던진 조약돌이 서로 부딪혀 울리는 소리. 탁자 위에 새로운 작품 두 개가 놓여 있었다. 하나는 장구를 들고 춤을 추는 여자였는데 다리를 둘러싼 치마가 잔뜩 부풀어 있었다. 또 하나는 연을 들고 상상 속 하늘을 올려다보는 소년이었다. "너희 거야." 아파르나가 그 작은 조각상들을 아이들에게 건네주며 말했다. 반짝이는 그녀의 두 눈은 온화했지만 슬픔에 젖어 있었다. 아이들은 공손한 손길로 조심스럽게 선물을 받아 쥐었다. 우르밀라는 자기에게 아파르나의 슬픔을 덜어줄 만한 선물이 있다면 얼마나 좋을까 생각했다. 아파르나가 느꼈을 상실의 크기와 자신의 가난함을 생각하니 마음이 으스러지는 것 같았다.

"우리는 언니한테 아무것도 못 줬어요." 우르밀라가 말했다.

"그런 말 하지 마." 아파르나가 말했다. 그녀는 작업 중이던 점토 덩이를 손가락으로 가리켰다. "이게 뭐가 될지 알아맞힐 수 있겠니?"

아이들은 점토가 그녀의 손가락 아래에서 변신하는 걸 지켜보았다.

잠시 후 솜나스가 말했다. "손이요. 손 두 개!"

손가락 끝이 위쪽을 향하고 손바닥이 서로 마주 보고 있는 두 개의 손이었다. 손목이 가늘었고 손가락은 우아한 무드라 자세를 취하고 있었다. 무용가의 손이었다.

"언니 손이에요?" 우르밀라가 물었다.

"이게 내 마지막 조각이야." 아파르나가 자기 자신에게 말하듯 중얼거렸다. "이전에 만든 건 모두 선물이었어. 약속을 지킨 셈이지. 빚을 갚은 거야…."

아이들은 그게 무슨 말인지 몰라 아파르나를 쳐다보았다. 한참 후 그녀가 조각에서 눈을 들었다.

"난 고향으로 떠나." 마침내 아파르나가 말했다. 그 단어들은 공기 중을 떠돌다 우르밀라의 마음속에서 천천히 메아리쳤다. 조각가가 아이들에게 슬프고 부드러운 미소를 지어 보이며 말했다. "너희 어머니께는 말씀드렸어. 일주일쯤 뒤에 떠날 것 같아."

아이들은 할 말을 잃었다. 기다려 온 순간이었지만, 우르밀라는 정작 아무런 준비가 되어 있지 않았다. 갑자기 세상이 느리게 움직이는 것 같았다. 창 아래 거리에서 들려오는 소리, 빗방울이 지붕에 떨어지는 소리, 심장이 고동치는 소리. 순식간에 온몸이 무감각해진 것 같았다. 솜나스가 무슨 말을 하자, 아파르나가 얼굴에 붙어 있던 머리카락이 떨어져 나가도록 고개를 내저으며 대답하는 게 들렸다. 언뜻 솜나스는 꽤 침착해 보였지만, 나중에라도 침대 옆 벽에 고개를 묻고 울 것만 같았다. 그때 목구멍에 덩어리 같은 게 생기고 용암처럼 뜨거운 감정의 소용돌이가 걷잡을 수 없이 안에서부터 솟구쳐 오르는 게 느껴졌다.

조각가가 떠날 때 주소를 남기지 않을 거라는 건, 그러니 편지 주고받는 일은 없을 거라는 건 묻지 않아도 알 수 있었다. 다락방은 예전처럼 비겠지. 하지만 세상은 달라져 있을 것이다. 소녀는 그 달라진 세상에서 어떻게 살아갈지 자신이 없었다.

아파르나가 방을 치우기 시작했다. 마지막 조각품을 평소처럼 학교에 있는 건조기와 가마로 가져갔지만, 완성품을 가져오지는 않았다. 몇 개 안 되는 옷가지와 잡다한 소지품도 여행 가방에 쌌다. 우르밀라는 시간이 빠르고 혼란스럽게 흘러가는 기분이었다. 시간을 따라잡을 수가 없었다. 마음이 잔뜩 불안하기만 했다.

그 소식은 아파르나가 떠나기 이틀 전, 신문과 대중 잡지에 실리고 TV에 보도되었다. 바르다만 미트라 씨가 끔찍하고 잔혹하게 살해되었다는 뉴스였다. 그는 정체불명의 암살자에 의해 목 졸려 죽은 채로 침실 대리석 바닥에서 하인들에 의해 발견되었다. 대문에 있던 경비원은 아무 소리를 못 들었고, 침실 문에서 몇 미터 떨어진 난간을 광내고 있던 하인도 마찬가지였다. 방문객도 없었다는 건 이상한 일이었다. 죽은 아내에 이어 그 위대한 예술가의 사진이 신문에 실렸다. 절망에 빠진 갈구하는 눈빛에 얼굴이 핼쑥했다. "난 이제 작업을 할 수 없습니다." 그는 아내가 죽은 뒤 이렇게 말했었다. "아내는 자신이 지녔던 꿈을 나에게 선물로 주었습니다. 난 그녀의 꿈을 점토로 형태화했지요." 이제 그는 죽었고, 살인자는 시신의 목둘레에 있는 손가락 자국을 제외하고는 아무런 실마리도 남기지 않았다. 점토 조각상 하나가 형태를 알아보지 못할 정도로 박살 난 채 바닥에 널브러져 있는 것 외에는 몸싸움의 흔적도 없었다.

그 비극적인 사건에 대해 아파르나는 아무런 언급도 하지 않았지만, 우르밀라 어머니의 질문들에는 비통한 얼굴로 고개를 흔들고 적절히 고개를 끄덕이며 기꺼이 대답해 주었다. 그녀는 침구와 커튼을 길 아래쪽에 있는 세탁부들의 가판대로 가져가 세탁과 다림질을 맡겼다. 이미 학교 일에서는 손을 뗐고 마음은 고향으로 가는 여행에 가 있는 듯했다.

마침내 마지막 날 저녁이 되었다. 아파르나는 여행 가방을 벌써 부쳤다. 탁자가 깨끗한 게 낯설었다. 침대 위 시트에서는 석탄 다리미 냄새가 났다. 비가 다시 부슬부슬 음산하게 내렸다. 어쩌면 우기의 마지막 비일지도 몰랐다. 아파르나는 음울한 낯빛과는 어울리지 않게 붉은색과 황토색으로 된 살와르 카미즈를 입었다. 우르밀라가 준 은 목걸이를 목에 걸었는데, 지금은 기억도 나지 않는 어느 친척에게서 어릴 적 선물로 받은 목걸이였다. 손에는 솜나스의 체스 세트 중 여왕 말이 들려 있었다. 아파르나가 두 눈을 반짝이며 아이들에게 고마워했다.

"기차 타고 가요?" 우르밀라가 물었다. 왜 솜나스와 아파르나가 자기를 보고 조용히 웃는지 우르밀라는 이해할 수 없었다. '당연히 일단은 버스를 타겠지.' 우르밀라는 생각했다. 마음이 무거웠다. 아파르나가 아이들을 차례로 안아 주었다. 축축한 흙 내음이 잠시 아이들을 감쌌다. 아파르나가 층계를 내려가자 솜나스가 목발을 짚고 쿵쿵거리며 따라 내려갔다. 소년과 아파르나가 층계참에서 무슨 이야기를 나누더니, 소년은 방으로 들어가고 아파르나는 계속해서 계단을 내려갔다. 그녀의 모습이 우물 속으로 드리워지는 들통처럼 점점 작아졌다. 그녀는 응접실 문 앞에서 잠시 멈추어 요란한 TV 불빛 속에 그림처럼 서 있다가, 우르밀라의 부모에게 무슨 말인가를 건넸다. 그리고 그녀는 떠났다.

우르밀라는 망연자실하게 서 있다가, 대문 닫히는 소리에 정신을 번뜩 차리고, 한 번에 두 단씩 층계를 뛰어 내려가기 시작했다. 솜나스가 소리쳐 불러도 멈추지 않았다. 집 바깥쪽 가로등이 꺼져 있었지만, 아파르나의 모습이 몇 발짝 앞에 보였다. 그녀는 웅덩이를 피해 움푹 파인 구멍들을 넘어 우아하게 걸음을 재촉하고 있었다. 좁은 거리에 늘어선 차들에서 빗물이 폭포처럼 부드럽게 흘러내렸다. 우르밀라는 자신을 몰아붙이는 게 무엇인지, 쫓아가서 무슨 말을 해야 할지도 모른 채, 황급히 아파르나를 뒤따라갔다. 큰길에 이르러 우르밀라는, 자동차 경적 소리와 헤드라이트 불빛이 만들어내는 불협화음과 사람들 때문에 순식간에 목표물을 놓쳐 버렸다. 우르밀라는 온몸이 흠뻑 젖은 채로 손차양을 만들어 비를 가리고 미친 듯이 주위를 둘러보았다. 남자 하나가 우르밀라를 팔꿈치로 밀치더니 음흉하게 쳐다보며 웃었다. 우르밀라는 남자를 매섭고 성난 표정으로 노려본 다음, 건너편 버스 정류장을 향해 거리를 건너는 우산 쓴 사람들 틈으로 들어갔다. 하지만 버스 정류장에 아파르나는 없었다.

우르밀라는 버스 정류장 뒤편에 있는 질척한 크리켓 경기장과 그 너머의 어두운 강, 그리고 강 건너편에서 흔들리는 도시의 불빛들을 바라보았다. 저기 강둑 위에, 아파르나가 무언가를 응시하며 서 있었다. '저기서 뭐 하는 거지?' 버스 한 대가 들어왔다. 기차역 근처까지 가는 버스였다. 버스가 바람 빠지는 소리를 내뿜으며 휘청거리는 와중에도 사람들이 버스에서 뛰어내렸다. 마침내 버스가 멈추자 한 무리의 군중이 버스를 향해 몰려갔다. 우르밀라는 슬그머니 어두컴컴한 버스 뒤쪽으로 갔다가, 진흙탕이 된 크리켓 경기장에 발목까지 빠졌다.

강둑 위에 아파르나가 비에 복종하듯 두 팔을 앞으로 뻗은 채로 구부정하니 서 있었다. 그녀는 고개를 들어, 쏟아지는 비를 얼굴에 그대로 맞고 있었다. 아주 희미한 한 줄기 불빛이 도로 쪽에서 그녀를 비추어서, 흐리고 아른대는 강을 등진 모습이 검은 실루엣으로 보였다. 우르밀라는 진흙탕 속에서 한 발 한 발 질질 끌면서 아파르나를 향해 휘청휘청 걸어갔다. '지금쯤이면 나를 봤겠지?' 조각가가 몸을 쭉 뻗어 이리저리 흔들던 걸 멈췄다. 미소를 지은 것 같기도 했다. 우르밀라는 걸음을 멈췄다. 조각가가 무릎을 꿇었다. 비가 두꺼운 숄처럼 그녀 위로 쏟아졌다. 이제 보니 그녀는 벌거벗은 채였다. 목에 두른 은 목걸이만 희미하게 빛났다. 어쩌다 옷이 벗겨졌거나, 아니면 비에 녹아 버렸는지도 모른다. 한 손에는 무언가를 쥐고 있었다. 체스 여왕 말인가? 맨 어깨에 떨어진 빗줄기가 가슴골에서 개울을 이루고 배꼽 아래로 폭포처럼 쏟아져 아래쪽 움푹한 곳에 웅덩이를 만들었다가 허벅지를 넘어 부드럽게 흘러내렸다. 조각가가 두 손으로 진흙탕을 파헤치기 시작했다. 고개를 숙인 탓에 헝클어지고 젖은 머리카락이 얼굴에 엉겨 붙었다. 그때 손의 숲이, 사랑스러운 점토 손들이 진흙탕에서 솟아올라 조각가를 땅속으로 끌어당기기 시작했다. 몸이 녹아내리는 것처럼 보였다. 그녀 위로 물결이 넘실거렸다. 조각가는 완전히 잠겨 버리기 전에, 그래서 형체가 모두 사라져 버리기 전에, 고개를 들어 빗속에 서 있는 소녀를 쳐다보았다. 이제 그 자리에는 밟아 뭉개진 진흙만이 남았고, 그 위로 내린 비가 진흙탕을 매끄럽게 골랐다.

우르밀라는 그 순간 느꼈다. 자기 안에 번지는 가벼움을, 기쁨도 고통도 아닌 좀 더 복잡한 감정을, 일종의 흥분을. 소녀는 비를 맞으며 집을 향해 걷기 시작했다. 소녀의 집이 있는 거리는 집집이 흘러나오는 불빛으로 따스하게 빛나고 있었다. 열린 창문들을 통해 이야기 소리, 웃음소리, 싱크대에서 접시들이 달그락거리는 소리가 들려 나왔다. 샤루네 집에서는 할머니가 꼬마들을 침대에 뉘고 우기에 관한 이야기를 들려주고 있을 것이다. 소녀는 마침내 이해했다. 우기가 가져다주는 건, 세상들 사이에 존재하는 벽이 허물어질 수 있다는 가능성임을.

소녀는 대문 안쪽에서 걸음을 멈추었다. 횡설수설하는 TV 소리가 들려왔다. 창문에서는 푸른 불빛이 깜빡였다. 소녀는 집 안으로 들어가기를 망설이며 빗속에 서 있었다. 비가 축복처럼 소녀 위로 내렸다. 빗소리 너머로, TV 소음 너머로, 소녀는 들었다. 너무나도 부드럽고 희미한 게 어쩌면 상상이었는지도 몰랐다. 위층 방 마루에서 점토로 된 신발들이 빗소리에 맞춰 둔탁한 소리를 내며 춤을 추고 있었다.

사변 소설 선언문

태초에 첫 인류는 머리가 열 개 달린 마귀와 날아다니는 마차와 벼락을 휘두르는 신들에 관한 이야기를 했다. 거의 모든 전통 속 초기 문학 작품들은, 현재 우리가 환상 문학 혹은 사변 소설이라고 부르는 것에 속한다. 〈길가메시〉와 〈마하바라타〉 서사시를 이은 현대 장르들이 바로 마술적 사실주의, 대체 역사물, 경계소설 같은 다양한 하위 범주를 포함한 SF 및 판타지이다. 그것들은 모두 존재할 수 없거나 아직은 존재하지 않는 것에 관해 이야기한다. 다른 행성이나 로켓이 배경으로 나오고, 초광속 항해와 마술 지팡이 그리고 뱀으로 변한 여자들처럼 불가능한 것들이 가득한 이야기들이다.

개개인이 자라며 유년기를 벗어나듯 인류 또한 유년기를 벗어났다. 그런데 인간은 아이 때의 유치한 것들은 버리면서도, 옛 신화와 전설과 터무니없이 과장된 이야기들과 그에 상응하는 현대물들은 왜 버리지 않는 걸까? 그것들을 어린아이나 읽는 것으로 치부해 버리지 않는 건 무슨 이유에서일까? 어른이라면 사실주의 소설을 읽어야 하는 거 아닌가? 도대체 이런 꿈같은 이야기들이 무슨 소용 있단 말일까?

신화에서부터 이야기를 시작해 보자. 전적으로 비종교적 관점에서 이야기한다면, 이런 불가능한 이야기들이 인간에게 무슨 도움이 되겠나? 현시대를 사는 사람들은 종종 신화를 자연 현상에 대한 부정확한 설명이 뒤죽박죽 섞인 거라고 무시하곤 한다. 그러나 신화에는 폭풍우나 일식을 설명하려는 시도 이상의 역할이 있었다. 과거 시대의 신화적 혹은 환상적 이야기들은, 인간이 자신이 사는 거대한 우주에 대해 품었던 희망과 두려움을 이야기했다. 그 우주는 동물과 식물과 정말 마법처럼 보이는 자연의 힘을 포함했다. 그런 옛이야기들이 그토록 경이로 물들어 있는 이유가 어쩌면 그 때문인지 모른다. 내가 보기에 현대를 사는 인간은 서로 간의 연결만 잃은 게 아니라, 자연계와 자연계 안의 경이로운 것들과도 단절되었다. 그러니 많은 환상 문학 작품이 아이들 소설로 격하된 것도, 어른들을 위해 쓰인 작품조차 기성 문단이 진지하게 받아들이지 않는 것도 놀라운 일이 아니다. 그거야 물론 기성문단의 손실이기는 하나, 또한 우리의 손실이기도 하다. 학교와 대학에서 가르치는 이들이 사변 소설을 교과 과정에 포함하지 않는다면, 무슨 수로 학생들이 사변 소설 안에서 무언가를 발견하고 기쁨을 얻을 수 있겠나? 이러한 외면은 무척이나 유감스러운 일이다. 아이들과 어른들 모두에게 상상을 바탕으로 한 문학이 필요하기 때문이다. 현대의 많은 사실주의 소설에서는, 인간이 마치 동물도 바위도 나무도 없는 진공 상태에 존재하는 것처럼 물리적 우주와 단절되어 있다. 사변 소설을 통해 우리는, 이 비정상적으로 유아적인 시각을 초월해 우리가 더 큰 전체의 부분임을 발견할 수 있다. 전적으로 인간에만 국한하려는 폐소 공포증에서 벗어나, 더 큰 우주 안에서 기쁨과 공포와 경이와 의미를 발견할 수 있는 것이다.

또한, 사변 소설에는 독특하리만큼 혁명적인 잠재력이 있다. 내가 이렇게 말하는 이유는, 상상력이 인간의 마음을 우주 크기만큼 확대시켜 감정이입을 가능케 할 뿐 아니라(다른 이의 처지를 이해할 수 있으려면 상상력이 있어야 한다), 우리로 하여금 꿈을 꾸게 하기 때문이다. SF와 판타지는 온갖 과학 기술을 비롯해 다른 길과 대안적 미래는 물론, 우리가 택할 수 있는 색다른 방식의 사회 제도까지 수용한다. 그러려면 우리는 먼저 꿈을 꾸어야 한다. 로케야 사카와트 호사인은 20세기 초에 여성 해방을 꿈꾸며 유토피아 소설《술타나의 꿈》을 썼고, 어슐러 K. 르 귄은 평화로운 무정부 공동체를 상상하며《빼앗긴 자들》을 썼다. 인도의 시인이자 작사가인 사히르 루디안비는 말했다. "어서 미래를 위해 꿈을 엮어요." 소위 말하는 제3세계는 광범위하고 예측 불가능한 변화를 경험하는 중이고, 우리가 속한 유일한 세상인 이 세계 전체가 전쟁과 환경 재앙에 시달리고 있다. 사변 소설은 우리의 상상들을 끌어들이고 독창적인 사고 실험을 고안함으로써, 그리고 '만약에'라는 질문을 던지고 그 질문에 답하고 자 애씀으로써, 우리가 지금 서 있는 길에 대해 의문을 제기하 고 미래가 다가오기 전에 일어남 직한 미래들을 살아보게 해 준 다. 레이 브래드버리는《화씨 451도》에서 '만약에 책이 금지된다 면?'이란 질문을 던진 뒤 그중 가능한, 한 가지 대답을 우리에게 주었다. 월터 M. 밀러는《리보위츠를 위한 찬송》에서 핵무기에 의한 대학살 이후의 세상에 대한 암울한 이야기를 썼다. 비록 백 인, 남성, 테크노 판타지가 군림해 온 사변 소설이(이는 이제껏 '우주' 공간에 나가 있는 '서방' 국가들과 '백인 남성'들의 책임이다) 아 직은 그 초월적 잠재력을 완전히 펼치지는 못했으나, 그러한 질 문들을 글로 쓰려는 드러나지 않는 끝없는 흐름이, 지배적 패러 다임을 뒤엎고 끈질기게 불편한 질문들을 던지는 시도가 강하 게 존재한다. 내가 알기로는 사변 소설만큼 열정적으로 과학 기 술적 문제와 사회 문제, 핵전쟁이나 유전 공학에 대해 써온 문학 장르는 없었다.

사변 소설이 가지고 있는 또 다른 측면은 SF와 판타지라는 두 개의 서로 다른 하위 장르가 만나는 지점이기도 하다는 것이다. 사실을 기반으로 한 이야기에도 그 나름의 매력과 흥미로운 점 이 있다. 하지만 많은 경우 그런 이야기 속의 인물이나 비유 또 한 상징적이거나 은유적인 가치를 지닌다. 칼 융과 같은 철학자 들에 따르면 상징과 은유는 언어의 일부로서 잠재의식을 표현 한다. 따라서 많은 층으로 이루어진 좋은 환상 문학은 인간 정 신의 가장 깊은 층을 포함한 여러 층에서 흥미를 유발한다. 동서고금을 막론하고 신화가 지속되는 게 어쩌면 이 때문인지 모른다. 앞에서 나는 사변 소설이란 존재할 수 없거나 아직은 존재하지 않는 것들에 관한 이야기라고 말했다. 하지만 사변 소설이 상징과 은유를 특정 방식으로 사용한다면, 그것은 바로 지금의 우리에 관한 이야기가 될 수 있다. 다른 행성, 다른 시대를 배경으로 하고 주인공이 외계인이라 해도 마찬가지다. 우리 모두 한 번쯤은 외계인이 된 듯한 느낌, 계급과 계층, 종교와 교리, 성별과 성적 지향을 이유로 기준에서 벗어난 듯한 느낌을 받아보지 않았던가?

이 모든 것의 저변에는 좋은 사변 소설은 재미있다는 사실이 깔렸다. 물론 기득권층은 '그저' 재미있기만 한 많은 것을 일고의 가치도 없는 것으로 무시한다. 마치 '재미있다'가 '실속 없이 허황되다'와 동의어이기라도 한 듯 말이다. 그러나 좋은 사변 소설은 재미있으면서 동시에 의미도 있다. SF와 판타지의 90퍼센트를 차지하는 형편없는 이야기들에 대해 말하는 게 아니다(아마도 주류에 속하는 사실주의 소설의 90퍼센트 또한 쓰레기나 마찬가지일 것이다). 내가 말하는 건 쭉정이 틈에 숨겨진 알곡들이다. 여기서 내가 말하는 '재미'는 단지 즐거운 것만이 아닌 '놀이'에 대한 것이다. 그것은 어린아이들처럼 노는 것이기도 하고, 우주라는 거대한 무대를 극장으로 삼는 것이기도 하다. 그것은 결과적으로 지적으로 만족스러운 아이디어 놀이로 이어질 수 있다. 과학적이거나 철학적 아이디어이든, 혹은 인간 본성에 대한 우스꽝스러운 폭로이든, 아니면 둘 다이든 말이다. 프레멘드라 미트라[1]의 '가나다(Ghanada)' 이야기[2]들을 예로 들어 생각해보자. 예술은 깊은 의미에서나 문자 그대로의 의미에서나 놀이 시간을 뜻한다. 산스크리트 단어 '릴라(Leela)'[3]의 의미를 떠올려 보자.

에밀리 디킨슨이 한 유명한 말 중에 이런 말이 있다. "말하라, 모든 진실을. 다만, 비스듬히 말하라." 현실은 너무나도 복잡한 짐승과 같아서, 현실을 이해하기 위해서는 사실주의 소설보다 더 큰 무언가가 필요하다. 외계인과 마법과 워프 항법이 있고 우주 그 자체를 배경으로 하는 사변 소설의 세계로 들어오라. 비록 이야기의 배경이 기이할지 몰라도 그 기반에는 우리에게 익숙한 것들, 사랑과 분노와 투쟁과 경이가 있다. 위장된 모습의 우리가 그 안에 있다. 결국, 마하바라다는 모든 놀라운 스토리텔링을 대표해 우리 한 사람 한 사람 안에서 맹렬히 계속되는 투쟁인 것이다.

반다나 싱

---

1 벵골의 시인이자 소설가 또한 영화감독으로, 벵골어로 SF 소설들을 썼다(1904~1988).
2 '가나다'는 벵골어로 '가나 형'을 뜻한다. '가나다'는 미트라의 SF 소설들 속에 등장하는 인물로 자신이 겪었다고 주장하는 탐험 이야기들을 꾸며 들려주는데, 가나다의 이야기들은 범죄, 인간의 독창성, 과학, 역사, 지리, 형이상학 및 철학을 아우른다.
3 춤, 혹은 절대자의 놀이를 뜻한다.

감사의 글

어떤 대작도 작가 혼자만의 힘으로 만들어지지는 않으며, 다른 이들로부터 받은 영감과 지지와 영향이 작품의 기저를 이루고 있다. 내가 가장 먼저 감사해야 할 이는 방대한 일가를 이루고 있는 내 가족과 친지들이다. 삼 남매 모두에게 책과 배움에 대한 사랑을 심어 주었고, 야망을 좇도록 용기를 북돋웠으며, 자유롭게 사고하게 키워준 나의 부모님 릴라 싱과 프리야란잔 싱에게 끝없는 감사를 드린다. 어린 시절 단짝이자 내 작품의 독자이고 공모자이며 지지자인 오빠 아속에게 감사한다. 그는 또한 소중한 영감의 원천으로 내게 많은 아이디어를 주었다. 여동생 루치카는 어렸을 때 이야기를 들려달라고 내게 졸랐고, 그것이 결국에는 나를 작가로 만들었다. 루치카와 나눈 우정과 그녀의 지혜는 늘 더없이 소중하다. 지금은 작고한 조부모 란초르와 샤르다

프라사드가 보내 준 사랑과 격려는 내가 지속해서 글을 쓸 수 있게 해 주었다. 나의 첫 편집자이자 자문관인 남편 크리스토퍼의 신뢰와 인내심에 감사한다. 나의 글쓰기에 대한 그의 줄기찬 믿음이 있어, 나는 수많은 장애물을 넘어 지금 이 자리에 있을 수 있었다. 나의 딸 조야는 내 여동생 루치카에 이어 이야기를 들려달라고 매일같이 졸랐고, 그로 인해 나는 작가로서의 실력을 연마할 수 있었다. 나는 조야의 눈을 통해 세상을 새롭고 경이로운 방식으로 볼 수 있었다. 시누이 라마는 내가 쓴 많은 글을 출판 전에 읽고 그녀만의 재치와 통찰력으로 가득한 유익한 논평을 주었다. 시부모인 멜라니와 러스는 내 작품들을 읽고 그것들을 인정해 주었을 뿐 아니라, 나의 성공에 함께 기뻐함으로써 용기를 북돋워 주었다. 나의 친척들, 고모와 이모들과 삼촌들과 조카들은 내가 하고 싶은 거라면 뭐든 맘껏 하게 했고 온갖 유별난 취미 활동들을 하도록 권장했으며, 무엇보다 소중한 선물인 근사한 어린 시절을 선사해 주었다. 최근 태어난 사랑스러운 아기를 포함한 나의 모든 조카, 트리샤, 다루프, 루실, 라훌, 아누네는 나에게 글을 계속 써야 할 이유와 함께 어린아이의 눈을 통해 세상을 보는 게 어떤 것인가를 기억할 이유를 준다. 쉐리앤 르윗, 레누 남조시, 팸 쇼사우, 새라 스미스, 그리고 캐런 소리앤이 베푼 따뜻한 우정에 끝없는 감사를 전한다. 그들은 자신들의 지혜를 나누어 주었고, 수차례 내가 이성을 잃을 위기를 겪을 때마다 도움을 아끼지 않았다. 내가 힘든 시기를 지날 때 용기를 준 캐럴 러셀의 활기와 넓은 마음에 감사한다. 스와티 싱의 애정과 너그러움에, 개인적으로 또한 예술가로서 영감을 준 미셸 갓러브에게, 함께 웃고 함께 토론하고 기록해 준 마거릿 크렐에게, 스미타 쿤두의 불굴의 정신에, 그리고 젊은 날 델리대학교 시절 즐거운 추억을 함께 나눈, 우리가 살았던 먼 나라에 있는 옛 대학 동창들에게도 감사의 마음을 전한다.

나의 반려견들인 장카르, 재스퍼, 반디트의 다정한 우정과 유머와 친절함은 나에게 큰 힘이 되었다(재스퍼와 반디트는 세상을 떠나고 이제 곁에 없다).

나에게 있어 인도는 가장 깊은 영감의 원천이며, 내가 인도인이라는 사실은 작가로서의 정체성에 큰 부분을 차지한다. 내가 말하는 인도는 인간에 의해 설립된 국가가 아니라, 세상을 향한 어떤 철학적 태도의 집합, 과거의 추억과 인상 위에 덧쓰기, 많은 하위문화가 뒤섞여 진화한 집합체의 취향과 소리와 리듬이다. 내 글과 내 존재의 많은 부분이 진실로 그 인도에 기반을 두고 있다.

또한 나는 작품을 통해 끊임없이 영감을 불어 넣어 준 과거와 현재의 작가들, 위대한 힌디 소설가이자 단편 소설의 대가인 프렘찬드, 우르두 시인들인 갈립과 파이즈, 벵골 작가 프레멘드라 미트라, 인도 민요와 설화의 이름 없는 작가들, 라틴 아메리카의 마술적 사실주의 작가 보르게스와 가르시아 마르케스, 그리고 셰익스피어에서부터 P.G. 우드하우스와 테리 프래챗에 이르는 영문학 대가들에게서 큰 영향을 받았다. 내 작품의 모든 결점과 오류와 누락은 모두 내 책임이나, 그 작가들은 나의 세계관에

깊고 변치 않는 영향을 끼쳤다.

내가 환상 문학의 영역에 있는 현대 작가 중 어슐러 K. 르 귄에게서 받은 영향은 실로 막대하다. 르 귄은 선구자적 작품을 통해 한때는 전적으로 백인 남성의 분야였던 환상 문학의 문을 여성과 비백인들에게 열어 주었다. 내게 그녀는 대단히 친절한 선생이자 멘토였다. 그녀의 글이 준 영감과 개인적 격려는 말로 다할 수 없을 의미를 지닌다. 또한, 내가 어설픈 풋내기였던 시절 비판적 격려를 보낸 몰리 글로스와 내 오랜 글동무들 커트 크레머, 팸 쇼사우, 스티브 셔베이에게 감사를 보낸다. 그리고 4년 전 (혹독한 입학시험을 거치게 한 뒤) 나를 그들 틈에 받아들이고 환영해 준 케임브리지 SF 워크숍의 현재 및 이전 회원들에게 많은 감사를 드린다. 그들은 가차 없는 이성적 비판과 바른 조언으로 내가 더 나은 작가가 되게 도왔다. 쉐리앤 르윗, 새라 스미스, 테오도라 고스, 켈리 링크, 캐빈 그랜트, K. 브렛 콕스, 짐 켈리, 스티븐 팝케스, 알렉스 야블로코프, 알렉스 어바인, 짐 캄비아스, 데이비드 알렉산더 스미스가 그들이다. 새로운 인도 환상 소설 및 환상 문학 전반에서 기념할 만한 걸 선사해 준 친구이면서 탁월한 작가인 아닐 메논에게도 감사한다.

특정 단편들의 집필을 도와준 이들에게도 감사의 마음을 전한다. 너그러이 〈무한〉을 읽어 준 살림 키두와이과 대니쉬 후사인은 매우 유용한 피드백을 주었다. 역시 유용한 논평을 준 미셸 갓러브와 아닐 메논에게, 내게 필요한 모든 걸 아낌없이 제공해 준 수학자 친구들에게도 감사의 마음을 보낸다. 나의 남편 크리스토퍼는 〈갈증〉을 쓸 영감을 주었는데, 전설적인 나가(Naga)족[4]에 대한 현대판 이야기를 써 볼 것을 처음으로 제안했다. 〈보존 법칙〉은 비록 부족하지만 천재적인 벵골 SF 작가 프레멘드라 미트라에게 대한 헌사로 쓴 것인데, 그의 가나다(Ghanada) 이야기들로부터 영감을 받았다.

마지막으로 주반 출판사[5]의 몽상가들, 아니타 로이와 자야 바타차르지에게(자야는 과거에 주반에서 근무했다) 특별한 감사를 보낸다. 그들은 매우 귀중한 지지와 우정을 주었고, 내 작품을 발굴하고 출판해서, 내게 가장 소중한 독자인 인도에게 내 작품을 선사했다. 다양한 목소리들이 만들어내는, 놓쳐지거나 잊힐 수도 있을 멋진 비주류 작품들을 출판하기 위해 주반이 쏟는 모든 노력에 진심으로 감사한다.

---

4 '나가'는 고대 인도 신화에 나오는 뱀의 신이다. 반인반수 형태를 띠는 나가는 여러 종족으로 이루어져 있는데 각 부족의 왕은 용왕이라 불린다.
5 이 책의 원서를 펴낸 주반 출판사는 인도의 뉴델리에 본사를 둔 독립 페미니즘 출판사로 인도 최초의 페미니즘 출판사인 '칼리 포 우먼'의 계열 회사로 설립되었다. 인도 북부의 상용어인 힌두스타니어에서 '주반'은 말, 목소리, 언어, 연설을 뜻한다.

옮긴이 **김세경**

미국 캘리포니아 주립대학교에서 언어학으로 석사 학위를 받았고, 럿거스 대학교에서 언어학 박사 과정을 마쳤다. 캘리포니아 주립대학 법언어학 연구소에서 연구원을 지냈다. 옮긴 책으로 코니 윌리스의 《화재감시원》(공역)과 《여왕마저도》(공역), 매튜 로렌스의 《정신병원을 탈출한 여신 프레야》 등이 있다.

**자신을
행성이라
생각한
여자**

초판 1쇄 인쇄 2018년 11월 15일
초판 1쇄 발행 2018년 11월 20일

지은이 반다나 싱
옮긴이 김세경
펴낸이 박은주
기획 김창규, 최세진
디자인 김선예, 장혜지
마케팅 박동준

발행처 아작
등록 2015년 9월 9일(제2018-000142호)
주소 03924 서울시 마포구 월드컵북로54길 25
상암DMC푸르지오시티 504호
대표전화 02.324.3945   **팩스** 02.324.3947
이메일 decomma@gmail.com
홈페이지 www.arzak.co.kr

ISBN 979-11-89015-36-7 03890

책 값은 표지 뒤쪽에 있습니다.

아작은 디자인콤마의 문학 브랜드입니다.